T0284293

La rebelión de la Reina

Rebecca Ross es autora superventas número 1 del *New York Times* y del *Sunday Times* con sus libros de fantasía tanto para adolescentes como para adultos.

Ha escrito varias aclamadas bilogías, como *Las cartas hechizadas*, *Los elementos de Cadence* y *La rebelión de la reina*, así como dos novelas autoconclusivas: *La maldición de los sueños* y *La canción de las hermanas*.

Cuando no está escribiendo, la puedes encontrar en su jardín, plantando flores silvestres e ideas para sus historias. Vive al noroeste de Georgia con su esposo y su perro.

Nube de tags

Fantasía – Romance – Ficción juvenil

Código BIC: YF | Código BISAC: JUV000000

Ilustración de cubierta: Margarita H. García

Diseño de cubierta: Nai Martínez

La rebelión de la Reina

REBECCA ROSS

Traducción de Daniela Rocío Taboada

Argentina – Chile – Colombia – España
Estados Unidos – México – Perú – Uruguay

Título original: *The Queen's Rising*
Editor original: HarperTeen, un sello de HarperCollins*Publishers*.
Traducción: Daniela Rocío Taboada

1.ª edición: **books4pocket** Julio 2024

Todos los nombres, personajes, lugares y acontecimientos de esta novela son producto de la imaginación de la autora o son empleados como entes de ficción. Cualquier semejanza con personas vivas o fallecidas es mera coincidencia.

Plaza de los Reyes Magos 8, piso 1.º C y D – 28007 Madrid
www.mundopuck.com

ISBN: 978-84-19130-25-9
E-ISBN: 978-84-17312-43-5
Depósito legal: M-12.530-2024

Fotocomposición: Urano World Spain, S.A.U.

Impreso por Novoprint, S.A. – Energía 53 – Sant Andreu de la Barca (Barcelona)

Impreso en España – *Printed in Spain*

Para Ruth, Ama del arte,
y para Mary, Ama del conocimiento.

El Dominio de la Reina
MAEVANA
BORG
Las Tierras Altas
GRIMHILDOR
BRID
Lago Adara
El Bosque de Nuala
EYDIS
El Bosque de Oshe
BLAYNE
Las montañas Killough
El Ardghal
El Aoiff
SINDRI
Bosque de Rios
El Bosque la Bruma
El Bosque de Mairenna
NEEVE
LYONESSE
Damhan
MORNA
El mar de Ide
El canal de Benach
El Reino de
VALENIA
ISOTTA
BASCUNE
Bosque de Evrard
The Christelle
DELAROCHE
TOUSSAINT
DEA
Lago Cyrille
The Cavaret
Casa Magnalia
THÉOPHILE
Beaumont
BRUNO
PERRINE
Acel Reservoir
ADALENE
Bosque de Er
The Clovis
El bosque de Elowan

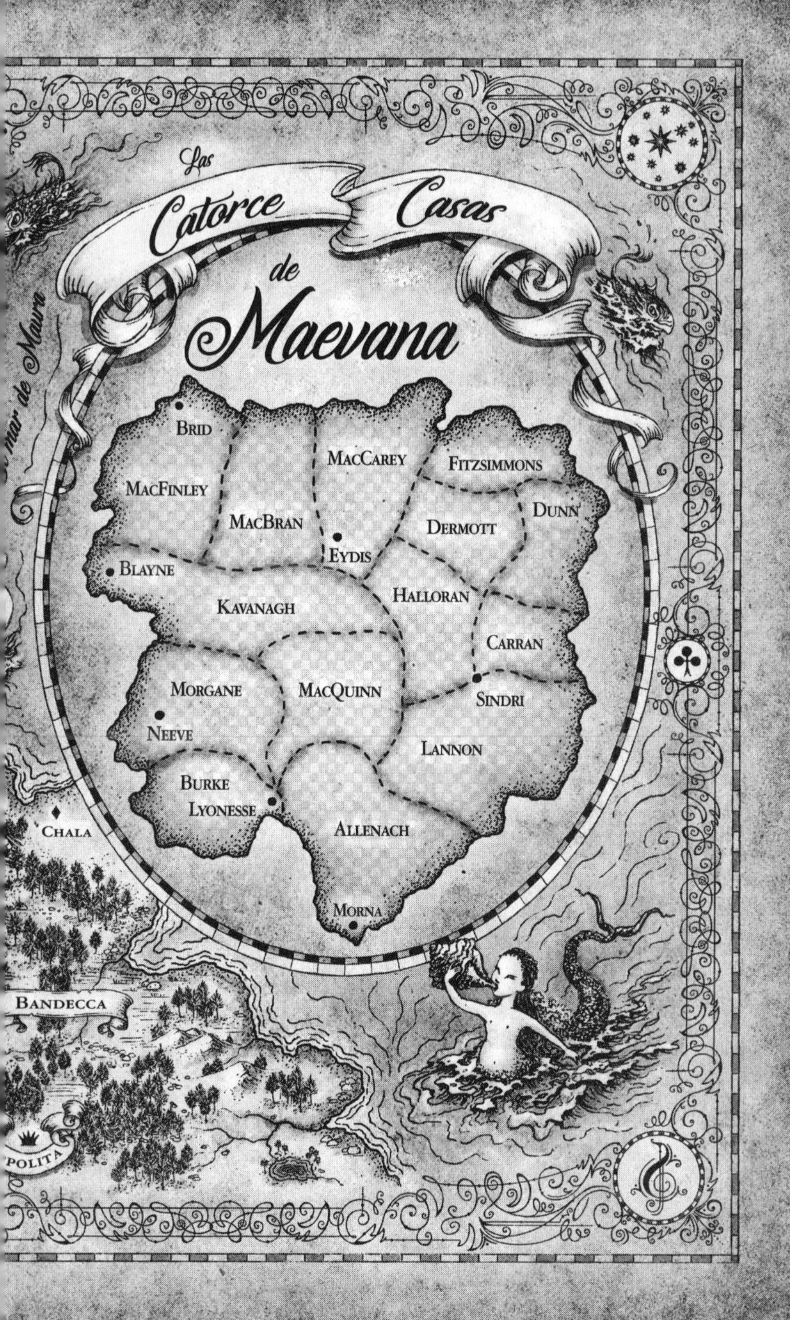

Las Catorce Casas de Maevana
mar de Mawr
BRID
MACCAREY
FITZSIMMONS
MACFINLEY
DUNN
MACBRAN
DERMOTT
EYDIS
BLAYNE
HALLORAN
KAVANAGH
CARRAN
MORGANE
MACQUINN
SINDRI
NEEVE
LANNON
BURKE
LYONESSE
CHALA
ALLENACH
MORNA
BANDECCA
POLITA

Prólogo

Pleno verano de 1559. Provincia de Angelique, reino de Valenia

La Casa Magnalia era la clase de lugar donde solo las chicas ricas y con talento dominaban su pasión. No estaba diseñada para chicas imperfectas, para chicas que eran hijas ilegítimas y, sin duda, no era para chicas que desafiaban a los reyes. Yo, por supuesto, pertenezco a las tres categorías.

Tenía diez años cuando mi abuelo me llevó por primera vez a Magnalia. No solo fue el día más caluroso del verano, una tarde de nubes hinchadas y mal humor, sino que fue el día en que decidí hacer la pregunta que me había perseguido desde que me habían dejado en el orfanato.

—Abuelo, ¿quién es mi padre?

Mi abuelo estaba sentado en el asiento frente al mío; tenía la mirada somnolienta por el calor, hasta que mi pregunta lo sorprendió. Era un hombre correcto, una persona buena, pero muy reservada. Por ese motivo yo creía que él se avergonzaba de mí, la hija ilegítima de su amada hija muerta.

Pero en aquel día abrasador, él estaba atrapado en el carruaje conmigo, y yo había hecho una pregunta que él debía responder. Parpadeó ante mi cara expectante, frunciendo el ceño como si le hubiera pedido que bajara la luna del cielo.

—Tu padre no es un hombre respetable, Brienna.

—¿Tiene nombre? —insistí. El clima cálido me infundía valor, mientras que derretía a los más viejos, como mi abuelo. Confiaba en que al fin me diría quién era el hombre de quien yo descendía.

—¿Acaso no todos los hombres tienen uno? —Estaba poniéndose de mal humor. Habíamos estado viajando dos días con aquel calor.

Observé cómo buscaba su pañuelo y limpiaba el sudor de su frente arrugada, que estaba manchada como un huevo. Tenía la cara rojiza, una nariz prominente y una corona de pelo blanco. Decían que mi madre había sido atractiva —y que yo era su reflejo—, pero no podía imaginar cómo alguien feo como el abuelo podía haber creado algo hermoso.

—Ah, Brienna, niña, ¿por qué me preguntas sobre él? —El abuelo suspiró y se tranquilizó un poco—. Mejor hablemos de lo que está por venir, de Magnalia.

Me tragué mi decepción; quedó atascada en mi garganta como una canica y decidí que no quería hablar de Magnalia.

El carruaje viró antes de que yo pudiera reafirmar mi testarudez, las ruedas pasaron de un terreno irregular a un sendero de piedra suave. Miré por la ventana cubierta de polvo. Mi pulso se aceleró ante la vista y me acerqué más, extendiendo los dedos sobre el cristal.

Primero contemplé los árboles, sus largas ramas se curvaban sobre el sendero como brazos cálidos. Los caballos pastaban relajados en los pastizales, tenían el lomo húmedo por el sol del verano. Más allá de los pastizales, a lo lejos, estaban las montañas azules de Valenia, la columna vertebral de nuestro reino. Era un paisaje que mitigó mi decepción, una tierra de crecimiento, maravillas y coraje.

Avanzamos bajo las ramas de los robles, subimos una colina y por fin paramos en un patio. A través de la niebla, observé la piedra gris decadente, las ventanas resplandecientes y la enredadera que conformaban la Casa Magnalia.

—Ahora escúchame bien, Brienna —dijo el abuelo, y se apresuró a guardar su pañuelo—. Tu comportamiento debe ser absolutamente perfecto. Como si estuvieras a punto de conocer al rey Phillipe. Debes sonreír, hacer reverencias y no decir nada fuera de lugar. ¿Puedes hacerlo por tu abuelo?

Asentí. De pronto, había perdido mi voz.

—Muy bien. Roguemos que la Viuda te acepte.

El cochero abrió la puerta y el abuelo me indicó que saliera antes que él. Obedecí, con piernas temblorosas, sintiéndome pequeña mientras estiraba el cuello para contemplar aquella inmensa propiedad.

—Yo hablaré primero con la Viuda, en privado, y luego la conocerás —indicó mi abuelo mientras me llevaba por las escaleras hacia la puerta de entrada—. Recuerda, debes ser educada. Este es un lugar para chicas cultas.

Él examinó mi apariencia mientras tocaba la campana. Mi vestido azul oscuro estaba arrugado por el viaje, mis trenzas empezaban a deshacerse y tenía el pelo encrespado sobre la cara. Pero abrieron la puerta antes de que mi abuelo pudiera hacer un comentario acerca de mi apariencia descuidada. Entramos a Magnalia uno al lado del otro, sumergiéndonos en las sombras azules del vestíbulo.

Mientras hacían pasar a mi abuelo al estudio de la Viuda, yo permanecí en el pasillo. El mayordomo me ofreció ocupar un banco acolchado que estaba contra la pared, donde tomé asiento y esperé, moviendo los pies con nerviosismo mientras miraba el suelo a cuadros negros y blancos. Era una casa silenciosa, como si le faltara el corazón. Y como era tan silenciosa, podía oír a mi abuelo y a la Viuda conversando, sus palabras atravesaban las puertas del estudio.

—¿Hacia qué pasión siente afinidad? —preguntó la Viuda. Su voz era profunda y suave, como el humo que se eleva una noche de otoño.

—Le gusta dibujar… Es muy buena dibujando. También tiene una imaginación vívida; sería excelente para el teatro. Y la música, mi hija era muy dotada para tocar el laúd, así que sin duda Brienna heredó un poco de su talento. Qué más… Ah, sí, en el orfanato dicen que disfruta leer. Ha leído dos veces todos los libros que poseen. —El abuelo empezaba a dispersarse. ¿Sabía siquiera lo que estaba diciendo? No me había visto dibujar ni una sola vez. No había escuchado mi imaginación ni una sola vez.

Me deslicé del asiento y me acerqué más sin hacer ruido. Presioné la oreja contra la puerta para absorber sus palabras.

—Todo eso está muy bien, monsieur Paquet, pero sin duda comprende que para convertirse en pasionaria, su nieta debe dominar *una* de las cinco pasiones, no todas ellas.

En mi mente, pensé en las cinco. *Arte. Música. Teatro. Astucia. Conocimiento.* Magnalia era un lugar en donde una chica se convertiría en una arden, una estudiante aprendiz. Podía elegir una de las cinco pasiones para estudiar con esmero bajo la tutela constante de un Amo o una Ama. Cuando alcanzara la cúspide de su talento, la chica obtendría el título de Ama y recibiría su capa, un indicativo individualizado de su logro y posición. Se convertiría en una pasionaria del arte, una pasionaria de la astucia o lo que fuera que hubiera elegido.

Mi corazón latía desbocado en mi pecho, y el sudor cubrió mis palmas al imaginar que me convertía en una pasionaria.

¿Cuál debería elegir si la Viuda me aceptaba?

Pero no pude reflexionar al respecto porque mi abuelo dijo:

—Le aseguro que Brienna es una chica inteligente. Puede dominar cualquiera de las cinco.

—Es amable de su parte pensar así, pero debo advertirle que mi Casa es muy competitiva, muy difícil. Ya tengo mis cinco ardenes para esta temporada de pasiones. Si acepto a su nieta, uno de mis ariales tendrá que educar a *dos* ardenes. Nunca antes se ha hecho...

Intentaba descifrar qué significaba *arial* —¿«instructor», quizás?— cuando oí un ruido y retrocedí de un salto de las puertas dobles, esperando que se abrieran y me descubrieran en mi crimen. Pero debió haber sido solo mi abuelo, moviéndose, ansioso, en su silla.

—Le aseguro, madame, que Brienna no causará ningún problema. Es una niña muy obediente.

—Pero ¿dice que vive en un orfanato? Y no lleva su apellido. ¿Por qué? —preguntó la Viuda.

Hubo una pausa. Siempre me había preguntado por qué mi apellido era distinto del de mi abuelo. Me acerqué a las puertas otra vez, apoyé la oreja sobre la madera...

—Es para proteger a Brienna de su padre, madame.

—Monsieur, me temo que no puedo aceptarla si está en una situación peligrosa...

—Por favor, escúcheme, madame, solo un momento. Brienna tiene doble ciudadanía. Su madre, mi hija, era valeniana. Su padre es de Maevana. Él sabe que ella existe, y me preocupaba... Me preocupaba que él fuera a buscarla y pudiera encontrarla si la niña llevaba mi apellido.

—¿Y por qué eso sería tan horrible?

—Porque su padre es…

En el vestíbulo, abrieron y cerraron una puerta, seguido del andar de unas botas que entraban al pasillo. Regresé deprisa a mi asiento, pero caí sobre él, lo que causó que sus patas bajas arañaran el suelo como uñas sobre una pizarra.

No me atreví a levantar la vista, tenía las mejillas sonrojadas por la culpa, mientras el dueño de las botas se acercaba hasta detenerse delante de mí.

Creía que era el mayordomo, hasta que decidí alzar la mirada y vi que era un joven, terriblemente apuesto, con el pelo del color de los campos de trigo veraniegos. Era alto y elegante, no había ni una arruga en sus pantalones y en su túnica, pero además… vestía una capa azul. Entonces, era un pasionario, un Amo del conocimiento, dado que el azul era su color representativo, y él acababa de descubrir que estaba escuchando a escondidas a la Viuda.

Despacio, se acuclilló para quedar al nivel de mi mirada cautelosa. Sostenía un libro en las manos y noté que sus ojos eran tan azules como su capa, del color de los acianos.

—¿Quién eres? —preguntó.

—Brienna.

—Es un nombre bonito. ¿Te convertirás en arden aquí, en Magnalia?

—No lo sé, monsieur.

—¿Quieres convertirte en una?

—Sí, mucho, monsieur.

—No es necesario que me llames *monsieur* —corrigió amablemente.

—Entonces, ¿cómo debería llamarlo, monsieur?

No respondió. Simplemente me miraba con la cabeza inclinada a un lado mientras su pelo rubio caía sobre su hombro como luz cautiva. Quería que se fuera, pero, a su vez, quería que continuara conversando conmigo.

En ese instante, abrieron las puertas del estudio. El Amo del conocimiento se puso de pie y giró hacia el sonido. Pero mi mirada se posó en la parte trasera de su capa, donde había una unión de hilos plateados: una constelación de estrellas en medio de la tela azul. Me maravilló verla; deseaba preguntarle qué significaba.

—Ah, Amo Cartier —dijo la Viuda desde su lugar en la entrada—. ¿Le importaría acompañar a Brienna al estudio?

Él extendió su mano hacia mí, con la palma hacia arriba a modo de invitación. Con cuidado, permití que mis dedos reposaran sobre los suyos. Yo estaba cálida, él estaba frío y caminé a su lado por el pasillo, hacia donde la Viuda me esperaba. El Amo Cartier presionó mis dedos suavemente antes de soltarme y continuar su camino por el pasillo; estaba alentándome a ser valiente, a mantener la cabeza erguida con orgullo, a encontrar mi lugar en esa Casa.

Entré al estudio y las puertas se cerraron con un ruido suave. Mi abuelo estaba sentado en una silla; había otra junto a él, destinada a mí. En silencio, la ocupé mientras la Viuda rodeaba su escritorio y tomaba asiento detrás de él con un suspiro de su vestido.

Era una mujer de aspecto bastante estricto; tenía la frente alta, lo que indicaba que había pasado años tirando su pelo hacia atrás debajo de pelucas gloriosas ajustadas. Ahora, sus rizos blancos de experiencia estaban prácticamente ocultos debajo de su tocado ornamentado de terciopelo negro, que lucía elegante sobre su cabeza. Su vestido era de un tono rojo oscuro, tenía cintura baja y un escote cuadrado decorado con perlas. Y en ese instante, mientras asimilaba su belleza envejecida, supe que ella podía darme acceso a una vida que nunca podría alcanzar de otro modo. Podía convertirme en una pasionaria.

—Es un placer conocerte, Brienna —me dijo con una sonrisa.

—Madame —respondí, limpiando mis palmas sudorosas en mi vestido.

—Tu abuelo habla maravillas de ti.

Asentí y lo miré, incómoda. Él me observaba, con un resplandor fastidioso en los ojos, y con el pañuelo en la mano de nuevo, como si necesitara aferrarse a algo.

—¿Hacia qué pasión sientes más inclinación, Brienna? —preguntó ella, recuperando mi atención—. ¿O tienes una predisposición natural hacia una de ellas?

Cielo santo, no tenía idea. A toda velocidad, permití que mi cabeza las repasara de nuevo…. *Arte… Música… Teatro… Astucia… Conocimiento*. Honestamente, no tenía ninguna predisposición natural, ningún talento innato para una pasión. Así que mencioné la primera que apareció en mi cabeza.

—Arte, madame.

Y luego, para mi asombro, ella abrió un cajón y extrajo una hoja de pergamino y un lápiz. Los apoyó en la esquina de su escritorio, directamente frente a mí.

—Dibuja algo para mí —indicó la Viuda.

Me resistí a mirar a mi abuelo, porque sabía que nuestra mentira se convertiría en una señal de humo. Él sabía que yo no era una artista, yo también sabía que no lo era y, sin embargo, agarré el lápiz como si lo fuera.

Respiré hondo y pensé en algo que amaba: pensé en el árbol que crecía en el patio trasero del orfanato, un roble sabio y desgarbado que me encantaba trepar. Y me dije a mí misma... cualquiera puede dibujar un árbol.

Hice el dibujo mientras la Viuda conversaba con mi abuelo, ambos intentaban darme cierta privacidad. Cuando terminé, apoyé el lápiz y esperé, mirando lo que mi mano había parido.

Era una representación lamentable. No se parecía en absoluto a la imagen que tenía en mente.

La Viuda miró atentamente mi dibujo; noté un frunce leve en su frente, pero sus ojos no revelaban nada.

—¿Estás segura de que deseas estudiar arte, Brienna? —No había prejuicio en su tono, pero percibí el desafío en la esencia de sus palabras.

Estuve a punto de decirle que no, que no pertenecía allí. Pero cuando pensé en regresar al orfanato, cuando pensé en convertirme en una lavaplatos o en una cocinera, al igual que sucedía con las otras chicas del orfanato en algún momento, me di cuenta de que esa era mi única oportunidad de evolucionar.

—Sí, madame.

—Entonces, haré una excepción para ti. Ya tengo cinco chicas de tu edad en Magnalia. Serás la sexta arden, y estudiarás la pasión del arte bajo la tutela de la Ama Solene. Pasarás los próximos siete años aquí, viviendo con tus ardenes hermanas, aprendiendo y creciendo y preparándote para tu solsticio de verano número diecisiete, cuando te convertirás en una apasionada y obtendrás un mecenas —hizo una pausa y me sentí embriagada por todo lo que ella acababa de lanzar sobre mí—. ¿Suena aceptable para ti?

Parpadeé y luego tartamudeé.

—¡Sí, sí, claro, madame!

—Muy bien. Monsieur Paquet, tendrá que traer a Brienna de regreso en el equinoccio de otoño, además del pago por su educación.

Mi abuelo se apresuró a ponerse de pie y hacer una reverencia; su alivio era como un perfume invasivo en la sala.

—Gracias, madame. ¡Estamos encantados! Brienna no la decepcionará.

—No, creo que no lo hará —dijo la Viuda.

Me puse de pie, hice una reverencia torcida y seguí a mi abuelo hacia las puertas. Pero justo antes de regresar al pasillo, miré hacia atrás para ver a la mujer.

La Viuda me observaba con una mirada triste. Solo era una niña, pero conocía esa expresión. Lo que fuera que mi abuelo le había dicho la había convencido de aceptarme. Mi admisión no era por mérito propio; no estaba basada en mi potencial. ¿La habría influenciado el nombre de mi padre? ¿El nombre que yo no conocía? ¿Importaba realmente su nombre siquiera?

Ella creía que acababa de aceptarme por caridad, y que nunca me convertiría en una apasionada.

En ese instante, decidí que le demostraría que estaba equivocada.

PARTE 1

MAGNALIA

Siete años después

1
Cartas y lecciones

Fin de la primavera de 1566

Dos veces por semana, Francis se ocultaba entre los arbustos de enebro que florecían junto a la ventana de la biblioteca. A veces, me gustaba hacerlo esperar; él tenía piernas largas y era impaciente, e imaginarlo agazapado en un arbusto era divertido para mi mente. Pero faltaba una semana para el verano y eso causó que me apresurara. También era momento de decírselo. La idea aceleró mi pulso mientras entraba en las sombras silenciosas de la tarde en la biblioteca.

Dile que esta será la última vez.

Levanté la ventana con un ligero empujón, e inhalé la fragancia dulce de los jardines mientras Francis abandonaba su posición inspirada en una gárgola.

—Te gusta hacer esperar a un hombre —refunfuñó él, pero siempre me saludaba de ese modo. Tenía la cara bronceada por el sol, su pelo azabache escapaba de su trenza. El uniforme de mensajero color café estaba húmedo de sudor, y el sol resplandecía en la pequeña acumulación de insignias de premiación que colgaban de la tela sobre su corazón. Él alardeaba de ser el mensajero más veloz de todo Valenia a pesar de que se rumoreaba que tenía veintiún años.

—Esta es la última vez, Francis —le advertí, antes de que pudiera cambiar de opinión.

—¿La última vez? —repitió él, pero ya estaba sonriendo. Conocía esa sonrisa. Era la que usaba para conseguir lo que quería—. ¿Por qué?

—¡Por qué! —exclamé, ahuyentando un abejorro curioso—. ¿De verdad necesitas preguntarlo?

—En todo caso, ahora es cuando más la necesito, mademoiselle —respondió y extrajo dos sobres pequeños del bolsillo interno de su camisa—. En ocho días llega el solsticio de verano del destino.

—Exacto, Francis —repliqué, sabiendo que él solo pensaba en mi hermana arden, Sibylle—. Ocho días y yo aún tengo mucho que dominar. —Posé la mirada en los sobres que él sostenía; uno estaba dirigido a Sibylle, pero el otro llevaba mi nombre. Reconocí la caligrafía de mi abuelo; por fin me había escrito. Mi corazón se aceleró al imaginar lo que la carta podía contener entre sus pliegues…

—¿Estás preocupada?

Mis ojos pasaron de inmediato a la cara de Francis.

—Por supuesto que lo estoy.

—No deberías. Creo que estarás espléndida. —Para variar, él no bromeaba conmigo. Oí la honestidad en su voz, clara y dulce. Quería creer como él que en ocho días, cuando mi verano número diecisiete marcara mi cuerpo, me convertiría en una pasionaria. Que me elegirían.

—No creo que el Amo Cartier…

—¿A quién le importa lo que piense tu Amo? —interrumpió Francis, encogiéndose de hombros con despreocupación—. Solo debería importarte lo que *tú* piensas.

Fruncí el ceño mientras reflexionaba, imaginando cómo respondería el Amo Cartier a semejante afirmación.

Hacía siete años que conocía a Cartier. Hacía siete meses que conocía a Francis.

Nos habíamos conocido el noviembre pasado; yo estaba sentada delante de la ventana abierta, esperando que Cartier llegara para mi lección de la tarde, cuando Francis pasó por el sendero de grava. Yo sabía quién era él, al igual que todas mis hermanas ardenes; solíamos verlo entregar y recibir el correo de la Casa Magnalia. Pero fue en aquel primer encuentro personal que él me preguntó si podía entregarle una carta secreta a Sibylle. Accedí y de esta manera quedé envuelta en el intercambio de cartas de los dos.

—Me importa lo que piense el Amo Cartier porque él es quien me declarará apasionada —expliqué.

—Cielos, Brienna —respondió Francis mientras una mariposa coqueteaba con sus hombros anchos—. *Tú* deberías ser la que se declara apasionada, ¿no lo crees?

Aquello me dio un motivo para hacer una pausa. Y Francis se aprovechó de ella.

—Por cierto, sé a qué mecenas ha invitado la Viuda al solsticio.

—¡Qué! ¿Cómo?

Pero por supuesto que sabía cómo. Él había entregado todas las cartas y había visto todos los nombres y las direcciones. Lo miré entrecerrando los ojos mientras los hoyuelos aparecían en sus mejillas. Otra vez aquella sonrisa. Comprendía perfectamente por qué le gustaba a Sibylle, pero él era demasiado juguetón para mí.

—Ah, solo dame tus malditas cartas —exclamé y extendí la mano para quitárselas de los dedos.

Él me esquivó; esperaba aquella respuesta.

—¿No te importa saber quiénes son los mecenas? —insistió—. Ya que uno de ellos será el tuyo en ocho días…

Lo miré, pero vi más allá de su cara pueril y su contextura alta y desgarbada. El jardín estaba seco, anhelando la lluvia, temblando en una brisa suave.

—Solo dame las cartas.

—Pero si esta es la última carta que Sibylle recibirá, necesito reescribir algunas cosas.

—Por Saint LeGrand, Francis, no tengo tiempo para tus juegos.

—Solo concédeme una carta más —suplicó él—. No sé dónde estará Sibylle en una semana.

Debería haber sentido pena por él… oh, el dolor de amar a una pasionaria cuando no eres uno de ellos. Pero también debía permanecer firme en mi decisión. Él podía enviarle la carta, como debería haberlo hecho todo este tiempo. Después de un rato suspiré y accedí, más que nada porque quería la carta de mi abuelo.

Francis por fin entregó los sobres. La carta de mi abuelo fue directa a mi bolsillo, pero la de Francis permaneció entre mis dedos.

—¿Por qué has escrito en dairinés? —pregunté al ver la letra descuidada en el destinatario. Había escrito en el idioma de Maevana, el Dominio de la Reina en el norte. *Para Sibylle, mi sol y mi luna, mi vida y mi luz*. Casi empecé a reír a carcajadas, pero me detuve justo a tiempo.

—¡No la leas! —exclamó él, el rubor se extendió sobre sus mejillas ya bronceadas.

—Está en el sobre, tonto. Por supuesto que lo voy a leer.

—Brienna…

Él extendió la mano hacia mí y yo disfrutaba la oportunidad de burlarme por fin de él cuando la puerta de la biblioteca se abrió. Supe que era Cartier sin necesidad de mirar. Durante tres años, había pasado prácticamente todos los días con él y mi alma se había acostumbrado al modo en que su presencia dominaba con calma la habitación.

Coloqué deprisa la carta de Francis en mi bolsillo junto a la de mi abuelo, miré al mensajero con los ojos abiertos de par en par y empecé a cerrar la ventana. Él comprendió lo que quería un segundo demasiado tarde; cerré la ventana sobre sus dedos. Oí con claridad su alarido de dolor, pero esperaba que el cierre abrupto de la ventana lo ocultara de Cartier.

—Amo Cartier —lo saludé, sin aliento, y volví a mi lugar.

Él no me miraba. Observé mientras él apoyaba su bolso de cuero en una silla, extraía varios volúmenes y colocaba los libros de clase sobre la mesa.

—¿No vamos a abrir la ventana hoy? —preguntó. Aún no me miraba a los ojos. Debía ser por mi bien, dado que sentía el modo en que mi cara ardía y no era debido al sol.

—Los abejorros están molestos hoy —respondí, mirando con discreción sobre mi hombro para ver a Francis correr por el sendero de grava hacia los establos. Sabía las reglas de Magnalia; sabía que no debíamos tener enredos románticos mientras éramos ardenes. O, siendo más realista, que no debían descubrirnos en uno. Era un tonta por llevar las cartas de Sibylle y Francis.

Miré al frente y vi a Cartier observándome.

—¿Cómo están tus Casas valenianas? —Me indicó que me acercara a la mesa.

—Muy bien, Amo —dije y ocupé mi asiento habitual.

—Empecemos por recitar el linaje de la Casa Renaud, después del primogénito —indicó Cartier, mientras ocupaba la silla frente a la mía.

—¿La Casa Renaud? —Cielo santo, por supuesto que pediría el extenso linaje real. El que me era difícil recordar.

—Es el linaje de nuestro rey. —Me recordó, con su mirada imperturbable. Había visto esa expresión muchas veces. Mis hermanas ardenes también, y todas se quejaban de Cartier en secreto. Él era el arial más apuesto de Magnalia, el instructor del conocimiento, pero también era el más estricto. Mi hermana arden Oriana decía que él tenía una roca en el pecho. Y había dibujado una caricatura de él, en la que aparecía como un hombre que salía de la piedra.

—Brienna. —Mi nombre rodó por su lengua mientras chasqueaba sus dedos con impaciencia.

—Discúlpeme, Amo. —Intenté recordar el inicio del linaje real, pero en lo único que podía pensar era en la carta de mi abuelo esperando en mi bolsillo. ¿Por qué había tardado tanto en escribir?

—Comprendes que el conocimiento es la pasión más exigente —dijo Cartier cuando mi silencio había sido demasiado prolongado.

Lo miré a los ojos y me pregunté si intentaba insinuar con tacto que yo no tenía el temple para esto. Algunas mañanas, yo misma lo pensaba.

En mi primer año en Magnalia había estudiado la pasión del arte. Y dado que no tenía inclinaciones artísticas, desperdicié el año siguiente en la música. Pero mi canto no tenía arreglo y mis dedos hacían que los instrumentos sonaran como felinos maullando. En mi tercer año había probado suerte con el teatro, hasta que descubrí que no podía superar mi pánico escénico. Así que le dediqué mi cuarto año a la astucia, un año muy fastidioso que intentaba olvidar. Luego, a los catorce años, había acudido a Cartier y le había pedido que me aceptara como su arden, para convertirme en Ama del conocimiento en los tres años que me quedaban en Magnalia.

Sin embargo, sabía —y sospechaba que las otras ariales que me educaban también estaban al tanto— que estaba aquí debido a algo que mi abuelo había dicho siete años atrás. No estaba aquí porque lo merecía; no estaba aquí porque rebosaba de talento y capacidad como las otras cinco ardenes, a quienes amaba como hermanas de sangre. Pero quizás eso hacía que deseara aún más probar que la pasión no era algo que se tenía por naturaleza como algunos creían, sino que cualquiera podía ganársela, ya fuera un plebeyo o un noble, incluso si no tenían una habilidad intrínseca para ello.

—Tal vez debo regresar a nuestra primera clase —dijo Cartier, interrumpiendo mi ensimismamiento—. ¿Qué es la pasión, Brienna?

Los preceptos de la pasión. Resonó en mis pensamientos uno de los primeros pasajes que había memorizado, el que todas las ardenes sabían de memoria.

No estaba siendo condescendiente al hacerme esta pregunta ahora, a ocho días del solsticio de verano, pero de todos modos, sentí una punzada de vergüenza hasta que lo miré a los ojos con valentía y vi que había algo más en su pregunta.

¿Qué quieres, Brienna?, preguntaban sus ojos en silencio mientras sostenía mi mirada. *¿Por qué quieres convertirte en una pasionaria?*

Así que le di la respuesta que me habían enseñado a dar porque sentí que sería lo más seguro.

—La pasión se divide en cinco corazones —empecé a decir—. La pasión es arte, música, teatro, astucia y conocimiento. La pasión es devoción completa; es fervor y agonía; irascibilidad y entusiasmo. No conoce límites y marca a un hombre o a una mujer sin importar su clase o su posición, sin importar su linaje. La pasión se convierte en el hombre o la mujer, al igual que el hombre o la mujer se convierten en la pasión. Es la consumación de la habilidad y la carne, una marca de devoción, dedicación y hazaña.

No sabía si Cartier estaba decepcionado con mi respuesta aprendida. Su cara siempre estaba cuidadosamente resguardada: nunca lo había visto sonreír, nunca lo había escuchado reír. A veces, imaginaba que él no tenía muchos más años que yo, pero luego siempre recordaba que mi alma era joven y la de Cartier no lo era. Él era mucho más experimentado y culto, probablemente el producto de una infancia que había finalizado demasiado pronto. Sin importar su edad, tenía una vasta cantidad de conocimiento en su mente.

—He sido tu última elección, Brienna —dijo por fin, ignorando mi respuesta—. Acudiste a mí hace tres años y me pediste que te preparase para tu solsticio de verano número diecisiete. En vez de tener siete años para convertirte en Ama del conocimiento, solo he tenido *tres*.

A duras penas toleraba sus recordatorios. Me hacían pensar en Ciri, su otra arden del conocimiento. Ciri absorbía conocimientos con una profundidad envidiable, pero también había tenido siete años de instrucción. Por supuesto que me sentiría poco apta si me comparaba con ella.

—Discúlpeme por no ser como Ciri —dije, antes de poder tragar mi sarcasmo.

—Ciri empezó su entrenamiento a los diez años. —Me recordó él con tranquilidad, concentrado en un libro sobre la mesa. Lo agarró y pasó varias páginas que tenían la esquina superior plegada, algo que él odiaba con fervor, y observé cómo alisaba los pliegues del papel viejo.

—¿Se arrepiente de mi elección, Amo? —Lo que realmente quería preguntarle era: *¿Por qué no me rechazó cuando le pedí que fuera mi Amo hace tres años? Si tres años no eran suficientes para que me apasionara, ¿por qué no me dijo que no?* Pero quizás mi mirada expresaba esas dudas, porque me miró y luego apartó la vista lentamente hacia los libros.

—Tengo pocos arrepentimientos, Brienna —respondió.

—¿Qué sucederá si no me elige un mecenas en el solsticio? —pregunté, aunque sabía lo que ocurría con los jóvenes hombres y mujeres que fracasaban en alcanzar el apasionamiento. Solían estar rotos y ser inadecuados, no estaban ni aquí ni allí, no pertenecían a ningún grupo, y los evitaban los pasionarios y el pueblo por igual. Dedicarle años, tiempo y mente a la pasión y no alcanzarla… implicaba que uno quedaba marcado como *inepto*. Ya no era un arden y nunca sería un pasionario, y estaba obligado repentinamente a insertarse de nuevo en la sociedad para ser útil.

Y mientras esperaba su respuesta, pensé en la metáfora simple que la Ama Solene me había enseñado aquel primer año en arte (cuando se dio cuenta de que yo no era en absoluto artística). La pasión avanzaba en fases. Uno empezaba como arden, que era como una oruga. Ese era el momento de devorar y dominar lo máximo posible de la pasión. Podía suceder en poco tiempo (unos dos años) si uno era un prodigio, y hasta diez años si uno aprendía despacio. La Casa Magnalia era un programa de siete años bastante riguroso en comparación con las otras Casas pasionales valenianas, que solían abarcar de ocho a nueve años de estudio. Y luego venía el apasionamiento —marcado por una capa y un título— y la fase del mecenas, que era como un capullo, un lugar para madurar la pasión, para apuntalarla mientras se preparaba para la última fase, que era la mariposa, cuando la pasión podía emerger al mundo por su propia cuenta.

Estaba pensando en mariposas cuando Cartier respondió:

—Supongo que serás la primera de tu tipo, pequeña arden.

No me gustó su respuesta, y mi cuerpo se hundió más en el brocado de la silla, que olía a libros viejos y soledad.

—Si crees que fallarás, entonces probablemente así será —prosiguió él, sus ojos azules resplandecían en los míos color café. Partículas de polvo cruzaban el abismo entre nosotros, como remolinos pequeños que giraban en el aire—. ¿Estás de acuerdo?

—Claro, Amo.

—Tus ojos nunca me mienten, Brienna. Deberías aprender a tener mejor compostura cuando mientes.

—Tomaré en serio su consejo.

Él inclinó la cabeza hacia un lado, pero sus ojos aún estaban posados en los míos.

—¿Quieres decirme en qué piensas realmente?

—Pienso en el solsticio —respondí, demasiado deprisa. Era una verdad a medias, pero no podía imaginar contarle a Cartier sobre la carta de mi abuelo, porque luego quizás me pediría que la leyera en voz alta.

—Bueno, esta clase ha sido inútil —dijo y se puso de pie.

Me decepcionó que la terminara antes —necesitaba cada clase que él estuviera dispuesto a darme—, pero a su vez estaba aliviada: no podía enfocarme en nada con la carta de mi abuelo descansando en mi bolsillo como un carbón.

—¿Por qué no te tomas el resto de la tarde para estudiar por tu cuenta? —sugirió, señalando con las manos los libros sobre la mesa—. Llévatelos si quieres.

—Sí, gracias, Amo Cartier. —Yo también me puse de pie y le hice una reverencia. Sin mirarlo, agarré los libros y salí de la biblioteca, ansiosa.

Salí a los jardines y caminé entre los arbustos para que Cartier no pudiera verme desde las ventanas de la biblioteca. El cielo estaba cubierto de nubes onduladas y grises que advertían que se avecinaba una tormenta, así que tomé asiento en el primer banco que vi y apoyé sus libros con cuidado a un lado.

Saqué la carta de mi abuelo y la sostuve ante mí. Su caligrafía torcida hacía que mi nombre pareciera una mueca sobre el pergamino. Luego, rompí su sello de cera roja; mis manos temblaban mientras desplegaba la carta.

7 de junio, 1566

Mi querida Brienna:

Perdóname por tomarme tanto tiempo para responder. Me temo que el dolor en mis manos ha empeorado y el médico me ha indicado que mis escritos sean breves o que contrate un escriba. Debo decir que estoy muy orgulloso de ti. Tu madre, mi dulce Rosalie, estaría igual de orgullosa de saber que estás solo a días de convertirte en apasionada... Por favor, escríbeme después del solsticio y dime qué mecenas has elegido.

Para responder a tu pregunta... Me temo que estarás familiarizada con la respuesta que te voy a dar... No es digno mencionar el nombre de tu padre. Tu madre se dejó llevar por su cara apuesta y sus palabras empalagosas y me temo que solo te causará daño saber su nombre. Sí, tienes doble ciudadanía, lo cual significa que eres parte maevana. Pero no quiero que lo busques. Ten la certeza de que encontrarás los mismos defectos en él que yo. Y no, mi cielo, él no ha preguntado por ti. No te ha buscado ni una sola vez. Debes recordar que eres ilegítima, y la mayoría de los hombros huyen al oír esa palabra.

Recuerda que eres amada, y que yo ocupo el lugar de tu padre.

Con amor,
El abuelo

Arrugué la carta en mi mano, con los dedos blancos como el papel y los ojos llenos de lágrimas. Era estúpido llorar por semejante carta y porque me negaran de nuevo el nombre del hombre que era mi padre. Y me había llevado semanas reunir el coraje para escribir mi carta y preguntar nuevamente.

Decidí que sería la última vez. El nombre no tenía importancia.

Si mi madre hubiera estado viva, ¿qué habría dicho acerca de él? ¿Hubiera contraído matrimonio con él? O quizás él ya estaba casado, y por esa razón a mi abuelo le avergonzaba siquiera pensar en mi padre. Un romance extramatrimonial vergonzoso entre una mujer valeniana y un hombre maevano.

Ah, mi madre. A veces, creía poder recordar la cadencia musical de su voz, creía poder recordar lo que sentía al estar entre sus brazos, su aroma. Lavanda y trébol, sol y rosas. Murió por sudor anglicus cuando yo tenía tres años, y Cartier me dijo una vez que era extraño que uno tuviera recuerdos de tan corta edad. Así que, quizás, había imaginado todo lo que quería recordar sobre ella, ¿verdad?

Entonces, ¿por qué dolía pensar en alguien que uno no conocía realmente?

Guardé la carta en mi bolsillo, me incliné hacia atrás y sentí que las hojas onduladas del arbusto acariciaban mi pelo, como si la planta estuviera intentando consolarme. No debería afligirme por fragmentos de mi pasado, por piezas que no importaban. Necesitaba pensar en lo que vendría en ocho días, cuando llegara el solsticio, cuando tendría que dominar mi pasión y por fin recibir una capa.

Necesitaba leer los libros de Cartier y grabar las palabras en mi memoria.

Pero antes de que pudiera siquiera mover los dedos hacia las páginas, oí un ruido suave en el césped y Oriana apareció en el sendero.

—¡Brienna! —saludó, su pelo negro estaba peinado en una trenza enredada que llegaba hasta su cintura. Su piel café y su vestido de arden estaban manchados con pintura por las horas infinitas que pasaba en el estudio de arte. Y mientras su vestido hablaba de encantadoras creaciones de color, el mío estaba aburridamente limpio y arrugado. Las seis ardenes de Magnalia llevábamos aquellos vestidos grises y opacos, y los odiábamos por unanimidad, con sus cuellos altos y mangas largas lisas y su ajuste casto. Sin duda, quitárnoslos pronto nos causaría fervor.

—¿Qué hacías? —preguntó mi hermana arden, acercándose—. ¿El Amo Cartier ya te ha frustrado?

—No, creo que esta vez es al revés. —Me puse de pie, agarré los libros en una mano y entrelacé el otro brazo con el de Oriana. Caminamos una junto a otra, Oriana era pequeña y delgada en comparación con mi altura y mis piernas largas. Tuve que reducir la velocidad para continuar caminando a su lado—. ¿Cómo van tus últimas pinturas?

Resopló y me dedicó una sonrisa burlona mientras arrancaba una rosa de un arbusto.

—Bien, supongo.

—¿Has elegido cuales exhibirás en el solsticio?

—De hecho, sí. —Empezó a contarme cuáles había decidido enseñarles a los mecenas y la observé mientras hacía girar, nerviosa, la flor.

—No te preocupes —dije y la obligué a parar para que pudiéramos mirarnos a los ojos. A lo lejos, un trueno rugió; el aire estaba lleno de aroma a lluvia—. Tus pinturas son exquisitas. Y ya lo veo.

—¿Ves qué? —Oriana colocó con dulzura la rosa detrás de mi oreja.

—Que los mecenas pelearán por ti. Tendrás el precio más alto.

—¡Cielos, no! No tengo el encanto de Abree, o la belleza de Sibylle, o la dulzura de Merei o tu cerebro o el de Ciri.

—Pero tu arte crea una ventana hacia otro mundo —dije, sonriéndole—. Eso es un verdadero don: ayudar a los demás a ver el mundo de un modo distinto.

—¿Desde cuándo eres poeta, amiga mía?

Reí, pero un rugido de truenos engulló el sonido. En cuanto la protesta de la tormenta se calmó, Oriana dijo:

—Tengo algo que confesar. —Me llevó al sendero de nuevo cuando las primeras gotas de lluvia empezaron a caer y yo la seguí, desconcertada, porque Oriana era una arden que nunca rompía las reglas.

—Y... —dije.

—Sabía que estabas en los jardines y vine a pedirte algo. ¿Recuerdas que he dibujado retratos de las otras chicas? ¿Para tener siempre un modo de recordar a cada una después de que nos separemos la semana próxima? —Oriana me miró, sus ojos ámbar resplandecían de entusiasmo.

Intenté no gruñir.

—Ori, no puedo permanecer sentada tanto tiempo.

—Abree pudo hacerlo. Y sabes que ella se mueve constantemente. ¿Y a qué te refieres con que *no puedes permanecer sentada tanto tiempo*? ¡Te pasas el día entero sentada con Ciri y el Amo Cartier leyendo un libro tras otro!

Reprimí una sonrisa. Durante un año entero, ella me había pedido que pose para un retrato, y yo simplemente había estado demasiado ocupada con mis estudios para dedicarle tiempo libre a un cuadro. Tenía clases con Cartier y Ciri por la mañana, pero luego, por la tarde, solía tener una lección privada con Cartier porque aún me era difícil dominar todo como debería. Y mientras soportaba lecciones agotadoras y observaba el sol derretirse por el suelo, mis hermanas ardenes tenían la tarde libre; muchos días había oído sus risas y alegría llenando la casa mientras yo obligaba a mi memoria a cooperar bajo el escrutinio de Cartier.

—No sé —vacilé, moviendo los libros entre mis brazos—. Se supone que debería estudiar.

Giramos en la esquina de los arbustos solo para toparnos con Abree.

—¿La has convencido? —le preguntó Abree a Oriana, y me di cuenta de que era una emboscada—. Y no nos mires así, Brienna.

—¿Así cómo? —repliqué—. Ambas sabéis que si quiero obtener mi capa y marcharme con un mecenas en ocho días, necesito pasar cada minuto…

—Memorizando linajes aburridos, sí, lo sabemos —interrumpió Abree. Su pelo castaño grueso caía libre sobre sus hombros; había unas hojas sueltas atrapadas en sus rizos como si hubiera estado arrastrándose entre los arbustos y las zarzas. Todos sabían que practicaba sus líneas en el exterior con el Amo Xavier, y muchas veces la había visto a través de las ventanas de la biblioteca mientras se lanzaba al césped, rodaba y aplastaba bayas contra su vestido para simular sangre falsa mientras decía sus líneas hacia las nubes. Ahora había rastros de lodo en su falda y manchas de bayas y supe que había estado ensayando.

—Por favor, Brienna —suplicó Oriana—. He hecho el retrato de todas, menos el tuyo…

—Y querrás que haga el tuyo, en especial cuando veas los objetos de utilería que he encontrado para ti —dijo Abree, sonriéndome con malicia. Ella era la más alta de todas, más que yo por una palma entera.

—¡Utilería! —exclamé—. Escuchadme, yo no… —Pero el trueno rugió de nuevo y ahogó mi débil protesta, y antes de que pudiera detenerla, Oriana robó los libros de mis manos.

—Me adelantaré y empezaré a preparar todo —dijo Oriana. Dio tres pasos nerviosos lejos de mí, como si no pudiera cambiar de opinión una vez que ella estuviera lejos—. Abree, tráela al estudio.

—Sí, milady —respondió Abree con una reverencia en broma.

Observé mientras Oriana atravesaba el jardín y entraba por las puertas traseras.

—Ah, vamos, Brienna —dijo Abree. La lluvia empezó a caer de las nubes con mayor intensidad y mojó nuestros vestidos—. Necesitas disfrutar estos últimos días.

—No puedo disfrutarlos si me preocupa convertirme en una inepta. —Empecé a caminar hacia la casa; arranqué la cinta de mi trenza y solté mi pelo a mi alrededor mientras lo peinaba nerviosamente con los dedos.

—¡*No* te vas a convertir en una inepta! —Pero hizo una pausa, seguida de—: ¿El Amo Cartier piensa que lo harás?

Estaba a mitad de camino por el jardín, empapada y abrumada por las expectativas inminentes, cuando Abree me alcanzó, me agarró del brazo y me hizo girar.

—Por favor, Brienna. Déjate hacer el retrato por mí, por Oriana.

Suspiré, pero una sonrisita empezaba a rozar las comisuras de mis labios.

—Vale. Pero no puede llevar todo el día.

—¡De verdad que te van a encantar los objetos de utilería que he encontrado! —insistió Abree sin aliento, mientras me arrastraba durante el resto del camino por el jardín.

—¿Cuánto tiempo crees que tardaremos? —Jadeé mientras abríamos las puertas y entrábamos en las sombras del vestíbulo de atrás, empapadas y temblando.

—No mucho —respondió Abree—. ¡Ah! ¿Recuerdas que me ayudaste a escribir la segunda mitad de mi obra? ¿En la que llevan a Lady Pumpernickel al calabozo por robar la diadema?

—*Ajá.* —A pesar de que ya no estudiaba teatro, Abree continuaba pidiéndome ayuda cuando tenía que escribir sus obras—. No sabes cómo sacarla del calabozo, ¿verdad?

Se sonrojó con timidez.

—No. Y antes de que lo digas… No quiero matarla.

No pude evitar reír.

—Eso fue hace años, Abree.

Se refería al momento en el que yo había sido arden de teatro y ambas habíamos escrito una sátira para el Amo Xavier. Mientras Abree había sido la autora de una escena cómica entre dos hermanas que peleaban por el mismo chico, yo había escrito una tragedia sangrienta de una hija que robaba el trono de su padre. Maté a todos los personajes menos a uno al final, y al Amo Xavier obviamente le había impactado mi argumento oscuro.

—Si no quieres matarla —dije mientras empezábamos a caminar por el pasillo—, entonces haz que encuentre una puerta secreta detrás de un esqueleto o haz que un guardia cambie de lealtades y la ayude, pero solo a un precio retorcido e inesperado.

—Ah, ¡una puerta secreta! —exclamó Abree, entrelazando su brazo con el mío—. ¡Conspiras como el demonio, Bri! Desearía conspirar como tú. —Cuando me sonrió, sentí un poco de remordimiento por haberle temido demasiado al escenario como para convertirme en Ama de teatro.

Abree debía sentir lo mismo, ya que aferró mi brazo más fuerte y susurró:

—Sabes que no es demasiado tarde. Puedes escribir una obra de dos actos en ocho días, impresionar al Amo Xavier y…

—Abree. —La hice callar en tono juguetón.

—¿Así es como se comportan dos ardenes de Magnalia una semana antes de sus solsticios del destino? —La voz nos asustó. Abree y yo nos detuvimos en el pasillo, sorprendidas de ver a la Ama Therese, la arial de la astucia, de pie con los brazos cruzados con pura desaprobación en su expresión. Nos miró desde detrás de su nariz larga y puntiaguda con las cejas en alto, indignada por nuestra apariencia empapada—. Os comportáis como niñas, no como mujeres a punto de ganar sus capas.

—Perdónenos, Ama Therese —susurré e hice una reverencia profunda y respetuosa. Abree me imitó, aunque su reverencia fue bastante negligente.

—Limpiaos antes de que Madame os vea.

Abree y yo tropezamos una con otra en nuestra prisa por alejarnos de ella. Atravesamos el pasillo y llegamos al vestíbulo al pie de la escalera.

—*Ella* sí que es la encarnación del demonio —susurró Abree, demasiado fuerte, mientras subía la escalera a toda velocidad.

—¡Abree! —la reprendí y me tropecé con el dobladillo justo cuando escuché a Cartier detrás de mí.

—¿Brienna?

Evité la caída agarrándome de la balaustrada. Recuperé el equilibrio y giré sobre el peldaño para mirarlo. Él estaba de pie en el vestíbulo, con su túnica blanca inmaculada ceñida a la cintura y sus pantalones grises casi del mismo tono que mi vestido. Estaba atando su capa pasionaria alrededor del cuello, preparándose para partir bajo la lluvia.

—¿Amo?

—Supongo que querrás otra lección privada el lunes después de nuestra clase matutina con Ciri, ¿verdad? —Me miró, esperando la respuesta que él sabía que yo daría.

Sentí que mi mano se deslizaba de la balaustrada. Mi pelo estaba inusualmente suelto y caía sobre mí en una maraña salvaje castaña; mi vestido estaba empapado y el dobladillo goteaba cantando una canción suave sobre el mármol. Sabía que debía estar hecha un desastre para él, que no parecía en absoluto como una mujer valeniana a punto de apasionarse, que no parecía en absoluto como la erudita que él intentaba moldear. Y sin embargo, alcé el mentón y respondí:

—Sí, gracias, Amo Cartier.

—¿Tal vez la próxima no haya ninguna carta que te distraiga? —preguntó y abrí los ojos de par en par mientras continuaba mirándolo, intentando leer más allá de la compostura constante de su cara.

Podía castigarme por intercambiar las cartas de Francis y Sibylle. Podía impartir disciplina porque yo había roto una regla. Así que esperé a ver qué me pediría.

Pero entonces, la comisura izquierda de sus labios se movió, demasiado sutil para ser una sonrisa genuina —aunque me gustaba imaginar que quizás lo había sido— mientras hacía una reverencia cortante de despedida. Observé cómo atravesaba las puertas y se fundía con la tormenta, preguntándome si estaba siendo misericordioso o bromista, deseando que se quedara, aliviada de que se hubiera marchado.

Continué subiendo la escalera, dejando un rastro de lluvia, y me pregunté… cómo era posible que Cartier siempre parecía hacerme desear dos cosas opuestas a la vez.

2
Un retrato maevano

El estudio de arte era una habitación que había evitado desde mi primer año fallido en Magnalia. Pero mientras entraba allí, indecisa, aquella tarde lluviosa, con el pelo húmedo recogido en un moño, recordé los buenos momentos que me había dado aquel lugar. Recordé las mañanas que pasaba sentada junto a Oriana mientras dibujábamos bajo la cuidadosa instrucción de la Ama Solene. Recordé la primera vez que intenté pintar, la primera vez que intenté hacer la ilustración de un manuscrito, la primera vez que intenté hacer un grabado. Y luego vinieron los momentos más oscuros que aún permanecían en mi mente, como una magulladura, como cuando me di cuenta de que mi arte era estático mientras que el de Oriana respiraba y cobraba vida. O el día en que la Ama Solene me había apartado y me había dicho en tono amable: «*quizás deberías probar con la música, Brienna*».

—¡Estás aquí!

Miré hacia el otro extremo de la habitación y vi a Oriana preparando un lugar para mí; tenía una nueva pincelada de pintura roja en su mejilla. Este lugar siempre había estado abrumadoramente desordenado, pero sabía que era porque

Oriana y la Ama Solene fabricaban sus propias pinturas. La mesa más larga de la sala estaba cubierta por completo con frascos de plomo y pigmentos, placas de prueba y cuencos de cerámica, jarras de agua, tiza, pilas de vitela y pergaminos, un cartón de huevos, un recipiente grande con yeso. Olía a aguarrás, romero y a la hierba verde que hervían para crear misteriosamente pintura rosada.

Con cuidado, rodeé la mesa de pinturas, las sillas, los cartones y los caballetes. Oriana había puesto un taburete junto a la pared con ventanas, un lugar para que tomara asiento bajo la luz tormentosa mientras ella dibujaba.

—¿Debería preocuparme por esas... *cosas de utilería* que entusiasman tanto a Abree? —pregunté.

Oriana estaba a punto de responder cuando Ciri entró a la habitación.

—Lo he encontrado. Este es el que querías, ¿verdad, Oriana? —preguntó Ciri, hojeando las páginas del libro que sostenía. Casi tropezó con un caballete al acercarse a nuestra esquina, y le entregó el libro a Oriana mientras me miraba—. Pareces cansada, Brienna. ¿El Amo Cartier te presiona demasiado?

Pero no tuve tiempo de responder porque Oriana dejó escapar un grito de placer que atrajo mi atención hacia la página que ella admiraba.

—¡Es perfecto, Ciri!

—Espera —dije. Extendí la mano hacia el libro y se lo arrebaté de las manos a Oriana—. Es uno de los libros de historia maevana del Amo Cartier. —Mis ojos recorrieron la ilustración mientras contenía el aliento. Era un dibujo maravilloso de una reina maevana. La reconocí porque Cartier nos había enseñado la historia de Maevana. Era Liadan Kavanagh, la primera reina de Maevana. Lo cual también significaba que ella había tenido magia.

La mujer estaba erguida y orgullosa, con una corona de plata tejida y diamantes apoyada sobre su sien como una guirnalda de estrellas; su largo pelo castaño ondeaba suelto y salvaje a su alrededor, y una marca de pintura azul que los maevanos llamaban «añil» atravesaba su cara. De su cuello colgaba una piedra del tamaño de un puño: la legendaria Gema del Anochecer. Llevaba puesta una armadura con apariencia de escamas de dragón —resplandecían con destellos dorados y rojos— y junto a ella había una espada larga enfundada mientras la reina estaba de pie con una mano en la cadera y la otra sosteniendo una lanza.

—Hace que uno añore esa época, ¿verdad? —dijo Ciri con un suspiro, mirando por encima de mi hombro la ilustración—. La época en que las reinas gobernaban el norte.

—Ahora no es momento de una lección de historia —dijo Oriana, y me quitó el libro con suavidad.

—No tendrás intenciones de dibujarme así, ¿verdad? —pregunté mientras mi corazón se aceleraba—. Ori sería insolente.

—No, no lo sería —replicó Ciri. Le encantaba discutir—. Tienes una parte maevana, Brienna. ¿Quién sabe si no eres descendiente de las reinas?

Abrí la boca para protestar pero Abree ingresó con los brazos llenos de objetos de utilería.

—Aquí están —anunció y los dejó caer a nuestros pies.

Observé, atónita, cómo Ciri y Oriana seleccionaban las piezas de armaduras baratas, una espada de utilería, una capa azul oscuro del color de la medianoche. Eran objetos para las obras; sin duda Abree los había tomado de las reservas que el Amo Xavier tenía en el armario del teatro.

—Muy bien, Brienna —dijo Oriana, enderezándose con una pechera en las manos—. Por favor, permíteme dibujarte como una guerrera maevana.

Las tres esperaron, Oriana con la armadura, Abree con la espada, Ciri con la capa. Me miraban expectantes y esperanzadas. Y descubrí que mi corazón se había tranquilizado, entusiasmado ante la idea al igual que mi sangre maevana.

—De acuerdo. Pero no puede llevar todo el día —insistí. Abree gritó de alegría, Oriana sonrió y Ciri puso los ojos en blanco.

Permanecí de pie pacientemente mientras me vestían. El retrato solo sería de la cintura hacia arriba, así que no tenía importancia que aún tuviera puesto mi vestido de arden. La pechera se cernió sobre mi pecho, los avambrazos cubrieron mis antebrazos. Una capa azul rodeó mis hombros, lo cual hizo que mi estómago se cerrara porque pensé inevitablemente en mi capa pasionaria, y Ciri debía haber leído mi mente.

Se puso de pie, soltó el moño que agarraba mi pelo, me hizo una trenza pequeña y dijo:

—Yo le dije a Abree que eligiera una capa azul. Debes vestir tu color. *Nuestro* color. —Ciri retrocedió, satisfecha con el modo en que había colocado mi pelo.

Cuando una arden se convertía en una apasionada, su Amo o Ama le otorgaban una capa. El color de la prenda dependía de la pasión. El arte recibía una capa roja; el teatro, una negra; la música, violeta; la astucia, verde y el conocimiento, azul. Pero no era solo un símbolo de aptitud e igualdad que indicaba que la arden ahora estaba al mismo nivel que su Amo o su Ama. Era una conmemoración única, un símbolo de la relación entre el Amo y la arden.

Pero antes de que mis pensamientos pudieran enredarse demasiado con las capas, Sibylle entró deprisa al estudio, empapada por la lluvia. Tenía una sonrisa alegre en la cara mientras alzaba una corona de flores blancas.

—¡La tengo! —exclamó, salpicando agua y llamando nuestra atención—. ¡Esta es la corona de flores más parecida a las estrellas que he podido hacer antes de que empezara a llover!

Sí, mis cinco hermanas ardenes habían estado involucradas en esta emboscada para el retrato. Pero Merei, mi compañera de habitación, era la única que faltaba, y sentí su ausencia como una sombra que había cubierto la habitación.

—¿Dónde está Merei? —pregunté mientras Sibylle traía la corona de flores hacia mí.

Sibylle, elegante, regordeta y coqueta, colocó la corona sobre mi cabeza.

—Pareces capaz de arrancarle la cabeza a un hombre —dijo, sus labios rosados se abrieron en una sonrisa amplia y satisfecha.

—¿No la oyes? —respondió Abree a mi pregunta, y alzó un dedo. Todas hicimos silencio y a través del repiqueteo de la lluvia que caía sobre las ventanas, oímos el canto suave y decidido del violín—. Merei dijo que está trabajando fervientemente en una nueva composición, pero que vendrá en cuanto pueda.

—Ahora, Brienna, toma la espada y siéntate en el taburete —indicó Oriana mientras sostenía un frasco de pintura azul.

La observé con cautela, mientras ocupaba mi lugar en el taburete con la espada sobresaliendo torpemente de mi puño. Con la mano apoyada en mi muslo derecho, la espada cruzó mi pecho y su punta sin filo quedó cerca de mi oreja izquierda. La armadura era flexible, pero de todos modos la sentía extraña en mi cuerpo, como si un par de brazos desconocidos hubieran rodeado mi pecho en un abrazo.

—Ciri, ¿puedes sostener la ilustración junto a la cara de Brienna? Quiero asegurarme de hacerlo perfecto. —Oriana le indicó a Ciri con la mano que se acercara un poco más.

—¿Hacer qué perfecto? —tartamudeé.

—El añil. Quédate quieta, Bri.

No tenía opción; permanecí inmóvil mientras los ojos de Oriana pasaban de la ilustración a mi cara y luego de nuevo hacia la ilustración. Observé cómo mojaba la punta de sus dedos en la pintura azul y luego cerré los ojos mientras ella deslizaba los dedos en diagonal sobre mi cara, desde mi ceja hasta el mentón, y sentí que ella abría una parte secreta de mí. Un lugar que supuestamente debía permanecer oculto y en silencio estaba despertando.

—Puedes abrir los ojos.

Obedecí, mi mirada nerviosa se encontró con las de mis hermanas mientras me observaban con orgullo y aprobación.

—Creo que estamos listas. —Oriana agarró un paño para limpiar la pintura de sus dedos.

—Pero ¿y la piedra? —preguntó Sibylle mientras trenzaba su pelo color miel para apartarlo de sus ojos.

—¿Qué piedra? —Abree frunció el ceño, molesta porque le faltaba un objeto de utilería.

—La piedra que la reina lleva en el cuello.

—Creo que es la piedra de la noche —dijo Ciri, observando la ilustración.

—No, es la Gema del Anochecer —la corregí.

La cara blanca como la leche de Ciri se sonrojó —odiaba que la corrigieran—, pero se aclaró la garganta.

—Ah, sí. Por supuesto que tú conoces mejor que yo la historia maevana, Brienna. Tienes un motivo para escuchar al Amo Cartier cuando habla sin cesar sobre ella.

Oriana arrastró un segundo taburete y lo colocó frente a mí, con su pergamino y su lápiz listos.

—Intenta no moverte, Brienna.

Asentí mientras sentía que la pintura azul empezaba a secarse sobre mi piel.

—Desearía tener doble ciudadanía —susurró Abree, extendiendo los brazos—. ¿Alguna vez cruzarás el canal y verás Maevana? Porque sin duda deberías hacerlo, Brienna. Y tienes que llevarme contigo.

—Quizás algún día —dije mientras Oriana empezaba a dibujar sobre el papel—. Y me encantaría que me acompañaras, Abree.

—Mi padre dice que Maevana es muy, *muy* diferente a Valenia —afirmó Ciri, y oí la tensión en su voz, como si aún estuviera molesta porque la había corregido. Apoyó los libros de Cartier y se reclinó contra la mesa, mientras su mirada vagaba de nuevo hacia la mía. Su pelo rubio parecía luz de luna derramándose sobre su hombro—. Mi padre solía ir allí una vez por año durante el otoño, cuando algunos de los lores maevanos abrían sus castillos para que los valenianos pudiéramos quedarnos allí para la cacería del ciervo blanco. Mi padre disfrutaba cada visita, decía que siempre había buena bebida y comida, historias épicas y diversión, pero por supuesto que nunca me permitía ir con él. Afirmaba que la tierra era demasiado salvaje, demasiado peligrosa para una chica valeniana como yo.

Sibylle resopló, y se desabrochó el cuello alto del vestido para frotarse el cuello.

—¿Acaso no todos los padres dicen lo mismo solo para mantener a sus hijas «a salvo» en casa?

—Bueno, ya sabéis lo que dicen de los hombres maevanos —dije, citando inevitablemente a mi abuelo.

—¿Qué? —preguntó deprisa Sibylle, su interés de pronto era ardiente como las estrellas en sus ojos avellana. Olvidé que la carta de Francis dirigida a ella aún estaba en mi vestido de arden mojado, que había dejado tirado en el suelo de mi habitación. Era probable que la pobre carta estuviera empapada y manchada.

—Son amantes charlatanes, habilidosos y viles —dije, usando mi mejor imitación de la voz áspera de mi abuelo.

Sibylle estalló en carcajadas —ella era la que más confianza tenía con el sexo opuesto— y Abree se cubrió la boca, como si no supiera si debía sentirse avergonzada o no. Ciri no respondió nada, aunque sabía que intentaba no sonreír.

—Suficiente charla —Oriana nos reprendió en broma, agitando su lápiz hacia mí—. Si una de las Amas se acerca y oye eso, te darán tareas en la cocina durante toda la última semana, Brienna.

—¡*Deberían* ser amantes habilidosos y viles para ser dignos de mujeres con esa apariencia! —prosiguió Sibylle, señalando la ilustración de la reina—. Por los santos, ¿qué ocurrió con Maevana? ¿Por qué ahora hay un rey en el trono de ella?

Intercambié miradas con Ciri. Ambas habíamos tenido esa clase dos años atrás. Era una historia larga y complicada.

—Tendrás que preguntárselo al Amo Cartier —respondió Ciri por fin, encogiéndose de hombros—. Él podría decírtelo dado que sabe la historia entera de cada reino que haya existido.

—Qué engorroso —lamentó Abree.

Ciri endureció la mirada.

—Abree, recuerdas que Brienna y yo estamos a punto de convertirnos en pasionarias del conocimiento. —Estaba ofendida, de nuevo.

Abree dio un paso atrás.

—Perdona, Ciri. Claro, he querido decir cuánto me asombra la capacidad que tenéis de retener tanto conocimiento.

Ciri resopló, todavía molesta, pero por suerte no continuó con el asunto mientras me miraba.

—¿Alguna vez conocerás a tu padre, Bri? —preguntó Sibylle.

—No, no lo creo —respondí con honestidad. Era irónico para mí que el día que juré nunca preguntar de nuevo sobre él estuviera vestida como una reina maevana.

—Es muy triste —comentó Abree.

Por supuesto que sería triste para ella, para todas mis hermanas. Todas provenían de familias nobles, de padres y madres que en cierta medida estaban involucrados en sus vidas. Así que afirmé:

—De verdad, no tiene importancia para mí.

El silencio invadió la habitación. Escuché la lluvia, la música distante de Merei recorriendo el pasillo, el rasgueo del lápiz de Oriana mientras me dibujaba sobre el papel.

—Bueno —dijo Sibylle alegremente para alisar las arrugas de incomodidad. Era arden de la astucia, y tenía la habilidad de lidiar con cualquier clase de conversación—. Deberías ver el retrato que Oriana hizo de mí, Brienna. Es exactamente lo opuesto al tuyo —lo sacó de la cartera de Oriana y lo levantó para que pudiera verlo bien.

Sibylle había estado vestida como una noble valeniana perfecta. Observé sorprendida todos los objetos de utilería que Abree había escogido para aquel retrato. Sibylle tenía puesto un vestido rojo escotado y atrevido bordado con perlas, un collar de joyas baratas y una peluca blanca voluptuosa. Incluso tenía un lunar perfecto en forma de estrella en la mejilla, un símbolo de la nobleza femenina. Estaba hermosa y refinada, la personificación de Valenia. Era etiqueta, porte, elegancia.

Y luego estaba el mío, el retrato de una reina que dominaba la magia y llevaba una marca azul añil, que vivía en su armadura y cuyo acompañante constante no era un hombre, sino una espada y una gema.

Era la gran diferencia entre Maevana y Valenia, dos países entre los que yo me dividía. Quería sentirme cómoda en el vestido elegante y con el lunar estrellado, pero también quería hallar mi linaje en la armadura y el añil. Quería dominar una pasión, pero también quería saber cómo sostener una espada.

—Deberías colgar los retratos de Brienna y Sibylle juntos —le sugirió Abree a Oriana—. Pueden darle una buena lección de historia a los ardenes futuros.

—Sí —estuvo de acuerdo Ciri—. Una lección que enseñe a quién no debes ofender nunca.

—Si ofendes a una valeniana, pierdes tu reputación —trinó Sibylle, limpiando sus uñas—. Pero si ofendes a una maevana... entonces pierdes la cabeza.

3

Cuentas y marcas

A Oriana le llevó una hora más terminar mi retrato. No se atrevió a pedirme que me quedara más tiempo mientras lo pintaba; percibía que yo estaba ansiosa por quitarme el disfraz y regresar a mis estudios. Le entregué a Abree la capa, la armadura, la corona de flores y la espada, y dejé atrás, en el estudio, las risas y la conversación de mis hermanas, en busca de las sombras silenciosas de la habitación que compartía con Merei.

Tradicionalmente, el arden de la música en Magnalia era el único estudiante que tenía el privilegio de tener una habitación privada para guardar sus instrumentos. Los otros cuatro ardenes compartían dos habitaciones. Pero dado que la Viuda había hecho lo inesperado y me había aceptado como su sexta alumna, la habitación del arden de la música se había convertido en un espacio compartido.

Abrí la puerta y el olor a pergaminos y libros me saludó como un amigo leal. Merei y yo éramos desordenadas, pero era culpa de nuestras pasiones. Ella tenía partituras desparramadas por todas partes. Una vez encontré un manojo de partituras en su edredón y ella dijo que se había quedado dormida con las hojas en la mano. Me dijo que podía oír la música en su cabeza cuando leía las notas en silencio; su pasión era muy profunda.

Por mi parte, yo era puro libros, diarios y papeles sueltos. Había estantes tallados en la pared junto a mi cama, y estaban atestados de volúmenes que había traído de la biblioteca. Los libros de Cartier también ocupaban varios estantes y mientras miraba sus lomos blandos y duros, me pregunté cómo me sentiría cuando devolviera todos a mi Amo. Y me di cuenta de que no era dueña ni de un solo libro.

Me incliné para recoger mi vestido tirado en el suelo, aún empapado, y encontré la carta de Francis. Era una mancha de tinta ininteligible.

—¿Me lo he perdido? —preguntó Merei desde la entrada.

Me di la vuelta para verla de pie con el violín debajo del brazo y el arco entre sus dedos largos. La tormenta iluminaba con luz violeta su complexión café y su vestido manchado de resina.

—San LeGrand, *¿qué* le han hecho a tu cara? —Avanzó con los ojos abiertos de par en par llenos de intriga.

Deslicé los dedos sobre mi perfil, tocando el rastro agrietado de pintura azul. Me había olvidado de ella.

—Si hubieras estado allí esto nunca habría sucedido —bromeé.

Ella dejó a un lado su instrumento y luego tomó mi mentón con sus dedos y admiró el trabajo artesanal de Oriana.

—Bueno, déjame adivinar. Te han vestido como una reina maevana recién salida del campo de batalla.

—¿Parezco *tan* maevana?

Merei me llevó hasta nuestra cómoda, donde había una jarra de agua delante de la ventana parteluz. Guardé la carta de Francis en mi bolsillo mientras Merei vertía agua en el cuenco de porcelana y alcanzaba un paño.

—No, pareces y te comportas como una valeniana. ¿Es que tu abuelo no afirmó que eres la viva imagen de tu madre?

—Sí, pero podría haber mentido.

Los ojos oscuros de Merei me reprendieron por mi falta de fe. Y luego empezó a limpiar la pintura con el paño.

—¿Qué tal van tus lecciones, Bri?

Esa era la pregunta que continuábamos haciéndonos una y otra vez a medida que se acercaba el solsticio. Gruñí y cerré los ojos mientras empezaba a restregar con vigor mi cara.

—No lo sé.

—¿Cómo es posible que no lo sepas? —Hizo una pausa en el lavado hasta que cedí a abrir los ojos. Me miraba con una expresión atrapada entre la preocupación y la confusión—. Solo quedan dos días de lecciones oficiales.

—Lo sé. Pero ¿quieres saber qué me ha preguntado el Amo Cartier hoy? Me ha preguntado «¿qué es la pasión?» como si tuviera diez años, y no diecisiete. —Suspiré y le quité el paño; lo humedecí de nuevo.

Le había contado mis sospechas a Merei. Le había contado que creía que la Viuda me había aceptado por alguna razón misteriosa, no porque tuviera potencial. Y Merei había presenciado de primera mano aquel segundo año en el que había luchado con la música. Ella se había sentado a mi lado y había intentado ayudarme a aprender cuando la Ama Evelina parecía abrumada por lo mal que yo tocaba. Nunca había tenido un violín que sonara como si quisiera morir.

—¿Por qué no me rechazó cuando le pedí que me aceptara como su arden? —dije, frotando mi cara—. Debería haberme dicho que tres años no eran suficiente tiempo para que dominara esto. Y si hubiera sido inteligente, debería haber elegido el conocimiento desde el inicio, cuando tenía diez años y tiempo más que suficiente para aprender todos esos desgraciados linajes. —La pintura azul no estaba saliendo. Lancé el paño a un lado, sintiendo que había arrancado la mitad de mi cara y que habían quedado expuestos los verdaderos huesos de quien era: una inepta.

—¿Necesito recordarte, Bri, que el Amo Cartier rara vez comete errores?

Miré por la ventana, observando la lluvia caer como lágrimas sobre el cristal, sabiendo que ella tenía razón.

—¿Necesito recordarte que el Amo Cartier no te hubiera aceptado como su arden si hubiera pensado aunque fuera un instante que no podrías apasionarte? —Agarró mi mano para recuperar mi atención. Sonrió; tenía la mitad de sus rizos negros atados con una cinta y el resto caía suelto sobre sus hombros—. Si el Amo Cartier cree que puedes apasionarte en tres años, entonces puedes hacerlo. Y lo harás.

Presioné sus dedos en un gesto de gratitud silenciosa. Y ahora era mi turno de preguntarle sobre su pasión.

—¿Qué tal va tu última composición? He escuchado un poco desde el estudio de arte

Merei soltó mis dedos y gruñó. Por el sonido supe que se sentía igual que yo... abrumada y preocupada. Se volvió, caminó hacia su cama y tomó asiento, apoyando el mentón sobre su palma.

—Es horrible, Bri.

—Sonaba encantadora en mis oídos —dije al recordar su música flotando por el pasillo.

—Es horrible —insistió—. La Ama Evelina quiere que la tenga lista para el solsticio. No creo que sea posible...

Sabía por los siete años como compañera de habitación de Merei que ella era una perfeccionista respecto a su música. Cada nota debía estar colocada de forma exquisita, cada canción debía tocarse con fervor y arrebato. Si a sus dedos o a su arco se les escapaba una cuerda, su actuación la irritaba.

—¿Sabes lo que significa esto? —pregunté, sonriendo mientras tomaba de uno de los estantes una caja elaboradamente tallada.

Merei se recostó en la cama, exagerando de más mientras afirmaba:

—Estoy demasiado cansada para jugar.

—Tenemos un pacto. —Le recordé mientras abría la caja sobre nuestra mesa en común, y colocaba el tablero a cuadros y los peones de mármol.

Su padre había enviado este juego de cuentas y marcas para las dos, un juego que Merei adoraba ya que había crecido jugando a este en la isla de Bascune. Con el transcurso de los años en Magnalia, dado que Merei y yo nos habíamos preocupado más por nuestras pasiones, ya rara vez teníamos tiempo de jugar. Lo reservábamos para las tardes en las que ambas estábamos demasiado abrumadas y preocupadas. Habíamos jurado sacar el juego en esos momentos, como un recordatorio de qué el solsticio inminente no lo era todo.

—Vale. —Cedió, como supe que lo haría. Abandonó la cama y caminó hacia la mesa; reunió algunas partituras sueltas y las dejó a un lado.

Nos sentamos una frente a la otra, nuestros peones coloridos resplandecieron cuando encendí las velas, y Merei lanzó un ducado para ver quién hacía el primer movimiento.

—Tú empiezas, Bri —dijo.

Miré mis peones alineados obedientemente. Cuentas y marcas era un juego de estrategia. El objetivo era retirar los tres peones rojos del oponente. Decidí empezar por el borde, y moví mi peón amarillo hacia delante al primer cuadrado.

Siempre empezábamos el juego en silencio, dándonos tiempo a habituarnos a movernos al ritmo de la otra. Yo solía hacer movimientos arriesgados, Merei hacía movimientos cautelosos. Nuestros peones estaban desparramados sobre el tablero cuando Merei rompió el silencio y preguntó:

—¿Has tenido noticias de tu abuelo?

Tomé su primer peón rojo, uno que ella había hecho avanzar desafiantemente hacia nuestra línea de impacto.

—Sí. Dejaré que la leas después.

Ella empezó a acercarse a una de mis piezas rojas.

—¿Te ha dicho algún nombre?

—Ninguno. La respuesta habitual.

—¿Que tu padre no es digno de mención?

—Sí, eso mismo. —Observé cómo se apoderaba de uno de mis peones rojos. También me había bloqueado con sus piezas amarillas. Empecé a abrirme paso entre ellas...—. ¿Has tenido noticias de tu padre?

—Escribió hace unos días. Manda saludos y dice que espera que vengas conmigo a visitarlo después del solsticio.

Vi cómo pasaba mis peones azules, y aterrizaba en medio de mi territorio. Una jugada arriesgada de su parte siempre me desconcertaba; solía jugar con mucha cautela. Contraataqué, imitándola, y pregunté:

—¿Preferirías tener un mecenas muy apuesto con mal aliento o un mecenas muy feo que siempre huela bien?

Merei rio.

—Buen intento, Bri. No me distraigo con tanta facilidad.

—No estoy distrayéndote —insistí, tratando de ocultar una sonrisa—. Son asuntos muy importantes en los que pensar.

—Ajá. —Tomó mi segundo peón rojo—. Entonces, elijo el mecenas feo.

—Yo igual —respondí, intentando salir de otro anillo de sus peones amarillos.

—Si vamos a jugar este juego, entonces tienes que responder una pregunta. —Movió su peón negro a un lugar extraño—. ¿Preferirías enamorarte de tu Amo o de tu mecenas?

—Ambas opciones son horribles y tontas —susurré.

—Debes responder.

Miré el tablero, intentando hallar un modo de salir del nudo en el que ella me había metido.

—De acuerdo. Preferiría enamorarme de mi mecenas. —Mi cara ardía, pero mantuve los ojos en el tablero. Estaba a punto de tomar su segundo peón rojo…

—Debo admitir que yo elegiría al Amo.

Alcé la vista, sorprendida por su respuesta. Ella sonrió; me miró a los ojos mientras se apoderaba sin esfuerzo de mi último peón rojo.

—Siempre me ganas en este juego —protesté.

—Pierdes porque nunca proteges tu lado, Bri. Es tu única debilidad. Te he derrotado con un movimiento oblicuo. —Agitó mi peón rojo derrotado—. ¿Jugamos de nuevo?

Hice un sonido de rechazo, pero ella sabía que quería jugar de nuevo. Colocamos de nuevo nuestros peones en sus lugares originales y luego esperé que Merei hiciera el primer movimiento.

No hicimos preguntas en esta ronda; yo estaba demasiado concentrada en intentar superarla usando aquella táctica oblicua con la que siempre me vencía. Así que cuando tosió, levanté la vista y me sorprendí al ver que estaba a punto de apoderarse de mi último peón rojo.

—Ahora —dijo Merei—, una pregunta muy importante.

—¿Cuál?

Hizo una pausa, intentando reprimir la risa mientras me vencía de nuevo.

—¿Qué le vas a decir al Amo Cartier cuando pregunte por qué tienes la cara manchada de azul?

4

Las tres ramas

Fui la primera en llegar a la biblioteca el lunes por la mañana y esperé que Ciri y Cartier llegaran para la clase. A pesar de la limpieza esperanzada de Merei y una dosis de aguarrás de Oriana, aún tenía una sombra de pintura azul en la cara. Así que decidí dejar mi pelo suelto hacia delante. Caía sobre mi pecho, largo e irascible, color caoba, pero sentía que era un escudo detrás del que podía ocultarme para proteger mi cara y el recuerdo persistente de la pintura de guerra.

Ciri llegó segunda y tomó asiento frente a mí, al otro lado de la mesa.

—Aún veo la pintura —susurró—. Pero quizás él no la note.

El Amo Cartier ingresó dos segundos después de esas palabras. Fingí estar limpiándome las uñas mientras colocaba sus libros sobre la mesa. Mi pelo caía aún más hacia delante. Me di cuenta de mi error cuando sentí sus ojos sobre mí y vi que dejaba de mover las manos. Por supuesto que notaría mi pelo suelto. Siempre lo llevaba peinado en una trenza durante mis clases, para mantenerlo apartado de los ojos.

Lo oí acercarse a la mesa y detenerse junto a Ciri, para poder verme bien.

—¿Brienna?

Maldije en silencio. Luego me rendí y levanté la cara para mirarlo a los ojos.

—¿Amo?

—¿Puedo preguntar por qué... parece que te hubieras pintado la mitad de la cara de azul?

Miré a Ciri, quien presionaba los labios, intentando no reír.

—Puede preguntar, Amo —respondí, dando una patada a Ciri por debajo de la mesa—. He posado para un retrato. Oriana decidió, eh, pintar mi cara.

—Lo hizo porque la vestimos como una reina maevana, Amo —explicó Ciri deprisa, y luego observé, avergonzada, que ella hojeaba el libro de historia en busca de la ilustración de Liadan Kavanagh—. Como esta.

Cartier giró el libro para poder verlo bien. Miró a Liadan Kavanagh y luego me miró a mí. No podía saber en qué pensaba, si creía que era divertido u ofensivo... si le parecía que yo era valiente o infantil.

Empujó despacio el libro hacia Ciri y dijo:

—Entonces, habladme sobre Liadan Kavanagh.

—¿Acerca de qué? —Ciri respondió deprisa, siempre ansiosa por responder todo antes que yo.

—¿Quién era?

—La primera reina de Maevana.

—¿Y cómo se convirtió en reina? —Él caminó alrededor de la mesa, su voz adoptó aquella cadencia profunda y grave que me hacía pensar en una noche de verano plagada de estrellas. Era la clase de voz que podía tener un narrador.

—Pertenecía al clan Kavanagh —respondió Ciri.

—¿Y por qué eso es importante?

Ciri vaciló. ¿De verdad no lo recordaba? Me sorprendió un poco ver la arruga en su ceño, sus ojos azules recorriendo la mesa delante de nosotros como si las respuestas estuvieran en los nudos de la madera. Nunca olvidaba las cosas que Cartier le decía.

—¿Brienna? —dijo Cartier cuando ella tardó demasiado en responder.

—Porque los Kavanagh son los descendientes de los dragones —expliqué—. Tienen magia en la sangre.

—Pero ¿las otras trece Casas de Maevana no la tienen? —indagó, a pesar de que sabía la respuesta. Así nos enseñaba a las dos: conversaba con nosotras, nos pedía que le contáramos pequeñas partes de la historia que él una vez nos había contado.

—No —dije—. Las otras Casas no poseen magia. Solo los Kavanagh.

—Pero, entonces, ¿por qué una *reina* y no un rey? —Detuvo su caminata delante del gran mapa en la pared. Rozó con los dedos los cuatro países que conformaban nuestro hemisferio: la isla de Maevana al norte, Grimhildor al oeste congelado, Valenia y Bandecca al sur, y el océano separando todo en tres partes de tierras montañosas. Mientras tocaba el mapa, dijo:

»Valenia tiene un rey. Bandecca tiene un rey. Grimhildor tiene un rey. Todos los países en nuestro reino tienen uno. Entonces, ¿por qué Maevana, una tierra de clanes guerreros, construyó su trono en torno a una reina?

Sonreí, permitiendo que mis dedos recorrieran una muesca en la madera.

—Porque las mujeres Kavanagh poseen naturalmente una magia más fuerte que sus hombres. —Y pensé en aquella ilustración gloriosa de Liadan Kavanagh; recordé su postura orgullosa, la marca azul en su piel y la sangre en su armadura, la corona de plata y diamantes sobre su frente. ¿Sería posible que yo hubiera descendido de alguien como ella?

—Tienes razón, Brienna —dijo Cartier—. La magia siempre fluye más fuerte en las mujeres que en los hombres. A veces, pienso lo mismo respecto a las pasiones, hasta que recuerdo que la pasión no es en absoluto mágica o heredada. Porque algunos elegimos nuestra pasión. —Me miró—. Y a veces, la pasión nos elige a nosotros —y al decir eso miró a Ciri. Solo en ese instante me di cuenta de cuán diferentes éramos Ciri y yo, cuán flexible debía ser Cartier con su enseñanza para asegurarse de que sus dos ardenes aprendieran a través de los métodos que les resultaran mejor. Yo prefería las historias; Ciri prefería los hechos.

—Entonces —dijo y empezó a caminar lentamente de nuevo por la biblioteca—, me habéis dicho que Liadan Kavanagh poseía magia. Pero ¿por qué la nombraron reina hace trescientos años?

—Por los Hild —respondió Ciri deprisa, participando nuevamente de la conversación—. Los soldados de Grimhildor plagaron la costa maevana.

—Sí —añadí—. Pero no sabían que no separarían ni intimidarían a los catorce clanes de Maevana. Por el contrario, la violencia de los Hild los unió bajo el liderazgo de una reina.

—Y eligieron a Liadan porque... —insistió Cartier.

—Porque poseía magia —dijo Ciri.

—Porque unió a los clanes —respondí—. No la eligieron solo porque Liadan poseía la magia de sus ancestros. Lo hicieron porque era una guerrera, una líder, y unió a su pueblo como si fuera uno.

Cartier dejó de caminar. Tenía agarradas sus manos detrás de la espalda, pero sus ojos se encontraron con los míos a través del sol matutino y las sombras. Por un instante, por un breve instante maravilloso, casi sonrió.

—Bien dicho, Brienna.

—Pero, Amo Cartier —protestó Ciri—, los dos acabáis de decir que la eligieron por la magia.

Cualquier rastro de sonrisa desapareció mientras los ojos del Amo se movían entre ella y yo.

—Poseía magia poderosa, sí, pero ¿es necesario que te recuerde cómo se comportaba la magia de los Kavanagh en la batalla?

—Era incontrolable —dije en voz baja, pero Cartier y Ciri me oyeron—. La magia cobraba vida propia durante la batalla y el derramamiento de sangre. Se tornaba en contra de los Kavanagh; corrompía sus mentes, sus motivaciones.

—Entonces, ¿qué hizo Liadan? —me preguntó Cartier.

—No luchó contra los Hild con magia. Peleó con una espada y un escudo, como si hubiera nacido en otra Casa, como si no poseyera magia en absoluto.

Cartier no necesitaba confirmar mi respuesta. Vi el placer en sus ojos porque yo había recordado una clase que dio mucho tiempo atrás, una clase que probablemente dio pensando que no lo habíamos escuchado.

Ciri suspiró ruidosamente y el momento se desvaneció.

—¿Sí, Ciri? —indagó Cartier con las cejas en alto.

—Escucharos contar la historia de la primera reina ha sido agradable —empezó a decir—, pero la historia maevana no significa mucho para mí, no como para Brienna.

—Entonces, ¿de qué te gustaría hablar?

Ciri se movió nerviosa en su silla.

—Quizás puede prepararnos para el solsticio. ¿Quiénes son los mecenas que vienen? ¿Qué tenemos que esperar Brienna y yo?

Por mucho que disfrutara de hablar con Cartier sobre la historia maevana, Ciri tenía razón. Una vez más, quedé atrapada en el pasado en vez de mirar hacia los días venideros. Porque el conocimiento acerca de reinas maevanas probablemente no era algo que cautivara a un mecenas valeniano. Hasta donde sabía, Maevana respetaba las pasiones, pero no las adoptaba.

Cartier corrió su silla y por fin tomó asiento; entrelazó los dedos mientras nos miraba.

—Me temo que no puedo decirte mucho acerca del solsticio, Ciri. No conozco a los mecenas que la Viuda ha invitado.

—Pero, Amo…

Él levantó un dedo y Ciri guardó silencio, aunque vi el tono rojizo de indignación en sus mejillas.

—No puedo deciros mucho —insistió él—, pero puedo daros a ambas un pequeño indicio acerca de los mecenas. Habrá tres de ellos en busca de una pasionaria del conocimiento, uno por cada rama.

—¿Rama? —repitió Ciri.

—Piensa en nuestra primera lección, hace mucho tiempo —dijo Cartier—. ¿Recuerdas que os dije que el conocimiento se divide en tres ramas?

—La histórica —susurré, para ayudar a su memoria.

Ella me miró, el conocimiento lentamente regresaba a ella.

—La histórica, la médica y la educativa.

Él asintió, confirmando la respuesta.

—Las dos necesitáis preparar un modo de abordar a cada uno de esos tres mecenas.

—Pero ¿cómo lo hacemos, Amo Cartier? —preguntó Ciri. Ella repiqueteaba ansiosamente los dedos sobre la mesa, y yo quería decirle que no tenía nada de qué preocuparse; sin duda impresionaría a los tres mecenas.

—Para la histórica, deberéis tener memorizado un linaje impactante; deberéis ser capaces de hablar acerca de cualquier miembro de ese linaje. Preferentemente, concentraos en las familias de la realeza —explicó Cartier—. Para la médica, deberéis estar preparadas para hablar acerca de cualquier hueso, músculo u órgano del cuerpo, al igual que de traumatismos y heridas. Y para la educativa... bueno, esta es más difícil. El mejor consejo que puedo daros es que demostréis que podéis dominar cualquier asignatura y que podéis enseñarle a cualquier alumno.

Él debía haber visto la mirada vidriosa en nuestros ojos. De nuevo, *casi* sonrió al cruzarse de piernas y decir:

—Os he abrumado. Propongo que os toméis el resto de la mañana y os preparéis para el solsticio.

Me puse de pie más despacio, sintiendo una vez más aquel conflicto extraño... la necesidad de quedarme con él y pedirle que me enseñe *más* luchando contra el deseo de sentarme e intentar resolver todo sola.

Acababa de pasar junto a su silla en dirección a la puerta abierta cuando oí su voz, suave y amable, diciendo mi nombre.

—Brienna.

Me detuve. Ciri también debía haberlo oído porque se paró en la entrada para mirar por encima del hombro con el ceño fruncido. Observó cómo retrocedía hacia él antes de desaparecer por el pasillo.

—¿Amo?

Él levantó la mirada hacia mí.

—Estás dudando de ti misma.

Respiré hondo, lista para negarlo, para fingir confianza. Pero las palabras me traicionaron.

—Sí. Me preocupa que un mecenas no me quiera. Me preocupa no merecer mi capa.

—¿Y por qué creerías algo semejante? —preguntó.

Pensé en decirle todas las razones, pero eso requeriría que empezara a hablar acerca de aquel día fatídico en el que me había sentado en el vestíbulo de Magnalia y había escuchado a escondidas aquella conversación. El día en que lo había conocido, cuando su aparición inesperada había ahogado el nombre de mi padre.

—¿Recuerdas lo que te dije el día que me pediste ser tu Amo para enseñarte el conocimiento en tres años? —dijo Cartier. Asentí.

—Sí, lo recuerdo. Dijo que tendría que esforzarme el doble. Que mientras mis hermanas disfrutaran de sus tardes, yo estaría estudiando.

—¿Y lo has hecho?

—Sí —susurré—. He hecho todo lo que me ha indicado.

—Entonces, ¿por qué dudas de ti misma?

Aparté la mirada hacia los estantes. No tenía deseos de explicarle; sería desnudar demasiado mi corazón.

—¿Te animaría saber que he elegido tu constelación?

Aquella declaración audaz hizo que lo mirara de nuevo. Lo observé, era un príncipe en su trono de conocimiento, y sentí que mi pulso se aceleraba. Aquel era su regalo para mí, de un Amo a su estudiante. Él elegiría una constelación para mí y haría que la colocaran en el centro de mi capa pasionaria. Las estrellas solo pertenecerían a mí para indicar mi apasionamiento.

Se suponía que no debía decirme que estaba preparando mi capa. Sin embargo, lo hizo. Y me hizo pensar en su propia capa, azul como el aciano salvaje, y las estrellas que le pertenecían. Era la constelación de Verena, una cadena de estrellas que presagiaba el triunfo a pesar de las derrotas y los obstáculos.

—Sí —dije—. Gracias, Amo Cartier. —Empecé a moverme, pero me sentí de nuevo atrapada entre la puerta y su silla.

—¿Hay algo más que desees preguntarme, Brienna?

Me volví hacia él y lo miré a los ojos.

—Sí. ¿Tiene un libro acerca de la Gema del Anochecer?

Levantó las cejas.

—¿La Gema del Anochecer? ¿Por qué me preguntas al respecto?

—Aquella ilustración de Liadan Kavanagh... —Empecé a decir con timidez, al recordar la piedra que colgaba de su cuello.

—Ah, sí. —Cartier abandonó la silla y abrió su bolso de cuero. Observé mientras hurgaba entre los libros que traía hasta que por fin extrajo un volumen viejo y desgastado envuelto en una vitela protectora—. Cógelo. De la página ochenta a la cien te contará todo sobre la gema.

Acepté el libro, sosteniendo con cuidado su encuadernación frágil.

—¿Siempre ha traído este libro con usted? —Me resultaba extraño que lo hiciera, porque vi el emblema maevano impreso en él. Y ¿quién se molestaba en cargar un tomo de sabiduría popular maevana?

—Sabía que un día me lo pedirías —respondió Cartier.

No sabía qué decir. Así que hice una reverencia y me marché sin decir ni una palabra más.

5

La Gema del Anochecer

Aquella tarde no tuve una clase privada con Cartier porque ambos olvidamos que el sastre vendría a tomar las medidas de las ardenes para nuestros vestidos del solsticio. Pero nunca me faltaba un libro. Permanecí de pie junto a Ciri mientras esperábamos que nos tomaran las medidas. Mis dedos pasaban las hojas delicadas y manchadas del libro de sabiduría popular maevana que Cartier me había dado.

—Escucha esto, Ciri —dije, mientras mis ojos recorrían las palabras a toda prisa—. El origen de la Gema del Anochecer aún es objeto de grandes especulaciones, pero las leyendas afirman que la encontraron en el fondo de un lago en una cueva en las montañas Killough. Una dama Kavanagh se la llevó a los ancianos de su clan. Después de mucho deliberar, los Kavanagh decidieron vincular su magia a la gema, lo cual lentamente llevó a que dejaran de utilizar su habilidad para convertirse en dragones.

Estaba fascinada con la sabiduría popular, pero cuando Ciri continuó en silencio, mis ojos se posaron en ella y la vi rígida contra la pared, con la mirada testaruda clavada en el revestimiento de la pared opuesta.

—¿Ciri?

—No me interesa la Gema del Anochecer —dijo—. De hecho, no tengo ganas de escuchar nada sobre ella. Ya tengo suficientes cosas con las que abrumar mi mente estos días.

Cerré el libro, mis pensamientos repasaron deprisa el recuerdo de esa misma mañana, intentando hallar la fuente de su irritación.

—¿Qué sucede, Ciri?

—No puedo creer que nunca lo haya notado hasta ahora —prosiguió.

—¿Notado qué?

Por fin, posó sus ojos en mí. Eran fríos, el azul del hielo listo para romperse.

—Que el Amo Cartier te prefiere.

Permanecí quieta, paralizada por su afirmación. Y luego las palabras salieron a toda prisa de mi boca, incrédulas.

—¡Claro que no! Ciri, la verdad... Al Amo Cartier no le gusta nadie.

—Durante siete años, me he esforzado para impresionarlo, para ganar su afecto, para intentar obtener siquiera una sonrisa diminuta de su parte. —Su cara estaba excepcionalmente blanca, la envidia ardía abrasadora en su interior—. Y luego, tú apareciste. ¿Has visto cómo te miraba hoy? ¿Cómo quería sonreírte? Fue como si yo no estuviera en la habitación mientras hablabais sin parar de reinas maevanas y magia.

—Ciri, por favor —susurré. De pronto, sentía la garganta áspera mientras absorbía sus palabras.

—Y después no pudo resistirse —prosiguió ella—. Tenía que retenerte y decirte que había elegido tu constelación. ¿Por qué te dijo eso? ¿Por qué no me dijo lo mismo a mí? Ah, claro: eres su favorita.

Sentí calor en las mejillas cuando me di cuenta de que ella había estado escuchándonos a escondidas. No sabía qué decir; mi propio temperamento despertó, pero discutir con ella sería igual de inútil que golpear mi cabeza contra la pared. De todos modos, ella me miraba, desafiándome a contradecirla.

En ese momento fue cuando el sastre abrió la puerta y llamó a Ciri.

Sentí el roce de su paso, inhalé la fragancia a azucena que dejó como rastro antes de desaparecer en el vestidor y que el sastre cerrara la puerta.

Despacio, me deslicé hacia el suelo; sentía que mis piernas eran agua. Alcé las rodillas y las abracé cerca de mi pecho mientras miraba la pared. Mi cabeza empezó a latir, y froté mi sien, cansada.

Nunca había pensado que era la favorita del Amo Cartier. Ni una sola vez. Y me desconcertaba que Ciri pensara semejante tontería.

Había ciertas reglas que los Amos y las Amas seguían rigurosamente en la Casa Magnalia. No mostraban favoritismo hacia ninguno de los ardenes. Nos evaluaban con ciertas categorías en el solsticio, lejos de la subjetividad y los prejuicios, aunque podían otorgar cierto nivel de guía. No otorgaban una capa pasionaria si un arden fallaba en dominar su área. Y mientras sus métodos de enseñanza iban desde bailes a debates simulados, seguían una regla esencial: nunca nos tocaban.

El Amo Cartier era prácticamente perfecto. No se atrevería a romper una regla.

Estaba pensando en ello con los ojos cerrados, presionando las manos sobre mis mejillas sonrojadas, cuando percibí un leve olor a humo. Lo inhalé hasta lo profundo de mi corazón...

la esencia de la madera ardiente, de hojas aplastadas, césped largo enredado... el aroma metálico del acero calentándose sobre el fuego... el viento creado por cielos azules brillantes libres de nubes... y abrí los ojos. Aquel no era un aroma de la Casa Magnalia.

La luz parecía haber cambiado a mi alrededor; ya no era cálida y dorada, sino que era fría y tormentosa. Y luego, oí una voz distante, la voz de un hombre.

¿Milord? Milord, ella está aquí para verlo...

Me puse de pie, temblando, y me recliné contra la pared, mirando el pasillo. Sonaba como si la voz viniera hacia mí, las palabras marchitas y roncas de un anciano, pero yo estaba sola en el pasillo. Me pregunté brevemente si había una puerta secreta que desconocía, si uno de los sirvientes estaba a punto de salir de ella.

¿Milord?

Mi suposición desapareció cuando me di cuenta de que hablaba en dairinés, la lengua de Maevana.

Estaba a punto de dar un paso al frente para buscar y descubrir quién hablaba, cuando la puerta del vestidor se abrió con un chillido.

Ciri salió y me ignoró mientras caminaba por el pasillo, y la luz recuperó el tono dorado veraniego; el aroma empalagoso de las cosas ardiendo se evaporó y el llamado del extraño se convirtió en partículas de polvo.

—¿Brienna? —dijo el sastre.

Me obligué a caminar por el pasillo hacia él y a entrar en el vestidor. Dejé a un lado el libro de Cartier con cuidado y me aseguré de permanecer quieta y tranquila sobre el pedestal mientras el sastre empezaba a tomar mis medidas. Pero por dentro, mi cabeza latía, mi pulso se disparaba por mis muñecas y mi cuello mientras observaba mi reflejo en el espejo.

Estaba pálida como el hueso. Tenía los ojos castaños tristemente irritados y la mandíbula apretada. Parecía que acababa de ver un fantasma.

La mayoría de los valenianos afirmaría que no eran supersticiosos. Pero lo éramos. Por esa razón espolvoreábamos nuestras entradas con hierbas al comienzo de cada estación. Por esa razón las bodas tenían lugar solo los viernes. Por esa razón nadie quería tener un número impar de hijos. Sabía que los santos podían aparecer delante de los pecadores, pero esto... esto prácticamente parecía como si la Casa Magnalia estuviera embrujada.

Y si así era, entonces, ¿por qué solo yo escuchaba voces?

—Muy bien, mademoiselle, puede irse.

Bajé del pedestal y agarré el libro. Sin duda el sastre creía que era grosera, pero mi voz estaba atragantada en lo profundo de mi pecho mientras respiraba y abría la puerta...

El pasillo estaba normal, como debía estar.

Salí de la habitación, olí la levadura del pan recién horneado que provenía de la cocina, escuché la música de Merei flotando en el aire como una nube, sentí el suelo encerado blanco y negro debajo de mis zapatos. Sí, era Magnalia.

Moví la cabeza de lado a lado, para sacudir el velo que se había creado entre mis pensamientos y mis percepciones, y miré el libro en mis manos.

A través de la vitela protectora, su cubierta granate resplandecía intensamente como un rubí. Ya no se veía antiguo y desgastado: parecía recién encuadernado e impreso.

Me detuve. Mi mano retiró con cuidado la vitela y la dejé caer al suelo mientras miraba el libro. Su título, *El Libro de las*

Horas, estaba escrito con letras doradas en relieve. Ni siquiera le había prestado atención a la cubierta cuando Cartier me había dado aquel libro gastado y deslucido; antes había parecido una mancha de polvo de estrellas. Pero ahora, estaba perfectamente definido.

¿Qué le diría cuando se lo devolviera? ¿Que aquel librito maevano de sabiduría popular había viajado en el tiempo?

En cuanto pensé en ello mi curiosidad brotó como la hierba. Abrí la cubierta. Había un emblema editorial maevano y allí estaba el año de la primera edición. *1430.*

Y los dedos sobre la página —las manos que sostenían el libro— ya no eran míos.

Pertenecían a un hombre, robusto y lleno de cicatrices, con mugre debajo de las uñas.

Asustada, solté el libro. Pero el volumen permaneció en manos del hombre —en mis manos— y comprendí que estaba atada a él. Cuando mis sentidos tomaron consciencia de su cuerpo —él era alto, musculoso y fuerte—, sentí que la luz cambiaba a nuestro alrededor, gris y turbia, y que el humo invadía de nuevo el pasillo.

¿Milord? Ella está aquí para verlo.

Levanté la vista; ya no estaba en el pasillo de Magnalia. Estaba en un pasillo construido en piedra y mortero, con antorchas parpadeantes en soportes de hierro a lo largo de la pared. Y había un hombre de pie paciente frente a mí, el dueño de la voz que había oído la primera vez.

Era anciano y calvo, y tenía la nariz torcida. Pero me hizo una reverencia, vestido con pantalones negros y un jubón de cuero que estaba desgastado en los bordes. Tenía una espada enfundada a su lado.

¿Dónde está? La voz que calentaba mi garganta no era en absoluto parecida a la mía; retumbó como un trueno, masculina y grave.

Ya no era Brienna de Casa Magnalia. Era un hombre extraño de pie en un pasillo lejano del pasado, y nuestros cuerpos y mentes estaban vinculados por el libro. Y mientras mi corazón latía salvaje y aterrorizado en mi pecho, mi alma se asentó cómodamente en su esqueleto. Lo observé desde adentro, a través de sus ojos y sus percepciones.

—En la biblioteca, milord —dijo el chambelán, inclinando una vez más su cabeza calva.

El hombre al que yo estaba atada cerró el libro y pensó en lo que acababa de leer —lo que yo acababa de leer— mientras avanzaba por el pasillo y bajaba las escaleras serpenteantes hacia la biblioteca. Hizo una pausa delante de las puertas dobles para mirar una vez más *El Libro de las Horas*. Había algunos momentos en los que él quería creer en aquel saber popular, en los que quería confiar en la magia. Pero hoy no era ese momento, y abandonó el libro sobre una silla y abrió las puertas.

La princesa estaba de espaldas a él delante de las ventanas abovedadas y la luz dulcificaba su pelo oscuro. Por supuesto, había ido a visitarlo vestida con su armadura y tenía su espada larga enfundada a su lado. Como si hubiera ido a declararle la guerra.

Norah Kavanagh giró para mirarlo. Era la tercera hija de la reina, y si bien no era la más hermosa, a él le resultaba difícil apartar la vista de ella.

—Princesa Norah —la saludó él con una reverencia respetuosa—. ¿En qué puedo ayudarla?

Se reunieron en el centro de la extensa biblioteca, donde el aire se hacía más denso y sus voces no se oían.

—Sabe por qué he venido, milord —dijo Norah.

Él la miró con detenimiento: su nariz delicada, la punta afilada de su mentón, la cicatriz debajo de su mejilla. Ella no era perezosa como su hermana mayor, la heredera. Tampoco era ineficaz y cruel como su segunda hermana. No, pensó él, sus ojos eran tan azules que parecían arder. Ella era la elegancia y el acero, una guerrera al igual que una diplomática. Era el verdadero reflejo de su ancestro, Liadan.

—Ha venido porque está preocupada por los Hild —dijo él. Siempre era sobre los Hild, el único némesis verdadero de Maevana.

Norah apartó la mirada hacia los estantes atestados de libros y pergaminos.

—Sí, los ataques de los Hild han causado que mi madre les declare la guerra.

—¿Y la princesa no desea declarar una guerra?

Aquellas palabras hicieron que ella lo mirara de nuevo, entrecerrando los ojos con desaprobación.

—No deseo ver que mi madre use su magia para el mal.

—Pero los Hild son nuestros enemigos —replicó él. Solo en un espacio privado la desafiaría de ese modo, solo para probar cuán arraigadas estaban sus creencias—. Quizás merecen que los desgarre la magia bélica.

—La magia nunca debe utilizarse en la batalla —susurró ella, dando un paso hacia él—. Lo sabe, lo cree. He crecido bajo sus advertencias, he entrenado para dominar la espada y el escudo tal como aconsejó. Me he preparado para el día en el que necesitaría proteger mi tierra con mis propias manos, con mi espada, no con magia.

El corazón del hombre se tranquilizó al sentir que el espacio entre ellos se tensaba. Ella solo tenía dieciséis años y, sin embargo, ¿quién hubiera pensado que la tercera princesa en nacer, aquella que nunca heredaría la corona, la que muchos olvidaban que existía, sería la única que tendría en cuenta sus palabras?

—Su madre, la reina, no piensa así —dijo él—. Y sus hermanas tampoco. Ven la magia como una ventaja en la batalla.

—No es una ventaja —insistió Norah, moviendo la cabeza de lado a lado—. Es un obstáculo y un peligro. He leído lo que escribió al respecto. He estudiado la guerra de Liadan y he sacado mis propias conclusiones

Ella hizo una pausa. Él esperó, esperó a que ella pronunciara las palabras.

—No hay que permitir que mi madre entre en guerra ejerciendo la magia.

Él apartó la vista de ella, su afirmación lo hizo sentir embriagado con sus propias ambiciones, con su propio orgullo. Debido a ello, él necesitaría tratar el asunto con mucho cuidado, por temor a ponerla en contra de él.

—¿Qué quiere que haga, princesa Norah?

—Quiero que me aconseje. Quiero que me ayude.

Él se detuvo delante del gran mapa clavado en la pared. Su mirada recorrió la isla de Maevana, sus límites y sus montañas, sus bosques y sus valles. Al oeste estaba la fría tierra de Grimhildor. Al sur estaban los reinos de Valenia y Bandecca. Y una idea brotó en su mente, echó raíces y floreció en su lengua…

—Puede decirle a la reina que Valenia nunca ayudaría a Maevana si utilizáramos magia en la batalla. —Él se volvió y miró al norte—. De hecho, probablemente terminarían con nuestra alianza.

—No necesitamos la ayuda de Valenia —replicó la princesa. Allí estaba la arrogancia que todos los Kavanagh parecían poseer.

—No descarte tan deprisa a los valenianos, princesa. Son nuestro aliado más fuerte, nuestro hermano leal. Sería tonto apartarlos de nosotros solo porque su madre ha decidido librar una guerra mágica.

La cara de Norah no se suavizó; no se sonrojó ni se disculpó por su arrogancia.

Él caminó de nuevo hacia ella y se detuvo tan cerca que su pecho casi rozaba la pechera de la armadura de ella, tan cerca que podía oler la fragancia del aire montañoso en su pelo, y susurró:

—¿Comprende que su madre podría aniquilar Grimhildor? ¿Que podría convertir al pueblo de Valenia en sus esclavos? ¿Que podría sumir a Bandecca en una oscuridad eterna? ¿Que su madre podría hacer añicos el reino con su magia bélica?

—Sí —susurró ella.

No era justo, pensó él. No era justo que Kavanagh fuera la única Casa con magia, que las otras trece fueran absolutamente frágiles, débiles y humanas. Que la mujer esbelta delante de él pudiera quemar su tierra con solo chasquear los dedos, que pudiera parar su corazón con una simple palabra. Y sin embargo, él tendría que encender el fuego para quemar la tierra; él tendría que alzar la espada para matarla. Podía sentir la magia emanando de ella, como los destellos diminutos de su armadura, como el polvo de estrellas en su pelo, como la luz de luna en su piel.

Ah, él siempre había sentido resentimiento hacia los Kavanagh.

Pensó en lo que acababa de leer en El Libro de las Horas sobre el origen antiguo de la Gema del Anochecer. ¿Por qué debería creer en semejante mito estúpido que decía que los ancianos Kavanagh habían vinculado su magia a la gema? O eran tontos o tenían miedo de su poder. Así que lo habían apaciguado.

Y él estaba a punto de hacer una gran suposición —ella probablemente reiría cuando se lo dijera—, pero eso era lo que él había deseado desde hacía bastante tiempo.

—Debe traerme la Gema del Anochecer —le dijo él a ella, y la observó fruncir el ceño.

—¿Qué? ¿Por qué?

—La magia de su madre, la magia de su hermana, su magia, princesa, depende de que una de vosotras lleve puesta la gema sobre el corazón, en contacto con la piel. Si la gema se separa de los Kavanagh, vuestra magia se dormirá.

Ella respiró hondo apretando los dientes, pero él sabía que aquello no la sorprendía. Entonces, ¿ella lo sabía? ¿Sabía que era necesario que su Casa vistiera la gema para poder usar la magia? Y, sin embargo, su clan, los Kavanagh, habían guardado el secreto. ¿Quién había empezado a hacerlo? ¿Liadan?

—¿Cómo sabe eso, milord?

Él le sonrió; la sonrisa tenía un sabor ácido en sus labios.

—Años y años de leer sobre sus costumbres, princesa. Es una suposición mía, pero veo en sus ojos que me he topado con la verdad.

—No puedo hacerme con la Gema del Anochecer —gruñó Norah—. Nunca abandona el cuello de mi madre.

—¿No puede o no lo hará? —replicó él—. Tiene miedo de sentir cómo la magia disminuye en su sangre, ¿verdad?

Norah miró a través de la ventana, donde la tormenta por fin se había desatado, golpeando el cristal.

—Mi madre me decapitaría si me atrapara llevándome la gema. Si supiera que se la he entregado… a usted.

—¿Cree que yo puedo destruir semejante objeto? —exclamó él, su paciencia empezaba a menguar—. No olvide, princesa Norah, que la Gema del Anochecer me quemaría si me atreviera a tocarla.

—Ella creerá que he conspirado con usted —prosiguió ella, sin prestarle atención.

Él suspiró, cansado de intentar persuadirla.

—Creo que necesita más tiempo para pensar en esto. Regrese al castillo, princesa. Considere lo que le he dicho, lo que le he pedido. Si cree

que puede apaciguar la magia de su madre de otro modo, entonces, consideraremos una estrategia diferente. Pero si no... debe traerme la gema. De otro modo, seremos testigos de cómo la magia bélica de su madre destruye el mundo.

Norah mantenía la cara cuidadosamente inexpresiva; él no podía saber qué pensaba ella, qué sentía.

La observó partir y cerrar las puertas de un golpe al salir.

Regresaría, él lo sabía. Regresaría porque no había otra manera. Regresaría porque le temía a su propia magia.

A duras penas me di cuenta de que él me abandonaba, que su cuerpo se disolvía como la niebla a mi alrededor, saliendo por la ventana abierta. Pero mi vista se despejó, como si parpadeara para quitar la arena del sueño y descubrir que estaba de pie en la biblioteca familiar de Magnalia. Mis manos aún sostenían *El Libro de las Horas*: era viejo, gastado y deslucido de nuevo. Pero aquel libro una vez había pertenecido a él, al hombre en el que me había convertido. Este libro una vez había estado en el pasillo de un castillo maevano hacía ciento treinta y seis años.

Hice una mueca, la luz del sol agudizó el dolor de cabeza. Avancé hacia la puerta y atravesé el pasillo; subía las escaleras, apretando la mandíbula, cuando la risa repentina de Sibylle resonó en mis oídos.

Sentía que acababa de golpearme la cabeza contra una piedra. Estaba tentada de palpar mi cráneo para ver si tenía una fisura.

Entré en mi habitación y cerré la puerta.

Debería estar estudiando. Debería estar preparándome.

Pero lo único que pude hacer fue apoyar el libro y recostarme en la cama; cerré los ojos e intenté obligar al dolor de cabeza a marcharse, a calmar la alarma que empezaba a latir en mi corazón.

Repasé lo que había visto, una y otra vez, hasta que solo pude preguntarme *por qué* y *quién*. ¿Por qué había visto eso? ¿Y quién era aquel hombre?

Porque nunca había descubierto su nombre.

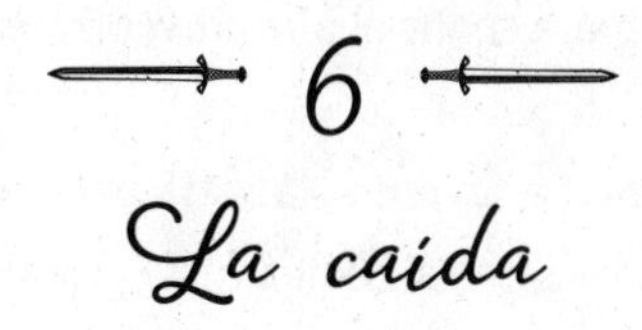

La mañana siguiente, llegué media hora tarde a la clase de Cartier. Quizás era algo excesivo; nunca había llegado tarde, ni siquiera cuando era una arden de las otras cuatro pasiones. Pero no podía soportar imaginar que Ciri pensara que Cartier me prefería. No podía soportar permitir que aquello se interpusiera entre ella y yo, entre nuestra hermandad y amistad. Quería apaciguar la mente de Ciri; quería demostrarle que Cartier no me trataría diferente a ella. Y el mejor modo de molestarlo era llegar tarde.

Entré en la biblioteca y mi mirada se detuvo primero en él. Estaba de pie junto a la mesa estudiando con Ciri; su pelo rubio estaba atado con una cinta y su camisa blanca absorbía la luz del sol. Mi corazón latía desbocado, con emoción agonizante, cuando él se volvió para mirarme.

—¿Y cuáles son los huesos del cráneo? —le preguntó a Ciri mientras yo ocupaba mi silla.

Ciri, por primera vez desde que habíamos tenido clase juntas, se quedó sin palabras. Tenía los ojos abiertos de par en par, como un cielo de verano en donde perderse.

—El… el hueso frontal, el parietal, el molar…

Cartier caminó hacia mí. Solía andar durante las clases, así que no era una novedad, pero oía en sus pisadas la calma que anticipaba la tormenta. Se detuvo junto a mi codo, lo suficientemente cerca como para sentir el aire chisporrotear entre nosotros.

—Llegas tarde, Brienna.

—Sí. —Me atreví a levantar la vista hacia él. Su cara estaba bien resguardada; no sabía si estaba furioso o aliviado.

—¿Por qué? —preguntó.

—Disculpe, Amo. No tengo una buena razón.

Esperé… esperé que me castigara, que me asignara alguna tarea de escritura tediosa en la que describía en detalle la tontería de mi retraso. Pero nunca sucedió. Se volvió y empezó a caminar de nuevo lentamente alrededor de la mesa y de la biblioteca.

—Ahora, dime los huesos del brazo, Ciri.

Ciri me miró y puso los ojos en blanco cuando él nos dio la espalda. Sabía que intentaba decirme: «¿Ves, Brienna? Siempre te sales con la tuya».

La escuché empezar a diseccionar los huesos del brazo (siempre había sido brillante para la anatomía humana) mientras pensaba en otra manera de irritar a Cartier. Ciri acababa de mencionar el húmero cuando la interrumpí groseramente.

—Húmero, radio, cúbito, carpianos…

—No te lo he preguntado a ti, Brienna. —La voz de Cartier era suave como el cristal. Era una advertencia, sus ojos se encontraron con los míos desde el extremo opuesto de la habitación.

Hice silencio; intentaba disipar mi culpa, recordar que eso era lo que quería. Quería enfurecerlo, molestarlo.

—Ahora, Ciri —dijo él, cerrando los ojos y pellizcando el puente de su nariz como si estuviera exhausto—, por favor enumera los huesos de la pierna.

Los dedos de Ciri delineaban distraídamente la superficie de la mesa mientras me miraba, confundida.

—Cóndilo femoral lateral, cóndilo femoral medial, tubero...

—Tuberosidad tibial —la interrumpí de nuevo—. Tibia, peroné...

—Brienna —dijo él, su voz se mezcló con la mía rápidamente—. Retírate.

Me puse de pie, hice una reverencia y partí sin mirarlo, sin mirarla. Subí corriendo las escaleras con el corazón tembloroso como la cuerda rota de un arpa.

Tomé asiento en mi cama y miré *El Libro de las Horas*, que continuaba sobre mi mesita de noche. No lo había tocado desde la visión y parecía desgastado e inofensivo. Después de un debate interno, decidí tomarlo y leer otro fragmento, esperando que *él* me llevara de regreso a 1430. Pero las horas pasaron y yo permanecí sentada en silencio, a salvo en mi cama leyendo sobre costumbres maevanas.

Oí las voces de mis hermanas que salían de sus clases... alegres, vivaces. Habían terminado y estaban listas para el solsticio. Sin embargo, pensé en todo lo que aún necesitaba dominar antes del domingo y, distraídamente, elegí un libro al azar de mis estantes. Resultó ser el tomo de linajes reales, el que se suponía que debía haber memorizado.

La puerta se abrió y Merei ingresó deprisa con su laúd. Estaba sorprendida de verme.

—¿Bri? ¿Qué estás haciendo?

—Estudio —respondí con una sonrisa torcida.

—Pero las clases han terminado —replicó; apoyó el laúd sobre la cama y se acercó a la mía—. Iremos un día al campo para celebrarlo. Deberías venir.

Casi accedí. Estaba a punto de cerrar el libro y olvidar la lista de cosas que necesitaba memorizar, pero mi mirada se posó en *El Libro de las Horas*. Necesitaba, quizás más que cualquier otra cosa, hablar con Cartier al respecto. Contarle lo que había visto.

—Ojalá pudiera —dije; creí que Merei estaba a punto de obligarme a ponerme de pie y arrastrarme por las escaleras cuando Abree la llamó desde el vestíbulo.

—¡Merei!

—Brienna. Por favor, ven —susurró Merei.

—Debo hablar con el Amo Cartier sobre algo.

—¿Sobre qué?

—*¡Merei!* —Abree continuó gritando—. ¡Date prisa! ¡Están partiendo sin nosotras!

Levanté la vista hacia ella, mi hermana, mi amiga. Quizás ella era la única persona en el mundo en quien podía confiar, la única que no pensaría que había perdido la cordura si le contaba lo que había ocurrido, cómo había cambiado de forma.

—Tendré que contártelo después —susurré—. Vete, antes de que Abree pierda la voz.

Merei permaneció allí un segundo más, con sus ojos oscuros clavados en los míos. Pero sabía que discutir era inútil. Se marchó sin decir una palabra más y escuché cómo bajaba las escaleras y cerraban las puertas de la entrada con una sacudida.

Me puse de pie y caminé hacia la ventana con vista al jardín delantero. Observé a mis hermanas ardenes reunirse en uno de los carruajes abiertos, riendo mientras avanzaban por el sendero y desaparecían debajo de las ramas de los robles.

Solo entonces agarré *El Libro de las Horas* y bajé deprisa y con torpeza las escaleras. Casi tropiezo con Cartier en el vestíbulo;

tenía la capa sobre el brazo y su bolso en la mano mientras se preparaba para salir.

—Creí que te habías marchado —declaró Cartier.

—No, Amo.

Permanecimos de pie y nos miramos. La casa estaba inusualmente silenciosa, como si los muros estuvieran observándonos. Sentía que estaba respirando hondo antes de sumergirme en aguas profundas.

—¿Puedo pedirle una tarde de clase?

Él colocó su bolso y resopló.

—¿Te he echado de una y ahora quieres otra?

Una sonrisa calentó mis labios mientras levantaba su libro.

—¿Tal vez podemos hablar de esto?

Su mirada se posó en el libro un instante y luego regresó a mis ojos suaves y arrepentidos.

—De acuerdo. Si accedes a comportarte como tú misma.

Entramos a la biblioteca. Mientras él empezaba a acomodar sus pertenencias, me aproximé a mi silla y coloqué *El Libro de las Horas* sobre la mesa.

—Quería que me echara —confesé.

Cartier levantó la vista, con una ceja en alto.

—Eso he creído. ¿Por qué?

Moví mi silla y tomé asiento, entrelazando los dedos como una arden obediente.

—Porque Ciri cree que me da un trato preferencial.

Él ocupó la silla de Ciri justo frente a mí. Colocó los codos sobre la mesa, y apoyó el mentón sobre la palma de una mano; tenía los ojos entrecerrados con una alegría que ocultaba lastimosamente.

—¿Qué la hace pensar eso?

—No lo sé.

Él no habló, pero su mirada tocó cada línea y curva de mi cara. Recordé lo fácil que era para él ver mi interior; mi cara era como un poema que él podía leer. Así que intenté no sonreír o fruncir el ceño, pero él insistió:

—Lo sabes. ¿Por qué?

—Creo que es por los temas sobre los que hemos hablado. Ayer se sintió excluida.

—¿Cuando hemos hablado sobre Maevana?

—Sí. —No mencionaría su sonrisa sospechosa—. Y creo que le preocupan los mecenas y… competir conmigo. —Eso era lo que a mí me preocupaba: que Ciri y yo convirtiéramos inevitablemente el solsticio en una competición, que quisiéramos el mismo mecenas.

La mirada de Cartier se agudizó. Cualquier destello de alegría desapareció y enderezó la espalda en la silla.

—No debería haber necesidad de que compitáis entre vosotras. Tú posees tus fortalezas, y ella, las suyas.

—¿Cuáles diría que son mis fortalezas? —pregunté tentativamente.

—Bueno, diría que eres similar a mí. Eres una historiadora nata, te atrae lo relacionado con el pasado.

A duras penas podía creer sus palabras, cómo acababa de abrir la puerta para discutir el asunto que me generaba ansiedad. Con cuidado, desenvolví *El Libro de las Horas* y lo coloqué entre nosotros.

—Hablando del pasado —empecé a decir y preparé mi garganta—, ¿dónde ha conseguido un libro como este?

—Donde consigo la mayoría de ellos —respondió con inteligencia—. En la tienda de libros.

—¿Lo ha comprado en Maevana?

Hizo silencio y luego dijo:

—No.

—Entonces, ¿no sabe a quién le perteneció antes de usted?

—Estás haciendo preguntas extrañas, Brienna.

—Solo tengo curiosidad.

—En ese caso, no, no sé quién fue su dueño antes de mí. —Se reclinó de nuevo en la silla y aquella expresión con ojos entrecerrados regresó. Pero no me engañaba, vi el resplandor en sus ojos.

—¿Alguna vez... ha visto o sentido cosas al leer este libro?

—Todos los libros me hacen ver y sentir cosas, Brienna.

Él hacía que sonara como una tonta. Empecé a rendirme en mi mente, un poco dolida por su sarcasmo; él debía haberlo percibido porque de inmediato suavizó su actitud y su voz parecía miel.

—¿Has disfrutado leer sobre la Gema del Anochecer?

—Sí, Amo. Pero...

Él esperó, alentándome a decir lo que pensaba.

—¿Qué le ocurrió? —concluí.

—Nadie lo sabe —respondió Cartier—. Desapareció en 1430, el año de la última reina maevana.

1430. El año al que yo había accedido de algún modo. Tragué con dificultad, de pronto tenía la boca seca y el pulso acelerado. Recordé lo que había dicho la princesa, lo que el hombre había dicho.

Tráeme la Gema del Anochecer.

—¿La última reina maevana? —repetí.

—Sí. Hubo una batalla sangrienta, una batalla mágica. Como ya sabes al haber leído sobre Liadan, la magia de los Kavanagh en la guerra se tornaba salvaje y corrupta. Asesinaron a la reina, la gema se perdió y así llegó el fin de una era. —Él golpeteó los dedos sobre la mesa, sin mirar nada en particular, como si sus pensamientos fueran tan profundos y perturbados como los míos.

—Pero aún llamamos a Maevana *el Dominio de la Reina* —dije—. No nos referimos a Maevana como «reino».

—Pero el rey Lannon espera cambiar eso pronto.

Ah, el rey Lannon. Pensaba en tres cosas al oír su nombre: codicia, poder y acero. Codicia porque ya había acuñado monedas maevanas con su perfil. Poder porque había restringido en gran medida el intercambio entre Maevana y Valenia. Y acero, porque resolvía la mayoría de sus discusiones con la espada.

Pero Maevana no siempre había sido tan oscura y peligrosa.

—¿En qué estás pensando? —preguntó Cartier.

—En el rey Lannon.

—¿Hay tanto que pensar cuando surge su nombre?

Le lancé una mirada divertida.

—Sí, Amo Cartier. Hay un hombre en el trono de Maevana cuando debería haber una mujer.

—¿Quién dice que debería haber una reina? —Y ahora era el momento de la conversación; me desafiaba a que ejercitara mi conocimiento al igual que mi expresión.

—Liadan Kavanagh lo dijo.

—Pero Liadan Kavanagh ha estado muerta durante doscientos cincuenta años.

—Quizás ella ha muerto, pero sus palabras no.

—¿Qué palabras, Brienna?

—El Estatuto de la Reina.

Cartier inclinó el cuerpo hacia delante, como si la mesa pusiera demasiada distancia entre nosotros. Y me di cuenta de que yo hacía lo mismo, para reunirme con él en medio del roble, la madera que había sido testigo de todas mis clases.

—¿Y qué es el Estatuto de la Reina? —preguntó.

—La ley de Liadan. Una ley que declara que Maevana debe ser gobernado solo por una reina, nunca por un rey.

—¿Dónde hay pruebas de la existencia de esa ley? —preguntó; hablaba en voz baja y sombría.

—Desaparecieron.

—La Gema del Anochecer, perdida. El Estatuto de la Reina, perdido. Y así Maevana también lo está. —Él apoyó de nuevo la espalda contra la silla—. El Estatuto es la ley que mantiene el poder alejado de los reyes y que garantiza que el trono y la corona pertenezcan a las hijas nobles de Maevana. Así que cuando desapareció en 1430, justo después de la pérdida de la Gema del Anochecer, Maevana quedó al borde de la guerra civil hasta que el rey de Valenia decidió intervenir. Conoces la historia.

Sí que la conocía. Valenia y Maevana siempre habían sido aliados, un hermano y una hermana, un reino con rey y el otro con reina. Pero cuando Maevana quedó repentinamente desprovisto de reina y de magia, se convirtió en una tierra dividida: las catorce casas amenazaban con separarse de nuevo en clanes. Pero el rey valeniano no era tonto; desde el otro lado del canal, observó a los lores luchar y reñir por el trono, por quién debía tomar el poder. Así que el rey valeniano viajó a Maevana, le dijo a cada uno de los catorce lores norteños que pintaran el emblema de sus Casas en una piedra, que las colocaran dentro de un barril y que él extraería una para ver quién gobernaría el norte. Los lores accedieron —todos estaban ciegos de orgullo y creían que cada uno tenía derecho a gobernar— y miraron ansiosos mientras la mano del rey valeniano descendía dentro del barril y sus dedos movían las piedras. La roca que extrajo fue la de Lannon, una piedra que tenía el emblema del lince.

—El rey de Valenia colocó a los hombres Lannon en el trono —susurré; el pesar y la furia invadían mi corazón cada vez que pensaba en ello.

Cartier asintió, pero había una chispa de furia en sus ojos cuando dijo:

—Comprendo las intenciones del rey valeniano: él creía que lo que hacía era lo correcto, que salvaba a Maevana de una guerra civil. Pero debería haberse mantenido al margen del asunto; debería haber permitido que Maevana llegara a sus propias conclusiones. Dado que el gobernante de Valenia es un rey, él creía que Maevana también debía adoptar uno. Así que los hijos nobles de Lannon creen que son dignos del trono de Maevana.

No pasé por alto que Cartier probablemente perdería la cabeza si los maevanos leales lo escuchasen decir semejante traición. Temblé y permití que el miedo invadiera mis huesos antes de obligarme a recordar que estábamos dentro de un bolsillo profundo de Valenia, lejos del dominio tiránico de Lannon.

—Suena como *La pluma lúgubre*, Amo —comenté. *La pluma lúgubre* era una publicación trimestral de Valenia, que contenía hojas impresas con creencias e historias audaces escritas por autores anónimos que adoraban burlarse del rey maevano. Cartier solía traernos los folletos para que Ciri y yo los leyéramos; habíamos reído, nos habíamos sonrojado y habíamos discutido por las afirmaciones hostiles.

Cartier resopló; evidentemente le divertía mi comparación.

—¿Sí? «¿Cómo debo describir a un rey norteño? ¿Con palabras humildes en papel? ¿O quizás con toda la sangre que derrama, con todas las monedas que acuña, con todas las esposas e hijas que mata?».

Intercambiamos miradas, las palabras audaces de *La pluma lúgubre* flotaban entre nosotros.

—No, no soy *tan* valiente como para escribir algo semejante —confesó por fin—. O tan tonto.

—De todos modos, Amo Cartier… el pueblo de Maevana sin duda recuerda lo que dice el Estatuto de la Reina, ¿verdad? —insistí.

—El Estatuto de la Reina fue escrito por Liadan, y solo existe uno —explicó él—. Ella talló con magia la ley en una lápida de piedra. Aquella lápida, que es imposible de destruir, ha estado desaparecida durante ciento treinta y seis años. Y las palabras, incluso las leyes, son fáciles de olvidar; el polvo las consume si no se transmiten de generación en generación. Pero ¿quién sabe si un maevano no heredará los recuerdos de sus ancestros y recordará estos poderes del pasado?

—¿Recuerdos ancestrales? —repetí.

—Es un fenómeno extraño —explicó—. Pero una pasionaria del conocimiento hizo una investigación exhaustiva al respecto y concluyó que todos tenemos en nuestra mente los recuerdos selectivos de nuestros ancestros, pero nunca accedemos a ellos porque están dormidos. Dicho eso, igualmente pueden manifestarse en algunos de nosotros, según la conexión que hagamos.

—Entonces, ¿quizás un día alguien heredará los de Liadan? —pregunté, solo para saborear la esperanza en las palabras.

El resplandor en sus ojos indicó que solo era una ilusión.

Reflexioné al respecto. Después de un rato, mis pensamientos regresaron a Lannon y dije:

—Pero debe haber algún modo de proteger el trono maevano de… un rey como él.

—No es tan fácil, Brienna.

Hizo una pausa y esperé.

—Hace veinticinco años, tres lores intentaron derrocar a Lannon —empezó a decir. Ya conocía aquella historia fría y sangrienta, pero no tuve el corazón para decirle a Cartier que dejara de hablar—. Lord MacQuinn. Lord Morgane. Lord Kavanagh. Querían que la hija mayor de Lord Kavanagh ocupara el trono. Pero sin la Gema del Anochecer y sin el Estatuto de la Reina, los otros lores no los siguieron. El plan se hizo cenizas. Lannon cobró venganza y masacró a Lady MacQuinn, Lady Morgane y Lady Kavanagh. También asesinó a sus hijas, algunas apenas eran niñas, porque un rey maevano siempre le temerá a las mujeres mientras el Estatuto de la Reina continúe esperando que lo redescubran.

La historia hizo que sintiera el corazón apesadumbrado. Me dolía el pecho porque la mitad de mi ascendencia provenía de esas tierras, de un pueblo bello y orgulloso que habían sumido en la oscuridad.

—Brienna.

Parpadeé para apartar la tristeza y el miedo y lo miré.

—Un día, surgirá una reina —susurró como si los libros tuvieran oídos para escuchar a escondidas—. Quizás será en nuestra época, quizás en la siguiente. Pero Maevana recordará quién es y se unirá para un gran propósito.

Sonreí, pero el vacío no desapareció. Estaba posado en mis hombros y anidando en mi pecho.

—Vaya —dijo Cartier y golpeteó los nudillos contra la mesa—, tú y yo nos distraemos fácilmente. Hablemos del solsticio, de cómo puedo prepararte mejor.

Pensé en la sugerencia que hizo de los tres mecenas, en lo que necesitaba haber preparado.

—Aún me falta el linaje real.

—Entonces empecemos por allí. Elige un noble lo más antiguo que puedas y recita su linaje a través del hijo heredero.

Esta vez, no tenía la carta de mi abuelo en el bolsillo para perder la concentración. De todos modos, mencioné varios hijos antes de sentir un bostezo trepando por mi garganta. Cartier me escuchaba con la mirada fija en la pared, pero perdonó mi bostezo, permitió que pasara desapercibido. Hasta que apareció de nuevo, y por fin decidí tomar un libro de encuadernación dura que estaba en la mesa y me puse de pie sobre mi silla con un giro de mi falda. Él me miró, sorprendido.

—¿Qué estás haciendo?

—Necesito un momento para reavivar mi mente. Venga, Amo. Acompáñeme. —Lo invité mientras balanceaba el libro sobre mi cabeza—. Continuaré con los linajes, pero el primero al que se le caiga el libro de la cabeza, pierde.

Solo lo hice porque estaba exhausta, y quería sentir la adrenalina del riesgo. Solo lo hice porque quería desafiarlo, quería desafiarlo después de que él me hubiera desafiado durante tres años. Solo lo hice porque no teníamos nada que perder.

Nunca creí que él fuera a hacerlo.

Así que cuando cogió *El Libro de las Horas* y se puso de pie en su silla, me sorprendí gratamente. Y cuando balanceó el libro sobre la cabeza, le sonreí. Ya no parecía tan grande, tan infinito, con su perspicacia filosa y su exasperante conocimiento profundo. No, era mucho más joven de lo que había creído antes.

Allí estábamos, cara a cara, de pie sobre las sillas, con libros sobre la cabeza. Un Amo y su arden. Una arden y su Amo.

Y Cartier me sonrió.

—Entonces, ¿qué me vas a dar cuando pierdas? —bromeó.

—¿Quién dice que voy a perder? —dije—. Por cierto, debería haber elegido un libro de tapa dura.

—¿No se supone que deberías estar recitando el linaje para mí?

Permanecí quieta, con el libro perfectamente equilibrado, y continué donde había dejado el linaje. Cometí un error; él me corrigió de buen modo. Y mientras continuaba descendiendo en la línea de sucesión de los nobles, la sonrisa de Cartier se relajó, pero nunca desapareció.

Estaba a punto de terminar el linaje cuando el libro de Cartier *por fin* empezó a deslizarse. Él extendió los brazos, como un pájaro, ansioso por recuperar el equilibrio. Pero el movimiento fue demasiado abrupto y observé mi victoria con los ojos abiertos de par en par, mientras él caía de su silla con un ruido tremendo y sacrificaba su dignidad para atajar *El Libro de las Horas.*

—Amo, ¿está bien? —pregunté, intentando en vano controlar mi risa.

Él enderezó su postura; su pelo había escapado de la cinta que lo sostenía y ahora caía sobre sus hombros como oro. Pero me miró y rio, un sonido que nunca había oído, un sonido que anhelaría oír de nuevo cuando desapareciera.

—Recuérdame que nunca juegue a nada contigo —dijo, mientras deslizaba los dedos por su pelo y ajustaba la cinta—. ¿Y qué debo sacrificar por haber perdido?

Agarré mi libro y bajé de la silla.

—Mmm… —Caminé alrededor de la mesa hasta detenerme junto a él, intentando pensar en medio del caos en el que se habían convertido mis pensamientos. *¿Qué debería pedirle?*

»Podría darme *El Libro de las Horas* —susurré, preguntándome si quizás era demasiado valioso para pedirlo.

Pero Cartier lo colocó en mis manos y dijo:

—Una decisión sabia, Brienna.

Estaba a punto de agradecerle cuando noté un hilo de sangre en su manga.

—¡Amo! —Extendí la mano hacia su brazo, olvidando por completo que se suponía que no debíamos tocarnos. Detuve mis dedos justo a tiempo, antes de rozar el lino suave de su camisa. Retiré la mano con torpeza y dije—: Está... está sangrando.

Cartier miró su brazo mientras agarraba la manga.

—Ah, eso. No es más que un rasguño. —Y se volvió para darme la espalda, como si intentara ocultar su brazo de mi mirada.

No lo había visto lastimarse cuando cayó de la silla. Y no tenía la manga rasgada, lo cual implicaba que la herida ya había estado allí y que se había abierto de nuevo con la caída.

Lo miré guardar sus pertenencias, mientras mi corazón luchaba contra el deseo de preguntarle cómo se había lastimado, contra el deseo de pedirle que permaneciera allí un rato más. Pero tragué aquellas ansias y permití que cayeran por mi garganta como guijarros.

—Debo irme —dijo Cartier mientras colgaba su bolso sobre su hombro sano. La sangre continuó humedeciendo su camisa, expandiéndose lentamente.

—Pero su brazo... —Estuve a punto de extender la mano hacia él de nuevo.

—Estará bien. Vamos, acompáñame a la salida.

Caminé a su lado hasta el vestíbulo, donde tomó su capa. El río azul ocultó su brazo, y pareció relajarse cuando quedó fuera de la vista.

—Ahora —dijo él, adusto y formal otra vez, como si nunca nos hubiéramos subido a las sillas y reído juntos—, recuerda tener preparadas las tres estrategias para los mecenas.

—Sí, Amo Cartier. —Hice una reverencia, el movimiento estaba arraigado en mi interior.

Lo observé abrir la puerta de entrada; el sol y el aire cálido invadieron nuestro entorno, entremezclados con el aroma a prados y montañas distantes, agitando mi pelo y mis anhelos.

Él se detuvo en la puerta, una mitad de su cuerpo bañado de sol; la otra mitad, en las sombras. Creí que miraría atrás: parecía que había algo más que quería decirme. Pero era tan bueno como yo para tragar sus palabras. Continuó su camino, mientras su capa ondeaba y su bolso se mecía a medida que avanzaba hacia los establos para tomar su caballo.

No lo observé partir.

Pero lo sentí.

De pie bajo las sombras del vestíbulo, sentí la distancia que crecía entre los dos, mientras él cabalgaba temerariamente debajo de los robles.

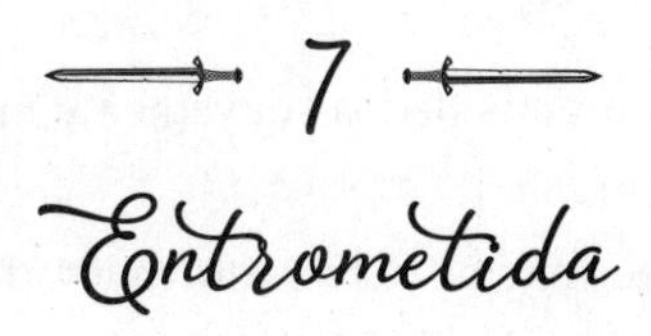

7 Entrometida

El solsticio de verano se cernió sobre nosotros como una tormenta. El hospedaje de los mecenas estaba en el ala oeste de la casa central, y cada vez que uno de sus carruajes detenía la marcha en el patio, Sibylle gritaba para que corriéramos hasta la ventana de su habitación y así poder ver un atisbo de los invitados.

Eran quince en total: hombres y mujeres de diversas edades, algunos eran pasionarios; otros, no.

Sentía tantos nervios que no pude tolerar verlos llegar. Intenté salir a escondidas de la habitación de Abree y Sibylle, pero la última agarró mi mano antes de que pudiera desaparecer y me obligó a girar para enfrentarla.

—¿Qué sucede, Brienna? —susurró—. Es una de las noches más emocionantes de nuestras vidas y pareces a punto de asistir a un funeral.

Reí ante sus palabras.

—Solo estoy nerviosa, Sibylle. Sabes que no estoy tan preparada como tú y nuestras hermanas.

Sibylle echó un vistazo hacia la ventana, donde oíamos la llegada de otro mecenas en el patio, y luego posó sus ojos de nuevo en mí.

—¿Acaso has olvidado la primera lección que la Ama Therese te dio cuando eras arden de la astucia?

—Intento reprimir esos recuerdos de mi mente —respondí, inexpresiva.

Sibylle presionó mis dedos suavemente mientras esbozaba una sonrisa exasperada.

—Entonces, permíteme refrescar tu memoria. Tú y yo estábamos sentadas en el sillón, y había una tormenta en el exterior, y la Ama Therese dijo: «Para convertiros en Amas de la astucia, debéis aprender a llevar una máscara. En vuestro corazón, vuestra furia puede ser igual a la tormenta fuera de estos muros, pero nadie debe verla reflejada en vuestra cara. Nadie debe oírla en vuestra voz...».

Lentamente, empecé a recordar.

Para ser una Ama de la astucia, una debe tener dominio absoluto sobre sus expresiones, sobre su aura, sobre lo que ocultan y lo que revelan. En verdad era como llevar una máscara para esconder lo que realmente yacía bajo la superficie.

—Quizás por esa razón era tan mala para la astucia —dije, pensando en cómo Cartier siempre podía leer mi cara, como si tuviera mis emociones escritas en la piel.

Sibylle sonrió y tiró de uno de mis dedos para recobrar mi atención.

—Si hay algo que debes recordar de la astucia es la máscara. Demuestra confianza esta noche en lugar de preocupación.

Su consejo era alentador, y besó mis mejillas antes de soltarme.

Regresé a mi habitación. Caminé entre los instrumentos de Merei y mis pilas de libros, recitando una y otra vez las tres estrategias que había preparado con esmero. Cuando las criadas vinieron a vestirnos, estaba sudando.

Sabía que toda mujer valeniana noble y pasionaria vestía un corsé.

Sin embargo, no estaba preparada para perder la inocencia cómoda de mi vestido de arden por una jaula de huesos de ballena y lazos complicados.

Merei tampoco.

Estábamos de pie una frente a la otra mientras ajustaban nuestros corsés, las criadas tiraban de nosotras y ejercían presión. Veía el dolor reflejado en la cara de Merei mientras intentaba reacomodar su respiración y su postura, tratando de hallar una simbiosis con ellas. La imité: ella sabía mejor que yo cómo colocarse debido a tantos años de tocar instrumentos. Mi postura siempre había sido mala, encorvada por los libros y la escritura.

«No hay pasión sin dolor», había dicho Cartier una vez cuando me había quejado de dolor de cabeza durante la clase.

Así que acepté la sensación esa noche, la agonía en matrimonio con la gloria.

Cuando mi vestido para el solsticio salió en tres elaboradas piezas del paquete, yo estaba, como era de esperar, sin aliento.

Primero salió la enagua, cubierta de capas de encaje. Luego, el vestido, que era escotado y confeccionado en tela plateada. Y por último, la túnica de seda azul acero que se abría ligeramente y dejaba entrever tímidamente el vestido.

El vestido de Merei era de un tono dorado rosado y lo cubría una túnica malva. Noté que ella vestía su color, el violeta que representaba la pasión de la música, y yo el mío, el azul profundo del conocimiento. Obviamente, era una disposición para que los mecenas supieran quiénes éramos a través del color de nuestro atuendo.

Miré a Merei, su piel café resplandecía bajo la calidez del final de la tarde mientras las criadas alisaban las últimas arrugas en nuestras faldas. Mi compañera de habitación, mi amiga del alma, estaba deslumbrante: su pasión emanaba de ella como si fuera luz.

Su mirada encontró la mía, y vi que también estaba presente en sus ojos; me miraba como si yo hubiera dado mi primer aliento. Y cuando sonrió, relajé los músculos y observé el atardecer de verano, porque estaba a punto de convertirme en pasionaria junto a ella, un momento para el que nos habíamos preparado durante muchos años.

Mientras que el cabello de Merei estaba peinado en trenzas intrincadas con rizos de cinta dorada, me sorprendí cuando una de las criadas me entregó una corona de flores silvestres. Era un ornamento extravagante de flores rojas y amarillas, con algunos pétalos rosados tímidos, y un anillo audaz de acianos azules.

—Su Amo ordenó que la hicieran para usted —dijo la criada mientras colocaba la corona de flores sobre mi cabeza—. Y ha pedido que lleve el pelo suelto.

Que lleve el pelo suelto.

Era poco tradicional y algo desconcertante. Miré mi atuendo azul y plateado, las ondas largas de mi cabello castaño, y me pregunté por qué él habría hecho aquel pedido.

Caminé hacia la ventana y esperé a Merei, obligándome a no pensar en Cartier y a recitar mentalmente el linaje de mi elección. Estaba susurrando el noveno hijo cuando las criadas partieron de nuestra habitación y oí a Merei suspirar.

—Siento que tengo diez años —dijo ella, y me volví para mirarla—. U once, o incluso doce. ¿De veras es nuestro verano número diecisiete, Bri?

Era extraño pensar en ello, en lo lento que había pasado el tiempo hasta que llegamos a cierto punto. Y luego, los días habían fluido como el agua, apresurándonos hasta llegar a esta noche. Todavía no me sentía completamente preparada...

—¿A dónde ha ido el tiempo? —preguntó ella, mirando su laúd que estaba sobre la cama. Su voz era triste, dado que el martes ambas dejaríamos aquel lugar. Ella quizás iría al oeste, yo, al este, y nunca más nos veríamos de nuevo.

Aquello lastimó mi corazón y creó un nudo tenso en mi garganta. No podía pensar en esas posibilidades, en las despedidas que se asomaban en nuestro horizonte. Así que me acerqué a ella y tomé sus manos entre las mías. Quería decir algo, pero si lo hacía, podía romperme.

Y ella lo comprendió. Presionó mis dedos con suavidad, sus hoyuelos besaron sus mejillas cuando sonrió.

—Creo que vamos con retraso —susurró, dado que la casa a nuestro alrededor estaba en silencio.

Contuvimos la respiración, escuchando. Oía los sonidos lejanos de la fiesta escurriéndose por las ventanas, una celebración que se encontraba en todo su esplendor en el jardín trasero, bajo las estrellas. Interrupciones de risas, el zumbido de las conversaciones, el brindis de las copas.

—Deberíamos irnos —dije, apartando el dolor de mi garganta.

Juntas, Merei y yo salimos de la habitación para descubrir que no éramos las últimas ardenes en llegar al solsticio. Abree estaba en la cima de la escalera, su vestido parecía una nube en la medianoche, su cabello rojo estaba recogido sobre la cabeza con rizos y hebillas enjoyadas. Agarraba el barandal con los nudillos blancos y nos miraba aliviada.

—Gracias a los santos. —Jadeó, aferrando el corsé con la mano—. Creía que era la última. Este vestido es horroroso. No puedo respirar.

—Ven, te ayudaré —ofreció Merei y quitó la mano de Abree de su cintura.

Era propensa a caer de las escaleras como Abree, así que avancé despacio detrás de ellas, familiarizándome con el arco amplio de la enagua mientras bajaba. Mis hermanas llegaron al vestíbulo y fueron por un pasillo, sus pasos desaparecieron cuando atravesaron las sombras que llevaban a las puertas traseras.

Las hubiera alcanzado, pero mi dobladillo quedó atascado en el último anillo de hierro de la balaustrada y tardé un minuto largo en desatascarlo. En ese momento, ya estaba molesta por el vestido y débil de hambre, veía unos destellos en mi visión periférica.

Despacio, empecé a avanzar por el pasillo largo hasta las puertas de atrás cuando oí la voz de Ciri. Sonaba molesta, y oía su voz ahogada hasta que avancé más y me di cuenta de que estaba de pie dentro del estudio de la Viuda, hablando con alguien…

—¡No lo entiendo! Yo he sido su arden primero.

—¿Qué es lo que no comprendes? —Cartier hablaba en voz baja, como el murmullo del trueno entre las sombras. Dejé de caminar y me detuve delante de las puertas del estudio, que estaban levemente abiertas.

—¿Le dará su apoyo toda la noche y se olvidará de mí?

—Claro que no, Ciri.

—No es justo, Amo.

—¿Acaso la vida es justa? Mírame, Ciri.

—He dominado todo lo que me ha pedido —siseó—. Y se comporta como si… como si…

—¿Como si qué? —Él empezaba a perder la paciencia—. ¿Como si no te hubieras convertido en pasionaria?

Ella hizo silencio.

—No quiero que discutamos —dijo Cartier en un tono más tranquilo—. Has tenido un desempeño excelente, Ciri. De lejos eres la más preparada de todas mis ardenes. Y por ese motivo, simplemente permaneceré atrás y te observaré apasionarte esta noche.

—¿Y qué ocurre con Brienna?

—¿Qué ocurre con ella? —respondió él—. No debes preocuparte por Brienna. Si veo que compites con ella, desearás que nunca haya sido tu Amo.

Oí su fuerte respiración. O quizás, fue la mía. Cerré los dedos sobre la pared, sobre las molduras del revestimiento. Sentí que mis uñas se doblaban mientras intentaba aferrarme a algo sólido, algo real.

—Quizás sea mi Amo por una noche más —dijo ella en un tono sombrío—, pero si el mecenas que yo quiero está interesado en ella…

Habló tan bajo que lo único que oí fue un gruñido. Obligué a mis pies a avanzar, haciendo el menor ruido posible, rogando que no me oyeran pasar frente a las puertas del estudio.

A través del resplandor de los ventanales, vi las tiendas blancas del solsticio en el jardín. Observé a los sirvientes circular con platos y bebidas, oí las risas flotando en la noche. Vislumbré el vestido verde de Sibylle mientras deambulaba junto a un mecenas y las ventanas reproducían su belleza cuando se movía. Estaba a punto de llegar al umbral, decorado con hierbas para darle la bienvenida a la nueva estación.

Pero no atravesé las puertas hacia el patio trasero.

Giré a la derecha, hacia las sombras protectoras de la biblioteca.

Despacio, como si mis huesos estuvieran a punto de romperse, tomé asiento en la silla desde la cual había presenciado todas las clases de Cartier. Y pensé en lo que acababa de oír a escondidas, y deseé no haberme parado a escuchar.

En Magnalia, nunca debía haber dos ardenes para una pasión. Se suponía que seríamos una de cada área, y ahora comprendía por qué la Viuda había estructurado su casa de ese modo. Se suponía que no debíamos competir, pero ¿cómo era posible no hacerlo? Los ariales supuestamente no tenían favoritos, pero ¿y si los tenían?

¿Debía hablar con Ciri?

¿Debía dejar en paz a Ciri?

¿Debía evitar a Cartier?

¿Debía enfrentar a Cartier?

Permanecí sentada, y permití que esas cuatro preguntas perturbaran mi mente hasta que sentí la urgencia de la noche. No podía continuar sentada allí como una cobarde.

Como en una ola de seda, abandoné la biblioteca; atravesé las puertas de la terraza temblando, hasta que levanté la vista. El cielo nocturno estaba coronado por una medialuna dorada que le daba la bienvenida a las estrellas y a los sueños. Una de esas constelaciones pronto sería mía.

Caminé concentrada mientras mi vestido engullía los restos de mi infancia al rozar el césped.

Me había preparado durante años para esa noche, pensé, e inhalé la fragancia del verano.

¿A dónde había ido el tiempo?

No hubo respuesta mientras le daba la bienvenida al solsticio.

8

El solsticio de verano

Había seis tiendas en total: una grande se alzaba inflada en el centro, rodeada de cinco tiendas más pequeñas que parecían los pétalos blancos de una rosa. Las enredaderas colgaban de cada viga; cada pasadizo estaba coronado con ramas de peonías en flor, hortensias blancas y coronas de lavanda. Los farolillos plateados se mecían en sus hilos, flotando como luciérnagas, sus velas llenaban la noche con aroma a madreselva y romero.

Me detuve en el jardín, vacilante, el césped crujía bajo mis zapatos hasta que oí el sonido lento y seductor del laúd de Merei. Su música me guio hasta la primera tienda, me invitó a apartarme y a entrar a la tienda blanca ondulante, como si me estuviera deslizando en la cama de un extraño.

Había alfombras sobre el césped, divanes y sillas distribuidas en el espacio para facilitar las conversaciones. Pero de pronto comprendí que todo era para Merei, dado que sus instrumentos estaban allí: su clavecín resplandeciente, su violín, su flauta de pan, todos esperaban su turno para sentir el tacto de Merei. Ella estaba sentada en un banco acolchado, tocando el laúd para dos mujeres y un hombre. Sus tres mecenas.

Permanecí en la entrada de la tienda, donde la noche se colaba y las sombras me ocultaban. Pero allí, hacia la derecha, estaba el Ama de Merei, Evelina. La arial de música estaba de pie en un lugar desde el que podía observar en silencio, con los ojos llenos de lágrimas mientras oía tocar a Merei.

La canción era sofisticada y lenta; hacía que deseara cambiar mi vestido pesado por uno más ligero para bailar en los pastizales, nadar en el río, saborear cada fruta, beber cada río de luz de luna. Me hacía sentir vieja y joven, sabia e inocente, curiosa y satisfecha.

Su música siempre había sido eso para mí, algo que me llenaba y rebalsaba. En incontables noches ella había tocado para mí en nuestra habitación, cuando yo estaba agotada y desanimada, cuando sentía que no pertenecía allí y que nunca lo haría.

Me di cuenta de que yo también estaba secando las lágrimas de mis ojos.

Mi movimiento debió haber atraído su mirada. Merei levantó la vista y me vio; su canción nunca falló, no; en cambio, pareció encontrar un nuevo coro y sonrió. Esperaba que yo la inspirara tanto como ella me inspiraba a mí.

Abandoné su tienda y me dirigí a la próxima, siguiendo las enredaderas y las flores, sintiendo que estaba en el laberinto de un sueño.

Esa tienda también tenía alfombras, sillas y divanes. Pero había tres caballetes, y cada uno exhibía una pintura al óleo magnífica. Caminé por el límite de la tienda; una vez más, mantuve mi cuerpo en las sombras mientras admiraba las obras de arte de Oriana.

Tenía puesto un vestido rojo oscuro y el pelo recogido sobre el cuello con una red de oro labrado. Había un mecenas a cada lado de ella mientras les hablaba sobre su trabajo. Hablaban sobre óleos... ¿Cuál era su receta para el azul ultramar? ¿Y para el ocre? Caminé hacia la otra tienda en silencio, sonriendo al ver que mi predicción se haría realidad: los mecenas estaban destinados a disputarse a Oriana.

La tercera tienda pertenecía a Sibylle. Había una mesa en medio de las alfombras, donde Sibylle estaba sentada con su atuendo de tafetán esmeralda jugando a las cartas con tres de sus mecenas potenciales. Su risa era como el sonido de una campana mientras mantenía conversaciones sagaces con sus invitados.

Honestamente, la única pasión que detestaba era la astucia. Era mala para debatir, me intimidaban los discursos y era terrible para conversar. Las dificultades que enfrenté aquel año como arden habían hecho que descubriera que prefería los espacios silenciosos y los libros en vez de una sala llena de personas.

—¿Qué estás haciendo aquí?

Me volví y vi a la Ama Therese, quien había seguido mis pasos como un fantasma. Y esa era la otra razón por la cual mi experiencia como arden de astucia había sido tan lamentable. Therese nunca había sido amigable conmigo cuando era su alumna.

—Deberías estar en tu propia tienda —siseó y desplegó un abanico de encaje delicado. El sudor caía de su cara y hacía que su pelo rubio oscuro quedara pegado a su frente como si la hubieran salpicado con grasa.

No desperdicié palabras en ella. Ni siquiera desperdicié una reverencia.

Avancé hacia la tienda siguiente, que pertenecía a Abree. Había un escenario octogonal bajo en el centro de la tienda, y faroles con luz tenue y un anillo de humo que generaba la ilusión de estar en medio de una nube. Pero allí estaba mi Abree, su cabello rojo como el fuego, de pie junto a sus tres mecenas y el Amo Xavier. Me alegré al verla reír y seguir adelante, completamente relajada a pesar de aquel vestido tan incómodo.

Pero los teatreros siempre eran amistosos; sus compañías eran alegres y divertidas. Si me veían husmeando en las sombras, sin duda me invitarían a su reunión, y sabía que tenía poco tiempo.

Salí al sendero alargado de césped que estaba entre las tiendas, agradecida por la brisa nocturna que levantó la cortina ardiente de mi pelo. Me detuve y respiré, con las manos presionando el torso de mi vestido, observando la puerta de tela de la tienda ondear a modo de invitación, como espuma en una corriente.

Esa era la tienda de Ciri y mía; allí era donde debería haber estado hacía una hora.

Y si me inclinaba solo un poco y desafiaba mi corsé, podía ver el interior de la tienda, ver las alfombras en el suelo y el pie de uno de los mecenas… una bota bien lustrada… y oía el murmullo de la conversación. Ciri hablaba sobre el clima…

—Llegas tarde.

La voz de Cartier me asustó. Me enderecé y me volví para verlo de pie detrás de mí en el césped, de brazos cruzados.

—La noche aún es joven —respondí, pero un rubor traicionero mordisqueó mis mejillas—. Y debería saber que no es necesario asustarme de ese modo.

Regresé a mi observación clandestina, dudando sobre atravesar el lino y entrar. Ahora que él estaba aquí presenciando mi vacilación, todo era aún peor.

—¿Dónde has estado? —Cartier se acercó más a mí; sentí su pierna rozar mi falda—. Empezaba a creer que habías pedido un carruaje y que habías huido.

Esbocé una sonrisa burlona, a pesar de que la idea de huir era terriblemente tentadora en ese instante.

—Honestamente, Amo…

Iba a decir algo más, pero las palabras desaparecieron cuando detuve la mirada en sus prendas. Nunca lo había visto tan elegante. Tenía botas de caña hasta la rodilla, pantalones de terciopelo, un jubón negro con hebillas elegantes y costuras plateadas. Tenía mangas largas, sueltas y blancas, el pelo peinado hacia atrás y recogido de la manera habitual. Su cara recién afeitada parecía dorada bajo la luz de las lámparas. Su capa azul custodiaba lealmente su espalda, como un trozo de cielo cautivo.

—¿Por qué me miras así? —preguntó él.

—¿Así cómo?

—Como si nunca me hubieras visto con ropa adecuada.

Resoplé, como si él estuviera siendo ridículo. Pero por suerte, un camarero pasó a la derecha en ese instante, con una bandeja de licor. Agarré un vaso, una distracción milagrosa, y lo sostuve con dedos temblorosos; bebí un gran sorbo y luego otro.

Quizás fue el licor, o el vestido, o el hecho de que él estuviera demasiado cerca de mí. Pero lo miré a los ojos, con el borde del vaso rozando mis labios, y susurré:

—No es necesario que me dé su apoyo toda la noche.

Su mirada se oscureció ante mis palabras.

—No planeo darte mi apoyo, Brienna —dijo con brusquedad—. Y ya sabes lo que opino de escuchar a escondidas.

—Sí, lo sé muy bien —respondí con una leve sonrisa—. ¿Cuál será mi castigo esta noche? ¿La horca o trabajar en el depósito durante dos días?

—Tendré piedad esta noche y te perdonaré —dijo Cartier y apartó el vaso de mis dedos—. Y dejemos a un lado el licor por ahora, a menos hasta que hayas comido.

—Bien. Buscaré otro —afirmé mientras deslizaba deprisa las manos sobre mi vestido para secar el sudor en ellas. Era una noche cálida; sentía cómo cada parte de mi ropa interior se achicharraba contra mi cuerpo—. ¿Por qué eligió un vestido tan pesado?

Él bebió el resto de mi licor antes de hablar.

—Solo elegí el color. Y las flores... y que llevaras el pelo suelto.

Decidí no responder y mi pausa causó que él me mirara. Sentí sus ojos azules tocando la corona en mi cabeza, mis flores, y luego recorriendo mi mandíbula, y mi cuello hasta mi cintura dolorida. Imaginaba que él me veía hermosa y luego me reprendí a mí misma por semejante invención absurda.

—Ahora —dijo Cartier, mirándome a los ojos—, ¿vas a permanecer aquí conmigo toda la noche o conseguirás un mecenas?

Lo fulminé con la mirada antes de por fin reunir el coraje para entrar a la tienda y dejarlo atrás en medio de la noche.

Sentí cuatro pares de ojos sobre mí y mi entrada repentina. Allí estaba Ciri, con su vestido azul marino, el pelo rizado con una corona de flores rojas en la cabeza y las mejillas románticamente sonrosadas por su buen ánimo. A su lado, había una mujer sentada, de piel oscura, atractiva y de mediana edad, vestida en un atuendo espléndido de seda amarilla. Frente a ellas, había dos hombres sentados en las sillas, con licor burbujeante en las manos. Uno era mayor, tenía el pelo castaño pincelado con hilos plateados, su nariz y su mentón filoso y puntiagudo como si lo hubieran cincelado en mármol pálido. El otro era más joven, tenía una barba oscura, piel rosada y postura confiada.

Ciri se puso de pie para saludarme.

—Brienna, permíteme que te presente a nuestros invitados. Ella es la Ama Monique Lavoie. —La mujer de amarillo sonrió—. Y él es el Amo Brice Mathieu. —El hombre altanero de barba se puso de pie y alzó su licor con una reverencia a medias—. Y él es el Amo Nicolas Babineaux. —El hombre estoico de pelo castaño también abandonó su silla e hizo una reverencia cordial. Los tres mecenas tenían capas azules atadas al cuello; los tres eran pasionarios del conocimiento.

—Encantada —dije, haciendo la reverencia más profunda de todas. A pesar de la presentación ininterrumpida de Ciri, sentía que mis huesos se habían salido de su lugar, que era una impostora en aquel atuendo de seda.

—Quizás yo hable contigo primero —me dijo Monique Lavoie.

—Claro —respondió Ciri, pero vi la cautela en sus ojos mientras se apartaba para ocupar su lugar en el sillón. Esa era la mecenas que ella quería. Así que decidí que andaría con cuidado.

Tomé asiento junto a Monique mientras Ciri permanecía entre ambos Amos, iniciando una conversación que los hizo reír.

—Entonces, Brienna —empezó Monique y dejé que todos los otros ruidos desaparecieran en el fondo—, háblame sobre ti.

Tenía varios temas preparados para conversaciones de presentación. Uno era mi doble ciudadanía, otro era aprender bajo la tutela del Amo Cartier y otro era el esplendor de Magnalia. Decidí elegir la primera opción.

—Soy arden de conocimiento, Ama. Mi padre es maevano y mi madre es valeniana. Me crie en el orfanato Colbert hasta que me trajeron aquí en mi décimo verano… —Y así mis palabras fluyeron, breves y acotadas como si no pudiera respirar adecuadamente. Pero ella fue amable, sus ojos denotaban interés en todo lo que yo decía, alentándome a contarle más sobre mis clases, de Magnalia, de mi rama de conocimiento favorita.

Por fin, después de lo que sentí que fueron días de hablar sobre mí misma, ella empezó a abrirse.

—Soy médico en la isla de Bascune —dijo Monique, aceptando un vaso nuevo de licor que un camarero le ofreció—. Crecí en la isla, pero me apasioné cuando tenía dieciocho años y me convertí en asistente de un médico. Tengo mi propia enfermería y botica hace diez años y ahora estoy en busca de un nuevo ayudante.

Entonces pertenecía a la rama médica del conocimiento, y buscaba una pasionaria que la asista. Ofrecía una asociación. Y en cuanto permití que su oferta me tentara, sentí la mirada preocupada de Ciri sobre nosotras.

—Quizás primero deba preguntarte cómo respondes a la sangre —dijo Monique, bebiendo su licor con una sonrisa—. Dado que la veo muy a menudo.

—La sangre no me afecta en absoluto, por suerte —afirmé, y esa era mi oportunidad para añadir mi historia, como Cartier había indicado.

Le hablé sobre la frente herida de Abree, un corte que se había hecho al tropezar y caer del escenario durante un ensayo. En vez de llamar al médico, Cartier había permitido que Ciri y yo cosiéramos la herida de nuestra amiga mientras nos indicaba qué movimientos hacer mirando por encima de nuestros hombros, y Abree había permanecido, para nuestra gran sorpresa, tranquila.

—Ah, Ciri ha contado la misma historia —dijo Monique, y sentí que mi cara ardía. No había pensado en comprobar si Ciri y yo teníamos la misma historia—. Qué maravilloso que hayáis podido trabajar juntas para ayudar a vuestra amiga.

Ciri intentaba no mirarme, pero había oído mi historia repetida y la respuesta de Monique. El aire chisporroteaba de tensión, y solo pensé en un modo posible de apaciguarla.

—Sí, lo es, Ama Monique. Pero Ciri es mucho más hábil que yo con las agujas. Después comparamos nuestros puntos y los míos no eran tan perfectos como los de ella.

Monique sonrió con tristeza; sabía lo que estaba haciendo, que estaba retirándome de la contienda. Que debía elegir a Ciri, y no a mí.

Una sombra cayó sobre mi falda cuando noté que el mecenas barbudo había venido hasta mi lado. Llevaba una prenda impoluta, negra y plateada; olía a cardamomo y menta mientras extendía una mano pálida y pulcra hacia mí.

—¿Podría hablar contigo ahora?

—Sí, Amo Brice —respondí, y le agradecí a Monique su tiempo mientras apoyaba los dedos sobre los de él y permitía que me ayudara a ponerme de pie del sillón.

No recordaba cuál había sido la última vez que había tocado a alguien del sexo opuesto.

No, un momento, sí lo recordaba. Fue el otoño en que mi abuelo me había llevado a Magnalia, siete años atrás. Me había abrazado y me había besado en la mejilla. Pero desde ese momento, el único afecto que había experimentado había provenido de mis hermanas ardenes, cuando nos tomábamos de las manos, nos abrazábamos o bailábamos.

No pude evitar sentirme incómoda mientras Brice continuaba sosteniendo mi mano, llevándome hacia una esquina más silenciosa de la tienda, donde había dos sillas bajo la luz tenue de las velas.

Tomé asiento y resistí la urgencia de limpiarme la palma de la mano en la falda mientras él me entregaba un vaso de licor. Allí fue cuando vi que Cartier por fin había regresado a la tienda. Había ocupado el asiento abandonado de Brice y hablaba con la mecenas pelirroja; mi Amo parecía a gusto mientras cruzaba las piernas.

—He oído que eres una buena historiadora —afirmó Brice mientras colocaba la silla a mi lado.

Retiré la vista de Cartier y dije:

—¿Puedo preguntarle cómo lo supo, Amo Brice?

—Ciri lo ha mencionado —respondió él. Intenté adivinar su edad, supuse que tenía veintitantos. Era atractivo, tenía ojos brillantes y amistosos; su voz era refinada, como si hubiera asistido solo a los mejores colegios, comido en las mesas más abundantes y bailado con las mujeres más encantadoras—. Lo cual, confieso, me interesa porque yo también soy un historiador.

Ciri me había llamado así. Al igual que Cartier, quien había confesado que él mismo sentía inclinación por esa rama, a pesar de haber elegido enseñar. Sin poder evitarlo, mis ojos buscaron de nuevo a Cartier.

Él ya estaba mirándome, con total inexpresividad en la cara mientras yo estaba sentada en esa esquina con Brice Mathieu. Era como si yo fuera una extraña para Cartier, hasta que noté que Nicolas, el de pelo castaño, decía algo y Cartier no escuchaba ni media palabra.

Brice también estaba diciéndome algo.

Miré de nuevo hacia el mecenas, mi piel absorbía el calor de la noche.

—Disculpe, Amo Brice. No he escuchado lo que ha dicho.

—Oh. —Él parpadeó. Era evidente que no estaba acostumbrado a que lo ignoraran—. Te he preguntado si te gustaría hablar sobre tu linaje favorito. Actualmente trabajo para los escribas de la corona, garantizando que sus archivos históricos sean precisos. Y necesito un asistente, alguien que sea inteligente y entusiasta como yo, que sepa genealogía como la palma de su mano.

Otra asociación.

Esta era de mi interés. Así que fingí que Cartier no estaba en la tienda y le sonreí a Brice Mathieu.

—Por supuesto, Amo. Me interesa el linaje de Edmond Fabre.

Así que empecé a hablar sobre Edmond Fabre y sus tres hijos, que a su vez habían tenido otros tres hijos. Estaba haciéndolo bien, a pesar del sudor que empezaba a caer por mi espalda, a pesar del corsé que devoraba toda mi comodidad, a pesar del modo en que la mirada de Cartier continuaba tocándome.

Pero luego cometí un error. Ni siquiera había notado que había dicho el nombre equivocado hasta que observé que Brice Mathieu fruncía el ceño, como si hubiera olido algo desagradable.

—Sin duda has querido decir Frederique, no Jacques.

Permanecí quieta, intentando reconciliar lo que yo había dicho con lo que él decía.

—No, Amo Brice. Creo que era Jacques.

—No, no, era Frederique —replicó Brice—. Jacques nació dos generaciones después.

¿De veras me había saltado generaciones? Pero, más importante, ¿de verdad me importaba?

Mi memoria quedó en blanco, y decidí reír para ocultarlo.

—Por supuesto, me he equivocado. —Bebí el licor antes de quedar en ridículo aún más.

Me salvó la entrada de un sirviente que anunció que la cena estaba servida en la gran tienda central.

Me puse de pie con piernas temblorosas, estaba tan nerviosa que consideré seriamente correr hacia la casa, hasta que el tercer mecenas llegó a mi lado, su silueta esbelta y de gran altura por poco rozaba el techo de la tienda.

—¿Puedo escoltarte hasta la cena, Brienna? —preguntó el Amo de pelo castaño. Su voz era muy suave y delicada, pero no me engañaba; había severidad en él. Lo reconocí porque Cartier era muy similar.

—Sí, Amo Nicolas. Sería un honor.

Ofreció su brazo y yo lo acepté, vacilando otra vez al tocar a un hombre extraño. Pero él era mayor, quizás tendría la edad de mi padre. Así que sentí que su tacto era formal, no peligroso como tomar la mano de Brice Mathieu.

Partimos antes que los demás en dirección a la tienda central.

Había tres mesas redondas, nueve sillas por círculo y ningún esquema de sitios. Una cena que tenía la intención de permitir que las pasiones se integraran, pensé con pavor renovado mientras Nicolas elegía un lugar para nosotros. Ocupé mi silla, y recorrí la tienda con la mirada mientras mis hermanas ardenes, sus mecenas y sus ariales ingresaban.

Las mesas tenían manteles de lino blanco, y centros de mesa con velas y coronas de rosas y hojas brillantes. La vajilla y las copas estaban hechas de la mejor plata, colocadas esperando que las toquen, resplandeciendo como el tesoro de un dragón. Sobre nosotros, colgaban lámparas, sus paneles eran de lata perforada delicadamente y la luz caía en cascada sobre nosotros como si fueran estrellitas.

Nicolas no me dijo ni una palabra hasta que ocuparon el resto de la mesa y todos intercambiaron presentaciones. Ciri, obviamente, había elegido no sentarse en mi mesa. Había llevado a Monique con ella, y Brice Mathieu había decidido ser sociable y sentarse con el grupo de teatro. En mi mesa estaban Sibylle —que me aseguraba que podía hacer que la conversación fluyera—, dos de sus mecenas, la Ama Evelina, la Ama Therese —para mi asombro—, un mecenas de arte y uno de música. Una mesa extraña y desigual, pensé mientras servían el vino y el primer plato.

—Tu Amo habla muy bien de ti, Brienna —dijo Nicolas en voz tan baja que a duras penas lo oía con la conversación de Sibylle.

—El Amo Cartier ha sido un muy buen profesor —respondí y noté que no tenía idea de dónde estaba él.

Recorrí con la mirada las otras dos mesas y lo encontré prácticamente de inmediato, como si hubieran creado un canal entre los dos.

Había ocupado el lugar junto a Ciri.

Quería sentirme dolida por ello, porque él había elegido sentarse con ella y no conmigo. Pero entonces, comprendí que su decisión había sido brillante, dado que Ciri estaba entusiasmada por su elección; de hecho, parecía resplandecer mientras ocupaba el asiento entre Cartier y Monique. Y si él hubiera tomado asiento junto a mí, yo hubiera tenido más reservas; no sentiría libertad de hablar con Nicolas Babineaux, quien probablemente era mi última esperanza de obtener un mecenas.

—Cuéntame más sobre ti, Brienna —dijo Nicolas cortando su ensalada.

Obedecí, utilizando el mismo hilo de conversación que había usado antes con Monique. Él escuchó mientras comía; me preguntaba quién era, qué quería y si yo sería una buena elección para él.

¿Sería también un médico? ¿Un historiador? ¿Un Amo?

Cuando el plato principal llegó, faisán y pato con salsa de melocotón, Nicolas por fin reveló su identidad.

—Soy director de una Casa de conocimiento —dijo y se limpió la boca con una servilleta—. Estaba entusiasmado cuando la Viuda me invitó, dado que actualmente necesito un arial que le enseñe a mis ardenes.

Debería haberlo previsto. Sin embargo, mi corazón se hundió ante la revelación.

Esa era, quizás, la única fuente de mecenazgo que me causaba mayor ansiedad. Dado que solo había estudiado el conocimiento durante tres años, ¿cómo era posible que esperaran que rápidamente empezara a enseñarle a otros? Sentía que necesitaba más tiempo, tiempo para expandir mi maestría, tiempo para ganar confianza. Si hubiera elegido a Cartier desde mi primer año, si no hubiera sido tan tonta al decir que lo mío era el arte... entonces podría verme fácilmente como una profesora, divulgando mi pasión a otros.

—Cuénteme más de su Casa —dije, esperando que mis dudas no fueran evidentes en mi voz, en mi expresión.

Nicolas empezó a darme detalles; era una Casa que él había fundado al oeste de allí, cerca de la ciudad de Adalene. Era una Casa que enseñaba solo conocimiento, un programa de seis años, para chicas y chicos por igual.

Pensaba en todo esto, preguntándome si estaba siendo irracional al considerarme poco preparada para semejante tarea, cuando oí mi nombre en la lengua de Sibylle.

—Ah, Brienna es excelente en astucia, ¡aunque afirme lo contrario!

Apreté los dedos sobre el tenedor mientras la miraba fijamente en la mesa.

—¿Y cómo puede ser? —preguntó uno de sus mecenas, sonriéndome.

—Pues ha pasado un año entero estudiando conmigo, ¡y desearía que se hubiera quedado! —Sibylle había bebido demasiado licor. Tenía los ojos vidriosos, y era incapaz de percibir los dardos que mi mirada intentaba lanzarle.

Nicolas me miró y frunció el ceño.

—¿Has estudiado astucia?

—Ah, sí, Amo Nicolas —respondí, intentando mantener la voz baja para que nadie más oyera, dado que un silencio incómodo había congelado nuestra mesa. Incluso la Ama Therese parecía preocupada por mí.

En vano, intenté mostrar confianza en lugar de preocupación, pero mi corazón traicionero empezó a acelerar su ritmo e hizo trizas mi máscara.

—Y ¿por qué? He creído que eras de conocimiento —señaló él.

El solsticio empezó a desenredarse a mi alrededor, como un ovillo de medianoche, y no podía alcanzarlo. Nicolas parecía perplejo, como si le hubiera mentido. No era un secreto que había estudiado todas las pasiones, pero aparentemente él no lo sabía. De pronto, me di cuenta de cómo debía parecer ante él.

—Al comienzo de mi estadía en Magnalia estudié arte —dije, manteniendo la voz estable, pero la vergüenza estaba allí, en el trasfondo de mis palabras—. Luego, estudié teatro durante un año, después hice un año de música y luego uno de astucia antes de empezar a estudiar conocimiento.

—¡Una arden completa! —exclamó uno de los mecenas de Sibylle, alzando su cáliz hacia mí.

Lo ignoré con la mirada centrada en Nicolas, intentando que comprendiera.

—Entonces, ¿cuántos años te has dedicado al conocimiento? —preguntó él.

—Tres.

No era la respuesta que él quería. Yo no era la pasionaria que él quería.

Allí terminó la noche para mí.

Continué sentada junto a Nicolas durante el resto de los platos, pero su interés había disminuido. Hablamos con los que compartían nuestra mesa, y después de comer unos dulces de mazapán de postre, me obligué a integrarme con los demás. Me obligué a conversar y reír hasta que pasó la medianoche y la mitad de los mecenas se había ido a la cama; luego, pocos permanecimos en la tienda de Merei, escuchándola tocar canción tras canción.

Solo entonces me escabullí de las tiendas y contemplé el jardín bañado en luz de luna silenciosa. Necesitaba un momento a solas para procesar lo que acababa de ocurrir.

Caminé por los senderos, permitiendo que los arbustos, las rosas y las enredaderas me tragaran hasta que la noche volvió a ser pacífica y calma de nuevo. Estaba de pie frente a mi reflejo en el lago, lanzando algunos guijarros al agua oscura, cuando lo oí.

—¿Brienna?

Me volví. Cartier estaba bastante lejos de mí, oculto entre las sombras, como si no estuviera seguro de si yo quería que estuviera presente o no.

—Amo Cartier.

Caminó hasta mi lado y yo acababa de decidir que no le diría nada cuando preguntó:

—¿Qué ha ocurrido?

Suspiré, mis manos reposaron sobre los huesos rígidos del corsé.

—Ah, Amo, ¿soy tan fácil de leer?

—Algo ha ocurrido en la cena. Lo he visto en tu cara.

Nunca había oído arrepentimiento en su tono hasta aquel instante. Saboreaba la pena en su voz, como azúcar derritiéndose en mi lengua, pena por no haber tomado asiento a mi lado. Y si lo hubiera hecho, quizás todo habría sido diferente. Quizás él hubiera sido capaz de conservar el interés de Nicolas Babineaux.

Pero lo más probable era que no hubiera sido así.

—Parezco poco culta para Mathieu e inexperta para Babineaux —confesé por fin.

—¿Por qué? —Sus palabras eran afiladas, furiosas.

Incliné la cabeza, mi pelo cayó sobre mi hombro mientras le sonreía con tristeza bajo la luz de la luna.

—No lo tome personal, Amo.

—Lo hago todo personal cuando se trata de ti y de Ciri. Dime, ¿qué han dicho?

—Bueno, he olvidado dos generaciones enteras en mi genealogía. A Brice Mathieu le ha preocupado mucho.

—No me importa Brice Mathieu —replicó deprisa Cartier. Me pregunté si estaba un poco celoso—. ¿Qué hay de Nicolas Babineaux? Él es el mecenas que quiero para ti.

En ese instante, comprendí que él había querido que me convirtiera en una arial. Y también debía haber sabido que Ciri tendría inclinación por la rama médica. Él lo había leído sin dificultad alguna, pero ¿yo? Temblé a pesar de la calidez, sintiendo que él no me conocía en absoluto. Y no se suponía que sería lo que él deseaba; sino lo que yo quería para mí.

Teníamos dos imágenes distintas en mente, y no estaba segura de si era posible alinearlas para obtener algo bueno.

—Creí que dijo que era una historiadora, no una profesora —señalé.

—Así es —respondió—. Pero dicho eso, tú y yo somos muy similares, Brienna. Y siento que todos los historiadores deben empezar como profesores. Mi tiempo aquí en Magnalia no ha disminuido en absoluto mi amor por la historia. Más bien ha avivado el fuego, como si mi mente antes hubiera sido meras brasas.

Nos miramos, la luz de las estrellas suavizaba las sombras que habían caído entre nosotros.

—Dime qué dijo —insistió Cartier con calma.

—No le impresionaron mis tres años de estudio.

Él suspiró y deslizó los dedos bruscamente por su pelo, su frustración era tangible. Las hebillas de su jubón resplandecieron bajo la luz tenue mientras decía:

—Entonces no te merece.

Quería decirle que era amable de su parte decir eso. Pero tenía la garganta tensa, y otras palabras salieron en su lugar.

—Quizás estaba destinado a ser así —susurré, y empecé a alejarme de él.

Su mano agarró mi codo antes de que pudiera apartarme, como si él supiera que las palabras no alcanzaran para que permaneciera allí. Y luego, sus dedos recorrieron lentamente el interior de mi antebrazo desnudo, explorando el camino hasta mi palma para detenerse en la curvatura de mis dedos. Me sostuvo allí delante de él en el césped, firme, decidido, celestial. Me recordó otra época, tiempo atrás, cuando sus dedos habían rodeado los míos, cuando su tacto me había alentado a quedarme allí y ganar mi lugar en esa Casa. Cuando era solo una niña, y él estaba tan por encima de mí que nunca creí que sería posible alcanzarlo.

Cerré los ojos, poseída por el recuerdo, una brisa de jazmín nos entrelazaba, intentando acercarnos más.

—Brienna. —Su pulgar rozó mis nudillos. Él estaba rompiendo una regla por mí y permití que aquella verdad dorara mi corazón mientras respiraba hondo.

Abrí los ojos; separé los labios para decirle que debía dejarme ir cuando oímos risas del otro lado de los arbustos.

De inmediato, sus dedos soltaron los míos y nos separamos más.

—¡Bri! Bri, ¿dónde estás?

Era Merei. Me volví hacia el sonido justo cuando ella apareció en el sendero junto a Oriana.

—Vamos, es hora de ir a la cama —dijo, sin ver a Cartier hasta que avanzó un paso más. Se detuvo cuando lo reconoció, como si hubiera golpeado un muro—. Oh, Amo Cartier. —Ella y Oriana hicieron una reverencia de inmediato.

—Buenas noches, Brienna —susurró Cartier, haciendo una reverencia para mí y luego una para mis hermanas antes de alejarse.

Oriana lo miró retirarse con el ceño fruncido, pero Merei mantuvo los ojos clavados en mí mientras me acercaba a ellas.

—¿Qué ha sido eso? —preguntó Oriana con un bostezo mientras empezábamos a regresar hacia la casa.

—Una discusión sobre los mecenas —respondí.

—¿Todo va bien? —preguntó Merei.

Entrelacé mi brazo con el de ella; el agotamiento de pronto cayó sobre mi espalda.

—Sí, por supuesto.

Pero sus ojos observaban mi cara cuando estuvimos de nuevo bajo la luz de las velas.

Merei sabía que estaba mintiendo.

9

Canción del norte

El lunes llegó con lluvia e inquietud. La Viuda estaba en su estudio, conversando con los mecenas interesados la mayor parte del día. Las ardenes no tenían nada que hacer, más que deambular por el segundo piso. Nos dijeron que permaneciéramos cerca porque la Viuda pronto requeriría de nuestra presencia para hablar sobre las ofertas recibidas.

Tomé asiento con mis hermanas en la habitación de Oriana y Ciri y escuché sus conversaciones que iban y venían con entusiasmo como los rayos que centelleaban en el exterior.

—¿Los tres mecenas estaban interesados en ti?

—Si es así, ¿a cuál elegirás?

—¿Cuánto crees que ofrecerán?

Las preguntas giraban a mi alrededor, y yo escuchaba a mis hermanas ardenes compartir sus experiencias, sus esperanzas y sueños. Escuchaba pero no hablaba porque, a medida que las horas pasaban y la tarde avanzaba, empecé a prepararme para que mi mayor miedo cobrara vida: una criatura hecha de las sombras de mi decepción y mis fracasos.

Cuando el reloj marcó las cuatro, la Viuda envió a buscar a la primera chica. Oriana. En cuanto salió de la habitación para su reunión, me dirigí a la biblioteca. Tomé asiento en una silla junto a la ventana y observé la lluvia golpear el cristal con *El Libro de las Horas* sobre mi regazo. Tenía miedo de leer una vez más sobre la Gema del Anochecer, me aterraba que pudiera convertirme de nuevo en aquel lord maevano. Y, sin embargo, quería leer sobre la gema, sobre la magia encadenada. Quería ver de nuevo a la princesa Norah por ningún otro motivo más que descubrir si ella había sido realmente quien robó la gema del cuello de su madre.

Temblé mientras lo leía, esperando el cambio, atrapada entre el pavor y el deseo. Pero las palabras permanecieron como palabras sobre la hoja antigua y moteada. Y me pregunté si alguna vez accedería de nuevo al pasado, si lo vería otra vez, si sabría por qué me había sucedido a mí, y si la princesa Norah realmente había sido quien entregó la gema.

Había tantas preguntas y ninguna respuesta satisfactoria.

—¿Brienna?

Thomas, el mayordomo, habló en la oscuridad de la biblioteca. Me atrapó desprevenida y me puse de pie, mis piernas nerviosas temblaban cuando lo vi de pie en la entrada.

—Madame quisiera verte en su estudio.

Asentí y apoyé *El Libro de las Horas* sobre la mesa donde tomábamos clases.

Lo seguí mientras intentaba reunir coraje. Pensé en la imagen de Liadan Kavanagh, imaginé que ella me otorgaba una ínfima parte de su éxito y valentía. Sin embargo, aún temblaba cuando entré al estudio de la Viuda, porque aquel era el momento por el que había intentado luchar durante siete años, y sabía que había fallado.

La Viuda estaba sentada en su escritorio, cálida bajo la luz de las velas centelleantes. Sonrió al verme.

—Por favor, siéntate, Brienna. —Extendió la mano hacia una silla delante de ella.

Obedecí y tomé asiento con las rodillas tiesas. Mis manos parecían hielo; las junté sobre mi regazo y esperé.

—¿Qué te pareció el solsticio anoche? —preguntó.

Me llevó un momento elegir una respuesta adecuada. ¿Debía actuar como si nada fuera mal? ¿O debía dejar en evidencia que sabía que ninguno de los mecenas había tenido interés en mí?

—Madame, debo disculparme —dije sin pensar. Esa sin duda no era la respuesta que había preparado, pero una vez que las palabras abandonaron mis labios, no pude parar—. Sé que fracasé anoche. Sé que le he fallado a usted, al Amo Cartier, y…

—Querida niña, por favor, no te disculpes —interrumpió ella con dulzura—. No te he llamado por ese motivo.

Respiré hondo, me dolían los dientes, y posé la mirada en la de ella. Y luego, encontré una semilla diminuta de valentía y enfrenté mi miedo.

—Sé que no he recibido oferta alguna, madame.

Nicolas Babineaux y Brice Mathieu habían encontrado fallas en mí. Pero antes de que aquella verdad pudiera dañar aún más mi confianza, la Viuda dijo:

—No hubo ofertas, pero no permitas que eso te aflija. Conozco los desafíos que has enfrentado aquí a lo largo de los años, Brienna. Te has esforzado más que cualquier otra arden que haya aceptado antes en Magnalia.

Pregúntaselo ahora, susurró una voz sombría en mi mente. *Pregúntale por qué te aceptó; pregúntale cuál es el nombre de tu padre.*

Pero preguntar requeriría más coraje, más confianza, y la mía había disminuido. Retorcí mi vestido de arden en las manos y dije:

—Partiré mañana con las demás. No deseo continuar siendo una carga para la Casa.

—¿Partirás mañana? —repitió la Viuda. Se puso de pie, atravesó la habitación y se detuvo junto a su ventana—. No quiero que partas mañana, Brienna.

—Pero, madame…

—Sé lo que estás pensando, querida —respondió—. Piensas que no mereces estar aquí, que tu pasión depende de obtener un mecenas en el solsticio. Pero no todos recorremos el mismo sendero. Y sí, tus otras cinco hermanas han elegido sus mecenas y partirán mañana, pero eso no disminuye tu valía. Al contrario, Brienna, me hace creer que hay más en ti, y que me he equivocado al seleccionar los mecenas adecuados para ti.

Debía estar observándola boquiabierta, porque ella se volvió para mirarme y sonrió.

—Quiero que pases el verano conmigo —prosiguió la Viuda—. En ese tiempo, encontraremos el mecenas apropiado para ti.

—Pero, madame, no… no puedo pedirle que haga eso —balbuceé.

—No lo pides —dijo ella—. Yo me ofrezco.

Ambas permanecimos en silencio, escuchando nuestros propios pensamientos y el coro de la tormenta. La Viuda regresó a su asiento y dijo:

—No es decisión mía decir si has completado tu educación como pasionaria o no. Esa es decisión del Amo Cartier. Pero creo que un poco más de tiempo en este lugar será un enorme beneficio para ti, Brienna. Así que espero que permanezcas en Magnalia durante el verano. Cuando llegue el otoño, estarás en las manos de un buen mecenas.

¿No era eso lo que quería? Un poco más de tiempo para pulir mi conocimiento, para medir las verdaderas profundidades de la pasión que me adjudicaba. No tendría que enfrentar a mi abuelo, quien estaría avergonzado de mis limitaciones. Y tampoco tendría que aceptar el título de inepta.

—Gracias, madame —dije—. Me gustaría quedarme durante el verano.

—Me alegra oírlo. —Cuando se puso de pie otra vez, supe que estaba despidiéndome.

Subí las escaleras hasta mi habitación, el dolor florecía con cada paso mientras empezaba a comprender cómo sería aquel verano. Silencioso y solitario, solo estaríamos la Viuda y yo, y algunos sirvientes…

—¿A quién has elegido? —El entusiasmo de Merei me recibió en cuanto me oyó entrar. Estaba de rodillas, empacando sus pertenencias en el baúl de cedro que estaba al pie de su cama.

Mi propio baúl de cedro estaba en las sombras. Ya había guardado mis posesiones, con la expectativa de que partiría mañana con las demás. Ahora, necesitaba sacarlas de nuevo.

—No he recibido ofertas. —La confesión fue liberadora. Sentía que por fin podía moverme y respirar ahora que la había expuesto.

—*¿Qué?*

Tomé asiento en la cama y miré los libros de Cartier. Necesitaba recordar devolvérselos mañana, cuando me despidiera de él junto a las demás.

—¡Bri! —Merei se acercó a mí y tomó asiento a mi lado sobre el colchón—. ¿Qué ha sucedido?

No habíamos tenido la oportunidad de hablar. Anoche, habíamos estado tan exhaustas y magulladas por nuestros corsés que nos habíamos desplomado sobre la cama. Merei había empezado a roncar de inmediato, pero yo había permanecido recostada, observando la oscuridad, pensativa.

Así que le conté todo.

Le conté lo que había oído a escondidas en el pasillo, sobre los tres mecenas, de la inclinación de Ciri hacia la medicina, de mis errores y de la cena arruinada. Le conté sobre la oferta de la Viuda, de mi oportunidad de permanecer allí durante el verano, y que honestamente no sabía cómo sentirme.

Lo único que no compartí fue aquel momento iluminado por las estrellas con Cartier en los jardines, cuando él me había tocado, cuando habíamos entrelazado los dedos. No podía exponer su decisión de romper una regla por decisión propia, a pesar de que Merei hubiera guardado y protegido aquel secreto por mí.

Rodeó mi cuerpo con un brazo.

—Lo siento mucho, Bri.

Suspiré y recliné la cabeza sobre ella.

—Está bien. De hecho, creo que la Viuda está en lo cierto en lo que concierne a los mecenas. No creo que Brice Mathieu o Nicolas Babineaux fueran una buena combinación para mí.

—De todos modos, sé que estás decepcionada y herida. Porque sé que yo lo estaría.

Permanecimos sentadas juntas en silencio. Me sorprendí cuando Merei se puso de pie y tomó su violín, la madera brillaba bajo la luz de la noche mientras acomodaba el instrumento sobre su hombro.

—Escribí una canción para ti —dijo—. Una que espero que te ayude a recordar todos los buenos momentos que compartimos aquí, y a recordar todas las cosas grandiosas que quedan por venir.

Empezó a tocar, la música flotaba en nuestra habitación y engullía las sombras y las telarañas. Me recliné sobre mis manos y cerré los ojos, sintiendo cómo las notas llenaban mi cuerpo, una por una, como lluvia en un frasco. Y cuando llegué al punto del desborde, vi algo en mi mente.

Estaba de pie en una montaña; debajo de mí, las colinas frondosas y verdes ondeaban como las olas del mar, los valles tenían venas de arroyos resplandecientes y bosques a su alrededor. El aire allí era dulce y limpio, como una espada que corta para curar, y la bruma flotaba baja, como si quisiera tocar a los mortales que vivían en los prados antes de que el sol la consumiera.

Nunca había estado allí, pensé, y sin embargo, pertenecía a aquel lugar.

En ese instante tomé consciencia de la presión leve en mi cuello, un zumbido sobre mi corazón, como si llevara puesto un collar pesado. Y mientras permanecía de pie en aquella cima, mirando hacia abajo, sentí una leve sombra de preocupación, como si estuviera buscando un lugar donde esconderme.

La canción terminó y la visión desapareció. Abrí los ojos y observé a Merei bajar su violín y sonreír, su mirada resplandecía de pasión y fervor. Y quería más que cualquier otra cosa decirle cuán exquisita era su música: que esa era mi canción y que de algún modo ella había sabido cómo hilar las notas precisas para alentar a mi corazón a ver dónde debía estar.

Las colinas y los valles, la montaña y la bruma, no habían pertenecido a Valenia.

Había sido otro atisbo de Maevana.

—¿Te ha gustado? —preguntó Merei, moviendo los dedos con nerviosismo.

Me puse de pie y la abracé, el violín quedó atrapado entre las dos como un niño quejumbroso.

—Me ha encantado, Merei. Me conoces y me quieres mucho, hermana.

—Después de ver el retrato que Oriana hizo de ti —dijo mientras la soltaba—, he pensado en tu ascendencia, en que eres dos en uno, norte y sur, y qué maravilloso pero desafiante debía ser. Así que le he pedido al Amo Cartier si podía conseguir algo de música maevana para mí, lo cual ha hecho, y he escrito una canción para ti inspirada en la pasión de Valenia, pero también en el coraje de Maevana. Porque pienso en ambas cuando pienso en ti.

No solía llorar. Crecer en el orfanato me lo había enseñado. Pero sus palabras, su confesión, su música, su amistad atravesaron el dique testarudo que había construido hacía una década. Lloré como si hubiera perdido a alguien, como si hubiera encontrado a alguien, como si estuviera rompiéndome, como si estuviera sanando. Y ella lloró conmigo, y nos abrazamos y reímos, y luego lloramos y reímos un poco más.

Por fin, cuando no tenía más lágrimas que derramar, sequé mis mejillas y dije:

—Yo también tengo un regalo para ti, aunque no es ni por asomo tan maravilloso como el tuyo. —Abrí la tapa de mi baúl, donde había seis cuadernos pequeños, todos encuadernados en cuero e hilo rojo. Estaban llenos de poemas escritos por una pasionaria del conocimiento anónima que había admirado por mucho tiempo. Así que había comprado los cuadernos con el dinero que el abuelo me enviaba para cada cumpleaños, uno para cada hermana arden, para que pudieran llevar papel y belleza en el bolsillo y recordarme.

Coloqué uno en manos de Merei. Sus dedos largos dieron la vuelta a las páginas mientras sonreía al ver el primer poema; lo leyó en voz alta después de liberar su garganta de los rastros de las lágrimas.

—«¿Cómo debo recordarte? ¿Como una gota de verano eterno o como un brote de primavera tierna? ¿Como una chispa del fuego vivaz del otoño o quizás como la escarcha de la noche más larga del invierno? No, no será de esas maneras, porque todas pasarán, y tú y yo, a pesar de estar separados por el mar y la tierra, nunca pereceremos».

—Como dije, no es tan hermoso como tu regalo.

—No significa que vaya a atesorarlo menos —respondió, y cerró con dulzura el cuaderno—. Gracias, Bri.

Solo entonces noté el estado de nuestra habitación, por donde parecía haber pasado un tornado.

—Te ayudaré a hacer la maleta —sugerí—. Y mientras podrás hablarme del mecenas que has elegido.

Empecé a ayudarla a reunir sus partituras y a doblar sus vestidos, y Merei me contó sobre Patrice Linville y su grupo de músicos viajeros. Había recibido ofertas de los tres mecenas, pero había optado por una asociación con Patrice.

—Entonces, tu música y tú estáis destinadas a ver el mundo —dije, maravillada, mientras terminábamos por fin con su equipaje.

Merei cerró el baúl de cedro y suspiró.

—Creo que aún no he tomado consciencia de que mañana recibiré mi capa y abandonaré este lugar para viajar constantemente. Lo único que sé es que espero que haya sido la decisión correcta. Mi contrato con Patrice durará cuatro años.

—Sin duda es lo correcto —respondí—. Y deberías escribirme y contarme sobre todos los lugares que visites.

—Mmm. —Hacía ese sonido cuando estaba preocupada, nerviosa.

—Tu padre estará muy orgulloso de ti, Mer.

Sabía que era cercana a su padre; era hija única y había heredado el amor por la música de él. Había crecido con sus canciones de cuna, sus *chansons*, y su clavecín. Así que cuando había pedido asistir a Magnalia a los diez años, él no había vacilado en enviarla, a pesar de que hacerlo pondría una gran distancia entre ellos.

Él le escribía sin falta cada semana, y a veces Merei me leía sus cartas, porque estaba decidida a que yo lo conociera un día, a que visitara el hogar de su infancia en la isla.

—Eso espero. Venga, preparémonos para ir a la cama.

Nos vestimos con los camisones, nos lavamos la cara y trenzamos nuestro cabello. Luego, Merei vino a la cama conmigo, a pesar de que era un colchón angosto, y empezamos a recordar nuestros momentos favoritos, por ejemplo, lo tímidas y calladas que habíamos sido durante el primer año que compartimos habitación. Y cómo habíamos subido al tejado con Abree una noche para observar una lluvia de meteoritos, solo para descubrir que Abree le tenía pavor a las alturas; nos llevó toda la noche hacerla entrar de nuevo por la ventana. Recordamos todos los días festivos, cuando teníamos una semana libre de clases y la nieve llegaba justo a tiempo para las guerras de bolas de nieve, y nuestros Amos y Amas de pronto parecían nuestros hermanos mayores durante las celebraciones.

—¿Qué opina el Amo Cartier, Bri? —preguntó Merei en medio de un bostezo.

—¿Sobre qué?

—De tu estadía durante el verano.

Jugueteé con un hilo suelto en mi camisón y luego respondí:

—No lo sé. Aún no se lo he dicho.

—Entonces, ¿mañana te dará tu capa de todos modos?

—Probablemente no —dije.

Merei parpadeó bajo la luz de la luna acuosa.

—¿Ocurrió algo entre vosotros dos anoche en el jardín?

Tragué con dificultad, mi corazón apaciguó su ritmo como si quisiera oír lo que diría. Aún sentía el tacto agonizante de los dedos de Cartier sobre mi brazo, suaves como una pluma y extremadamente decididos. ¿Qué había intentado decirme? Él era mi Amo, y yo su arden, y hasta que me convirtiera en pasionaria no podía haber nada más entre nosotros. ¿Quizás, solo intentaba darme aliento, y yo había malinterpretado su roce? Parecía lo más razonable, porque él era el Amo Cartier, aquel que cumplía estrictamente las reglas y nunca sonreía.

Hasta que lo hizo.

—Nada importante —susurré por fin, y luego obligué a un bostezo a ocultar la mentira en mi voz.

Si Merei no hubiera estado tan cansada, me hubiera presionado. Pero dos minutos después, empezó a roncar suavemente.

Yo, en cambio, yací despierta en la cama y pensé en Cartier, en capas y en los días impredecibles que vendrían.

10

De capas y regalos

A las nueve de la mañana siguiente, los mecenas empezaron a partir de Magnalia. Los lacayos subían por las escaleras, cargaban el baúl de cada chica y lo guardaban en el carruaje de su nuevo mecenas. Permanecí de pie en medio del frenesí, bajo el sol del patio, y observé, esperando con mi cesta llena de cuadernos de poesía. Ya no era un secreto que no me habían elegido. Y cada una de mis hermanas había reaccionado del mismo modo durante el desayuno. Me habían abrazado con compasión, asegurándome que la Viuda encontraría el mecenas perfecto para mí.

En cuanto terminamos el desayuno, me dirigí al exterior, sabiendo que mis hermanas ardenes estaban a punto de recibir sus capas. No era que no quisiera verlas obtener el apasionamiento oficialmente. Solo pensaba que era mejor que no estuviera presente. No quería ser la espectadora incómoda cuando Cartier le entregara a Ciri su capa.

El sudor empezaba a humedecer mi vestido cuando oí la voz de Ciri. Descendía la escalera del frente y tenía el pelo rubio claro recogido en una corona trenzada. En su espalda ondeaba una capa azul, del color de los días de verano. Ella y yo nos reunimos sin decir palabra alguna; en realidad, no las necesitábamos, y cuando sonreí, ella se volvió para que yo pudiera ver la constelación que Cartier había elegido para ella.

—El Arco de Yvette —susurré, admirando el bordado plateado—. Te queda bien, Ciri.

Ciri giró de nuevo y me dedicó una sonrisa sin dientes, con las mejillas ruborizadas.

—Solo desearía poder ver cuál ha eligido para ti. —Ya no había desprecio y envidia en su voz, aunque oí las palabras que no pronunció. El Amo Cartier sí me prefería y ambas lo sabíamos.

—Ah, bueno, quizás nos volvamos a ver —dije.

Le entregué el libro de poesía y sus ojos se iluminaron. Y luego, ella me dio una pluma hermosa para escribir, lo cual hizo que me invadiera una especie de triste placer.

—Adiós, Brienna —susurró Ciri.

Nos abrazamos, y luego la observé caminar hacia el carruaje de Monique Lavoie.

A continuación me despedí de Sibylle y Abree; ambas me dieron brazaletes como regalos de despedida mientras admiraba sus capas.

La capa verde de Sibylle estaba bordada con el emblema de una pica, dado que los Amos de la astucia adornaban sus capas con uno de los cuatro palos según sus fortalezas: corazones para el humor, picas para la persuasión, diamantes para la elegancia y tréboles para la oposición. Así que la Ama Therese le había otorgado a Sibylle una pica, y debía admitir que le quedaba muy bien a mi hermana.

La capa negra de Abree tenía una luna creciente dorada dentro del sol —el emblema del teatro— bordada en el centro. Pero también noté que el Amo Xavier había cosido partes de los disfraces que ella había usado a lo largo del dobladillo de su capa, para conmemorar los papeles que la habían llevado hasta ese momento. Era como contemplar una historia lujosa de colores, hilos y texturas. Perfecta para mi Abree.

Oriana fue la siguiente en salir para la despedida. Su capa roja era extremadamente detallada y personalizada; todas las pasiones del arte tenían una *A* llamativa bordada en la parte trasera de sus capas, que conmemoraba a Agathe, la primera pasionaria del arte. Pero un Amo o Ama de arte después diseñaba algo para acompañar a la *A* bordada, y la Ama Solene se había superado a sí misma. Solene había diseñado para Oriana la historia de una chica que gobernaba un reino submarino con barcos hundidos y tesoros que resplandecían por los hilos plateados. Yo la miraba maravillada; honestamente, no sabía qué decir.

—Tengo un regalo para ti —dijo Oriana, y extrajo con timidez una hoja de papel de la cartera que llevaba. Colocó el pergamino en mis manos. Era el retrato que había hecho de mí, en honor a mi ascendencia maevana.

—Pero, Ori, creí que era para ti.

—Hice una copia. Creía que debías tener una. —Y luego, para mi sorpresa, extrajo otra hoja—. También quiero que tengas esto. —La caricatura de Cartier que había dibujado hacía años, la que lo mostraba emergiendo de una roca cuando todas creíamos que era malvado.

Empecé a reír hasta que cuestioné por qué *me* daba aquel dibujo.

—¿Por qué no se lo has dado a Ciri?

Oriana sonrió con picardía.

—Creo que estará mejor en tus manos.

San LeGrand, ¿tan obvio era? Pero no tuve tiempo de preguntarle más al respecto porque su mecenas la esperaba en el carruaje.

Coloqué el libro de poesía en sus manos y la observé partir; mi corazón temblaba mientras el peso de aquellas despedidas generaba un dolor en mis huesos.

El único carruaje que quedaba en el patio era el de Patrice Linville. Coloqué los dibujos de Oriana en mi cesta y me volví hacia la puerta principal, hacia las escaleras y encontré a Merei esperándome, con una capa violeta gloriosa atada en su cuello.

Estaba llorando cuando llegó al último escalón y apresuró el paso para encontrarse conmigo en los adoquines.

—¡No llores! —dije, abrazándola. Presioné con las manos su capa y si no hubiera drenado mi interior anoche, habría llorado de nuevo.

—¿Qué estoy haciendo, Bri? —susurró, limpiando las lágrimas de sus mejillas.

—Irás a ver el reino y a tocar para él, hermana —respondí, apartando un rizo de pelo oscuro de sus ojos—. Porque eres una pasionaria de música, Ama Merei.

Rio porque era muy extraño que ahora tuviera un título adjunto a su nombre.

—Desearía que pudieras escribirme, pero… no creo que vaya a estar en un mismo lugar demasiado tiempo.

—Por supuesto que debes escribirme desde donde estés, y quizás puedo lograr que Francis te rastree con mis cartas.

Respiró hondo y supe que estaba tranquilizando su corazón, preparándose para la siguiente fase.

—Toma, es tu canción. En caso de que quieras oírla en manos de otra persona. —Merei me entregó una partitura enrollada, atada con una cinta.

La acepté, aunque dolía imaginar otro instrumento, otras manos, tocando esa canción que ella había dado a luz. En ese instante sentí la fisura en mi corazón. Una sombra trepó por mi espalda y me hizo estremecer en plena luz del día porque ese adiós quizás marcaría algo eterno.

Tal vez nunca la volvería a ver.

—Déjame ver tu capa —dije, con voz grave.

Ella se dio la vuelta.

Había notas musicales bordadas en la tela violeta, una canción que la Ama Evelina había compuesto solo para Merei. Permití que mi dedo recorriera las notas: recordaba algunas; otras, eran un misterio.

—Es encantadora, Mer.

Ella giró y dijo:

—La tocaré para ti, cuando vengas a visitarme a la isla.

Sonreí, aferrándome a la esperanza frágil que ella me daba de visitas futuras y música. Permitidme creerlo, pensé, aunque sea solo para superar esta despedida.

—Creo que Patrice Linville está listo para ti —susurré, sintiendo sus ojos sobre nosotras.

La acompañé hasta el carruaje, hacia su nuevo mecenas, un hombre de mediana edad con pelo blanco enredado y una sonrisa encantadora. Nos saludó a ambas y le ofreció su mano a Merei para ayudarla a subir al carruaje.

Ella tomó asiento en el lugar frente a Patrice, y me miró a los ojos. Incluso cuando el carruaje empezó a avanzar sobre los adoquines, ella me observó y yo la observé a ella. Permanecí de pie en el patio, como si hubieran crecido raíces en mis pies, y observé hasta que ya no pude verla bajo las sombras de los robles, hasta que realmente había partido.

Debía regresar a la casa. Acostumbrarme a qué silenciosa sería de ahora en adelante, qué despojada, qué solitaria. Debía regresar y atiborrarme de libros y estudio, con lo que fuera para mantenerme distraída.

Caminé hacia la escalera, y miré con expresión vacía las puertas de entrada. Aún estaban abiertas; oía un murmullo de voces: sin duda, eran la Viuda y los ariales conversando. Y de pronto, no pude soportar estar encerrada entre muros.

Ni siquiera podía soportar continuar cargando mi cesta.

La apoyé en la escalera y caminé y caminé hasta que sentí la urgencia de ir más deprisa y luego corrí en las profundidades del jardín. Abrí el cuello alto de mi vestido de un tirón, demasiado impaciente para ocuparme de los botones, y luego decidí que también arrancaría los botones de las mangas y arremangué la tela gris y desagradable sobre mis antebrazos.

Por fin me detuve en la parte más alejada del terreno, en lo profundo del laberinto de arbustos, donde las rosas florecían salvajes y brillantes; y allí, me rendí por completo ante el césped, y me recosté sobre la tierra húmeda. Pero aún no estaba satisfecha, así que me quité las botas y los calcetines y me subí el vestido hasta las rodillas.

Observaba las nubes, escuchando el murmullo suave de las abejas y el batir de las alas de los pájaros, cuando lo oí.

—Camina con gracia sobre las nubes, y las estrellas conocen su nombre.

Debería haber estado conmocionada. Mi Amo me había encontrado allí, sin botas ni calcetines, exhibiendo las piernas, con el cuello del vestido roto y la prenda llena de lodo. Y él solo había recitado el poema que más me gustaba. Pero no sentí nada. Ni siquiera asimilé su presencia hasta que hizo lo imposible y se recostó a mi lado sobre el césped.

—Se ensuciará de lodo, Amo.

—Ha pasado demasiado tiempo desde que me acosté en el césped a observar las nubes.

Aún no lo había mirado, pero estaba bastante cerca de mí y podía oler el aroma a su loción después de afeitarse. Permanecimos en silencio un rato, ambos con la mirada en el cielo. Quería colocar algo de distancia entre nosotros, permitir que una vasta extensión de césped creciera entre nuestros hombros, y quería acercarme a él, permitir que mis dedos lo tocaran como él había hecho conmigo. ¿Cómo era posible que quisiera dos cosas opuestas a la vez? ¿Cómo era posible que no hiciera ninguna de las dos, sino que permanecí quieta, respirando, cautiva en mi propio cuerpo?

—¿La Viuda se lo ha dicho? —pregunté después de un rato, cuando los deseos se enredaron tanto que necesité hablar para desatarlos.

Cartier se tomó su tiempo para responder. Por un instante, creí que no me había oído. Pero, por fin dijo:

—¿Que te quedarás durante el verano? Sí.

Quería saber qué opinaba él sobre el acuerdo. Pero las palabras quedaron atascadas en mi garganta, así que permanecí en silencio, deslizando los dedos sobre el césped.

—Saber que estarás aquí tranquiliza mi mente —dijo él—. No necesitamos apresurarnos. El mecenas correcto llegará a tiempo, cuando estés lista.

Suspiré, el tiempo ya no corría a mi alrededor, sino que avanzaba lento como la miel en invierno.

—Mientras tanto —prosiguió él—, debes retomar tus estudios, mantener la mente ágil. No estaré aquí para guiarte, pero tengo fe en que continuarás perfeccionándote sola.

Incliné el mentón para poder mirarlo, mi pelo se expandía a mi alrededor.

—¿No estará aquí? —Por supuesto que lo sabía. Todos los ariales partían en el verano después de un ciclo de pasiones, para descansar después de siete años continuos de enseñanza. Era lo correcto dejarlo ir a relajarse y disfrutar.

Él movió su cara para encontrar mi mirada. Una leve sonrisa bailaba en sus labios cuando dijo:

—No, estaré lejos. Pero ya le he dicho a la Viuda que me avise en cuanto encuentre tu mecenas. Quiero estar aquí cuando lo conozcas.

Quería exclamar que nunca conseguiría un mecenas. Que nunca deberían haberme admitido en Magnalia. Pero la angustia quería mi voz, y no le daría el poder de hablar. No cuando Cartier me había dado tanto.

—Es amable de su parte que... quiera estar presente —dije, mirando de nuevo las nubes.

—¿Amable? —resopló—. Santos, Brienna. ¿Comprendes que no me atrevería a dejarte con un mecenas que no he conocido en persona?

Lo miré rápidamente, con los ojos abiertos de par en par.

—¿Y por qué no?

—¿Es necesario que responda?

Una nube tapó el sol y nos cubrió de gris al absorber la luz. Decidí que había yacido allí el tiempo suficiente, me puse de pie y limpié el césped de mi falda. Ni siquiera me tomé la molestia de recoger mis zapatos y mis calcetines; los dejé y empecé a caminar; elegí el primer sendero que apareció ante mí.

Cartier se apresuró a seguirme y se acercó a mí.

—¿Caminarías conmigo, por favor?

Reduje la velocidad, invitándolo a ajustarse a mi ritmo. Viramos dos veces en el camino, el sol regresó con humedad vengativa antes de que él hablara.

—Deseo estar aquí para conocer a tu mecenas porque me importas y quiero saber a dónde te lleva tu pasión. —Me miró; yo mantuve la vista al frente, por miedo a sucumbir bajo su mirada. Pero mi corazón era una criatura salvaje en mi interior, desesperada por escapar de su jaula de huesos y carne—. Pero también, para algo quizás más importante: para poder darte tu capa.

Tragué con dificultad. Entonces, aún no me la entregaría. Parte de mí esperaba que lo hiciera. Parte de mí había sabido que no lo haría.

La idea de mi capa me cubrió como una telaraña, y me detuve en el césped, atrapada en una red de mi propia creación.

—No puedo evitar decirte, Brienna —susurró él—, que tu capa está lista y guardada en mi bolso, en la casa, esperando a que estés preparada para el próximo paso.

Levanté la vista hacia él. No era mucho más alto que yo, pero en ese instante, me sentía terriblemente pequeña y frágil.

No sería pasionaria hasta que recibiera mi capa. No recibiría mi capa hasta que obtuviera un mecenas. No obtendría un mecenas hasta que la Viuda encontrara uno que viera mi valía.

Mis pensamientos cayeron en espiral y me obligué a continuar caminando, solo para hacer algo. Él me siguió, como supe que haría.

—¿Dónde irá este verano? —pregunté, deseosa de hablar sobre un tema distinto—. ¿Visitará a su familia?

—Planeo ir a Delaroche. Y no, no tengo familia.

Sus palabras hicieron que me detuviera. Nunca había imaginado que Cartier estuviera solo, que no tuviera padres que lo adularan, que no tuviera hermanos o hermanas que lo amaran.

Lo miré a los ojos, y moví la mano hacia mi cuello, hacia el cuello roto de mi vestido.

—Lamento oírlo, Amo.

—Mi padre me crio —dijo, compartiendo su pasado conmigo como si él fuera un libro, como si, por fin, quisiera que lo leyera—. Y mi padre era muy bueno conmigo, a pesar de que era un hombre de luto. Perdió a mi madre y a mi hermana cuando yo era muy joven, tan joven que no las recuerdo. Cuando cumplí once años, empecé a rogarle a mi padre que me permitiera dedicarme a la pasión del conocimiento. Bueno, no le agradaba la idea de enviarme a una Casa, lejos de él, así que contrató a una de las mejores pasionarias del conocimiento para que me diera clases en privado. Después de siete años, cuando cumplí dieciocho, me convertí en pasionario.

—Su padre debe haber estado muy orgulloso —susurré.

—Murió antes de que pudiera enseñarle mi capa.

Tuve que recurrir a todas mis fuerzas para no acercarme a él, para no tomar su mano y entrelazarla con la mía, para no consolarlo. Pero mi columna permaneció en su lugar, mi posición como alumna debajo de la suya como Amo, y tocarlo solo liberaría los deseos que ambos sentíamos.

—Amo Cartier... Lo siento mucho.

—Eres amable, Brienna. Los santos saben que he crecido deprisa, pero he tenido suerte. Y he encontrado un hogar aquí, en Magnalia.

Permanecimos de pie en la incandescencia silenciosa de la mañana, un tiempo hecho para nuevos comienzos, un tiempo tejido entre la juventud y la madurez. Podría haber permanecido allí con él durante horas, ocultos entre las plantas verdes y vivas, protegidos por las nubes y el sol, hablando sobre el pasado.

—Vamos, debemos regresar a la casa —dijo en voz baja.

Caminé a su lado. Regresamos al jardín delantero, donde vi, horrorizada, que la caricatura de él sobresalía de mi cesta. Me apresuré a darla vuelta mientras colocaba la cesta en mi brazo, rogando que él no la hubiera visto mientras subíamos las escaleras del vestíbulo.

Su bolso de cuero estaba en el banco de la entrada e intenté no mirarlo, sabiendo que mi capa estaba dentro, mientras él agarraba el bolso.

—Tengo un regalo para usted —dije. Introduje la mano debajo del pergamino y encontré el último libro de poesía en mi cesta—. Probablemente no lo recuerde, pero una de las primeras clases que dio fue sobre poesía, y leímos este poema que me encantó.

—Lo recuerdo —afirmó Cartier, y aceptó el libro. Hojeó las páginas y observé mientras él leía uno de los poemas en silencio, el deleite resplandecía en su expresión como el sol sobre el agua—. Gracias, Brienna.

—Sé que es un regalo sencillo —balbuceé, sintiéndome como si me hubiera quitado una capa de ropa—, pero creí que le gustaría.

Él sonrió e introdujo la mano en su bolso.

—Y yo tengo algo para ti. —Extrajo una caja pequeña y la apoyó en la palma de su mano.

Tomé la caja y la abrí despacio. Un pendiente plateado con una cadena larga yacía sobre el cuadrado de terciopelo rojo. Y cuando lo miré en más detalle, vi que había una flor corogana tallada en el pendiente, una gota plateada de extravagancia maevana para apoyar sobre el corazón. Sonreí mientras mi pulgar rozaba el grabado delicado.

—Es encantador. Gracias. —Cerré la caja, sin saber dónde mirar.

—Puedes escribirme si quieres —dijo él, suavizando la incomodidad que ambos sentíamos—. Para contarme cómo van tus estudios durante el verano.

Lo miré a los ojos, con una sonrisa en la comisura de mis labios.

—Usted también puede escribirme, Amo. Para asegurarse de que no deje de estudiar.

Me miró con ironía, una expresión que hizo que me preguntara en qué pensaba él, mientras colocaba el bolso sobre su hombro.

—Muy bien. Estaré a la espera de noticias de Madame.

Lo observé salir hacia la luz invasiva de la mañana, su capa ondeaba detrás de él al partir. No podía creer que se marchara tan deprisa —¡era peor que yo para las despedidas!— y corrí hacia la puerta.

—¡Amo Cartier!

Él se detuvo en medio de las escaleras y se volvió para mirarme. Recliné mi cuerpo sobre el marco de la puerta, presionando la cajita del pendiente entre mis dedos.

—¡Sus libros! Todavía están arriba, en mis estantes.

—Consérvalos, Brienna. Yo ya tengo demasiados, y necesitarás empezar tu propia colección. —Sonrió; perdí el hilo del pensamiento hasta que noté que él estaba a punto de continuar avanzando.

—Gracias.

Sentía que era demasiado simple como retribución por lo que él me había dado. Pero no podía permitirle marchar sin que lo escuchara de mis labios. Porque sentí de nuevo aquella fisura, una grieta en mi corazón. Era un aviso, como el que había sentido cuando me despedí de Merei, una advertencia que indicaba que quizás no lo vería de nuevo.

Él no habló, pero hizo una reverencia. Y luego, partió, como todos los demás.

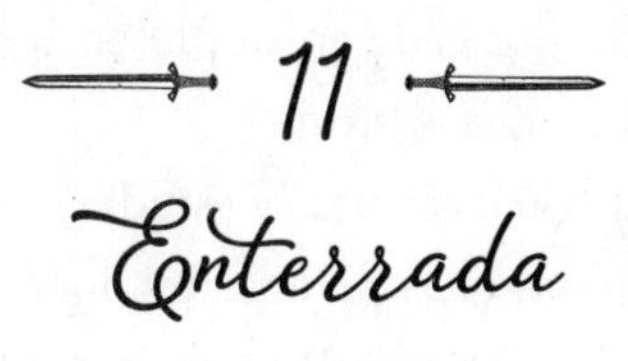

11 Enterrada

Julio de 1566

El mes siguiente pasó en silencio. Anhelaba la música de Merei, la risa de Abree. Echaba de menos el arte espontáneo de Oriana, los juegos de Sibylle y la compañía de Ciri. Pero a pesar de tener a la soledad como compañera, fui fiel a mis estudios; pasaba las horas con libros y linajes, con anatomía y conocimiento sobre las hierbas, con historia y astronomía. Quería ser capaz de dedicarme a cualquier rama del conocimiento que deseara.

Cada lunes, le escribía a Cartier.

Al principio, solo era para pedirle consejo sobre mis estudios. Pero luego, mis cartas se hicieron más largas, ansiosas de hablar con él, aunque fuera una conversación hecha de tinta y papel.

Y sus cartas reflejaban las mías; al principio, él era breve y me daba listas de temas a estudiar como había hecho con frecuencia en el pasado, y luego me pedía que diera mis ideas y opiniones. Pero gradualmente empecé a alentarlo a que compartiera más palabras e historias, hasta que sus cartas tuvieron dos páginas, y luego tres. Escribía sobre su padre, sobre crecer en Delaroche, sobre por qué había elegido la pasión del conocimiento. Y pronto, nuestras cartas ya no lidiaban tanto con lecciones, sino que eran un modo de descubrir más al otro.

Me sorprendía que durante tres años había pasado prácticamente todos los días sentada en su presencia y que aún hubiera tantas cosas que no sabía sobre él.

El mes transcurrió con cartas y estudio mientras la Viuda enviaba peticiones a mecenas potenciales, todas las cuales habían sido rechazadas amablemente. Pero, en la cuarta semana de espera, algo por fin ocurrió.

Caminaba por el largo sendero una tarde, bajo los robles y la amenaza de una tormenta, esperando el correo. Cuando perdí la casa de vista, elegí uno de los robles y tomé asiento debajo de él; recliné mi espalda contra el tronco y cerré los ojos mientras pensaba en cuánto tiempo quedaba para el fin del verano. En ese instante, empezó a llover, las gotas atravesaron despacio las ramas frondosas sobre mi cabeza. Suspirando, me puse de pie y mi manga quedó atascada en una rama pequeña.

Sentí el pinchazo del corte en mi brazo.

La tormenta desató su furia sobre mí y empapó mi vestido y mi pelo mientras inspeccionaba a regañadientes el corte. Me había rasgado la manga y salía sangre. Con cuidado, toqué la herida y la sangre manchó mis dedos.

Un zumbido apareció en mis oídos, un estremecimiento recorrió mi piel, la clase de premonición que el rayo daba antes de caer. La tormenta ya no olía a prados dulces, sino a tierra amarga, y observé cómo mis manos se ensanchaban y se convertían en las de un hombre, con nudillos torcidos, manchados de suciedad y sangre.

Levanté la vista y los robles ordenados de Magnalia se retorcieron y conformaron un bosque oscuro de pinos, alisos, álamos y nogales. Sentía que el bosque se cernía sobre mí; el zumbido desapareció y sentí dolor en las rodillas hasta que la transformación se apoderó por completo de mí.

Él también se había hecho un corte en el brazo con una rama. En el mismo lugar que yo. Y había parado para inspeccionar la herida, y sus dedos se habían manchado de sangre.

No tenía tiempo para eso.

Continuó avanzando por el bosque, con pisadas suaves y la respiración levemente agitada. No estaba fuera de forma; estaba nervioso, ansioso. Pero sabía qué árbol quería, y continuó permitiendo que rama tras rama lo arañaran para llegar allí.

Por fin, llegó al viejo roble.

Había estado allí mucho antes que los otros árboles, había crecido muy alto y tenía una copa inmensa. Él había ido a aquel árbol con frecuencia cuando era un niño, había trepado y descansado entre sus ramas y había tallado sus iniciales en la madera.

Cayó de rodillas delante del árbol, el crepúsculo moría azul y frío cuando empezó a cavar. El suelo aún estaba blando por las lluvias primaverales y él creó un surco profundo entre las raíces más débiles.

Despacio, extrajo el relicario de madera de debajo de su túnica y lo alejó de su cuello. El collar colgaba de sus dedos en un círculo lento y pesado.

Su carpintero lo había hecho solo con aquel propósito, un relicario de madera rústica del tamaño de un puño. Estaba diseñado con un único objetivo: contener y proteger algo. Un contenedor para una gema.

Tenía los dedos sucios de tierra cuando abrió el pestillo, solo para mirarla por última vez.

La Gema del Anochecer yacía en su ataúd, translúcida salvo por una llama diminuta color rojo. Era como observar un corazón dejando de latir lentamente, como la última gota de sangre brotando de una herida.

Cerró el relicario y lo colocó en la oscuridad del surco. Mientras lo enterraba —presionando la tierra y desparramando las agujas de pino y las hojas— vaciló de nuevo. Había querido ocultarla en el castillo, donde había muchos pasadizos secretos y recovecos, pero si alguna vez hallaban la gema dentro de sus muros, le cortarían la cabeza. Necesitaba devolverla a la tierra.

Satisfecho, se puso de pie y sus rodillas crujieron. Pero justo antes de girar, buscó en la rugosidad profunda del tronco. Y allí sus dedos lo encontraron y rozaron el antiguo tallado de sus iniciales.

T. A.

Sonrió.

Solo otra persona sabía de la existencia de aquel árbol. Su hermano, y estaba muerto.

Dejó el árbol entre las sombras y atravesó el bosque cuando empezó a anochecer, hasta que ya no pudo ver nada.

Palpó el camino hasta salir.

Corrí el resto del sendero sobre la colina hasta llegar al patio bajo las cortinas de lluvia. Estaba jadeando porque, a diferencia de *él*, yo no tenía buen estado físico, y casi me hice daño en una pierna cuando resbalé en la escalera de la entrada.

Aún sentía los pensamientos del hombre en los míos, como aceite derramado sobre el agua, que causaban un dolor intenso en mi cabeza; aún sentía el peso del relicario colgando de mis dedos.

La Gema del Anochecer.

Él la había escondido, la había enterrado en el suelo.

Entonces, después de todo, la princesa *había* robado la gema del cuello de la reina.

Pero aún más importante… ¿la gema todavía estaba enterrada allí debajo del viejo roble?

Atravesé a toda velocidad las puertas delanteras y sorprendí al mayordomo somnoliento, y luego corrí por el pasillo hacia el estudio de la Viuda. Llamé a la puerta, salpicando la madera.

—Adelante.

Entré en su estudio; ella se puso de pie de inmediato, sorprendida por mi apariencia empapada y la sangre que caía por mi brazo.

—¿Brienna? ¿Qué sucede?

La verdad es que no lo sabía. Y ni siquiera sabía qué le diría, pero me atormentaba la necesidad de contárselo a alguien. Si Cartier hubiera estado allí, le habría contado todo. O Merei. Pero solo estábamos la Viuda y yo, así que mis botas chillaron sobre su alfombra mientras tomaba asiento en la silla frente a su escritorio.

—Madame, debo contarle algo.

Ella tomó asiento lentamente, con los ojos abiertos de par en par.

—¿Alguien te ha hecho daño?

—No, pero…

Esperó, aún era visible el blanco de sus ojos.

—He estado… viendo cosas —empecé a decir—. Cosas del pasado, creo.

Le hablé sobre el primer cambio, canalizado por *El Libro de las Horas*. Le hablé sobre la música de Merei con sus influencias maevanas que permitieron que viera un atisbo de una montaña norteña. Y luego le hablé sobre mi herida y la herida del hombre, sobre el bosque y el entierro de la gema.

Ella se puso de pie abruptamente, las velas en su escritorio temblaron.

—¿Sabes el nombre de aquel hombre?

—No, pero… vi sus iniciales talladas en un árbol. T. A.

Ella caminó por el estudio, su preocupación flotaba en el aire como humo. A duras penas podía respirar mientras esperaba. Creí que ella desafiaría mi declaración, que me diría que estaba perdiendo la cordura poco a poco. Que lo que había dicho era una fantasía inverosímil. Esperé que riera o fuera condescendiente. Pero la Viuda no tuvo ninguna de esas reacciones. Permaneció en silencio, y yo permanecí sorprendida y aterrada mientras esperaba que ella expresara su opinión. Después de un rato, se detuvo junto a la ventana. Frente al cristal para observar la tormenta, preguntó:

—¿Qué sabes sobre tu padre, Brienna?

No esperaba aquella pregunta; mi corazón ardió de asombro cuando respondí:

—No mucho. Solo que es maevano y que no quiere saber nada de mí.

—¿Tu abuelo nunca te dijo cuál es tu apellido paterno?

—No, madame.

Ella regresó al escritorio, pero parecía demasiado agitada para sentarse.

—Tu abuelo me lo dijo el primer día que te trajo aquí. Y le juré que nunca te diría su nombre, porque él estaba preocupado por tu protección. Así que estoy a punto de faltar a mi palabra, pero solo porque siento que la sangre de tu padre está llamándote. Porque el apellido de tu padre podría potencialmente concordar con… la segunda inicial de aquel hombre, el hombre en el que te has convertido durante la conexión.

Esperé, retorciendo la lluvia de mi falda.

—El apellido de tu padre es Allenach —confesó ella—. No pronunciaré su primer nombre, así que al menos honraré en parte a tu abuelo.

Allenach.

El nombre rodó y se retorció, terminando con una sílaba dura.

Allenach.

Hacía mucho tiempo, la reina Liadan les había otorgado la bendición de «la astucia» cuando los clanes se habían unido en una Casa bajo el liderazgo de la mujer. Allenach, el astuto.

Y sin embargo, después de tanto tiempo, averiguar la mitad del nombre completo de mi padre no me afectó del modo en el que creí que lo haría. Era simplemente otro sonido, uno que falló en remover emociones en mi interior. Hasta que pensé en T. Allenach, y cómo me llevaba atrás en el tiempo. O, ahora que reflexionaba al respecto, cómo sus recuerdos se superponían con los míos.

Cartier había mencionado la rareza de la memoria ancestral. Y en ese entonces, había estado más preocupada por Lannon y el Estatuto de la Reina y no había ponderado la posibilidad de que estuviera pasándome a mí.

Pero todo empezaba a cobrar sentido. Dado que T. A. y yo habíamos agarrado el mismo libro, habíamos oído un fragmento de la misma música y habíamos sentido el mismo dolor entre los árboles. Así que apoyé las manos en los apoyabrazos de la silla, miré a la Viuda y dije con mucha calma:

—Creo que he heredado los recuerdos de aquel hombre.

La Viuda tomó asiento.

Sonaba fantasioso; sonaba mágico. Pero ella escuchó mientras le contaba lo que Cartier había mencionado al pasar un día de clase.

—Si estás en lo cierto, Brienna —dijo, extendiendo las manos sobre el escritorio—, entonces lo que has visto podría ser la clave para provocar la reforma de Maevana. Lo que has visto es… muy peligroso. Algo que el rey Lannon ha intentado evitar que suceda despiadadamente.

Ante la mención de Lannon, reprimí un escalofrío.

—¿Por qué sería peligrosa la gema?

En mi mente, era un hermoso artefacto de la antigua Maevana, un canal para la magia que ya no existía. Era una gota de historia, lamentablemente perdida, que debía, por supuesto, recuperarse de ser posible.

—Estoy segura de que el Amo Cartier te ha enseñado la historia del Dominio de la Reina —dijo ella, hablando en un susurro, como si tuviera miedo de que alguien la oyera.

—Así es, madame.

—Y estoy segura de que también te ha enseñado cuál es el estado actual de la política, ¿verdad? ¿Que hay tensión entre Maevana y Valenia? Nuestro rey, Phillipe, ya no justifica al rey Lannon por sus acciones violentas, a pesar de que el ancestro del rey Phillipe fue quien estableció la Casa Lannon como usurpadora del trono norteño.

Asentí, preguntándome hacia dónde llevaba la conversación

Pero la Viuda no dijo nada más mientras abría uno de los cajones y sacaba un folleto encuadernado con hilo rojo. Reconocí el emblema del frente: la ilustración inconfundible de una pluma que sangraba.

—¿Lee *La pluma lúgubre*? —pregunté, sorprendida de que ella leyera atentamente algo satírico.

—Leo todo, Brienna —respondió y me alcanzó el folleto. Mi corazón empezaba a latir, nervioso—. Lee la primera página.

Hice lo que me indicó y abrí el folleto. Era una edición que no había leído antes, y la asimilé palabra por palabra.

CÓMO DESTRONAR A UN REY NORTEÑO ILEGÍTIMO:

PASO UNO: Encontrar el Estatuto de la Reina.

PASO DOS: Encontrar la Gema del Anochecer.

PASO TRES: Si no es posible realizar el paso 1, ver paso 2. Si no es posible realizar el paso 2, proceda al...

PASO CUATRO: Encontrar el Estatuto de la Reina.

PASO CINCO: Encontrar la Gema del Anochecer...

Era una lista de instrucciones que continuaba repitiéndose en círculo una y otra vez. Permanecí sentada en silencio, mirando la página, hasta que la Viuda tosió.

—Entonces, el Estatuto... o la gema... —empecé a decir—. ¿Uno de ellos es suficiente para destronar a Lannon?

—Sí.

Por ley o por magia, derrocarían al rey norteño.

—Pero los Kavanagh son los únicos que pueden manipular la magia —susurré—. Y esa Casa ha sido destruida.

—No fue destruida —me corrigió ella—. Es verdad que muchos de los Kavanagh han sido perseguidos despiadadamente y asesinados por los reyes Lannon a lo largo de los años. Pero algunos sobrevivieron. Algunos hallaron refugio en Valenia. Y Lannon lo sabe. Es simplemente otro de los motivos por los que cierra sus fronteras para nosotros, para convertir a Valenia gradualmente en su enemigo.

Pensé en lo que acababa de decirme, en lo que acababa de leer, en lo que Cartier me había enseñado, en lo que habían revelado los recuerdos de T. A., respiré hondo y luego dije:

—Si encuentro la gema y se la entrego a una Kavanagh superviviente...

La Viuda sonrió, nuestros pensamientos se entrelazaron.

La magia regresaría. Y una reina mágica podría derrocar a Lannon.

—¿Qué debo hacer? —pregunté.

La Viuda juntó sus manos, como en oración, y las llevó a sus labios. Cerró los ojos y creí que de verdad estaba rezando hasta que, de pronto, abrió enérgicamente otro cajón de su escritorio con el ceño fruncido y decidido.

Había dejado de usar su tocado, ahora que solo estábamos nosotras dos. Su pelo era un río plateado bajo la luz de las velas, sus ojos eran lúcidos en la oscuridad mientras alcanzaba una hoja de pergamino y abría su tintero.

—Tengo un viejo conocido —empezó a decir, bajando la voz—. Tus recuerdos le resultarán extraordinarios. Y él sabrá cómo sacarles provecho. —Tomó su pluma, pero vaciló antes de sumergirla en la tinta—. Te ofrecerá su mecenazgo de inmediato, Brienna. Le pediré que te adopte como parte de su familia, que se convierta en tu padre pasionario adoptivo. Pero antes de hacerlo e invitarlo a que venga a conocerte... quiero que comprendas el precio que tiene recuperar la gema. —No era necesario que explicara el precio a pagar; sabía que Lannon era un rey despiadado y cruel. Sabía que mataba y mutilaba a cualquiera que se opusiera a él. Permanecí en silencio, así que la Viuda prosiguió—. Que hayas visto esos recuerdos no quiere decir que debas hacer algo al respecto. Si lo que en verdad deseas es llevar la vida de una pasionaria, puedo encontrar un mecenas más prudente para ti.

Estaba dándome una opción, una salida. No me molestó su advertencia. Pero no me acobardé.

Pensé en los recuerdos, en el nombre de Allenach, y en mis propios deseos.

Sabía que a veces un mecenas adoptaba una pasión en su familia, en general, después de años de mecenazgo, si el vínculo era muy profundo. Lo que la Viuda ofrecía era extraño; le pediría a su conocido que me adoptara de inmediato, sin haber establecido previamente una relación. Al principio, me pareció raro, hasta que empecé a considerar lo que yo quería.

¿Qué quería?

Quería una familia. Quería pertenecer, que me cuidaran, que me amaran. Además, la mitad de mi ser estaba deseosa de ver Maevana, la tierra de mi padre. Quería completar mi entrenamiento como pasionaria; quería mi título y mi capa, la cual no recibiría hasta que tuviera un mecenas. Y en lo profundo de mi interior, en algún rincón silencioso de mi corazón, quería ver caer al rey Lannon; quería ver a una reina surgir de las cenizas del usurpador.

Podía cumplir todos aquellos deseos, uno por uno, si tenía la valentía suficiente de elegir aquel camino.

Así que respondí sin un vestigio de duda.

—Escríbale, madame.

Oí su pluma rasgar el papel mientras lo invitaba a venir a conocerme. La carta era breve, y mientras ella espolvoreaba la tinta húmeda con arena para que secara, me sentí extrañamente en paz. Mis errores del pasado ya no parecían pesar tanto sobre mí. De pronto, aquella noche del solsticio, difícil e incierta, parecía haber sucedido hacía años.

—Sabes lo que esto significa, Brienna.

—¿Madame?

Apoyó la pluma y me miró.

—Tu abuelo no puede estar al tanto. Cartier tampoco.

Mi mente quedó en blanco, y tensé los dedos sobre los apoyabrazos.

—¿Por qué?

Las palabras rasparon mi garganta.

—Si eliges a Aldéric Jourdain como tu mecenas —explicó la Viuda—, emprenderás una misión muy peligrosa para recuperar la gema. Si Lannon siquiera oye un rumor al respecto, tu vida habrá terminado. Y no puedo permitir que abandones mi protección, mi Casa, con el miedo de que alguien pueda exponerte involuntariamente. Debes partir de Casa Magnalia en silencio, en secreto. Tu abuelo, tu Amo y tus hermanas ardenes no deben saber con quién o dónde estás.

—Pero, madame —empecé a protestar, solo para sentir que mis argumentos morían, uno a uno, en mi corazón. Ella estaba en lo cierto. Nadie debía saber qué mecenas acepté, en especial si aquel mecenas utilizaría mis recuerdos para hallar la gema que derrocaría a un rey cruel.

Ni siquiera Cartier.

El corte en mi brazo ardió cuando recordé lo que él me había dicho en el jardín, el día que partió. «No me atrevería a dejarte con un mecenas que no he conocido en persona».

—Madame, me preocupa que el Amo Cartier…

—Sí, estará extremadamente enfadado cuando descubra que te has marchado sin decir nada. Pero cuando todo esto se resuelva, se lo explicaremos y él lo comprenderá.

—Pero él tiene mi capa.

La Viuda empezó a doblar la carta, preparándola para el envío.

—Me temo que tendrás que esperar para recibirla, hasta que todo esto termine.

No había certezas de que terminaría, o de cuánto tiempo llevaría. ¿Un año? ¿Una década? Tragué con dificultad mientras observaba a la Viuda calentar su sello sobre una vela.

Imaginé a Cartier regresando a Magnalia al comienzo del otoño, preguntándose por qué no le había escrito, preguntándose por qué no lo habían llamado. Podía verlo atravesar el vestíbulo mientras las hojas dejaban un rastro a su paso; podía ver su capa azul y su pelo dorado. Que los santos me ayudaran, apenas podía soportar pensar que él descubriera que había partido sin decir nada, sin dejar rastro. Como si yo no valorara la pasión que él había despertado en mí, como si él no me importara.

—¿Brienna?

Ella debía haber percibido mi confusión. Parpadeé para apartar el velo de mi agonía y miré sus ojos amables.

—¿Quieres que no envíe esta carta? Como dije, puedes escoger fácilmente otro camino. —Sostuvo el borde del papel cerca de la llama, para quemarlo si yo lo quisiera.

Quemar la carta y dejar a un lado los recuerdos de mi ancestro. Era como un trozo de fruta prohibida, colgando de una rama, ahora que sabía a cuantos debía mantener a ciegas. Mi abuelo. Merei. Cartier. Quizás jamás recibiría mi capa. Porque Cartier podría hacerla trizas.

—No destruya la carta —dije, decidida, con voz áspera.

Mientras ella vertía un poco de cera por encima del sobre, dijo:

—No tomaría precauciones tan estrictas, no te pediría que partas en secreto, si los espías de Lannon no merodearan por Valenia. Pero con la tensión incrementándose entre nuestros dos países, con publicaciones como *La pluma lúgubre*... Lannon se siente amenazado por nosotros. Tiene hombres y mujeres infiltrados entre nosotros, listos para susurrar los nombres de los valenianos que se oponen a él abiertamente.

—¿Lannon tiene espías *aquí*? —exclamé, incapaz de creerlo.

—Has estado muy protegida en Magnalia, querida. El rey Lannon tiene ojos en todas partes. Ahora quizás comprendes por qué tu abuelo fue tan persistente en protegerte del apellido Allenach. Porque no quería que esa Casa te reclamara como suya. Porque quería que lucieras y te sintieras lo más valeniana posible.

Ah, lo comprendía. Pero eso no hacía que fuera más fácil de digerir.

Mi padre debía ser un seguidor acérrimo de Lannon. Podría ser cualquiera, desde un mozo de cuadra a un guardia o a un chambelán del castillo. Muchos súbditos de los lores adoptaban el apellido de sus superiores para demostrar su lealtad inquebrantable. Lo cual significaba que yo estaba a punto de declarar la guerra contra él; estaba a punto de convertirme en su enemiga incluso antes de conocerlo. Y así, incliné el cuerpo hacia delante y agarré el borde de la mesa de la Viuda hasta que sus ojos se encontraron con los míos.

—Solo debo pedirle una cosa, madame.

—Dime, niña.

Respiré hondo, bajé la vista hacia la sangre seca en mi brazo.

—Júreme que no le dirá a Aldéric Jourdain el nombre completo de mi padre.

—Brienna... esto no es un juego.

—Lo sé —respondí, manteniendo un tono respetuoso—. Mi mecenas sabrá que pertenezco a la Casa Allenach, que la lealtad de mi padre es para con esa Casa, pero eso no significa que mi mecenas necesite saber la identidad de mi padre.

La Viuda vaciló y fijó su mirada en la mía como si intentara comprender mi pedido.

—Nunca he visto a mi padre —proseguí, mi corazón se retorcía en mi pecho—. Mi padre nunca me ha visto. Somos completos desconocidos, y nuestros caminos probablemente nunca se cruzarán. Pero si lo hacen, preferiría que mi mecenas no supiera quién es él dado que yo nunca lo sabré.

La Viuda aún dudaba.

—He crecido aquí mientras usted lo sabía, al igual que mi abuelo, mientras que me privaban de aquella información —susurré—. Por favor, no se la entregue a otro para que la resguarde de mí, para que la utilice para juzgarme.

Ella por fin se ablandó.

—Comprendo, Brienna. Entonces, te lo juraré: no le diré el nombre de tu padre a nadie.

Recliné mi cuerpo en la silla, temblando contra la humedad de mi vestido.

Pensé en aquellos recuerdos antiguos y borrosos, en el mecenas que muy pronto vendría a conocerme.

Pensé en mi abuelo.

En Merei.

En mi capa.

La Viuda presionó su sello sobre la cera.

Y decidí no pensar más en Cartier.

PARTE 2

JOURDAIN

12

Un mecenas paternal

Agosto de 1566

Aldéric Jourdain llegó a Magnalia una noche calurosa y tormentosa, quince días después de que la Viuda hubiera enviado la carta a través del correo. Permanecí en mi habitación observando la lluvia golpear la ventana, aún después de oír que las puertas principales se habían abierto y que la Viuda le daba la bienvenida al hombre.

Había enviado a todos los sirvientes a unas breves vacaciones, menos a su fiel Thomas. Era para asegurarse de que Jourdain y yo partiéramos en completo secreto.

Mientras esperaba indicaciones para bajar las escaleras, caminé hasta mi escritorio. La última carta de Cartier estaba allí, abierta debajo de la caja del pendiente; su caligrafía era elegante bajo la luz de las velas.

Desde que la Viuda y yo habíamos decidido proseguir con Aldéric Jourdain, había empezado gradualmente a escribir cartas más breves para Cartier, preparándome para aquel momento en el que partiría en secreto. Y él lo había percibido: mi distancia, mi alejamiento, mi deseo de hablar solo sobre el conocimiento y no sobre la vida.

¿Estás preocupada por un mecenas? Cuéntame, Brienna. Dime qué es lo que está apartándote…

Eso había escrito él, sus palabras quemaban como brasas en mi corazón. Odiaba pensar que él nunca recibiría una respuesta adecuada, que había escrito mi última carta para él hacía días, afirmando que todo iba bien.

Oí un llamado suave en la puerta.

Atravesé la habitación mientras alisaba las arrugas en mi vestido de arden y colocaba mi pelo detrás de las orejas. Thomas estaba del otro lado de la puerta, sosteniendo una vela para ahuyentar las sombras de la noche.

—Madame está lista para ti, Brienna.

—Gracias, ya bajo. —Esperé hasta que él se hubiera fundido de nuevo con la oscuridad del pasillo antes de empezar mi descenso por la escalera; mi mano avanzaba detrás de mí sobre la balaustrada.

La Viuda no me había dicho nada respecto a ese Aldéric Jourdain. No sabía cuál era su profesión, cuántos años tenía o dónde vivía. Así que seguí la luz hacia el estudio de la Viuda con un estremecimiento de aprehensión.

Hice una pausa delante de la puerta, el lugar donde había cometido todas las transgresiones de escuchas a escondidas, y escuché la voz del hombre, un barítono grave, con vocales pulidas. Hablaba demasiado bajo y no podía comprender cada palabra, pero por cómo sonaba, imaginaba que era un hombre culto de unos cincuenta años. Quizás él también era un pasionario.

Avancé hacia la luz de las velas.

Él estaba sentado de espaldas a mí, pero vio mi entrada en la suavidad de la mirada de la Viuda cuando posó sus ojos en mí.

—Aquí está. Brienna, él es monsieur Aldéric Jourdain.

Él se puso de pie de inmediato y se volvió para verme. Lo miré a los ojos, observando con cuidado su altura y su contextura robusta, su pelo castaño rojizo manchado de gris. Estaba afeitado y era apuesto, incluso con su nariz torcida, y a pesar de la luz tenue pude ver la cicatriz de una herida furiosa a lo largo de su mandíbula derecha. A pesar del viaje, sus prendas estaban apenas arrugadas. El aroma a lluvia aún flotaba a su alrededor, junto al dejo de una especia que no reconocí. No tenía una capa pasionaria.

—Encantado —dijo, haciendo una reverencia casual.

Devolví el gesto y luego ocupé la silla que habían preparado para mí, junto a la de él. La Viuda estaba detrás de su escritorio, como siempre.

—Ahora, Brienna —dijo Jourdain, regresando a su lugar y tomando su copa de licor—. Madame me ha dado solo un indicio de lo que has visto. Cuéntame más sobre tus recuerdos.

Miré rápidamente a la Viuda, vacilante de compartir algo tan personal con un completo extraño. Pero ella sonrió y asintió, alentándome a hablar.

Le dije todo lo que le había contado a ella. Y esperaba que él resoplara o bufara, que dijera que estaba haciendo afirmaciones absurdas. Pero Jourdain no hizo nada más que escuchar en silencio, sus ojos no se apartaron ni un instante de mi cara. Cuando terminé, apoyó su copa con un tintineo entusiasta.

—¿Has podido encontrar aquel árbol? —preguntó él.

—No... no estoy segura, monsieur —respondí—. No vi ninguna otra marca distintiva. Era un bosque muy denso.

—¿Es posible que accedas de nuevo a los recuerdos? ¿Que regreses a ellos con la misma claridad?

—No lo sé. Lo he experimentado solo tres veces, y hay muy poco que pueda hacer para controlarlos.

—Parece que Brienna debe hacer una conexión con su ancestro —explicó la Viuda—. A través de uno de sus sentidos.

—Mmm. —Jourdain cruzó las piernas, y acarició distraídamente con un dedo la cicatriz en su mentón—. ¿Y el nombre de tu antepasado? ¿Al menos sabes eso?

Mis ojos se posaron deprisa en la Viuda de nuevo.

—Su nombre empieza con la letra T. En cuanto a su apellido… creo que era Allenach.

Jourdain permaneció muy quieto. No me miraba, pero sentí el hielo en su mirada, una amargura tan fría que podía romperme los huesos.

—Allenach. —El apellido, mi apellido, sonaba muy áspero en su lengua—. Asumo que eres de esa Casa, Brienna, ¿verdad?

—Sí. Mi padre es maevano, sirve a esa Casa.

—¿Y quién es tu padre?

—No sabemos su nombre completo —mintió la Viuda. Mintió por mí, y no pude evitar hundirme de alivio, en especial después de ver el desdén aparente de Jourdain hacia los Allenach—. Brienna creció aquí, en Valenia, sin lazos con su familia paterna.

Jourdain hundió más el cuerpo en la silla y agarró su vaso de nuevo. Hizo girar el líquido rosado dentro del cristal, sumido en sus pensamientos.

—Mmm —murmuró de nuevo, un sonido que debía significar que le perturbaban sus reflexiones. Y luego me miró, y juraría haber visto algo de cautela en su mirada, como si yo no fuera ni por asomo tan inocente como lo había sido al entrar al estudio, ahora que él conocía la mitad de mi ascendencia.

»¿Crees poder guiarnos hasta la ubicación de la Gema del Anochecer, Brienna? —preguntó él después de lo que pareció una eternidad de silencio.

—Haré mi mayor esfuerzo, monsieur —susurré. Pero cuando pensé en lo que él pedía, sentí que el peso del territorio desconocido se posaba sobre mis hombros. Nunca había visto Maevana. No sabía prácticamente nada de los Allenach, o de sus tierras y bosques. El viejo roble tenía las iniciales T. A. talladas, pero nada aseguraba que yo podría recorrer un bosque y hallar aquel árbol.

—Quiero dejar algo bien en claro —dijo Jourdain después de beber el resto de su licor—. Si aceptas mi oferta como tu mecenas, no será en absoluto lo que esperas. Sí, honraré el vínculo del mecenazgo y serás como mi propia hija. Te cuidaré y te protegeré, como debería hacerlo un buen padre. Pero mi nombre conlleva riesgos. Mi nombre es un escudo, y debajo de él hay muchos secretos que quizás nunca conozcas, pero que de todos modos debes guardar como si fueran tuyos, porque revelarlos implicaría algo tan importante como la vida o la muerte.

Lo miré con firmeza y pregunté:

—¿Y quién es usted, monsieur?

—¿Para ti? Solo soy Aldéric Jourdain. Eso es todo lo que necesitas saber.

Por el movimiento de la Viuda, supe que ella lo sabía. Ella sabía quién era él en realidad, quién era el hombre detrás de Aldéric Jourdain.

¿Se negaba a decírmelo por mi propia protección? ¿O porque no confiaba en mí por mis raíces Allenach?

¿Cómo podía aceptar un mecenas si no sabía quién era él en realidad?

—¿Es un Kavanagh? —me atreví a preguntar. Si estaba a punto de encontrar la Gema del Anochecer, quería saber si mi padre mecenas poseía la antigua sangre de dragón. Algo no encajaba en mi mente cuando pensaba en recobrar la gema solo para restaurar la magia de él. No le quitaría la corona a Lannon solo para entregársela a otro rey.

Una sonrisa suavizó su cara; un destello iluminó sus ojos. Noté que le había resultado divertido lo que dije cuando respondió:

—No.

—Bien —respondí—. Si lo fuera, este acuerdo no me parecería prudente.

La habitación pareció hacerse más fría, la luz de las velas retrocedió cuando manifesté con claridad mi insinuación. Pero Aldéric Jourdain ni siquiera parpadeó.

—Tú y yo queremos lo mismo, Brienna —dijo él—. Ambos deseamos derrocar a Lannon y ver el surgimiento de una reina. Eso no puede suceder si tú y yo no unimos nuestro conocimiento. Yo te necesito; tú me necesitas. Pero la elección a fin de cuentas es tuya. Si sientes que no puedes confiar en mí, entonces creo que lo mejor será que cada uno continúe con su camino aquí.

—Necesito saber qué ocurrirá cuando encuentre la gema —insistí, mientras la preocupación invadía mis pensamientos—. Necesito que me dé su palabra de que no me utilizará de modo incorrecto.

Esperaba una explicación de pura palabrería. Pero lo único que él dijo fue:

—Le daremos la Gema del Anochecer a Isolde Kavanagh, la legítima reina de Maevana, quien actualmente está oculta.

Parpadeé, atónita. No esperaba que él me dijera su nombre; era un gran indicio de confianza dado que yo era una extraña para él al igual que él lo era para mí.

—Sé que lo que pido que hagas es peligroso —prosiguió Jourdain con tono amable—. La reina lo sabe bien. Lo único que esperamos que hagas es que nos ayudes a hallar la ubicación de la gema. Y después de hacerlo... te pagaremos en abundancia.

—¿Cree que quiero riquezas? —pregunté; mis mejillas ardían.

Jourdain solo me miró, lo cual intensificó mi rubor. Luego, indagó:

—¿Qué quieres, Brienna Allenach?

Nunca había oído mi nombre y mi apellido en voz alta, unidos como verano e invierno, flotando en el aire, tan musical como doloroso. Y vacilé, luchando contra lo que creía que debía decir y lo que deseaba decir.

—¿Te gustaría unirte a la Casa de tu padre? —preguntó Jourdain con mucha cautela, como si estuviéramos de pie sobre hielo—. Si así lo quieres, honraré tus deseos. Podemos anular la adopción después de nuestra misión. Y no te guardaré rencor alguno por ello.

No pude ahogar el pequeño resplandor de deseo, de esperanza. Era innegable que quería ver a mi padre de sangre, que quería saber quién era él, que quería que él me viera. Pero de todos modos... había crecido con la creencia de que los hijos ilegítimos eran cargas, vidas que nadie quería. Si alguna vez mi camino se cruzaba con el de mi padre, lo más probable era que él me diera la espalda.

Y aquella imagen hundió una daga en mi corazón e hizo que inclinara levemente el cuerpo hacia delante en mi silla.

—No, monsieur —dije cuando supe que mi voz era firme—. No quiero nada de los Allenach. Pero sí hay algo que deseo.

Él esperó y alzó una ceja.

—Sin importar qué planes haga —expliqué—, quiero participar en la organización. Después de que la encontremos, la Gema del Anochecer permanecerá conmigo. Yo se la entregaré a la reina.

Jourdain pareció contener el aliento, pero sus ojos jamás se apartaron de mí.

—Valoraremos y necesitaremos tu opinión en los planes. En cuanto a la gema… necesitamos esperar y ver cuál es la estrategia más prudente. Si lo mejor es que permanezca contigo, así será. Si lo mejor es que permanezca con alguien más, así será. Dicho eso, puedo prometerte que serás quien la lleve ante la reina.

Era hábil con las palabras, pensé mientras desmenuzaba su respuesta. Pero mi mayor preocupación era que los planes avanzaran sin mi participación, que la gema no llegara a manos de la reina. Tenía la palabra de Jourdain en esos dos aspectos así que por fin asentí y dije:

—De acuerdo.

—Ahora —dijo Jourdain, mirando de nuevo a la Viuda como si yo nunca hubiera dudado de sus intenciones—, la legalidad del asunto debe esperar. No puedo arriesgarme a anotar mi nombre o el de ella a través de los escribas reales.

La Viuda asintió, aunque noté que no le agradaba la situación.

—Lo comprendo, Aldéric. Siempre y cuando cumplas con tu palabra.

—Sabes que lo haré —respondió él. Y luego me miró y añadió—: Brienna, ¿me aceptarías como tu mecenas?

Estaba a punto de convertirme en la hija de aquel hombre. Estaba a punto de adoptar su apellido como propio, sin saber lo que significaba, de dónde provenía. Sentía que estaba mal; sentía que estaba bien. Sentía que era peligroso; sentía que era liberador.

Y sonreí, dado que estaba habituada a sentir dos deseos opuestos a la vez.

—Sí, monsieur Jourdain.

Él asintió, sin sonreír del todo y sin fruncir el ceño, como si estuviera tan conflictuado como yo.

—Bien, muy bien.

—Hay una última cosa que debes tener en cuenta, Aldéric —dijo la Viuda—. Brienna aún no ha recibido su capa.

Jourdain alzó una ceja hacia mí, notando por primera vez que no tenía puesta mi capa pasionaria alrededor del cuello.

—¿Por qué?

—Aún no me he convertido en pasionaria —respondí—. Mi Amo me daría mi capa cuando tuviera un mecenas.

—Ya veo. —Sus dedos tamborilearon sobre los apoyabrazos—. Bueno, podemos solucionarlo. Asumo que han tomado todas las precauciones posibles para este acuerdo, ¿verdad, Renee?

La Viuda inclinó la cabeza.

—Sí. Nadie sabrá que Brienna ha partido bajo tu cuidado. Ni siquiera su abuelo o su Amo.

—Bueno, podemos replicar una capa para ti —sugirió Jourdain.

—No, monsieur, no creo que sea prudente —me atreví a decir—. Verá… tendría que escoger una constelación para replicarla en la capa, y la constelación debería estar registrada con mi nombre en los Archivos Astronómicos de Delaroche, y…

Él levantó la mano en señal de paz, una sonrisa alegre se esbozaba en la comisura de sus labios.

—Entiendo. Perdóname, Brienna. No soy experto en el funcionamiento de las pasiones. Mañana pensaremos una explicación para la ausencia de capa.

Permanecí en silencio, pero un nudo apareció en mi garganta. Un nudo que surgía cada vez que pensaba en mi capa, en Cartier y en lo que debía dejar atrás. Hacía dos semanas, había estado recostada en la cama, mi habitación insoportablemente silenciosa sin los ronquidos de Merei, preguntándome si había invertido siete años de mi vida en vano. Porque era muy posible que Cartier fuera a rechazarme mientras no pudiera contactarlo.

—¿Has guardado todo, Brienna? —preguntó mi nuevo mecenas—. Debemos partir al amanecer.

Oculté bien mi sorpresa, aunque ardió en mi interior como una llama vivaz.

—No, monsieur, pero no tardaré demasiado. No tengo mucho.

—Entonces, descansa. Nos espera un viaje de dos días.

Asentí y me puse de pie. Regresé a mi habitación, a duras penas sentía el suelo bajo mis pies. Me puse de rodillas, abrí mi baúl de cedro y empecé a recolectar mis pertenencias, pero luego miré los estantes y todos los libros que Cartier me había dado.

Me puse de pie y permití que mis dedos acariciaran sus lomos. Llevaría todos los que cupieran en mi baúl. Y guardaría los demás en la biblioteca, hasta que pudiera regresar a buscarlos.

Hasta que pudiera regresar a buscarlo a él.

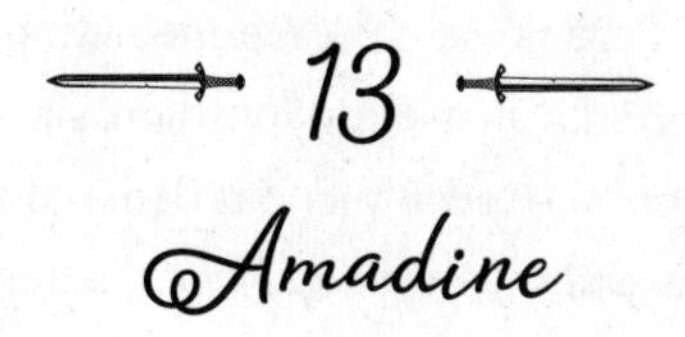

13

Amadine

—Necesitas un nombre nuevo.

Había estado viajando en su carruaje durante una hora, la oscuridad lentamente se convertía en amanecer, cuando Aldéric Jourdain por fin me habló. Estaba sentada frente a él; ya me dolía la espalda por los golpes y las sacudidas del carruaje.

—De acuerdo —respondí.

—Brienna es un nombre muy maevano. Así que necesitas sonar lo más valeniana posible. —Hizo una pausa y luego añadió—: ¿Tienes alguna preferencia?

Hice un gesto de negación. Había dormido apenas dos horas anoche; me dolía la cabeza y sentía como si mi corazón se hubiera enredado con mis pulmones. Solo podía pensar en la Viuda, de pie sobre los adoquines para decirme adiós, con una mano amable sobre mi mejilla.

No te preocupes por Cartier. Lo comprenderá cuando todo termine. Haré lo posible por tranquilizarlo…

—¿Brienna?

Abandoné mi ensimismamiento.

—Elíjalo usted, monsieur.

Él empezó a frotar su mandíbula, tocando distraídamente su cicatriz mientras me observaba.

—¿Qué te parece *Amadine*?

Me gustaba. Pero no sabía cómo me entrenaría a mí misma para responder no solo al apellido Jourdain, sino también a Amadine. Sentía que me vestía con prendas demasiado pequeñas para mí, que intentaba estirar la tela hasta que quedara bien, hasta que se amoldara a mi cuerpo. Tendría que perder partes de mi misma o romper algunas costuras.

—¿Lo apruebas? —preguntó él.

—Sí, monsieur.

—Algo más. No debes llamarme monsieur. Soy tu padre.

—Sí… padre. —La palabra recorrió mi boca como una canica, desconocida, incómoda.

Viajamos otra media hora en silencio; mis ojos se dirigieron a la ventana, observando las colinas verdes que gradualmente empezaban a aplanarse y se convertían en campos de trigo a medida que avanzábamos hacia el oeste. Aquella era una parte tranquila y pastoral de Valenia; pasamos junto a unas pocas casas sencillas de piedra, hogar de granjeros solitarios y molineros.

—¿Por qué quiere hacer esto? —pregunté, las palabras surgieron antes de que pudiera pensar en la formulación educada. Mis ojos regresaron a Jourdain, quien me observaba con una expresión calma y perpleja—. ¿Por qué quiere rebelarse contra un rey que lo mataría si descubriera sus planes?

—¿Por qué quieres hacerlo tú? —respondió.

—Yo pregunté primero, padre.

Apartó la mirada, como si estuviera considerando las palabras. Y luego sus ojos regresaron a los míos brillando sombríamente.

—He visto suficientes crueldades de Lannon en mi vida. Quiero verlo destruido.

Entonces, odiaba a Lannon. Pero *¿por qué?* Eso era lo que quería saber. ¿Qué había visto Aldéric Jourdain? ¿Qué había presenciado para tener aquel deseo tan intenso?

Quizás ahora éramos padre e hija, pero eso no implicaba que él fuera a divulgar sus secretos.

—La mayoría diría que esta no es una guerra valeniana —respondí con cautela, intentando alentarlo a decirme más.

—Pero ¿acaso no lo es? —dijo él—. ¿No fue nuestro glorioso rey Renaud I, quien puso a los Lannon en el trono en 1430?

Reflexioné al respecto. No sabía con certeza si discutiríamos sobre la participación de Valenia en el pasado o no, así que cambié el curso de nuestra conversación al decir:

—Entonces... ¿Podemos *anular* el poder de Lannon con la Gema del Anochecer?

—Sí.

—¿Y qué hay del Estatuto de la Reina?

Él resopló.

—Alguien te enseñó meticulosamente.

—¿La gema es suficiente? ¿No necesitamos también la ley?

Él reclinó su cuerpo hacia atrás y apoyó las manos sobre sus rodillas.

—Por supuesto que también necesitamos la ley. Cuando la magia regrese y Lannon haya sido derrocado, reestableceremos el Estatuto.

—¿Dónde cree que está el original?

No habló; solo movió la cabeza de lado a lado como si se hubiera hecho aquella pregunta tantas veces que lo agotaba.

—Ahora, es tu turno de responder. *¿Por qué* quieres esto, Ama del conocimiento?

Miré mis dedos entrelazados sobre mi regazo.

—Una vez vi una ilustración de Liadan Kavanagh, la primera reina. —Lo miré de nuevo a los ojos—. Desde entonces… he querido ver el surgimiento de una reina, verla recuperar lo que le pertenece.

Jourdain sonrió.

—Eres maevana por parte de tu padre. Aquella sangre norteña en ti desea inclinarse ante una reina.

Pensé en ello mientras avanzábamos otra media hora en silencio, hasta que mi voz emitió otra pregunta.

—¿Tiene una profesión?

Jourdain se movió sobre su cojín, pero esbozó una sonrisa.

—Soy abogado —dijo—. Mi hogar está en Beaumont, un pueblo pequeño junto a un río y que hace uno de los vinos más exquisitos de Valenia. Soy viudo, pero vivo con mi hijo.

—¿Tiene un hijo?

—Sí. Luc.

Entonces, ¿también tendría un hermano? Mi mano subió hasta mi cuello, palpando la cadena del pendiente de Cartier que estaba oculto bajo mi vestido, como si fuera un ancla, o un talismán que me daba coraje.

—No te preocupes —dijo Jourdain—. Te gustará. Él es… prácticamente mi opuesto.

Si me hubiera sentido más cómoda, habría bromeado con Jourdain por su comentario irónico sobre su hijo. Pero mi mecenas aún era un extraño. Y no podía evitar preguntarme cuánto tiempo necesitaría para sentirme cómoda con mi nueva vida. Pero luego, reflexioné en cómo había sucedido todo esto —lejos de las raíces tradicionales del mecenazgo— y pensé: no, es imposible esperar sentirme en absoluto relajada.

—Ahora bien —dijo él, interrumpiendo una vez más las profundidades de mis cavilaciones—. Necesitamos darle cuerpo a tu historia. Porque nadie puede saber que vienes de Magnalia.

—¿Qué sugiere?

Él resopló y miró por la ventana.

—Estudiaste la pasión del conocimiento bajo la tutela de la Ama Sophia Bellerose, de la Casa Augustin —respondió.

—¿La Casa Augustin?

—¿Has oído hablar de ella?

Moví la cabeza de lado a lado.

—Bien. Es rural y desconocida para mentes que estarían demasiado interesadas en ti. —Frunció el ceño, como si aún estuviera intentando tejer mi historia. Luego, añadió—: La Casa Augustin es un establecimiento solo para mujeres que se dedica a las cinco pasiones, y su programa de estudios dura diez años. Entraste en la Casa a los siete años, cuando te seleccionaron del orfanato Padrig por tu mente brillante.

—¿Dónde está la Casa Augustin?

—A ciento treinta kilómetros al sudoeste de Théophile, en la provincia de Nazaire.

El silencio apareció de nuevo, ambos nos perdimos en nuestros pensamientos. Empezaba a perder la noción del tiempo —¿cuántas horas habíamos estado en viaje?, ¿cuánto faltaba para llegar?— cuando él tosió.

—Ahora, es tu turno de inventar una historia —dijo Jourdain.

Lo miré a los ojos, esperando con cautela.

—Necesitas una explicación creíble de por qué no tienes tu capa. Porque para todos nuestros propósitos, es necesario que sepan que eres mi hija pasionaria, adoptada como parte de la familia Jourdain, y una Ama del conocimiento.

Respiré y moví los hombros para oír mi espalda crujir. Él tenía razón; necesitaba tener preparada una explicación. Pero aquello requeriría de cierta creatividad y confianza, porque los pasionarios nunca perdían sus capas, nunca aparecían en público sin ellas, y las protegían como un dragón mítico custodiaba su tesoro.

—Ten en cuenta —dijo, observando cómo yo fruncía el ceño— que las mentiras pueden enredarte con facilidad en sus redes. Si puedes mantenerte cerca de la verdad, entonces tendrás un faro que te ayudará a permanecer fuera de cualquier conversación incriminatoria.

Antes de que pudiera compartir mis ideas, el carruaje se sacudió hacia delante y casi nos lanzó del asiento.

Miré a Jourdain con los ojos abiertos de par en par mientras él espiaba por la ventana. Lo que fuera que hubiera visto hizo que un insulto que nunca había oído saliera de su boca. A continuación, nuestro carruaje se detuvo bruscamente.

—Quédate en el carruaje, Amadine —ordenó, mientras su mano palpaba el frente de su jubón. Extendió la mano hacia la puerta cuando la abrieron de pronto y una cara cetrina y angosta con mirada maliciosa nos saludó.

—¡Fuera! Los dos —ladró el hombre.

Permití que Jourdain tomara mi mano y me ayudara a bajar detrás de él. Tenía el pulso acelerado mientras permanecía de pie en el camino cubierto de lodo y Jourdain intentaba mantenerme fuera de vista detrás de él. Asomándome detrás de su gran altura vi a nuestro cochero, Jean David, a quien otro hombre de aspecto grasiento y con pelo del color de la lana podrida le apuntaba con un cuchillo.

Había tres atacantes. Uno tenía a Jean David, otro nos rodeaba a Jourdain y a mí y el tercero hurgaba en mi baúl de cedro.

—Por los huesos de los santos, aquí solo hay estúpidos libros —exclamó uno calvo con una cicatriz irregular. Hice una mueca de dolor mientras él lanzaba mis libros, uno tras otro, al suelo y las páginas protestaban al caer sobre el lodo.

—Continúa buscando —ordenó el líder de piel cetrina mientras daba una vuelta más alrededor de Jourdain y de mí. Intenté parecer pequeña y poco valiosa, pero el ladrón de todos modos tiró de mí, agarrando mi codo.

—No la toques —advirtió Jourdain. Su voz era fría y suave como el mármol. Creo que me asustó más que presenciar el robo.

—Es un poco joven para ti, ¿no crees? —dijo el líder con una risa sombría mientras me arrastraba más lejos. Puse resistencia e intenté librarme de sus dedos. Él solo apuntó su cuchillo al estómago de Jourdain para que me detuviera—. Deje de resistirse, mademoiselle, o destriparé a su esposo.

—Es mi hija. —Una vez más, la voz y la compostura de Jourdain mantuvieron la calma. Pero vi la furia en sus ojos, la chispa de una espada afilándose sobre la piedra. E intentaba decirme algo con aquella mirada, algo que no podía comprender…

—Disfrutaré conocerte —dijo el ladrón, sus ojos me desnudaron descaradamente hasta que llegaron a mi pendiente—. Ah, ¿qué tenemos aquí? —Colocó la punta del cuchillo sobre mi garganta. Me pichó la piel, solo lo suficiente para que saliera una gota de sangre. Empecé a temblar, incapaz de contener el miedo mientras deslizaba su cuchillo a lo largo de mi cuello y mi pendiente me abandonaba en manos de aquella escoria vil. Pero aquel era el momento que Jourdain esperaba.

Mi mecenas se movió como una sombra; de pronto, una daga brilló en su mano. No sé de dónde apareció el cuchillo, pero permanecí quieta, paralizada, mientras Jourdain apuñalaba al ladrón en la espalda, justo en el riñón, y luego le cortaba el cuello. La sangre manchó su cara mientras el ladrón caía al suelo a mis pies.

Tropecé hacia atrás mientras Jourdain atacaba al segundo ladrón, el que destruía todos mis libros. No quería mirar, pero mis ojos estaban clavados en el baño de sangre, observando cómo él mataba al segundo ladrón sin esfuerzo alguno, con cuidado de hacerlo lejos de mis libros. Y luego, Jean David peleó con su captor y los gruñidos y la sangre cayeron en el sendero.

Terminó muy deprisa. Creo que no respiré hasta que Jourdain guardó la daga en el bolsillo interno de su jubón, hasta que caminó deprisa hacia mí salpicado de sangre. Se inclinó y tomó mi pendiente de las garras del ladrón, quien se enfriaba por la muerte, mientras el pulgar de Jourdain limpiaba los restos de la carnicería sobre la joya.

—Te compraré una cadena nueva cuando lleguemos a casa —dijo y extendió el pendiente hacia mí.

Lo acepté sin emoción, pero no sin antes notar el arco de su ceja. Él había reconocido el diseño tallado de la flor corogana. Sabía que era un símbolo maevano.

No quería que me preguntara dónde lo había conseguido. Pero, a su vez, no quería que sospechara que había provenido de los Allenach.

—Mi Amo me lo dio —dije, con voz ronca—. Por mi ascendencia.

Jourdain asintió y luego pateó el cadáver más cercano para quitarlo de en medio.

—Amadine, reúne tus pertenencias, deprisa. Jean David, ayúdame con los cuerpos.

Avancé como si tuviera noventa años, y estuviera dolorida y débil. Pero cada vez que agarraba un libro, mi perplejidad le daba lugar a la furia. Una furia burbujeante y peligrosa que hacía que sintiera la lengua cubierta de ceniza. Limpié el lodo de las páginas y guardé los libros dentro de mi baúl mientras Jourdain y Jean David lanzaban los cuerpos sobre la colina, para apartarlos de la vista desde el sendero.

Cuando terminé, los hombres ya habían cambiado sus jubones y camisas y habían lavado la sangre de sus caras y manos. Cerré mi baúl de cedro y miré a Jourdain a los ojos. Estaba esperándome, con la puerta del carruaje abierta.

Caminé hacia él, inspeccionando su cara afeitada, su pelo perfectamente peinado que tenía trenzado en una coleta noble. Se veía tan refinado, tan confiable. Y sin embargo, no había vacilado en matar a los ladrones; se había movido como si lo hubiera hecho antes, la daga brotó entre sus dedos como si fuera parte de su cuerpo.

—¿Quién *eres*? —susurré.

—Aldéric Jourdain —respondió, y me entregó su pañuelo para que pudiera limpiar la sangre en mi cuello.

Por supuesto. Irritada, agarré el pañuelo de lino y subí al carruaje mientras mi pulgar acariciaba el dije. Cuando Jourdain subió detrás de mí y cerró la puerta, solo pensé en una cosa.

¿Quién acababa de adoptarme como su hija?

El resto del día pasó sin imprevistos. Avanzamos a buen ritmo y llegamos a un pueblo pequeño sobre el río Christelle cuando el sol cayó detrás de los árboles. Mientras Jean David llevaba los caballos y el carruaje a los establos comunes, yo seguí a Jourdain a la posada que él había seleccionado cuidadosamente. El aroma a ave asada y vino diluido nos dio la bienvenida y penetró en mi pelo y mi vestido mientras hallábamos una mesa en un rincón de la taberna. Había algunos grupos de otros viajeros, estaban agotados y quemados por el sol, y apenas nos dirigieron una segunda mirada.

—Debemos conseguirte ropa nueva cuando lleguemos a casa —dijo Jourdain después de que una sirvienta le trajera una botella de vino y dos copas de madera.

Lo observé servirse, un hilo rojo que me hizo pensar en sangre.

—Has matado antes.

Mi afirmación hizo que se pusiera rígido, como si hubiera lanzado una red sobre él. A propósito, apoyó la botella de vino, colocó mi copa delante de mí y eligió no responder. Lo observé beber, la luz del fuego proyectaba sombras largas sobre su cara.

—Aquellos ladrones eran viles, sí, pero hay un código de justicia aquí en Valenia que dice que los crímenes deben presentarse ante un juez y una corte —susurré—. Creí que lo sabrías, dado que eres abogado.

Me dirigió una mirada de advertencia. Cerré los labios mientras la sirvienta traía a nuestra mesa pan con semillas, una horma de queso y dos cuencos de guiso.

Solo cuando la chica regresó a la cocina, Jourdain enderezó la espalda, apoyó la copa con suavidad atemorizante y dijo:

—Esos hombres iban a matarnos. Habrían asesinado a Jean David, luego a mí y te habrían reservado para su placer antes de cortarte el cuello. Si solo los hubiera herido, nos habrían perseguido. Así que dime por qué te irrita que hayamos sobrevivido.

—Solo digo que impartiste justicia al modo de Maevana —respondí—. Ojo por ojo. Diente por diente. Muerte antes del juicio. —Solo entonces alcé mi copa hacia él y bebí.

—¿Me comparas con *él?* —«Él» sin duda se refería al rey Lannon. Y oí el odio en la voz de Jourdain, la indignación de que lo relacionara con Lannon aunque solo fuera en el mismo pensamiento.

—No —dije—. Pero hace que me pregunte…

—¿Que te preguntes qué?

Tamborileé los dedos sobre la mesa, prolongando el momento.

—Que quizás no eres tan valeniano como pareces.

Él inclinó el cuerpo hacia delante; su voz fue firme cuando habló:

—Hay un tiempo y un lugar para esta conversación. Y no es ahora ni en esta taberna.

Me enfurecí por su reprimenda. No estaba acostumbrada a aquel regaño paternal. Y hubiera continuado hablando con rebeldía si Jean David no hubiera entrado y tomado asiento en nuestra mesa.

Creía que no había oído al cochero decir ni una palabra desde que lo había conocido esa mañana. Pero él y Jourdain parecían capaces de comunicarse solo con miradas y gestos. Y lo hicieron mientras empezaban a comer, sosteniendo conversaciones mudas dado que yo estaba en su presencia.

Al principio me molestó, hasta que me di cuenta de que podía sentarme y concentrarme en mis propios pensamientos sin interrupciones.

Jourdain parecía y sonaba valeniano.

Pero yo también.

¿Tendría también doble ciudadanía? ¿O quizás era un maevano de sangre pura que había servido a Lannon alguna vez y que había huido, desafiante, cansado de servir a un monarca cruel e ilegítimo? Solo era cuestión de tiempo antes de que lo descubriera, pensé, mientras terminaba el resto de mi guiso.

Jean David se puso de pie inesperadamente dando por terminada la cena. Lo observé partir del salón con su paso ligero, su pelo negro era tan grasiento que parecía húmedo bajo la luz rosada, y me di cuenta de que Jourdain debía haberle pedido en silencio que se retirara.

—Amadine.

Volví la cabeza y me encontré con la mirada calmada de Jourdain.

—¿Sí?

—Lamento que hayas tenido que presenciar eso hoy. Comprendo que has llevado una vida muy protegida.

Parte de eso era verdad; nunca había visto un hombre morir. Nunca había visto tanta sangre derramada. Pero, por otro lado..., los libros me habían preparado más de lo que creía.

—De acuerdo. Gracias por protegerme.

—Algo que debes saber sobre mí —susurró él, empujando a un lado su cuenco— es que si alguien amenaza a mi familia, no dudaré en matarlo.

—Ni siquiera soy de tu sangre —susurré, sorprendida por su determinación férrea. Había sido su hija adoptiva solo un día.

—Eres parte de mi familia. Y cuando los ladrones destruyeron tus pertenencias, lanzaron tus libros al lodo, te amenazaron... reaccioné.

No sabía qué decir, pero dejé que mi mirada permaneciera en su cara. Las brasas de rebeldía y molestia desaparecieron en la oscuridad, porque cuanto más miraba a mi padre adoptivo, más percibía que algo en su pasado lo había hecho ser de ese modo.

—Reitero, lamento que hayas tenido que verme así —dijo—. No quiero que me tengas miedo.

Extendí la mano sobre la mesa, ofreciéndosela. Si íbamos a tener éxito en los planes que haríamos, deberíamos confiar el uno en el otro. Lentamente, apoyó sus dedos sobre los míos; los suyos eran cálidos y ásperos; los míos, fríos y suaves.

—No te tengo miedo —susurré—. Padre.

Él presionó mis dedos despacio.

—Amadine.

14

Hermano pasionario

Pueblo de Beaumont, provincia de Angelique

Llegamos al pueblo de Beaumont junto al río cuando el sol se puso el segundo día de viaje. Eso era lo más lejos al oeste que me había aventurado, y me encantaron los kilómetros vastos de viñedos que adornaban la tierra.

Beaumont era un pueblo grande que yacía junto a los márgenes del perezoso río Cavaret, y observé con atención mientras pasábamos por la plaza del mercado y por el atrio de una catedral pequeña. Todos los edificios parecían iguales, construidos con los mismos ladrillos y piedras de mármol, altos y de tres pisos, abrazando calles angostas adoquinadas.

Después de un rato, el carruaje se detuvo delante de una casa de ladrillos. El sendero de guijarros que llevaba a la puerta principal estaba cubierto de musgo y flanqueado por dos árboles liquidámbar malhumorados cuyas ramas chocaban contra las ventanas.

—Llegamos —anunció Jourdain mientras Jean David abría la puerta del carruaje.

Tomé la mano del cochero y bajé; luego, acepté el brazo de Jourdain cuando me lo ofreció, sorprendida por lo agradecida que estaba de contar con su apoyo. Caminamos por el sendero y subimos las escaleras hasta llegar a una puerta roja.

—Todos están deseando conocerte —susurró él.

—¿Quiénes? —pregunté, pero no tuvo tiempo de responder. Me guio a través de la puerta y nos recibieron dos caras expectantes en el vestíbulo, sus ojos estaban clavados en mí con curiosidad respetuosa.

—Ella es el ama de llaves, Agnes Cote, y él es el chef, Pierre Faure —explicó Jourdain.

Agnes me dedicó una reverencia bien ensayada con su vestido negro simple y su delantal almidonado, y Pierre sonrió detrás de la mancha de harina en su cara e hizo una reverencia.

—Ella es mi hija, Amadine Jourdain, adoptada mediante una pasión —prosiguió Jourdain.

Agnes, quien tenía un aura maternal, avanzó y tomó mis manos entre sus manos cálidas, en un saludo íntimo. Olía a cítricos y agujas de pino molidas, lo cual delataba su obsesión por mantener todo limpio y ordenado. De hecho, a juzgar por las paredes cubiertas con paneles de caoba y el suelo de azulejos de baldosas blancas, aquella era una casa rigurosamente ordenada. Y no pude evitar sentir que empezaba una vida nueva, una pizarra en blanco con infinitas posibilidades, y le devolví la sonrisa.

—Si necesitas cualquier cosa, avísame.

—Es muy amable de su parte —respondí.

—¿Dónde está mi hijo? —preguntó Jourdain.

—Con sus compañeros, monsieur. —Agnes respondió con rapidez y soltó mis manos—. Se disculpó por adelantado.

—¿Otra noche larga?

—Sí.

Jourdain no parecía satisfecho, hasta que se dio cuenta de que yo lo observaba con atención y su cara se iluminó.

—¿Pierre? ¿Qué hay en el menú esta noche?

—Para la cena de hoy tenemos trucha, así que espero que le guste el pescado, señorita Amadine —respondió el chef. Su voz de tenor era áspera, como si hubiera pasado demasiadas horas cantando mientras cocinaba.

—Sí, me gusta.

—¡Excelente! —Pierre partió velozmente por el pasillo.

—La cena es a las seis —me informó Jourdain—. Agnes, ¿por qué no le enseñas la casa a Amadine y luego la acompañas a su habitación?

Cuando Jean David ingresó cargando mi baúl, Agnes me mostró el primer piso, donde estaban el comedor, el salón pequeño, la oficina austera de Jourdain y la biblioteca, atestada de libros e instrumentos. Sabía que Jourdain era abogado, pero su casa era elegante, ecléctica y refinada, lo cual implicaba que era alguien culto que parecía tener predilección por las pasiones. Sentía que era mi hogar, y el alivio me invadió; lo último que esperaba era sentirme cómoda en un lugar nuevo.

—¿El hijo de Jourdain es músico? —pregunté mientras observaba las partituras dispersas sobre la espineta, las pilas de libros en el suelo que mi falda amenazaba con desparramar, y un laúd muy viejo que estaba apoyado en una silla como una mascota fiel que esperaba el regreso de su amo.

—Así es, señorita —respondió Agnes, con la voz llena de orgullo—. Es un pasionario de la música.

Lo imaginaba. ¿Por qué Jourdain no me lo había mencionado?

—¿Y forma parte de un grupo de músicos? —Observé la caligrafía garabateada y apresurada, las plumas rotas y los tinteros a medio cubrir.

—Sí. Tiene mucho talento —dijo Agnes, sonriendo—. Ahora, permítame que le enseñe el segundo piso. Allí es donde está su habitación, al igual que la del Amo Luc y la de Monsieur Jourdain.

Salimos de la biblioteca y la seguí por unas escaleras terriblemente ruidosas que llevaban al segundo piso. Había una habitación con prendas de cama, las habitaciones de Luc y Jourdain, que ella no abrió, pero señaló sus puertas para que yo supiera dónde estaban, y por último me llevó por el pasillo hasta una recámara que estaba en la parte trasera de la casa.

—Esta es su habitación, señorita —dijo Agnes y abrió la puerta.

Era hermosa. Había un par de ventanas con vista al río, las alfombras gruesas cubrían el suelo de madera y había una cama con dosel en donde dos personas podían dormir cómodas. Era sencilla, pero perfecta para mí, pensé mientras caminaba hacia un escritorio pequeño que estaba delante de una de las ventanas.

—Monsieur dice que es una pasionaria del conocimiento —comentó Agnes detrás de mí—. Puedo traerle cualquier libro de la biblioteca, o puedo darle tinta y papel si desea escribir.

No tenía a quién escribirle, pensé con pesimismo, pero igualmente sonreí.

—Gracias, Agnes.

—Iré a buscarle agua para que pueda asearse antes de la cena. —Hizo otra reverencia y luego partió.

Jean David ya había colocado mi baúl al pie de la cama, y si bien sabía que debería empezar a deshacerlo, estaba demasiado cansada. Me recosté en la cama y observé el dosel diáfano. ¿Agnes y Pierre estaban al tanto de mi situación? ¿Jourdain confiaba lo suficiente en ellos para hablarles de mis recuerdos? ¿Y su hijo, Luc? ¿Él lo sabía?

Me pregunté cuánto tiempo viviría allí, cuánto tiempo pasaría antes de que fuéramos en busca de la gema. ¿Un mes? ¿Medio año?

El tiempo, mi viejo némesis, pareció reírse de mí cuando cerré los ojos. Las horas empezaron a avanzar lentas e insoportables, burlándose de mí. Sentiría que un día era un mes. Que un mes era un año.

Quería correr; quería apresurarme y llegar al fin de aquel viaje.

Me quedé dormida con aquellos deseos atravesando mi corazón como piedras que caen en un pozo.

Desperté poco antes del amanecer, en medio de la hora más fría de la noche.

Me incorporé de un salto, sin saber dónde estaba. En el escritorio, una vela ardía, su cera estaba prácticamente consumida. Somnolienta, observé mi entorno junto a la luz frágil y recordé. Aquella era mi nueva habitación en la casa de Jourdain. Y debía haberme perdido la cena por quedarme dormida.

Habían puesto un edredón sobre mí. Probablemente había sido Agnes.

Salí de la cama y alcancé la vela, el hambre protestaba en mi estómago vacío. Descalza, bajé las escaleras y aprendí qué escalones crujían para poder evitarlos en el futuro. Estaba a punto de dirigirme hacia la cocina cuando la oscuridad aterciopelada de la biblioteca y el aroma intenso de libros y papel me atraparon en el pasillo.

Entré prestando atención dónde pisaba. Las extrañas pilas de libros despertaron mi interés. Siempre había sido igual, organizaba grupos extraños de libros desde que había elegido el conocimiento. Me puse de rodillas para inspeccionar qué títulos vivían en una pila, coloqué la vela a un lado y empecé a observar los títulos. Astronomía. Botánica. Teoría musical. La historia de los Renaud…

Ya había leído la mayoría, pensé. Estaba acercándome a la siguiente pila cuando una voz desconocida habló en la oscuridad…

—Oh, hola.

Giré y golpeé la pila de libros, y casi incendio la casa. Atrapé la vela justo antes de que cayera y me puse de pie, con el corazón agitado.

Bajo la luz tenue de la vela, vi a un joven tumbado en una silla, con el laúd en los brazos. Ni siquiera había notado su presencia.

—Disculpa, no era mi intención asustarte —dijo, con la voz rasposa por el sueño.

—Debes ser Luc.

—Sí. —Sonrió dormido y luego se frotó la nariz—. Tú debes ser mi hermana.

—¿Dormías aquí? —susurré—. Lo siento mucho. No debería haber venido tan temprano.

—No te disculpes —afirmó y apoyó el laúd para estirar los músculos—. A veces duermo aquí cuando llego tarde a casa. Porque las escaleras crujen.

—Eso he descubierto.

Luc bostezó y se reclinó en la silla para observarme bajo la luz titilante de la vela.

—Eres encantadora.

Permanecí de pie paralizada, insegura de cómo responder. Y luego, él me desconcertó aún más cuando se puso de pie y me abrazó fuerte, como si nos hubiéramos conocido toda la vida y hubiéramos estado separados durante años.

Mis brazos estaban tiesos mientras le devolvía lentamente el afecto.

Era alto y delgado, y olía a humo y a algo picante que debía haber comido en la cena y volcado sobre su camisa. Se apartó de mí, pero sus manos permanecieron sobre mis brazos.

—Amadine. Amadine Jourdain.

—¿Sí?

Me sonrió.

—Me alegra que estés aquí.

Su tono de voz me dijo que él lo sabía. Conocía mis recuerdos y objetivo.

—A mí también —respondí con una sonrisa débil.

No era apuesto. Su cara era insípida, tenía la mandíbula apenas torcida y la nariz un poco larga. Y su maraña de pelo castaño oscuro se erizaba en los ángulos erróneos. Pero había algo muy dulce en sus ojos grises, y descubrí que cuanto más sonreía, más adorable parecía.

—Por fin después de tanto tiempo tengo una hermana pasionaria. ¿Mi padre dice que te dedicas al conocimiento?

—S… Sí. —Bueno, era prácticamente una pasionaria del conocimiento. Pero creo que él también lo sabía, porque no me presionó con más preguntas al respecto—. Y tú eres un Amo de la música, ¿verdad?

—¿Cómo lo has sabido? —bromeó—. ¿Por mi desorden o por los instrumentos?

Sonreí y pensé en Merei. Ella y Luc se llevarían muy bien.

—¿Todos estos libros te pertenecen? —Señalé las pilas.

—Tres cuartos de ellos. El resto son de mi padre. Hablando de él, ¿cómo ha ido el viaje hasta aquí? He escuchado que ha habido... un altercado.

Lo último que quería era parecer nerviosa y cobarde ante estas personas. Así que me quité el pelo de los ojos y dije:

—Sí. Tu padre lo controló bastante… ¿cuál es la palabra?

—¿Violentamente? —sugirió.

No quería afirmarlo o negarlo, así que permití que el silencio llenara mi boca.

—Lamento que esa haya sido tu primera impresión de él —dijo Luc con un resoplido leve—, pero nunca antes ha tenido una hija. He escuchado que es mucho más angustiante que tener un hijo.

—¿Angustiante? —repetí, alzando la voz, indignada. Santos, ¿realmente discutiría con Luc Jourdain apenas diez minutos después de conocerlo?

—¿Acaso no sabes que las hijas son mucho más valiosas y veneradas que los hijos? —dijo, alzando las cejas pero con la mirada aún gentil—. ¿Que los padres están contentos con un hijo o dos, pero que lo que realmente desean es tener hijas? ¿Y que, por lo tanto, un padre mataría a cualquiera que siquiera se atreviera a pensar en amenazarla?

Sostuve su mirada, con preguntas dando vueltas por mi mente. Aún no estaba lo suficientemente cómoda, ni tenía suficiente valor, como para decir lo que pensaba. Pero analicé las palabras de Luc; sabía que aquel no era un concepto valeniano. Las hijas eran amadas en el reino sureño, pero los hijos eran quienes heredaban todo. Títulos, dinero, propiedades. Así que lo que Luc expresaba era un modo de pensar maevano muy antiguo, el deseo de tener y criar hijas, de amarlas y venerarlas. Todo por la influencia de Liadan Kavanagh.

—Eso es, claro —prosiguió él—, hasta que los padres les enseñan a sus hijas a defenderse. Luego, ya no tienen que preocuparse tanto por ellas.

Otra postura maevana: una mujer con espada.

—Mmm —murmuré por fin, imitando a Jourdain.

Luc reconoció el sonido y ensanchó su sonrisa.

—Veo que ya estás adoptando nuestros modos.

—Bueno, ahora soy tu hermana.

—Y como dije, me alegra mucho que estés aquí. Siéntete como en casa, Amadine. Siéntete libre de disfrutar el libro que quieras. Te veré en el desayuno en una hora. —Me guiñó un ojo antes de salir. Oí el crujido de las escaleras mientras él subía de dos en dos los peldaños hasta su habitación.

Finalmente elegí un libro y tomé asiento en una silla oculta detrás de la espineta, observando cómo la primera luz del amanecer entraba a la sala. Intenté leer, pero la casa empezaba a cobrar vida. Oí el andar de Agnes mientras abría los postigos, limpiaba el suelo y preparaba la mesa en el comedor. Oí a Pierre silbar y el ruido de los cuencos golpeándose entre sí, el aroma a huevos fritos y cordero chisporroteante invadía la casa. Escuché a Jean David dirigirse hacia el vestíbulo con sus botas de cuero ruidosas, olisqueando de camino a la cocina como un sabueso a un hueso. Y luego, oí los pasos de Jourdain mientras bajaba las escaleras; tosió al pasar por la biblioteca y entró en el comedor.

—¿Amadine ya se ha despertado? —Oí que le preguntaba a Agnes.

—No he ido a verla aún. ¿Debería? La pobrecita parecía tan exhausta anoche... —Debía estar sirviendo una taza de café para él. Podía oler el líquido oscuro y sabroso y el aroma hizo que mi estómago rugiera tan fuerte que no sé cómo no lo oyó toda la casa.

—No, déjala. Gracias, Agnes.

Luego, oí que Luc bajaba las escaleras ruidosas con paso ligero y enérgico. Entró al comedor, saludó a su padre y luego preguntó:

—¿Dónde está mi nueva hermana?

—Ya vendrá. Toma asiento, Luc.

Una silla chirrió contra el suelo. Oía el ruido a porcelana, y observé cómo mi vela devoraba el resto del pabilo y por fin moría con un rastro de humo. Luego, me puse de pie y me di cuenta de que tenía el pelo enredado y el vestido inevitablemente arrugado por el sueño y el viaje. Hice mi mayor esfuerzo por trenzar los mechones, esperando no parecer un espectro mientras entraba al comedor.

Luc se puso de pie al verme —una de esas costumbres nobles valenianas—, pero sacudió todo lo que estaba sobre la mesa en su apuro.

—Ah, aquí estás —dijo Jourdain, colocando una mano sobre la porcelana que se movía antes de que algo se volcara—. Amadine, él es mi hijo, Luc.

—Es un placer conocerte, Amadine —dijo Luc con una sonrisa divertida y media reverencia—. ¿Has dormido bien tu primera noche aquí?

—Sí, gracias por preguntar —respondí y ocupé la silla frente a la de él.

Agnes llegó para servirme una taza de café. Gruñí de placer, y se lo agradecí mientras ella colocaba un cuenco de crema y otro de terrones de azúcar junto a mi plato.

—Entonces, Amadine —dijo Luc, untando una tostada con jalea—, háblanos más sobre ti. ¿Dónde has crecido? ¿Cuánto tiempo has estado en Magnalia? —Se había lavado el pelo y lo había peinado hacia atrás, y me resultó extraño ver lo distinto que parecía bajo la luz plena. Pero supongo que las sombras tienen la costumbre de cambiar el recuerdo de una cara desconocida.

Vacilé y miré a Jourdain.

Los ojos de mi padre adoptivo ya estaban posados en mí.

—Está bien —susurró—. Puedes confiar en todos los de esta casa.

Entonces todos los de la casa estaban involucrados, o lo estarían pronto, en los planes que haríamos para hallar la gema.

Bebí un sorbo de café para quitar las telarañas de mi agotamiento y luego empecé a contarles todo aquello que me sentía cómoda de compartir. Jourdain ya sabía la mayoría. Pero de todos modos escuchó con atención mientras hablaba sobre mi pasado. Mis años en el orfanato, el pedido de mi abuelo a la Viuda, los siete años en Magnalia, cada pasión que probé y la única que casi dominaba...

—¿Y quién es tu Amo? —preguntó Luc—. Quizás lo conozco.

Probablemente no, pensé mientras recordaba lo silencioso y reservado que era Cartier, cómo había pasado siete años de su vida sirviendo en Magnalia con devoción, compartiendo su conocimiento con Ciri y conmigo.

—Se llama Cartier Évariste.

—Mmm. Nunca he oído hablar de él —dijo mi hermano adoptivo, mientras comía los restos de huevos de su plato—. Pero debe tener mucho talento para ser un arial en una Casa tan prestigiosa como Magnalia.

—Es muy apasionado —afirmé, bebiendo otro sorbo de café—. Además de Amo, es historiador.

—¿Sabe que estás aquí? —Luc lamió sus dedos. Sin duda no eran modales valenianos, pero lo dejé pasar como si no lo hubiera notado.

—No. Nadie sabe que estoy aquí o con quién estoy. —Sentí de nuevo la mirada de Jourdain sobre mí, como si él empezara a comprender lo doloroso que era aquel acuerdo para mí.

—Es difícil para nosotros predecir cuándo seremos capaces de recuperar la gema —dijo Jourdain—. Parte de ello dependerá de ti, Amadine, y no es para presionarte, pero de verdad necesitamos la manifestación de otro recuerdo de tus ancestros, uno que esperamos que nos dé evidencia sólida para descubrir en qué bosque está enterrada la gema. Porque hay cuatro bosques grandes en Maevana, por no mencionar todos los matorrales y bosques que no vale la pena incluir en un mapa.

Tragué con dificultad, sintiendo que un trozo de tostada raspaba mi garganta al avanzar.

—¿Cómo espera que lo haga? Tengo... poco control sobre ellos.

—Lo sé —respondió Jourdain—. Pero cuando la Viuda envió la carta diciendo que tenía una arden del conocimiento que había heredado recuerdos ancestrales... empecé a investigar el asunto. Luc ha encontrado algunos documentos en el archivo de Delaroche que resultaron ser inútiles, pero uno de mis clientes, un pasionario del conocimiento que es un médico prestigioso, ha hecho una investigación fascinante al respecto. —Observé mientras Jourdain hurgaba en el bolsillo interno de su jubón. Pero en vez de extraer la daga, esta vez agarró unos papeles y me los entregó—. Este es su expediente, el cual generosamente me prestó. Coge, échale un vistazo.

Los acepté con cautela, sintiendo el deterioro de los papeles. La caligrafía era afilada, inclinada y apretada, página tras página. Mientras Agnes empezaba a llevarse los platos, permití que mis ojos leyeran las palabras.

Las experiencias de mis cinco pacientes con los recuerdos ancestrales difieren mucho, desde la fecha de inicio a lo profunda y extensivamente que fluyen los recuerdos. Pero algo es constante: los recuerdos son difíciles de controlar, de dominar, sin previo conocimiento del ancestro en cuestión.

No es posible ordenarle a los recuerdos que empiecen sin una conexión (vista, olor, sabor, sonido o cualquier otro indicio sensorial) y es difícil pararlos una vez que empiezan a fluir.

Pausé la vista sobre las palabras mientras intentaba asimilar lo leído. Miré la próxima página y leí:

Un niño de diez años cayó de un caballo, se golpeó y unos recuerdos extraños surgieron y lo impulsaron a trepar al campanario más alto. Su ancestro había sido un ladrón famoso que vivía en los recodos y las sombras del campanario. Una joven, pasionaria de astucia inepta, cuyos recuerdos ancestrales aparecieron después de haber saltado de un puente en Delaroche para suicidarse...

—¿Quiere que intente forzar una conexión? —pregunté, levantando la vista hacia Jourdain.

—No necesariamente forzarla —indicó—, sino alentarla. Luc te ayudará.

Mi hermano adoptivo sonrió y levantó su taza de café hacia mí.

—Estoy seguro de que podemos lograrlo, Amadine. Padre ya ha mencionado las otras conexiones que has hecho, una a través de un libro, otra a través de la música y otra a través de tu herida. Creo que podemos manifestar otro recuerdo con facilidad.

Asentí, pero no tenía tanta confianza como él. Porque mi ancestro había vivido ciento cincuenta años antes que yo. No solo era un hombre; su sangre era completamente maevana. No había crecido en una sociedad educada, sino en un mundo de espadas, sangre y castillos sombríos. Realmente no había mucho que pudiéramos tener en común.

Pero por ese motivo estaba allí. Por esa razón estaba sentada en la mesa con Aldéric Jourdain, quien en realidad era alguien más que se suponía que no debía conocer, y con su hijo biológico, Luc. Porque los tres recuperaríamos la Gema del Anochecer, derrocaríamos al rey Lannon y pondríamos a Isolde Kavanagh en el trono.

Así que vertí un poco más de crema en mi café, levanté la taza y dije, con el mayor vigor posible:

—Excelente. ¿Cuándo empezamos?

15

Conexiones escurridizas

El lugar más obvio donde empezar a buscar sería la música. Porque ya había accedido a un recuerdo, si bien muy débilmente, al oír el sonido de una melodía maevana, y Luc era músico.

Empezamos después del desayuno; fuimos a la biblioteca, que estaba destinada a convertirse en nuestra habitación exploratoria. Le entregué el pergamino con la canción de Merei, su cinta roja aún sostenía el papel con sus notas perfectamente entintadas. Observé mientras Luc tomaba asiento en un taburete, desenrollaba la partitura y leía las notas musicales con avidez, y sentí que un nudo aparecía en mi garganta. La echaba de menos y aquella canción no sonaría igual, ni aunque la tocara otro pasionario de la música.

—Un título interesante —comentó él, mirándome.

Ni siquiera había visto el título. Frunciendo el ceño, me acerqué a él para poder leerlo por encima de su hombro.

Brienna, dos en una.

Me volví, fingiendo haber hallado algo fascinante en los estantes repletos de libros. Pero solo lo hice para tener un instante en el que dominar mi emoción. No lloraría allí; solo lo haría cuando mi frasco de lágrimas estuviera lleno de nuevo, y esperaba que eso sucediera dentro de mucho tiempo.

—¿Por qué no la tocas para mí? —sugerí y tomé asiento otra vez en la silla junto a la espineta.

Luc se puso de pie, alisó suavemente las páginas y colocó una piedra de río en cada esquina de la partitura. Observé mientras sostenía su violín y su arco y empezaba a tocar la canción, las notas bailaban en el aire a nuestro alrededor como fuegos fatuos o luciérnagas, o quizás incluso del modo en que la magia hubiera saturado una habitación, si no hubiera muerto hacía tanto tiempo.

Cerré los ojos y escuché. Esta vez, identifiqué las partes valenianas —vivaces, enérgicas, algo que Merei llamaba «allegro»— y las influencias maevanas, fuertes, graves, suaves subiendo como humo, hasta alcanzar un crescendo triunfal. Pero permanecí en mi silla, mi mente era completamente mía.

Abrí los ojos cuando él terminó de tocar; el recuerdo de la canción aún era dulce en el aire.

—¿Has visto algo? —preguntó él, incapaz de ocultar su esperanza.

—No.

—Entonces, permíteme tocarla de nuevo.

La tocó dos veces más. Pero los recuerdos de T. A. permanecieron protegidos. ¿Había quizás heredado solo tres de ellos? ¿Era posible que una conexión pudiera utilizarse solo una vez?

Empezaba a sentirme desanimada, pero la energía y la determinación de Luc eran como una brisa fresca en el peor día de verano.

—Intentemos de nuevo con *El Libro de las Horas* —dijo y apoyó con cuidado el violín—. Dijiste que leer el fragmento sobre la Gema del Anochecer inspiró la primera conexión. Quizás tu ancestro leyó más partes de ese libro.

No quería decirle que había leído muchos otros capítulos de aquel ejemplar en vano. Porque había que intentar todo de nuevo, solo para saber con certeza que fuera un callejón sin salida.

El tiempo, a pesar de todas sus burlas previas, de pronto descansó y las horas empezaron a avanzar más deprisa. Pasó una semana entera. A duras penas lo noté porque Luc me mantuvo ocupada intentando todas las opciones que se le ocurrían.

Apelamos a todos mis sentidos: hizo que probara comida inspirada en la de Maevana, que deslizara los dedos a través de ovillos de lana norteña, que escuchara música maevana, que oliera pino, clavo de olor y lavanda. Pero fracasé en manifestar un recuerdo nuevo.

Finalmente, me hizo sentar en la mesa de la biblioteca y desenrolló una tela de lino granate, un rojo tan oscuro que parecía prácticamente negro. En el centro, tenía un diamante blanco, y en el diamante había un emblema conformado por un ciervo que saltaba a través de una corona de laureles.

—¿Qué es esto? —preguntó Luc.

Inspeccioné el objeto, pero al final me rendí y me encogí de hombros.

—No lo sé.

—¿Nunca lo has visto?

—No. ¿Qué es?

Él deslizó los dedos a través de su pelo, por fin demostrando cierta preocupación.

—Son los colores y el escudo de armas de la Casa Allenach.

Lo inspeccioné de nuevo, pero suspiré.

—Lo siento. Nada.

Dejó el estandarte a un lado y luego desplegó un gran mapa de Maevana que representaba ciudades y puntos de referencia al igual que las fronteras de los catorce territorios.

—Aquí están los bosques —dijo él—. Al noroeste, tenemos el bosque de Nuala. Luego, en el extremo noreste, el bosque de Osheen. —Señaló cada uno. Mis ojos siguieron su dedo—. Después, está el bosque de Rois, la línea delgada en el litoral, al sudoeste. Y por último, el bosque de Mairenna, en el centro sureño del territorio. Allí es donde creo que tu ancestro ha enterrado la gema, dado que el bosque se extiende a través del norte del territorio de Allenach.

Nunca había visto un mapa de Maevana dividido en sus catorce territorios. Detuve la mirada en cada uno antes de posarla en la tierra perteneciente a Allenach, que era la más cercana a Valenia; el Canal de Berach era lo único que separaba ambos países. Pero no necesitaba mirar el agua. Posé los ojos en el bosque de Mairenna, que se extendía como una corona verde oscuro sobre la tierra donde nació mi padre.

—No… no lo sé. No veo nada —protesté, y enterré mi cara entre las manos.

—Está bien, Amadine —dijo Luc con rapidez—. No te preocupes. Ya se nos ocurrirá algo. —Pero tomó asiento en una silla, como si sus huesos se hubieran convertido en plomo. Y permanecimos sentados en la mesa bajo la luz menguante de la tarde, con el mapa extendido entre nosotros como mantequilla. Ya había pasado una semana.

Debía haber una explicación que justificara los recuerdos que me habían dado. Si el escudo de armas Allenach no había despertado nada en mi mente, y sin duda mi ancestro había visto aquel emblema infinitas veces a lo largo de su vida, entonces, debía haber un motivo que explicara por qué había heredado algunos recuerdos, pero no otros.

Pensé de nuevo en las tres conexiones que había experimentado: la biblioteca, la cima y el entierro debajo del roble. La biblioteca y el entierro estaban claramente centrados en la gema. Pero la vista desde la cima…

Rememoré el recuerdo, la conexión más débil de las tres, y recordé que había sentido cierto peso en mi cuello, sobre mi corazón. Que había buscado un lugar donde esconderme…

Mi ancestro debía haber estado en aquella cima con la gema colgando de su cuello, buscando un lugar donde enterrarla después.

Entonces los recuerdos que había heredado estaban centrados solo en la Gema del Anochecer.

Mi mirada permaneció sobre el mapa y recorrió el camino del río Aoife, que serpenteaba a través del sur de Maevana como una arteria. Me hizo pensar en el río Cavaret, que estaba apenas unos pasos después de la parte trasera de la casa de Jourdain.

—¿Luc?

—Mmm.

—¿Y si buscamos una piedra de río que tenga el tamaño de la Gema del Anochecer? Quizás si la sostengo, aparecerá algo…

Mi idea lo despertó.

—Vale la pena intentarlo.

Abandonamos la mesa, y lo seguí hacia la calle. No quería decirle que empezaba a sentirme como una prisionera en aquella biblioteca, en aquella casa; no había salido desde mi llegada, así que caminé más despacio, inclinando la cabeza de cara al sol.

Era mediados de agosto, un mes cargado de calor y aire viciado. Sin embargo, absorbí la luz del sol, la brisa suave que olía a pescado y vino. Parte de mí echaba de menos el aire puro del prado de Magnalia, y solo entonces me di cuenta de cuánto había dado por sentado en aquel lugar.

—¿Vienes, Amadine?

Abrí los ojos y vi a Luc esperándome unos metros más adelante con una sonrisa divertida en la cara. Avancé a su paso mientras recorríamos la calle y tomábamos el sendero que llevaba al río. Pasamos junto al mercado, que vibraba de vida y aromas, pero no me di el lujo de perder la concentración. Y Luc avanzaba a paso rápido; me guio hasta donde el río Cavaret corría amplio y poco profundo, donde la corriente bailaba sobre la espalda de las rocas.

Se quitó los zapatos, se remangó los pantalones y caminó por el agua hasta el centro de los rápidos mientras yo me conformaba con buscar a lo largo de la orilla. Le había dicho que necesitábamos una roca del tamaño de un puño. Y mientras continuaba deambulando por la orilla, parando de vez en cuando para inspeccionar algunas piedras, me pregunté si aquel sería otro intento en vano…

—¿Señorita?

Levanté la vista, sorprendida de ver a un hombre observándome. Solo estaba a dos brazos de distancia, reclinado contra el tronco de un abedul. Era de mediana edad y su pelo oscuro le llegaba a los hombros; tenía la cara arrugada y curtida y sus prendas eran andrajosas y sucias, pero sus ojos parecían dos carbones que acababan de sentir la caricia del fuego sobre ellos. Resplandecieron al verme.

Me detuve, sin saber qué hacer, y él abandonó el árbol y dio un paso hacia mí, la sombra moteaba sus hombros y su cara. Extendió una mano sumisa; sus dedos sucios temblaban.

—Señorita, ¿cómo se llama el hombre con el que vive?

Retrocedí un paso, y hundí el talón en el agua del río. El extraño hablaba en chantal medio, el idioma de Valenia, pero su voz tenía un acento evidente, una pronunciación traicionera. Era maevano.

Santos, pensé, y pegué la lengua contra el paladar. ¿Era uno de los espías de Lannon?

—Por favor, dígame cómo se llama el hombre —susurró el desconocido, con voz áspera.

Ahí fue cuando oí las salpicaduras. Luc por fin lo había visto. Miré a medias por encima de mi hombro y vi a mi hermano corriendo hacia nosotros, con los pantalones completamente mojados y una daga en la mano. De pronto era más parecido a su padre de lo que yo creía; las armas y los cuchillos aparecían como hierbajos.

—Aléjate de ella —gruñó Luc y se interpuso entre el extraño y yo.

Pero el hombre desaliñado permaneció en su lugar, y abrió los ojos de par en par mientras miraba a Luc.

—¡Vete! ¡Fuera de aquí! —Luc agitó la daga hacia el hombre con impaciencia.

—¿Lucas? —susurró el extraño.

Sentí el cambio en el aire, el viento golpeó mi cara como si estuviera huyendo. La espalda de Luc se tornó rígida y una nube robó la luz del sol mientras los tres permanecíamos de pie, quietos, inseguros.

—¿Lucas? ¿Lucas Ma…?

Luc saltó sobre el desconocido al salir de su perplejidad. Agarró al hombre por el cuello y lo sacudió mientras sostenía la punta del cuchillo contra el cuello mugriento del hombre.

—No te atrevas a pronunciar ese nombre —ordenó mi hermano en voz tan baja que a duras penas logré captar las palabras.

—¿Luc? Luc, por favor —exclamé, acercándome.

Pero Luc apenas me oyó. Estaba mirando al hombre y este le devolvía la mirada, a pesar de que había lágrimas en sus ojos que caían sobre su barba.

—¿Cuánto tiempo llevas aquí? —siseó Luc.

—Seis años. Pero he esperado... he esperado veinticinco años...

Oímos un chapoteo fuerte detrás de nosotros. Nos volvimos y observamos a un grupo de niños al otro lado del río. Dos de los varones nos observaban con cautela y Luc bajó la daga, pero el arma permaneció entre sus dedos.

—Ven, podemos darte una comida caliente para la noche —dijo Luc en voz alta para que los niños lo oyeran—. Pero tendrás que ir a la catedral si necesitas dádivas. —Me miró, diciéndome sin palabras que lo siguiera de cerca mientras él obligaba al extraño a avanzar manteniendo a escondidas el cuchillo contra la espalda del hombre.

El regreso a la casa fue incómodo y veloz. Entramos por la puerta trasera y yo continué detrás de Luc todo el camino hasta la puerta del estudio de Jourdain, la cual cerraron abruptamente en mi cara. Permanecí de pie en el pasillo, tambaleante, y escuché el murmullo de la voz de Jourdain, de Luc y del extraño mientras conversaban detrás de la puerta pesada. Era imposible escuchar a escondidas, pero no era necesario, pensé mientras tomaba asiento en las escaleras ruidosas. Porque las piezas lentamente empezaban a unirse.

Cartier una vez me había contado sobre una revolución que había ocurrido hacía veinticinco años en Maevana y que había terminado en una masacre. Cerré los ojos, recordando la cadencia de la voz de mi Amo. *Hace veinticinco años, tres lores intentaron derrocar a Lannon… Lord Kavanagh… Lord Morgane y Lord MacQuinn…*

Pensé en todos los fragmentos que había reunido desde que había conocido a Aldéric Jourdain. Un viudo con un hijo. Un abogado armado con una daga. Veinticinco años, con un apellido que empezaba con la letra M. Un hombre que deseaba ver a Lannon derrocado.

Por fin, sabía quién era Jourdain.

16
La pluma lúgubre

Esperé en la escalera, observando la luz de la tarde desvanecerse en el anochecer mientras sentía un dolor latente en la cabeza. Pero no me movería, no hasta que pudiera hablar con Jourdain y aclarar algunas cosas. Así que cuando por fin abrieron la puerta del estudio y la luz de la vela iluminó el pasillo, me puse en pie deprisa y la escalera crujió debajo de mí.

Luc y el extraño salieron primero y se dirigieron a la cocina por el pasillo. Luego, apareció Jourdain. Se detuvo en la entrada y sintió mi mirada; levantó la vista hacia donde yo estaba.

—¿Padre?

—En otro momento, Amadine. —Empezó a seguir a Luc y al extraño hacia la cocina, ignorándome obstinadamente.

La ira hirvió en mi garganta mientras descendía el último escalón y lo seguía por el pasillo.

—Sé quién eres —dije, mis palabras lo golpearon como rocas en la espalda—. No serás Lord Kavanagh, el listo, pero ¿quizás eres Lord Morgane, el ágil?

Jourdain detuvo el paso como si yo hubiera colocado un cuchillo contra su garganta. No se volvió; no podía ver su cara, pero observé que cerró los puños a los lados de su cuerpo.

—¿O tal vez eres Lord MacQuinn, el perseverante? —concluí. Aquel nombre apenas tuvo tiempo de abandonar la punta de mi lengua cuando él se volvió hacia mí, con la cara pálida de furia mientras agarraba mi brazo, me llevaba hasta su oficina y cerraba la puerta de un golpe.

Debería sentir miedo. Nunca lo había visto tan furioso, ni siquiera cuando se encargó de los ladrones. Pero no había espacio para el miedo en mi mente porque había dicho la verdad: le había dicho su nombre, el que él no había querido que yo supiera. Y permití que aquel nombre se hundiera en mí, que la verdad de su identidad se asentara en mi corazón.

MacQuinn. Uno de los tres lores maevanos que habían intentado con valentía reclamar el trono hacía veinticinco años. Cuyos planes de derrocar a Lannon y coronar a la hija mayor de Kavanagh se habían convertido en cenizas, y como consecuencia, habían asesinado a su esposa; el hombre que había huido con su hijo para esconderse y resistir en silencio.

—Amadine... —susurró, su voz se ahogó al decir mi nombre. La ira blanca había desaparecido y había dejado agotamiento a su paso mientras Jourdain se desplomaba en su silla—. ¿Cómo? ¿Cómo lo has sabido?

Tomé asiento despacio en una de las otras sillas, esperando que él me mirara.

—He sabido que eras maevano desde que vi cómo apuñalabas con tanta facilidad a los ladrones.

Por fin me devolvió la mirada, con los ojos inyectados en sangre.

—Ahora comprendo por qué reaccionaste con tanta violencia. Por qué protegerás a tu familia hasta las últimas consecuencias, porque ahora sé que has perdido a alguien muy valioso para ti.

Y luego ese... extraño... mencionó que había esperado veinticinco años —proseguí, entrelazando mis dedos fríos—. Veinticinco años atrás, tres valientes lores maevanos irrumpieron en el castillo, con la esperanza de colocar a una hija legítima en el trono, de recuperarlo de las manos de un rey cruel y usurpador. Esos lores fueron Kavanagh, Morgane y MacQuinn, y aunque tal vez están escondidos, sus nombres no han sido olvidados: su sacrificio no ha sido olvidado.

Un sonido brotó de él, una mezcla de risa y llanto, y cubrió sus ojos. Oh, oír aquel sonido surgir de semejante hombre rompió mi corazón, al igual que comprender cuánto tiempo había estado oculto, cargando con la culpa de aquella masacre.

Bajó las manos, algunas lágrimas aún se aferraban a sus pestañas, pero rio.

—Debería haber sabido que serías astuta. Después de todo, eres una Allenach.

Mi corazón se congeló al oír aquel nombre, y lo corregí diciendo:

—No es por eso, es porque soy una pasionaria del conocimiento y me enseñaron la historia de Maevana. ¿Alguna vez pensabas decirme la verdad?

—No hasta la coronación de Isolde. Pero solo era para protegerte, Amadine.

No podía creerlo. No podía creer que mi padre adoptivo fuera uno de los lores maevanos rebeldes, que un nombre que había oído a Cartier mencionar una vez ahora estaba en persona sentado delante de mí.

Miré los papeles desparramados sobre su escritorio, abrumada. Mi mirada vio algo familiar... un trozo de pergamino con el dibujo de una pluma sangrante inconfundible. Extendí la mano hacia él; Jourdain observó mientras yo alzaba la ilustración con dedos temblorosos.

—Tú eres *La pluma lúgubre* —susurré, mis ojos salieron disparados hacia los suyos.

—Sí —respondió.

Me invadió el asombro y la preocupación. Pensé en todas las publicaciones que había leído, en lo atrevidas y persuasivas que eran sus palabras. Y de pronto, comprendí el «por qué» de todo... por qué él quería derrocar al rey norteño. Porque había perdido a su esposa, su tierra, su pueblo y su honor por culpa de Lannon.

Leí las palabras que él había garabateado debajo del dibujo, un borrador desordenado de su próxima publicación:

Cómo pedir perdón por rebelarse con todo derecho contra un hombre que cree que es rey: primero, ofrecer tu cabeza, y después, tu lealtad...

—No... no puedo creerlo —confesé, apoyando el papel sobre la mesa.

—¿Quién creías que era *La pluma lúgubre,* Amadine?

Me encogí de hombros.

—Honestamente, no lo sé. Un valeniano a quien le divertía burlarse de Lannon, de los eventos actuales.

—¿Creíste que había huido aquí para ocultarme como un cobarde? ¿Para sentarme sobre mis manos, intentar convertirme en valeniano y olvidar quién era? —preguntó.

No respondí, pero sostuve su mirada, mis sentimientos aún ponderaban todas las opciones.

—Dime, hija —dijo, inclinando el cuerpo hacia delante—. ¿Qué necesita cualquier revolución?

Una vez más, permanecí en silencio, porque sinceramente no lo sabía.

—Una revolución necesita dinero, creencias y personas dispuestas a luchar —respondió—. Empecé a escribir *La pluma lúgubre* hace prácticamente dos décadas, con la esperanza de que alentaría a los valenianos y a los maevanos por igual. Incluso aunque la Viuda nunca me hubiera contado sobre ti y de lo que tus recuerdos podían revelar... habría continuado escribiendo y publicando *La pluma lúgubre* durante el tiempo que fuera necesario, hasta que tuviera noventa años y fuera frágil, hasta que las personas, valenianos, maevanos o ambos unidos, por fin se rebelaran, con o sin magia.

Me pregunté cómo se sentiría: él había pasado oculto más de veinte años, permitiendo que sus palabras anónimas lentamente carcomieran la ignorancia valeniana y el miedo maevano. Y pasaría veinte años más haciéndolo si fuera necesario, hasta que obtuviera el dinero, la creencia y las personas necesarias para hacerlo posible.

—Entonces, sin mí y la ilusión de hallar la gema —dije, tosiendo—, ¿qué planeabas hacer?

Jourdain unió sus dedos y apoyó el mentón sobre ellos.

—Actualmente hemos persuadido a tres nobles valenianos para que se unan a nuestra causa, y ellos han proveído fondos, y han prometido hombres que puedan luchar. En base a eso, proyectamos que podríamos rebelarnos con éxito en unos cuatro años.

En veinticinco años, solo había obtenido el apoyo de *tres* nobles valenianos. Moví mi cuerpo en la silla.

—¿Eso no empezaría una guerra, padre?

Intercambiamos miradas. Mantuve la cara cautelosamente inexpresiva, a pesar de que la imagen de la guerra marchitó mi corazón. Y de pronto, me asedió el miedo del conflicto, de las batallas, del derramamiento de sangre y de la muerte.

—¿Y si le pides a Lannon que te perdone? —me atreví a preguntar—. ¿Estaría dispuesto a cambiar? ¿A negociar?

—No.

—Sin duda tiene consejeros, ¿no? ¿Al menos una persona que te escuche?

Él suspiró.

—Permíteme que te cuente una historia breve. Treinta años atrás, solía asistir a las audiencias reales. Una vez por semana, Lannon tomaba asiento en su trono y escuchaba las quejas y los pedidos del pueblo. Yo permanecía entre la multitud, atestiguando la situación con los otros lores. Y no puedo precisar cuántas veces vi mutilar a hombres, mujeres y *niños* al pie del trono, perdiendo un dedo, la lengua, los ojos y la cabeza. Todo porque se atrevieron a pedirle algo. Y yo lo presencié con miedo de hablar. Todos teníamos miedo de alzar la voz.

Luché por imaginar su historia, por comprender que semejante violencia sucediera al norte de aquí.

—¿No hay un modo pacífico de hacer esto?

Él por fin comprendió mis preguntas y mis ojos vidriosos.

—Amadine... que consigas la gema y revivas la magia es el camino más pacífico hacia la justicia. No puedo prometer que no habrá conflictos o batallas. Pero quiero que sepas que sin ti en algún momento empezaría la guerra.

Aparté la vista de sus ojos, y bajé la mirada hacia los pliegues de mi vestido. Él permaneció en silencio, y me dio tiempo de procesar las revelaciones que habían empezado a desplegarse, sabiendo que yo hervía con más preguntas.

—¿Cómo conociste a la Viuda? —pregunté.

Jourdain respiró hondo y luego se sirvió un vaso de licor. También sirvió uno para mí. Lo vi como una invitación largamente esperada; como si estuviera a punto de contarme algunas cosas oscuras, y acepté la bebida.

—Veinticinco años atrás —empezó a decir—, me uní a los planes de Lord Morgane y Lord Kavanagh para derrocar a Lannon y colocar a la hija mayor de Kavanagh en el trono. Ella poseía un rastro de aquella sangre antigua y mágica por su linaje, que proviene distantemente de la primera reina, Liadan, pero más que eso... estábamos hartos de servirle a un rey cruel como Lannon, quien nos manipulaba, oprimía a nuestras mujeres y asesinaba a cualquiera que lo mirara mal, incluso a un niño. Sabes que fallamos, que los otros lores no se unieron a nosotros porque nos faltaban la Gema del Atardecer y el Estatuto de la Reina. Si hubiéramos poseído alguno de los dos, no tengo dudas de que las otras Casas nos hubieran brindado su apoyo.

Bebió un sorbo de licor y giró el vaso en sus manos. Hice lo mismo, preparándome para la parte más difícil de la historia.

—Nos traicionó uno de los otros lores que habían prometido unirse a la causa. De no haber sido por su traición, quizás hubiéramos vencido a Lannon, porque nuestros planes dependían de lograr sorprender al rey. Habíamos unido las fuerzas de nuestras tres Casas en silencio, nuestros hombres y nuestras mujeres, y planeábamos tomar el castillo, hacer las cosas lo más pacíficamente posible, para darle a Lannon un juicio justo. Pero él se enteró y envió a sus fuerzas a encontrarse con las nuestras en campo abierto. Lo subsiguiente fue una batalla sangrienta, una que terminó con la vida de nuestras esposas y con nuestras hijas masacradas. Sin embargo, él quería que nosotros viviéramos, que llevaran a sus lores rebeldes ante él para un castigo tortuoso. Y de no haber sido por Luc... De no haber tenido a mi hijo, a quien había jurado proteger mientras mi esposa moría en mis brazos... hubiera permitido que me capturaran.

»Pero agarré a Luc y hui, al igual que Lord Kavanagh y su hija menor, al igual que Lord Morgane y su hijo. Habíamos perdido todo lo demás: nuestras esposas, nuestras tierras, nuestras Casas. Y sin embargo, sobrevivimos. Y sin embargo, nuestras Casas no habían muerto debido a nuestros hijos e hija. Huimos al sur, a Valenia, sabiendo que quizás empezaríamos una guerra al fugarnos a otro país, que Lannon nunca dejaría de buscarnos, porque Lannon no es tonto. Sabe que un día regresaremos por él, para vengar la sangre de nuestras mujeres.

Bebió todo el licor. Yo hice lo mismo con el mío, y sentí el fuego fluir a través de cada recodo y rincón de mi cuerpo. Una furia justiciera hacía ebullición en mí, la sed de venganza.

—Avanzamos lo máximo posible hacia el sur de Valenia, manteniéndonos en los bosques, los pastizales y la tierra —prosiguió Jourdain, con voz áspera—. Pero Luc enfermó. Solo tenía un año, y observé cómo lentamente se debilitaba más y más en mis brazos. Así que una noche tormentosa, nos atrevimos a llamar a la puerta de una propiedad hermosa en el centro de un campo. Era Magnalia.

Sentí las lágrimas humedecer mis ojos mientras él me miraba, y comprendí lo que estaba a punto de decir.

—La Viuda nos aceptó sin dudarlo —dijo él—. Sin duda sabía que estábamos en fuga, que quizás le traeríamos problemas. La noticia de la masacre aún no había atravesado el canal, pero le contamos quiénes éramos, y el costo que tendría darnos refugio. Y ella nos permitió dormir a salvo; nos vistió, nos alimentó y buscó un médico para curar a mi hijo. Y luego nos dio a cada uno una bolsa con monedas, y nos dijo que nos separáramos y echáramos raíces valenianas, que el día de la venganza llegaría pronto si jugábamos nuestras cartas con sabiduría y paciencia.

Llenó de nuevo el vaso con licor y frotó su sien.

—Hicimos lo que ella aconsejó. Adoptamos nombres valenianos y nos separamos. Yo me asenté en Beaumont, me convertí en un abogado huraño, contraté a un pasionario de música para que educara a mi hijo y lo convirtiera en uno, para que Luc pareciera lo más valeniano posible. Morgane se asentó en Delaroche y Kavanagh fue al sur, a Perrine. Pero nunca perdimos contacto. Y nunca olvidé la amabilidad de la Viuda. Le devolví el gesto, le escribí para hacerle saber que tenía una deuda inmensa con ella. —Sus ojos se posaron en los míos—. Así que parece que ella tenía razón; por fin las cartas se han alineado.

Me serví yo misma licor, solo porque sentí el peso de aquella esperanza. Él necesitaba que hallara la gema. ¿Y si no podía hacerlo? ¿Y si los planes se hacían trizas de nuevo?

—Padre —susurré, mirándolo a los ojos—. Prometo que haré todo lo posible por recuperar la gema y que te ayudaré a obtener justicia.

Él deslizó la mano a través de su pelo castaño, el gris resplandecía como plata bajo la luz de la vela.

—Amadine... No planeo enviarte a Maevana.

Casi escupí mi licor.

—¿Qué? Se supone que yo encontraré la gema, ¿verdad?

—Sí y no. Nos dirás cómo hallarla. Enviaré a Luc a buscarla.

Aquello no me agradó. En absoluto. Pero en vez de discutir con él, después de que hubiera compartido generosamente su pasado conmigo, recliné el cuerpo en mi silla. Una batalla a la vez, pensé.

—Teníamos un acuerdo —le recordé con calma.

Él vaciló. Sabía que era porque estaba aterrado de que me sucediera algo, de enviarme a mi muerte, o quizás a algo peor. Su esposa había muerto en sus brazos, en un campo de fracasos sangrientos. Y sabía que estaba decidido a que mi destino no fuera como el de ella. ¿Acaso no lo había visto responder con violencia cuando me amenazaron? Y ni siquiera era su hija biológica.

Debía ser el maevano en él, lo que también había visto en Luc. Los hombres maevanos no toleraban ninguna amenaza hacia sus mujeres.

Lo cual implicaba que *yo* debía hacerme más maevana. Necesitaba aprender a blandir una espada, a poner en orden a aquellos hombres testarudos.

—Nuestro acuerdo fue que participarías con tu opinión en los planes, lo cual tengo todas las intenciones de que suceda, y que tú le entregarías la gema a la reina —respondió Jourdain—. No dijimos nada respecto a que viajaras a Maevana y recuperaras la gema.

Tenía razón.

Reprimí una réplica, la tragué con licor y luego dije:

—Entonces, ¿quién es aquel hombre? ¿El extraño?

—Uno de mis nobles fieles —respondió Jourdain—. Era mi súbdito cuando yo era un lord.

Abrí los ojos de par en par.

—¿Te preocupa que te haya encontrado aquí?

—Sí y no. Significa que no estoy tan oculto como creí una vez —dijo—. Pero me ha estado buscando durante años. Y me conocía muy bien. Sabía mucho mejor que los amigotes de Lannon cómo pensaría, cómo me escondería y cómo actuaría.

Alguien llamó despacio a la puerta. Un instante después, Luc asomó la cabeza, me vio sentada delante de Jourdain, cada uno con el licor en sus manos, y la emoción aún brillando en nuestros ojos.

—Cena en la casa de los Laurent —anunció él, y pasó la mirada de Jourdain hacia mí y luego de nuevo hacia su padre con infinitas preguntas.

—Amadine nos acompañará —dijo Jourdain.

—Excelente —respondió Luc—. Liam está en la cocina, devorando la comida de Pierre.

Supuse que Liam era el extraño. Pero ¿quiénes eran los Laurent?

Antes de que la pregunta siquiera pudiera reflejarse en mi cara, Jourdain explicó:

—Los Laurent son los Kavanagh.

Había muchos nombres que recordar, nombres maevanos ocultos detrás de nombres valenianos, pero empecé a dibujar un linaje en mi mente, un árbol con ramas largas. Una rama era MacQuinn, a quien continuaría llamando Jourdain por protección. Otra rama era Laurent, que eran los Kavanagh, ocultos hacía tiempo. Y la última rama era Lord Morgane, a quien aún debía conocer y aprender su alias.

—¿Necesitas refrescarte antes de partir, Amadine? —preguntó Jourdain; asentí y me puse de pie despacio.

Estaba a punto de pasar junto a Luc en la entrada cuando hice una pausa y giré incapaz de contenerme.

—Creí que los Laurent se habían asentado en otra ciudad.

—Así fue —respondió Jourdain—. Se mudaron aquí hace poco. Para estar más cerca.

Más cerca del corazón de los planes que habían cambiado inesperadamente con mi llegada.

Reflexioné sobre todo esto, el entusiasmo atravesaba mi corazón, mi estómago, mi mente. Me lavé la cara, me cambié el vestido

—Jourdain había cumplido con su palabra y me había conseguido ropa nueva— y luego dominé mi pelo en una corona trenzada.

Jourdain y Luc esperaban en el vestíbulo y sin decir nada, salimos hacia la noche y caminamos hacia la casa de los Laurent.

Vivían tres calles al este, en el límite de la ciudad, un sector tranquilo, lejos del mercado y los ojos curiosos. Jourdain no se molestó en tocar la campana; golpeó la puerta cuatro veces, deprisa. La puerta se abrió de inmediato y una mujer mayor con una toca de lino y cara rojiza nos permitió pasar; su mirada se posó en mí como si yo quizás fuera peligrosa.

—Es una de nosotros —le dijo Jourdain al ama de llaves, quien asintió con rigidez y luego nos llevó por un pasillo angosto hasta el comedor.

Había una larga mesa de roble con velas y lavanda esparcida por su superficie, los platos y los vasos de peltre resplandecían como el rocío de la mañana. Un hombre mayor estaba sentado en la cabecera, esperándonos. Se puso de pie cuando entramos, con una sonrisa cálida en la cara.

Tenía pelo blanco y era alto, de hombros anchos y pulcro. Quizás tenía más de sesenta y cinco años, pero a veces es difícil saberlo con los hombres maevanos. Envejecen más deprisa que los valenianos por su amor al aire libre. Tenía ojos oscuros, gentiles y su mirada me encontró de inmediato.

—Ah, ella debe ser tu hija pasionaria, Jourdain —dijo él, extendiendo su mano grande y cubierta de cicatrices hacia mí.

Así era, los hombres maevanos estrechaban las manos. Era una costumbre de días más feroces, para asegurarse de que los invitados no ocultaran cuchillos bajo la manga.

Sonreí y permití que mi mano reposara en la de él.

—Soy Amadine Jourdain.

—Héctor Laurent —respondió el hombre inclinando la cabeza—. En otra época era Braden Kavanagh.

Oír el nombre de sus labios me dio escalofríos e hizo que, de pronto, el pasado pareciera más cercano y claro, como si los días de las reinas se reunieran bajo mi sombra.

Pero no tuve tiempo de responderle. Unos pasos suaves aparecieron detrás de mí; una silueta ágil rozó mi hombro y se puso de pie junto a Héctor Laurent. Una joven, no mucho mayor que yo, cuyo pelo era una maraña salvaje de rizos rojos, y las pecas parecían estrellas sobre sus mejillas. Tenía ojos de ciervo, grandes y castaños, y se arrugaron en los bordes cuando me sonrió tentativamente.

—Yseult, ella es mi hija Amadine —indicó Jourdain—. Amadine, permíteme que te presente a Yseult Laurent, Isolde Kavanagh: la futura reina de Maevana.

17

Una clase de esgrima

¿Cuál era la manera apropiada de saludar a una reina maevana?

No tenía idea, así que recurrí a mi crianza valeniana e hice una reverencia mientras mi corazón latía desbocado.

—He oído tantas maravillas sobre ti, Amadine —dijo Yseult. Extendió las manos hacia mí mientras yo enderezaba la espalda.

Entrelazamos los dedos, pálidos y fríos, una pasionaria y una reina. Por un instante, imaginé que ella era una hermana, ya que allí estábamos en una sala llena de hombres, ambas hijas de Maevana que habían sido criadas en Valenia.

En aquel momento juré que haría todo lo posible para verla reclamar el trono.

—Señora reina —dije con una sonrisa; sabía que los maevanos no utilizaban «alteza» y «majestad»—. Es… es un honor conocerla.

—Por favor, llámame Yseult —insistió, presionando mis dedos antes de soltarme—. ¿Te sientas junto a mí en la cena?

Asentí y tomé la silla junto a la de ella. Los hombres ocuparon el espacio a nuestro alrededor, mientras servían cerveza y colocaban los platos de comida a lo largo de la mesa. Una vez más, me sorprendió el espíritu de la cena maevana: no había platos individuales y servidos en cierto orden delante de nosotros. En cambio, todos pasaron las bandejas de mano en mano y llenamos abundantemente los platos a la vez. Era un modo casual, íntimo y natural de participar en una cena.

Mientras comía, oía a los hombres hablar, y me asombró lo bien que habían logrado ocultar sus acentos, lo valenianos que parecían. Hasta que vi atisbos de su herencia: percibí cierto acento distinto en la voz de Jourdain; vi que Laurent extraía una daga de su jubón para cortar la carne en vez de utilizar el cuchillo de la mesa.

Pero a pesar de la atmosfera maevana que reinaba en la mesa, hubo algo que no pude evitar notar: Yseult y Luc aún mantenían la postura erguida y manipulaban los cubiertos correctamente. Por supuesto, ambos habían nacido en Maevana, pero eran muy jóvenes cuando sus padres huyeron con ellos. Valenia, con sus pasiones, su elegancia y protocolo, era el único modo de vida que conocían.

En cuanto pensé en ello, vi que había una daga a un costado del cinturón de Yseult, prácticamente escondida en los pliegues profundos de su vestido sencillo. Ella percibió mi mirada y me observó; una sonrisa flotaba detrás de su cáliz mientras se preparaba para beber un sorbo de cerveza.

—¿Te gustan las espadas, Amadine?

—Nunca he empuñado una —confesé—. ¿A ti?

Los hombres estaban demasiado absortos en su conversación para oírnos. De todos modos, Yseult bajó la voz para responder:

—Sí, claro. Mi padre insistió en que aprendiera el arte de la esgrima cuando era pequeña.

Vacilé; no sabía si tenía el derecho de pedírselo. Yseult pareció leer mis pensamientos porque se ofreció.

—¿Te gustaría aprender? Puedo darte algunas lecciones.

—Me encantaría —respondí, sintiendo que Luc posaba la mirada sobre nosotras, como si supiera que estábamos haciendo planes sin él.

—Ven mañana al mediodía —susurró Yseult y guiñó un ojo, dado que ella también sintió el interés de Luc—. Y deja a tu hermano en casa —dijo en voz alta, solo para irritarlo.

—¿Y qué planeáis vosotras dos? —dijo Luc arrastrando las palabras—. ¿Tejer y bordar?

—¿Cómo lo has adivinado, Luc? —Yseult sonrió modestamente y regresó a su cena.

Aquella noche, nadie habló sobre planes o estrategias para recuperar el trono. Solo era una reunión, una cena agradable antes de la tormenta. Los Laurent —Kavanagh— no me preguntaron en absoluto sobre mis recuerdos o la gema, pero percibía que estaban al tanto de cada detalle. Lo sentía cada vez que Yseult me miraba, con los ojos llenos de curiosidad e intriga. Jourdain había dicho que ella poseía un rastro de magia en su sangre; yo estaba a punto de recuperar la gema de sus ancestros y de colocarla en su cuello. Lo cual significaba que estaba a punto de despertar su magia.

Toda mi atención estaba centrada en aquel pensamiento mientras nos preparábamos para partir y nos despedíamos de los Laurent en el vestíbulo.

—Te veré mañana —susurró Yseult en mi oído mientras me abrazaba.

Me pregunté si alguna vez me sentiría cómoda abrazando a la futura reina. Tocar a alguien de la realeza iba en contra de cada fibra valeniana en mi ser. Pero si había un momento en el que debía dejar a un lado la herencia de mi madre, era ahora.

—Hasta mañana —dije asintiendo y despidiéndome de ella mientras seguía a Jourdain y a Luc hacia la noche.

Al día siguiente, regresé a la casa de los Laurent pocos minutos antes del mediodía, con Luc pisándome los talones.

—No estoy en contra de esto —insistió mi hermano cuando nos detuvimos en la puerta de entrada y tocamos la campana—. Solo creo que es mejor enfocarnos en *otras* cosas, ¿mmm?

Le había hablado sobre las lecciones de esgrima, pero no le había dicho que mi motivación principal era convencer a Jourdain de que podía protegerme sola, que podía enviarme a Maevana en busca de la gema.

—¿Amadine? —llamó Luc, presionando para que le diera una respuesta.

—¿Mmm? —repetí perezosamente el zumbido para su molestia divertida cuando Yseult abrió la puerta.

—Bienvenidos —saludó ella y nos hizo pasar.

Lo primero que noté fue que ella llevaba puesta una camisa de lino de mangas largas y *pantalones*. Nunca había visto a una mujer con pantalones, y que pareciera tan natural con ellos. Sentí envidia de que ella pudiera moverse con tanta libertad mientras que yo aún estaba atrapada en una falda incómoda.

Luc colgó su capa pasionaria en el vestíbulo y luego seguimos a Yseult por el pasillo hasta una antesala que estaba en la parte posterior de la casa; una habitación con suelo de piedra, ventanas divididas con parteluz y un gran baúl de roble. Sobre el baúl había dos espadas de hoja larga de madera. Yseult las tomó.

—Debo confesar —dijo la reina, mientras quitaba de un soplido un mechón de pelo rojo de sus ojos—, que siempre he sido la alumna y nunca la Ama.

Le sonreí y acepté la espada de entrenamiento llena de marcas que ella me ofreció.

—No te preocupes; soy una alumna muy buena.

Yseult me devolvió la sonrisa y abrió una puerta trasera. Llevaba a un patio cuadrado cercado por muros altos de ladrillo, que poseían un techo protector hecho con vigas de madera entrelazadas que tenían enredaderas y plantas trepadoras a su alrededor. Era un espacio muy íntimo; solo unas pocas manchas de sol acariciaban el suelo duro.

Luc dio vuelta una cubeta y tomó asiento en ella contra la pared mientras yo me unía a Yseult en el centro del patio.

—Una espada tiene tres propósitos principales —explicó ella—. Cortar, golpear y bloquear.

Así empezó mi primera lección. Me enseñó a empuñarla y luego las cuatro posiciones primarias. Guardia media, baja, alta y trasera. Luego, me enseñó las transiciones a las catorce guardias básicas. Acabábamos de perfeccionar la guardia izquierda interna cuando el ama de llaves nos trajo una bandeja con queso, uvas y pan junto a una botella de agua con hierbas. Ni siquiera había notado cuántas horas habían pasado, rápidas y cálidas, o que Luc se había dormido contra la pared.

—Hagamos un descanso —sugirió Yseult, y se secó el sudor de la frente.

Luc despertó sobresaltado, y limpió la saliva que caía de la comisura de su boca mientras nos acercábamos a él.

Los tres tomamos asiento en el suelo, con la bandeja de comida en el centro de nuestro triángulo, y pasamos la botella de mano en mano mientras comíamos y nos refrescábamos en la sombra. Luc e Yseult bromeaban con afecto familiar, lo cual hizo que me preguntara cómo debía haber sido para ellos crecer en Valenia. En especial para Yseult. ¿Cuándo le había dicho su padre quién era ella y que estaba destinada a recuperar el trono?

—Te daré un ducado si dices en qué piensas —dijo Luc y lanzó una moneda de su bolsillo hacia mí.

La atrapé por reflejo y respondí:

—Solo pensaba en que ambos habéis sido criados aquí y en lo difícil que debe haber sido.

—Bueno —dijo Luc mientras se colocaba una uva en la boca—. En muchos aspectos, Yseult y yo somos muy valenianos. Nos criaron con tus costumbres y tus modales. No recordamos nada de Maevana.

—Pero nuestros padres no nos han permitido olvidarla —añadió la reina—. Sabemos qué sabor tiene su aire, cómo lucen sus tierras, cómo suena un maevano de verdad y qué representan nuestras Casas aunque aún no lo hayamos experimentado completamente en persona.

Un silencio cómodo apareció mientras bebíamos los restos de la botella.

—He oído que eres maevana por parte de tu padre —me dijo Yseult—. Entonces eres parecida a Luc y a mí. Te has criado aquí, amas este reino y lo aceptas como parte de tu identidad. Pero hay algo más en ti que no puedes empezar a comprender por completo hasta que cruces el canal.

Luc asintió para demostrar su acuerdo.

—A veces, imagino que será como si nuestro tiempo aquí solo fuera un sueño —prosiguió la reina, mirando un hilo suelto en su manga—. Que cuando regresemos a nuestras tierras caídas, cuando pongamos un pie en nuestros pasillos, entre nuestra gente de nuevo... sentiremos que por fin hemos despertado.

Guardamos silencio de nuevo, cada uno perdido en sus propios pensamientos; nuestra imaginación florecía en silencio mientras pensábamos cómo sería ver Maevana. Yseult fue quien rompió el estado de ensoñación al limpiar las migajas de su camisa; luego, me tocó la rodilla.

—Muy bien, hagamos una guardia más y luego daremos por concluido el día —dijo Yseult, y me llevó de nuevo al centro del patio. Empuñamos las espadas mientras Luc masticaba vagamente el resto de pan, observándonos con los ojos caídos—. Esto se llama guardia cercana por la izquierda y...

Alcé mi espada de entrenamiento para imitarla mientras enseñaba la posición. Sentí la empuñadura de madera deslizarse entre mis palmas sudorosas, y un dolor intenso recorrió mi columna. Y luego, ella se lanzó inesperadamente hacia mí. Su espada de madera cambió y resplandeció como el acero, intentando cortarme. Retrocedí de un salto; el miedo atravesó mi estómago mientras tropezaba y oía una voz masculina y furiosa que decía: «¡*Hacia* la izquierda, Tristán! ¡Hacia la izquierda, no *sobre* la izquierda!».

Ya no estaba de pie en un patio cerrado con Yseult. El cielo estaba nublado y tormentoso sobre mi cabeza, y un viento helado que olía a fuego, hojas y tierra fría acariciaba mi cuerpo. Y él, quien lanzaba estocadas con su espada hacia mí, quien me había gritado como si yo fuera un perro. Era alto y de pelo oscuro, joven, pero aún no era un hombre, y su barba aún intentaba llenar el espacio a lo largo de su mandíbula.

—¡Tristán! ¿*Qué* estás haciendo? ¡Levántate!

Me hablaba, apuntando su espada filosa hacia mí. Ahora comprendía por qué estaba tan molesto; yo había tropezado y caído en el césped; me dolía la espalda y mis oídos zumbaban; mi espada de entrenamiento yacía inútil a mi lado.

Sostuve con torpeza la espada de madera con marcas que estaba en el suelo, y allí vi mis manos. No las mías, sino las manos inseguras y mugrientas de un niño de diez años. Había suciedad bajo sus uñas y un corte largo al dorso de su mano derecha que aún estaba hinchada y roja, como si quisiera romper la costra.

—¡Levántate, Tristán! —gritó el muchacho mayor, exasperado. Agarró a Tristán por el cuello (mi cuello) y lo levantó para ponerlo de pie; las piernas desgarbadas patalearon momentáneamente antes de que las botas hicieran contacto con la tierra—. Dioses celestiales, ¿quieres que padre te vea así? Harás que desee haber tenido hijas y no hijos.

La garganta de Tristán se tensó, la vergüenza manchó sus mejillas mientras empuñaba la espada y se ponía de pie delante de su hermano mayor. Oran siempre sabía cómo hacerlo sentir inútil y débil: el segundo hijo, quien nunca heredaría ni significaría nada.

—¿Cuántas veces vas a hacer mal esa guardia? —insistió Oran—. ¿Te das cuenta de que casi te abro por el medio?

Tristán asintió, las palabras furiosas anidaban en su pecho. Pero las mantuvo encerradas, como abejas que zumbaban en la colmena, sabiendo que Oran lo golpearía si él respondía, si sonaba mínimamente desafiante.

En días como ese, Tristán deseaba con fervor haber nacido Kavanagh. Si tuviera magia, haría trizas a su hermano como un espejo roto, lo derretiría hasta convertirlo en un río, o lo transformaría en un árbol. Solo pensarlo, sin importar que fuera imposible debido a su sangre Allenach, hizo sonreír a Tristán.

Por supuesto, Oran lo notó.

—Borra esa sonrisa de tu cara —gruñó su hermano mayor—. Vamos, pelea conmigo como lo haría una reina.

La furia hirvió, oscura y ardiente. Tristán no creía poder reprimirla mucho más tiempo —pudría su corazón cada vez que la contenía—, pero asumió la postura defensiva, como Oran le había enseñado, la guardia neutral que podía convertirse en ataque o defensa. No era justo que aún obligaran a Tristán a blandir una espada de madera, el arma de un niño, mientras que Oran, que solo tenía cuatro años más que él, utilizaba una espada de acero.

Madera contra acero.

Nada en la vida era justo. Todo siempre estaba en su contra. Y Tristán anhelaba más que ninguna otra cosa estar dentro del castillo, en la biblioteca junto a su tutor, aprendiendo más sobre la historia, las reinas y la literatura. O explorando los pasadizos secretos del castillo y descubriendo puertas secretas. Las espadas nunca habían sido lo que deseaba.

—Venga, gusano —lo provocó Oran.

Tristán gritó mientras se lanzaba hacia delante, extendiendo su espada de madera en un arco poderoso. Chocó contra el acero de Oran, quedó atascada y Oran fácilmente retorció la empuñadura y le quitó la espada a Tristán. El chico trastabilló y luego sintió algo caliente en su mejilla, algo húmedo y pegajoso.

—Espero que deje una cicatriz —dijo Oran, y por fin quitó de un tirón el arma de madera de su espada—. Al menos, te hará parecer un poco más hombre.

Tristán llevó sus dedos hacia la mejilla y observó cómo su hermano lanzaba la espada de entrenamiento al césped. Tenía los dedos ensangrentados y palpó un corte largo y superficial en su mejilla.

—¿Ahora vas a empezar a llorar? —preguntó Oran.

Tristán se volvió y corrió. No fue en dirección al castillo, que estaba en la cima de la colina como una nube oscura que había contraído matrimonio con la tierra. Pasó corriendo junto a los establos, junto al grupo de tejedoras, junto a la taberna donde el bosque esperaba como una invitación verde oscuro. Y podía oír a Oran persiguiéndolo, gritando que se detuviera.

—¡Tristán! ¡Tristán, detente!

Avanzó hacia los árboles, adentrándose en lo profundo del bosque, corriendo como una liebre o como el ciervo de su escudo de armas, permitiendo que el bosque lo engullera, lo protegiera.

Pero Oran aún lo seguía; siempre había sido veloz. Su hermano mayor rompió ramas con brusquedad, atravesando los pinos y los alisos, los álamos y los nogales. Tristán oía que Oran estaba más cerca; saltó ágilmente un pequeño arroyo y atravesó a toda velocidad un matorral y por fin llegó al antiguo roble.

Había encontrado aquel roble el verano pasado, después de haber huido de otra de las clases brutales de Oran. Deprisa, Tristán escaló sus ramas, subiendo lo más alto posible mientras las hojas empezaban a escasear con el encanto del otoño.

Oran llegó al claro, jadeando detrás de las ramas inmensas. Tristán permaneció quieto en el hueco de su rama elegida y observó a su hermano mayor dar vueltas alrededor del árbol y luego, levantar la vista entrecerrando los ojos.

—Baja, Tris.

Tristán no emitió ruido alguno. No era más que un pájaro posado en un lugar seguro.

—Baja. Ya. Ahora.

No se movió. Ni siquiera respiró.

Oran suspiró y deslizó los dedos a través de su pelo. Apoyó la espalda contra el tronco y esperó.

—Oye, lamento haber cortado tu mejilla. No era mi intención.

Claro que había sido su intención. Siempre lo era por aquellos días.

—Solo intento entrenarte del mejor modo que conozco —prosiguió Oran—. De la manera que padre me enseñó.

Aquel comentario tranquilizó a Tristán. No podía imaginar a padre entrenándolo. Desde que su madre había muerto, su padre había sido despiadado, cruel, irascible. Sin esposa, sin hijas, con dos hijos: uno, que intentaba con desesperación ser como él; el otro, que no podía interesarle menos.

—Si bajas, iremos a robar un pastel de miel de la cocina —prometió Oran.

Ah, siempre podían sobornar a Tristán con algo dulce. Le recordaba días más felices, cuando su madre estaba viva y el castillo estaba lleno de su risa y de flores, cuando Oran todavía era su compañero de juegos, cuando su padre aún les contaba historias de maevanos valientes y heroicos junto a la chimenea del salón.

Lentamente, descendió del árbol, y aterrizó delante de Oran. Su hermano mayor resopló e intentó limpiar la sangre de la mejilla de Tristán.

—Despiértala.

Los labios de Oran se movían, pero las palabras equivocadas, la voz equivocada, salió de ellos. Tristán frunció el ceño mientras la mano de Oran desaparecía y la invisibilidad devoraba su brazo y convertía a su hermano en un remolino de partículas de polvo…

—¿Amadine? ¡Amadine, despierta!

Los árboles empezaron a sangrar, los colores chorreaban como pintura en un trozo de pergamino.

No noté que había tenido los ojos cerrados hasta que los abrí y vi dos caras preocupadas. Luc. Yseult.

—Santos, ¿estás bien? —preguntó la reina—. ¿Te he hecho daño?

Me llevó un momento traer mi mente al presente por completo. Estaba sobre la tierra, tenía el pelo desparramado a mi alrededor y la espada de madera a mi lado. Luc e Yseult se cernían sobre mí como gallinas protectoras.

—¿Qué ha ocurrido? —pregunté; tenía la voz ronca como si el polvo de un siglo aún obstruyera mi garganta.

—Te has desmayado, creo —dijo Luc, frunciendo el ceño—. ¿Tal vez a causa del calor?

Asimilé aquel fragmento de información: nunca me había desmayado antes, y pensar que las conexiones pudieran causarlo era preocupante, pero luego recordé lo que acababa de ver, aquel nuevo recuerdo hallando un espacio entre los míos.

Una sonrisa curvó mis labios. Saboreé la tierra y mi sudor y extendí las manos hacia ellos. Luc tomó la izquierda, Yseult, la derecha, y dije:

—Sé exactamente cómo encontrar la gema.

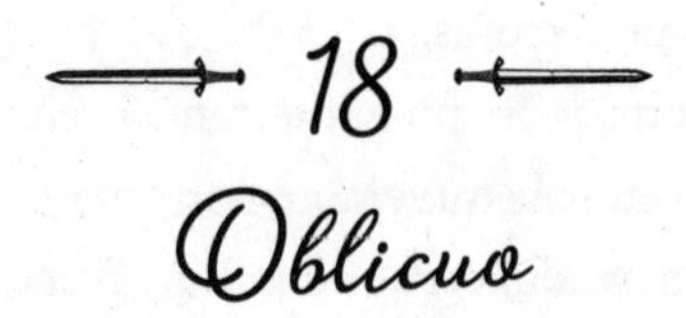

18 Oblicuo

El último día de agosto, durante la cena en casa de Jourdain, tendría lugar la primera reunión para planificar, exactamente dos semanas después de que el recuerdo más crucial que tuve se hubiera manifestado cuando estaba en mi primera lección de esgrima. A medida que la fecha se aproximaba, continué reuniéndome con Yseult con frecuencia, para aprender más. Jourdain lo permitió, ya que pensaba que quizás otro recuerdo aparecería. Pero yo sabía que a Tristán Allenach no le habían gustado las discusiones ni las clases de esgrima, al menos no cuando tenía diez años.

Así que continué mis lecciones para mejorar la habilidad y aprender más sobre la reina.

Yseult era mayor de lo que había creído al principio; tenía diez años más que yo. Era amistosa y conversadora, paciente y elegante, pero de vez en cuando, veía que sus ojos se apagaban, como si luchara contra la preocupación y el miedo, como si la abrumara la sensación de ineptitud.

Confesó sus sentimientos durante nuestra quinta clase, cuando el ama de llaves nos trajo los refrescos habituales. Estábamos sentadas cara a cara, solo la reina y yo, compartiendo cerveza y pasteles de cordero, y sudando por el calor, cuando dijo:

—Debería ser mi hermana. No yo.

Sabía a qué se refería; pensaba en su hermana mayor, quien había cabalgado junto a su padre el día de la masacre, a quien habían asesinado en el césped del castillo real.

Así que dije con mucha dulzura:

—Tu hermana querría que lo hicieras, Yseult.

Yseult suspiró, un sonido que brotaba de la soledad, de arrepentimientos heredados.

—Tenía tres años el día de la masacre. Debería haber muerto junto a mi madre y mi hermana. Después de la matanza en el campo, Lannon envió a sus hombres puerta por puerta a los hogares de aquellos que se habían rebelado. Me salvé solo porque estaba en la casa con mi nodriza, quien me escondió cuando los hombres de Lannon vinieron por mí. La mataron cuando se negó a entregarme. Y cuando mi padre por fin llegó, pensando que estaba muerta... dijo que siguió el sonido del llanto de un niño, creyendo estar alucinando de angustia, hasta que me encontró oculta en un barril vacío cerca de la taberna. No recuerdo nada de todo eso. Supongo que es algo bueno.

Asimilé todo lo que acababa de contar; quería hablar, pero a la vez quería permanecer en silencio.

Yseult deslizó un dedo sobre el polvo que cubría sus botas y dijo:

—En este momento, es peligroso ser una hija de Maevana. Mi padre ha pasado la última década preparándome para el día en el que por fin esté frente a Lannon para recuperar la corona, el trono y la tierra. Y sin embargo... no sé si puedo hacerlo.

—No estarás sola, Isolde —susurré, utilizando su nombre maevano.

Sus ojos centellaron en los míos, oscuros de miedo, llenos de anhelo ansioso.

—Para tener éxito, necesitamos que las otras Casas nos sigan, que luchen a nuestro lado. Pero ¿por qué los otros lores apoyarían a una niña que es más valeniana que maevana?

—Eres dos en una —respondí, pensando en Merei, en cómo mi hermana arden había conocido tan minuciosamente mi corazón—. Eres Valenia al igual que Maevana. Y eso te convertirá en una reina excelente.

Yseult reflexionó al respecto y yo supliqué que mis palabras tuvieran el efecto deseado. Después de un rato, dijo con una sonrisa:

—Debes pensar que soy débil.

—No, señora. Creo que eres todo lo que debes ser.

—He crecido aquí sin amigos —continuó—. Mi padre estaba demasiado paranoico y no permitía que me acercara a nadie. Eres la primera amiga de verdad que he tenido.

De nuevo, pensé en mis hermanas ardenes, en cuánto se había enriquecido mi vida gracias a ellas. Y entonces comprendí su soledad, la sentí como si me hubieran golpeado en el estómago.

Extendí la mano y permití que mis dedos se entrelazaran con los de ella.

Eres suficiente, afirmaba mi tacto. Y cuando sonrió, supe que sintió mis palabras, que permitió que se asentaran en las colinas de su corazón.

Pero a pesar de todo mi aliento, yo estaba igual de ansiosa que ella; mi mente estaba impaciente por la primera reunión estratégica, cuando los planes para encontrar la gema y recuperar la corona por fin serían tangibles.

El último día de agosto por fin llegó, y ayudé a Agnes a poner la mesa para siete comensales. Seríamos Jourdain, Luc, yo, Héctor e Yseult Laurent, Liam —el noble que había permanecido con nosotros, oculto y a salvo en el tercer piso— y Theo d'Aramitz, quien era la última pieza de nuestro rompecabezas y el último lord rebelde que debía conocer. Su nombre maevano era Aodhan Morgane.

Los Laurent llegaron justo a tiempo y Liam bajó las escaleras para entrar al comedor. Nos reunimos alrededor de la mesa y solo quedó una silla vacía: la de Theo d'Aramitz —Lord Morgane—.

—¿Empezamos sin él? —preguntó Jourdain desde su lugar en la cabecera de la mesa. Ya habían traído los platos y el aroma de la comida nos tentaba a todos mientras esperábamos al tercer lord. Agnes llenaba nuestros cálices con cerveza, extendiendo la mano entre nosotros con discreción.

—Está viniendo desde Théophile —comentó Héctor Laurent—. No es demasiado lejos, pero quizás tuvo problemas en el camino.

—Mmm —murmuró Jourdain, pensando sin duda en su encuentro con los ladrones.

—Él no querría que esperemos —insistió Luc, pero probablemente lo dijo porque tenía hambre, la vista clavada en el plato de carne.

—Entonces, empecemos a comer —decidió Jourdain—. Pospondremos el planeamiento hasta después de la cena, hasta que llegue d'Aramitz.

Pasamos las bandejas alrededor y yo llené mi plato con demasiada comida. Pero Pierre realmente se había superado al preparar una cena con inspiración maevana, y no pude resistirme a probar una cucharada de todo. Estábamos en medio de la cena cuando alguien llamó a la puerta.

Luc se puso de pie inmediatamente.

—Debe ser d'Aramitz —dijo y desapareció por el pasillo para darle la bienvenida al lord.

Héctor Laurent estaba en medio de la historia de cómo había conocido a su esposa cuando Luc regresó, solo. Pero tenía un trozo de papel desplegado en las manos, y se detuvo en la entrada del comedor leyendo el contenido de la carta. Jourdain lo notó de inmediato, y la conversación abandonó la mesa cuando mi padre adoptivo preguntó:

—¿Qué es?

Luc levantó la vista. La tensión nos había amarrado como una cuerda, cortando la respiración mientras todos pensábamos lo peor e imaginábamos que nos habían atrapado antes de siquiera empezar.

—D'Aramitz tiene un asunto en Théophile que no puede abandonar —explicó Luc—. Escribió una disculpa, diciendo que llegará en dos semanas.

Jourdain se relajó, pero de todos modos mantuvo el ceño fruncido profundamente; su descontento era obvio.

—Entonces, ¿posponemos la primera reunión? —preguntó Héctor; su pelo blanco resplandecía bajo la luz de las velas.

—La pregunta es —dijo Luc, plegando la carta de d'Aramitz y entregándosela a Jourdain—: ¿nos sentimos cómodos haciendo planes sin él?

Jourdain suspiró, apesadumbrado, y leyó la carta en silencio. Yo estaba sentada a la izquierda de mi padre adoptivo, Yseult estaba a mi lado, e intercambié una mirada con la reina. Ella debería decidir, pensé. Como si leyera mi mente, Yseult tosió y llamó la atención de todas las miradas masculinas.

—Los demás estamos aquí —dijo ella—. Es desafortunado que d'Aramitz esté ausente, pero dado que él es solo uno y nosotros somos seis, deberíamos empezar con los planes.

Jourdain asintió, satisfecho con la decisión. Terminamos la cena, y luego Agnes rápidamente levantó los platos y las bandejas y Jean David trajo el mapa de Maevana. Desplegaron sobre el centro de la mesa la tierra que reclamaríamos. Una calma reverencial se apoderó de nosotros seis mientras observábamos el mapa.

Y luego, para mi sorpresa, Yseult me miró.

—¿Amadine?

Sentí los ojos de los hombres, como el sol, brillantes de curiosidad. Mis manos estaban frías cuando extendí mi dedo índice derecho hacia el mapa, hacia el bosque de Mairenna.

—Mi ancestro fue Tristán Allenach, quien se llevó y enterró la Gema del Anochecer en 1430. Sé cuál es exactamente el árbol en el que enterró la gema, el cual debería estar en esta parte, a tres kilómetros y medio dentro del bosque.

Los hombres y la reina miraron donde señalé.

—Es cerca de Damhan —dijo Liam. Ya no parecía un pordiosero desaliñado. Tenía el pelo limpio y peinado hacia atrás, la barba recortada y la cara más llena por haber ingerido alimento de verdad otra vez.

—¿Damhan? —repetí, temblando mientras aquel nombre cosquilleaba mi lengua. Nunca lo había oído, sin embargo, hizo vibrar mis huesos en reconocimiento.

—La residencia de lord Allenach durante el verano y el otoño —prosiguió Liam. Su conocimiento estaba a punto de ser extremadamente valioso para nosotros, dado que él había abandonado Maevana hacía solo seis años, distinto a los veinticinco que Jourdain y Héctor habían experimentado—. Ahora debería estar allí, preparándose para la cacería anual del ciervo.

Aquel dato sin duda acarició mi memoria. Mi mente hurgó, frenética, entre las últimas semanas, luego en los meses, preguntándome por qué sentía que era algo tan familiar. Por fin recordé la tarde en la que Oriana me había dibujado como una guerrera maevana, cuando Ciri había dicho algo que nunca creí que oiría de nuevo: «Mi padre solía ir allí una vez por año en el otoño, cuando algunos de los lores maevanos abrían sus castillos para que los valenianos pudiéramos quedarnos allí para la cacería del ciervo blanco».

—Un momento... —dije, mis ojos estaban clavados en el bosque, donde mi dedo aún reposaba—. Lord Allenach invita valenianos a participar de la cacería, ¿verdad?

Liam asintió, sus ojos brillaron con algo similar a la venganza.

—Así es. Hace bastante alboroto al respecto. Un año, invitó a sesenta nobles valenianos, todos tuvieron que pagar un precio considerable para cazar en su bosque y todos necesitaron una carta de invitación.

—Lo que significa que cazarán en el Mairenna —dijo Luc, deslizando los dedos a través de su pelo.

—Lo cual significa que están a punto de abrir la puerta hacia Maevana —añadió Liam, mirando a Luc—. Lannon mantiene las fronteras cerradas, excepto en pocas ocasiones. Esta es una de ellas.

—¿Cuándo será la siguiente? —preguntó Jourdain.

Liam suspiró, mientras sus ojos regresaban al mapa.

—Quizás en el equinoccio de primavera. A muchos valenianos les gusta ir a presenciar las justas, y Lannon les da la bienvenida, aunque solo sea para dejar perplejos a los sureños con nuestros deportes sangrientos.

No quería esperar hasta la primavera. La idea hizo que sintiera que tenía ladrillos colgando sobre mis hombros. Pero el otoño estaba tan cerca… a unas pocas semanas…

—¿Yseult? —susurré, ansiosa por oír su opinión.

La expresión de la futura reina era serena, pero sus ojos también resplandecían con algo que parecía hambriento y cruel.

—La cacería de Allenach nos posiciona precisamente donde necesitamos estar. En Damhan, en la frontera del Mairenna.

Ella tenía razón. Permanecimos en silencio, pensando y temiendo. ¿Podíamos movernos con tanta rapidez?

—¿Y cómo solicitaríamos una invitación? —preguntó en voz baja Héctor Laurent—. No podemos llamar simplemente a la puerta de Damhan y esperar que nos permitan entrar.

—No, necesitaremos una invitación falsificada —afirmó Yseult.

—Yo puedo falsificar una —sugirió Liam—. Escribí muchas de las invitaciones cuando me retuvieron en la Casa Allenach.

Me detuve en lo que Liam había dicho —¿cuando lo *retuvieron* en la Casa Allenach?—, pero la conversación continuó su curso.

—Falsificamos una invitación —dijo Jourdain, entrelazando los dedos—. Pagamos ese precio tan elevado. Enviamos a uno de nuestros hombres a Damhan. Él participa en la cacería y recupera la gema.

—Padre —lo interrumpí, con la mayor amabilidad posible—. Necesito ser quien recupere la gema.

—Amadine, *no* te voy a enviar a Maevana.

—Jourdain —dijo Yseult, también con la mayor amabilidad posible—. Amadine es quien debe encontrar y recuperar la gema. Ninguno de nosotros será capaz de localizar el árbol con tanta rapidez como ella.

—Pero no podemos enviar a Amadine a la *cacería* —protestó Luc—. Los invitados son hombres valenianos, no mujeres. Ella sin duda generaría sospechas.

—Uno de vosotros participará en la cacería —dije—. Yo llegaré después del hombre que vaya.

—¿Cómo? —respondió Jourdain, con algo de brusquedad. Pero vi el miedo que invadía sus ojos cuando me miró.

—Quiero que escuchéis con la mente abierta —dije mientras se me secaba la boca. Estaba nerviosa de compartir el plan que elaboraba mientras la noche avanzaba. Aquello no era una de las obras alegres de Abree; no estaba planificando escapar de un calabozo. Estaba conspirando contra un rey; habría múltiples vidas involucradas y en riesgo.

Con dolor de estómago, recordé la sátira que escribí, en la que todos los personajes morían, excepto uno. Pero sentí a Yseult cerca de mí y supe que la reina era mi aliada. Y Jean David había colocado una bolsita con peones junto al mapa, lo cual me ayudaría a ilustrar mis planes.

Abrí la bolsita y saqué el primer peón; inevitablemente pensé en Merei y en todas las noches que habíamos pasado jugando a cuentas y marcas. *Nunca proteges tu lado, Bri. Es tu única debilidad,* me había dicho una vez. Solo me vencía cuando me atrapaba por sorpresa, cuando hacía el movimiento oblicuo: me distraía con un peón obvio y poderoso y daba el golpe letal con un peón sigiloso y menos importante.

Respiré hondo, tomé mi peón de obsidiana y lo coloqué sobre Damhan.

—Uno de nuestros hombres irá a Damhan como un noble valeniano, con la excusa de disfrutar la cacería. —Tomé el siguiente peón, tallado en mármol azul—. Yo llegaré a Lyonesse, como una noble valeniana. Iré directamente al salón real, a hacerle un pedido al rey Lannon. —Coloqué el peón sobre Lyonesse, la ciudad real—. Le pediré al rey que perdone a MacQuinn y le otorgue permiso de entrar al país, ya que a mi padre adoptivo le gustaría regresar a la tierra de su nacimiento y cumplir con el castigo de su rebelión pasada.

Luc tomó asiento en la silla, como si su estómago se hubiera derretido en el suelo. Yseult no hizo movimiento alguno, ni siquiera parpadeó mientras miraba mi peón. Pero Jourdain cerró la mano en un puño y oí que emitía un suspiro largo y conflictuado.

—Hija —gruñó—. Ya hemos hablado de esto. Pedir un indulto *no* funcionará.

—Hablamos de lo que sucedería si *tú* pedías el indulto, no yo. —Intercambiamos miradas: la de él era la de un padre que sabía que su hija estaba a punto de desafiarlo. Mis dedos aún sostenían el peón y miré otra vez el mapa—. Haré un pedido delante de una audiencia real, delante del rey que pronto será derrocado. Diré el nombre de MacQuinn, un nombre que ha atormentado a Lannon durante veinticinco años. Revelaré que soy su hija pasionaria, y que estoy bajo la protección de MacQuinn. Lannon estará tan centrado en el regreso de MacQuinn que no verá a los Kavanagh escabulléndose por su frontera. —Tomé un peón rojo que representaba a Yseult y a su padre y lo moví a través del canal hasta Maevana, hasta Lyonesse.

—Una jugada oblicua —dijo Yseult con una insinuación de sonrisa. Por lo tanto, ella había jugado antes a cuentas y marcas,y reconocía mi estrategia audaz y arriesgada.

—Sí —afirmé—. Despertará las sospechas de Lannon, pero él no creerá que somos tan tontos de anunciar nuestra presencia antes de una rebelión. Jugaremos con sus expectativas.

—Pero ¿cómo te llevará ese plan a Damhan, hermana? —preguntó con dulzura Luc; estaba pálido.

Miré a Liam. La siguiente fase de mis planes dependía de lo que el noble pudiera decirme.

—Si hago un pedido en el salón real, ¿Lord Allenach estará presente?

Las cejas nevadas de Liam salieron disparadas, pero por fin comprendió a dónde se dirigían mis planes.

—Sí. Lord Allenach es el consejero de Lannon. Está colocado a la izquierda del trono y oye todo lo que el rey oye. Las audiencias reales tienen lugar cada jueves.

—Entonces, llegaré un jueves —dije, atreviéndome a mirar a Jourdain. Él me fulminó con la mirada—. Diré tu nombre delante del rey y de Lord Allenach. Lord Allenach será incapaz de resistirse a ofrecerme asilo mientras espero que tú cruces el canal, dado que los dos son archienemigos. El lord me llevará a Damhan. —Deslicé mi peón hacia el castillo que estaba al límite del bosque, junto al peón negro de obsidiana—. Encuentro la gema. MacQuinn y Luc —dije y moví un peón violeta a través del agua hasta Maevana— cruzarán el canal y llegarán a Lyonesse. Para ese momento, todos estaremos en Maevana, listos para atacar el castillo.

—¿Y si Lannon te mata de inmediato, Amadine? —preguntó mi padre adoptivo—. Porque en cuanto mi nombre salga de tu boca, él querrá decapitarte.

—Creo que lo que Amadine dice es verdad, milord. —Liam habló con cautela—. Tiene razón cuando dice que Lord Allenach, quien ha tomado su Casa y su gente, querrá darle hospedaje hasta que usted llegue. Y si bien Lannon está paranoico últimamente, no mata a menos que Allenach lo apruebe.

—Entonces, ¿nos arriesgaremos a que Allenach tenga un buen día? —replicó Luc.

—Apostaremos al hecho de que Lannon y Allenach estarán tan obsesionados con el regreso imprudente de MacQuinn que nunca verán entrar a los Kavanagh y a Morgane —dije, intentando mantener a raya la intensidad que me hacía levantar la voz.

—Hay otra ventaja en esto. —Héctor Laurent habló con la vista fija en los peones que yo había colocado—. Si Amadine pronuncia el nombre de MacQuinn en la corte, la noticia de su regreso se expandirá a toda velocidad. Y necesitamos que los nuestros estén alerta, para involucrarse en cuanto lo pidamos.

—Sí, milord —concordó Liam, asintiendo—. Y vuestras Casas han estado fragmentadas durante veinticinco años. Allenach tomó la Casa MacQuinn; Burke, la de Morgane, y Lannon, por supuesto, tomó la de los Kavanagh. Vuestras tierras han estado dividas, vuestros hombres y mujeres, dispersos. Pero en cuanto escuchen el nombre MacQuinn otra vez... será como una chispa en un pastizal seco.

Mi padre adoptivo gruñó, sabiendo que aquel era un muy buen argumento a favor de mi plan. Cubrió su cara y reclinó el cuerpo hacia atrás, como si lo último que deseara hacer fuera aceptar. Pero él no tenía la última palabra. La reina sí.

—Cuando todos regresemos a nuestro hogar —dijo Héctor Laurent, con los ojos clavados en una parte del mapa—, reuniremos a nuestra gente y nos encontraremos en el Bosque de la Bruma. Atacaremos el castillo desde allí.

El estado anímico de la habitación cambió ante el sonido de aquel nombre. Bajé la vista hacia el mapa, buscando el lugar que él mencionó. Por fin lo encontré, una sección delgada de árboles en la frontera compartida por Morgane, MacQuinn y Allenach, un bosque que estaba bajo la sombra del castillo real.

—Creo que es un buen inicio —dijo Yseult, y rompió el trance del Bosque de la Bruma—. Es muy arriesgado, pero también es audaz, y necesitamos más valentía si haremos esto. Lo que Amadine propone es desinteresado e invaluable. Y los planes no pueden avanzar sin ella. —Tamborileó los dedos sobre la mesa, mirando mis peones—. Creo que Liam necesita empezar a falsificar la invitación. En cuanto al hombre que irá bajo el pretexto de la cacería... podemos decidirlo después, aunque tengo un buen presentimiento de quién debería ser el elegido.

Miré, sin poder hacer nada, a Luc, que estaba en el otro extremo de la mesa. Obviamente sería él, dado que reconocerían a los tres lores con facilidad. Una vez más, Luc pareció enfermo, como si quisiera devolver su cena.

—Liam, también necesitamos organizar una lista de refugios, en caso de que algo salga mal después de haber cruzado el canal —continuó la reina y Liam asintió—. Todos necesitamos estar al tanto de maevanos listos para hospedarnos, para ocultarnos sin previo aviso, en caso de que descubran el plan y nos persigan. Reunámonos en dos semanas, cuando d'Aramitz pueda estar presente, para finalizar los planes.

Porque el otoño estaba en el horizonte. Tendríamos que coordinar los planes y atacar de prisa.

Un escalofrío recorrió mi columna cuando miré a Yseult a los ojos. Había preguntas en ellos, solemnes y desesperadas por igual. *¿Estás segura, Amadine? ¿Estás segura de que deseas hacerlo?*

¿Estaba segura de que tenía el valor suficiente para detenerme delante de un rey corrupto y pronunciar el nombre MacQuinn, un nombre que sin duda tendría un precio? ¿Estaba segura de que quería ir y quedarme en el castillo de Lord Allenach, sabiendo que mi padre podría ser uno de sus nobles, uno de sus sirvientes, uno de sus amigos? ¿Sabiendo que mi ascendencia estaba arraigada en aquella tierra?

Pero estaba lista, lista para encontrar la gema y redimir las transgresiones pasadas de mi ancestro. Para colocar a una reina en el trono. Para regresar con Cartier y ganar mi capa.

Así que susurré:

—Hagámoslo, señora.

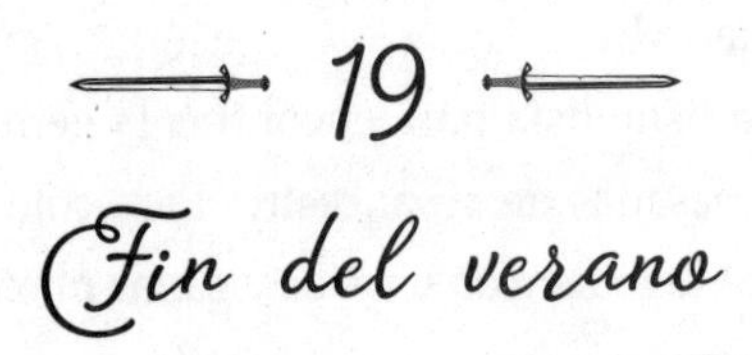

19 Fin del verano

Septiembre de 1566

Dos días antes de nuestra segunda reunión estratégica, amanecí con fiebre. Agnes ordenó que permaneciera en cama, donde, en vano, ingerí tónico curativo, comí toda raíz nutritiva posible y bebí sorbos de copiosas cantidades de té de olmo. Pero fue inútil, la fiebre continuaba subiendo y bajando constantemente, como si fuera una estrella fugaz atrapada en la Tierra.

Luc vino a verme antes de que él, Jourdain y Liam partieran a la cena con los Laurent. Apoyó una mano sobre mi frente y frunció el ceño.

—Santos. Aún estás ardiendo, Amadine.

—Puedo ir —jadeé, intentando débilmente quitarme de encima la pila de mantas—. Puedo ir a la reunión.

Me preocupaba que Jourdain intentara cambiar mis planes y Luc lo vio en mis ojos vidriosos.

—No vas a ir a ninguna parte —insistió él y tomó asiento junto a mí en la cama mientras me arropaba entre las mantas con firmeza—. No te preocupes, me aseguraré de que tus planes no varíen.

—Jourdain intentará cambiarlos —grazné, lo cual hizo que Luc agarrara mi taza de té tibio.

—Lo intentará, pero no irá en contra de la reina —dijo mi hermano, inclinando la taza hacia mis labios—. Y a la reina le gustan tus ideas.

Bebí un sorbo y luego tuve que recostarme sobre las almohadas porque perdía fuerza.

—Ahora descansa —ordenó Luc; se puso de pie y apoyó la taza sobre la mesa—. Es más importante que te recuperes, así estarás lista para cruzar pronto el canal.

Tenía razón.

Ni siquiera recordaba haberlo oído salir de la habitación. Me sumí en un enredo de sueños oscuros y febriles. Estaba en Magnalia de nuevo, de pie en los jardines, la niebla era espesa sobre el suelo, y un hombre venía hacia mí. Quería que fuera Cartier; casi corrí hacia él con el corazón desbordado de alegría por verlo otra vez, hasta que me di cuenta de que era Oran, el hermano mayor de Tristán. Venía a atacarme por haber robado fragmentos de los recuerdos de su hermano. Y yo no tenía arma alguna, más que mis pies. Corrí a través de un laberinto infinito durante lo que parecieron horas, hasta que estuve cansada y exhausta, hasta que estuve lista para ponerme de rodillas y permitir que Oran cortara mi cuerpo en dos, hasta que la luz penetró en mis ojos.

Desperté, dolorida y empapada, pero la luz del sol que entraba a través de la ventana era pura y dulce.

—¡Está despierta!

Volví la cabeza y vi a Agnes, sus mejillas rosadas y regordetas temblaron cuando saltó de la silla.

—¡Monsieur! ¡Está despierta!

Hice una mueca de dolor por sus gritos, y repetí el gesto al oír el crujido de las escaleras cuando Jourdain apareció. Se detuvo en la entrada de mi habitación, como si estuviera demasiado avergonzado para entrar.

—Dime —intenté decirle, pero mi voz se hizo trizas.

—Iré en busca de agua —prometió Agnes, tocando mi frente—. Ah, la fiebre por fin ha cedido. Bendita Ide. —Abandonó la habitación, lo cual le permitió a Jourdain entrar fácilmente, aunque aún vacilaba.

Por fin tomó asiento en la silla que Agnes había abandonado junto a mi cama.

—¿Qué me he perdido? —dije de nuevo con voz ronca; sentía que habían introducido carbón en mi garganta.

—Shh, solo escucha —dijo Jourdain. Actuaba como si quisiera tomar mi mano, pero era demasiado tímido para hacerlo—. Todo lo que planeaste sucederá. La invitación se ha hecho; tenemos la cantidad de dinero que Allenach requiere para la cacería. D'Aramitz cruzará el canal la semana entrante. Se hospedará en Damhan con la excusa de la cacería, pero también estará allí para reunir y preparar en secreto mis fuerzas. Además, le he pedido que te vigile, que sea tu escudo, tu protección, tu aliado en caso de que lo necesites.

—Pero, padre —repliqué con voz ronca—. No sé cómo es.

—Lo sé. Pero nos preparamos para ello. La primera noche que estés en Damhan, cuando entres al salón para la cena, ponte esto en tu pelo. —Jourdain extrajo una rosa de plata delicada de su bolsillo, los bordes de la flor tenían rubíes diminutos incrustados. La colocó en la palma de mi mano—. Así es como d'Aramitz te reconocerá, aunque es probable que seas una de las pocas mujeres allí. Él llevará puesto un jubón rojo con este emblema bordado en el centro. —Extrajo un trozo de pergamino. Parpadeé, aún tenía la vista nublada por la enfermedad, pero vi que era un dibujo de un gran roble dentro de un círculo—. Hablamos en detalle sobre esto y todos han llegado a la conclusión de que lo mejor es que, una vez que hayas hecho el contacto visual de reconocimiento con él la primera noche, evites a d'Aramitz el resto del tiempo. Si lo atrapan, no quiero que te atrapen junto a él. ¿Entendido?

Ah, órdenes paternales. Parecía tan severo, tan impresionante. Pero aquel resplandor apareció de nuevo en sus ojos, aquella estrella de preocupación. Deseaba poder extinguirla de algún modo.

—Sí —dije.

—Bien. Ahora, otra conclusión a la que llegamos la otra noche: cuando vayas a Lyonesse para hablar con Lannon, si Allenach no está presente cuando entres en el salón real, *no* hagas la apelación para mi indulto. Tendrás que esperar hasta el jueves siguiente, y Liam tiene una lista de refugios que aún necesitamos darte... —Palpó el bolsillo, frunciendo el ceño—. Todo esto ha sido decidido porque si haces el pedido delante de Lannon sin la presencia de Allenach, lo más probable es que te retengan en el castillo. ¿Entendido? Avanzas solo si ves a Allenach; él estará de pie a la izquierda del trono y llevará su escudo de armas. ¿Recuerdas el escudo de Allenach?

Asentí. Mi voz estaba demasiado débil para intentar hablar, a pesar de las miles de preguntas que empezaban a invadir mi mente.

—Bien. Muy bien. —Suavizó la mirada, como si viera algo a lo lejos, algo que no pude discernir—. Cruzarás el canal el último día de septiembre, lo que hará que llegues a Lyonesse el uno de octubre. Un jueves. Las audiencias reales típicamente llevan todo el día, pero te recomendaría que vayas temprano, porque el viaje de Lyonesse a Damhan dura seis horas.

—No te preocupes —dije, ronca. Él me miró con ironía.

—Eso es como pedirme que no respire, Amadine. Me preocuparé cada instante que estés lejos.

—Puedo… blandir una espada ahora.

—Eso he oído. Me alegra que hayas mencionado eso porque… —Hurgó dentro de su jubón y extrajo una daga dentro de una funda de cuero—. Es para ti; los maevanos lo llamamos puñal. Debes llevarlo en tu muslo, debajo del vestido. Siempre tenlo contigo. ¿Necesito decirte cuáles son los mejores lugares para apuñalar a alguien? —Apoyó el puñal en mi otra mano, así que ahora sostenía el ornamento de la rosa plateada y un puñal. Vaya contradicción, pero una llama de entusiasmo calentó mi pecho.

—Sé dónde —dije con dificultad. Podría haber señalado todos los puntos vitales del flujo sanguíneo del cuerpo que se podían cortar para que una persona se desangrara, pero estaba demasiado débil.

—Liam organizará una reunión contigo para hablar sobre las mejores maneras de entrar y salir de Damhan —prosiguió Jourdain—. Tendrás que recuperar la gema durante la noche, cuando el castillo duerme. Creemos que lo mejor será disfrazarte de sirvienta y utilizar los aposentos de los criados para entrar y salir.

No le permití que viera cómo la mera idea de hacerlo me aterrorizaba… la idea de caminar sola en un bosque desconocido de noche, la amenaza de que me atrapen intentando salir o entrando al castillo. Sin duda debía haber otro modo en que pudiera lograrlo…

—También he oído que ayer fue tu cumpleaños —dijo Jourdain, lo cual me sorprendió.

¿Cuánto tiempo había estado dormida?

—Has dormido durante dos días enteros —respondió él, leyendo mi mente—. Así que ¿cuántos años tienes ahora? ¿Dieciséis?

¿Estaba bromeando? Fruncí el ceño y dije:

—Dieciocho.

—Bueno, he escuchado que habrá una fiesta, probablemente mañana, después de que hayas descansado.

—No... quiero... una fiesta.

—Intenta decírselo a Luc. —Jourdain se puso de pie justo cuando Agnes regresó con un cuenco de caldo y una jarra de agua con romero—. Descansa, Amadine. Podemos contarte el resto de los planes cuando te hayas recuperado.

De hecho, estaba muy sorprendida de que él me hubiera contado tanto, de que hubieran respetado mis planes originales.

Después de la partida de Jourdain, Agnes me ayudó a darme un baño y a ponerme ropa limpia y luego cambió las sábanas. Tomé asiento junto a la ventana, el cristal estaba abierto un poco para que pudiera respirar aire fresco; tenía el pelo tremendamente húmedo en el cuello.

Pensé en todo lo que Jourdain acababa de contarme. Pensé en la Gema del Anochecer, en Damhan, en lo que debería decir cuando estuviera delante de Lannon e hiciera mi pedido. Había tantas cosas desconocidas, tantas cosas que podían salir mal.

Observé cómo las primeras hojas doradas empezaban a caer de los árboles, una a una, como promesas gentiles. Mi cumpleaños indicaba el fin del verano y el comienzo del otoño, cuando los días cálidos se desvanecían lentamente y las noches frías se alargaban más y más, cuando los árboles renunciaban a sus sueños y solo las flores más resistentes y decididas continuaban floreciendo en la tierra.

El verano había terminado. Significaba que Cartier ya había descubierto mi partida misteriosa.

Me permití pensar en él, algo que no había dejado que mi corazón o mi mente hicieran desde que había adoptado el nombre de Amadine. Él estaría en Magnalia, preparándose para enseñar el próximo ciclo de pasión, preparándose para la llegada de sus próximas ardenes del conocimiento de diez años. Estaría en la biblioteca y vería la mitad de sus libros en los estantes, sabiendo que yo los había colocado allí.

Cerré los ojos. ¿Qué constelación había escogido para mí? ¿Qué estrellas había quitado del firmamento? ¿Qué estrellas había capturado en un fragmento de la tela azul más fina, para acariciar mi espalda?

Tuve que decirme a mí misma en aquel instante, en aquel momento intermedio entre estaciones, entre misiones, entre los diecisiete y los dieciocho años, que estaría en paz incluso si nunca recibía mi capa. Que siete años en Magnalia no fueron en vano porque me habían llevado allí.

—Hay alguien abajo esperando verte.

Abrí los ojos, me volví y vi a Luc en mi habitación, con aquella sonrisa traviesa en los labios, su pelo canela estaba crispado en ángulos extraños.

Por un instante embriagador, creí que era Cartier quien esperaba abajo. Que de alguna manera me había encontrado. Y mi corazón bailó en mi garganta tan desbocado que no podía hablar.

—¿Qué ocurre? —preguntó Luc; su sonrisa desapareció cuando se acercó más a mí—. ¿Aún te sientes mal?

Moví al cabeza de lado a lado, y obligué a mis labios a dibujar una sonrisa mientras me quitaba el pelo húmedo de los ojos.

—Estoy bien. Solo... estaba pensando en lo que sucederá si fracaso —dije, mirando de nuevo hacia la ventana, hacia los árboles y el descenso sinuoso de las hojas—. Hay tanto que puede salir mal.

Luc colocó una mano sobre mi rodilla.

—Amadine. Ninguno de nosotros fracasará. No puedes cruzar el canal con tales sombras en tus pensamientos. —Cuando presionó mi rodilla, cedí y lo miré—. Todos tenemos dudas. Padre las tiene, yo las tengo, Yseult también. Todos tenemos preocupaciones y miedos. Pero lo que estamos a punto de hacer dejará nuestros nombres grabados en la historia. Así que aceptamos el desafío sabiendo que la victoria ya nos pertenece.

Era tan optimista. Y no pude evitar sonreírle y descansar en la seguridad que él me daba.

—Ahora, ¿quieres bajar conmigo? —preguntó, extendiendo la mano.

—Espero que no sea una fiesta —dije, burlona, mientras permitía que me ayudara a ponerme de pie.

—¿Quién ha dicho que sea una fiesta? —se burló Luc, y me llevó abajo.

Era una fiesta.

O lo más parecido a una fiesta que pudieron hacer con nuestras vidas secretas.

Pierre había preparado un elegante pastel valeniano de tres capas cubiertas con una película delgada de glaseado de mantequilla. Yseult había colgado cintas en el candelabro del comedor. Agnes había cortado las últimas flores del verano y las había desparramado por la mesa. Y todos esperaban: Jourdain, Agnes, Jean David, Liam, Pierre, Héctor Laurent e Yseult.

Era extraño verlos reunidos en mi honor. Pero fue incluso más extraño que mi corazón estallara de afecto al verlos, aquel grupo de personas desiguales que se habían convertido en mi familia.

Luc tocó una melodía alegre en su violín mientras Pierre cortaba el pastel. Yseult me dio un chal precioso, tejido en lana medianoche con hilos de plata, como las estrellas, y Agnes me regaló una caja de cintas, una por cada color de las pasiones. Eso era suficiente, pensé. No quería más regalos.

Pero luego, Jourdain caminó detrás de mí, junto a mi hombro y extendió la mano. Una cadena de plata resplandeciente yacía en su palma, esperando que la tomara.

—Para tu pendiente —susurró.

La acepté, sentí la plata delicada entre los dedos. Era preciosa e inesperadamente fuerte. *No se romperá,* pensé y miré a Jourdain a los ojos.

Él pensaba lo mismo.

Nueve mañanas después, empecé mi viaje de cuatro días en carruaje hacia Isotta, el puerto que estaba más al norte de Valenia. Jourdain me acompañó y no desperdició ni un minuto del viaje. Parecía que tenía una lista mental y escuché mientras pasaba de punto a punto; su tono seco de abogado apareció, lo cual hizo que luchara contra innumerables bostezos.

Repasó los planes, del comienzo hasta el final, de cada miembro del grupo. Los escuché con paciencia, pensando en mis peones moviéndose sobre el mapa para que pudiera saber la ubicación de cada persona. Luego, me entregó una lista de refugios que Liam había preparado, para que la memorizara antes de que él la quemara.

Había cinco en Lyonesse: dos panaderos, un comerciante, un platero y un litógrafo… y dos granjeros de camino entre la ciudad real y Damhan. Todas esas personas habían servido alguna vez a la Casa de Jourdain, y Liam juraba que aún eran leales en secreto a su lord caído.

Luego, Jourdain comunicó sus opiniones sobre Lannon, de lo que debía y definitivamente no debía decir cuando hiciera la apelación. Pero respecto a Allenach, mi padre adoptivo permaneció en silencio.

—¿Tuve razón cuando los llamé tus archienemigos? —me atreví a preguntar, cansada de escuchar y de mecerme en aquel carruaje.

—Mmm.

Tomé el sonido como un sí.

Pero luego, me sorprendió y dijo:

—Bajo ninguna circunstancia debes decirle que tu padre, tu padre verdadero, sirve en su Casa, Amadine. Que eres de verdad una Allenach. A menos que estés en una situación de vida o muerte y decirlo sea la única esperanza que tienes de salir con vida.

»Para esta misión, eres completamente valeniana. Apégate a la historia que te dimos.

Asentí y terminé de memorizar los refugios.

—Ahora —dijo Jourdain, tosiendo—. Es imposible saber qué ocurrirá cuando cruces la frontera. Quizás Allenach insistirá en hospedarte en Damhan, o quizás te llevará a mí en Lyonesse. Si te retiene en Damhan, necesitas irte con d'Aramitz la tercera noche después de mi llegada. Ahí es cuando nos reuniremos en el Bosque de la Bruma, para atacar el trono. Nos prepararemos para la batalla, pero esperamos que Lannon, como el cobarde que es, abdique cuando vea nuestros estandartes en alto y a nuestra gente unida.

El Bosque de la Bruma. El nombre era como una gota de curiosidad sobre mi corazón.

—¿Por qué el Bosque de la Bruma?

—Porque linda con mis tierras y las de Morgane, donde la mayoría de nuestros seguidores aún viven, y está en la parte trasera del castillo real —explicó bruscamente. Pero vi cómo Jourdain apartaba la mirada con los ojos brillosos.

—¿Fue allí donde…? —Mis palabras murieron cuando él me miró de nuevo.

—Sí, allí fue donde fracasamos y nos masacraron veinticinco años atrás. Donde mi esposa murió.

No hablamos mucho más después, llegamos a la ciudad de Isotta al alba del último día de septiembre. Podía oler la sal del mar, las capas frías de viento, el humo agridulce que brotaba de las chimeneas altas y el musgo húmedo que crecía entre los adoquines. Inspiré hondo, saboreé aquellos últimos aromas de Valenia, sin importar que me hicieran temblar.

Mi despedida de Luc y de Yseult había estado basada en la esperanza, plagada de abrazos y bromas tontas, coronada con sonrisas y corazones acelerados. Porque la próxima vez que nos reuniéramos, estaríamos atacando el castillo.

Pero mi despedida de Jourdain fue una experiencia completamente diferente. Él se negó a ir conmigo hasta el puerto por miedo a que lo reconociera algún marino maevano que estuviera descargando barriles de cerveza y fardos de lana. Así que Jean

David detuvo el carruaje en una calle lateral más tranquila con vista al barco en el que yo partiría.

—Aquí tienes tu pasaje, y tus documentos valenianos —dijo Jourdain bruscamente, y me entregó una pila plegada con cuidado de papeles falsificados que él había encargado—. Toma tu capa. —Me entregó una capa de lana rojo oscuro—. Aquí tienes la comida que Pierre insistió que lleves. Y Jean David llevará tu baúl al muelle.

Asentí, mientras ataba de prisa mi capa nueva alrededor del cuello; el eco del mercado de pescadores de Isotta viajaba en las ráfagas de viento marino.

Llegó la hora, el momento en el que por fin cruzaría el canal, el momento en el que *por fin* vería la tierra de mi padre. ¿Cuántas veces había imaginado ver aquellas costas verdes maevanas apareciendo a través de la abundante niebla del canal? Y en cierto modo, sentía que estaba viviendo otra vez el solsticio de verano... la sensación del tiempo avanzando tan deprisa que a duras penas podía recobrar el aliento y asimilar lo que estaba a punto de ocurrir.

Sin pensarlo, toqué el pendiente de Cartier, que estaba debajo del cuello alto de mi vestido de viaje, colgando en la cadena de Jourdain. Pensaría en Cartier, mi Amo y mi amigo, quien me había enseñado tanto. Quien me había convertido en pasionaria. Y pensaría en mi padre adoptivo, quien me había aceptado como quien era, quien me quería a su modo hosco, quien me permitía ir a pesar de su criterio. Quien me daba coraje.

Mi corazón latió desbocado; inhalé superficialmente, como uno lo haría antes de la batalla, y miré a Jourdain.

—¿Tienes el puñal encima? —preguntó Jourdain.

Presioné la mano sobre mi muslo derecho, palpando el puñal a través de la tela de mi falda.

—Sí.

—Prométeme que no dudarás en utilizarlo. Que si un hombre siquiera te mira del modo equivocado, no tendrás miedo de mostrarle tu acero.

Asentí.

—Te digo esto, Amadine, porque algunos hombres maevanos consideran a las mujeres valenianas como... seductoras. Debes demostrarle lo contrario a esos salvajes.

Una vez más asentí, pero una sensación horrible ascendió por mi garganta y anidó en mis cuerdas vocales. ¿Eso era lo que le había sucedido a mi madre? ¿Había ido de visita a Maevana y la habían considerado una mujer seductora e insinuante, ansiosa por entrar en la cama de un maevano? ¿Habían abusado de ella?

De pronto, comprendí por qué mi abuelo debía haber odiado tanto a mi padre. Yo siempre había creído que me habían concebido con amor, por más que fuera prohibido. Pero quizás, había sido completamente distinto. Quizás habían obligado a mi madre en contra de su voluntad.

Mis pies se convirtieron en plomo.

—Esperaré tu carta —susurró Jourdain y dio un paso atrás.

La carta que supuestamente yo escribiría cuando Lannon lo admitiera en Maevana. La carta que los llevaría a él y a Luc a través del agua hacia una bienvenida peligrosa.

—Sí, padre. —Me di la vuelta para partir, Jean David esperaba paciente, con su típica expresión seria en la cara mientras sostenía mi baúl.

Di cuatro pasos antes de que Jourdain llamara.

—Amadine.

Me detuve y giré la cabeza hacia atrás. Él estaba sumido en las sombras, mirándome con los labios presionados en una línea delgada, la cicatriz en su mandíbula resaltaba en la palidez de su cara.

—Por favor, ten cuidado —dijo con voz ronca.

Creí que quería decir algo más, pero supongo que suele ser difícil para los padres decir lo que realmente quieren decir en una despedida.

—Tú también, padre. Nos veremos pronto.

Caminé hacia mi barco, entregué mis papeles a los marinos maevanos. Me miraron con el ceño fruncido, pero permitieron que abordara, dado que había pagado una suma considerable de dinero para viajar en aquel barco y las fronteras estaban abiertas legalmente.

Jean David colocó mi baúl en mi camarote y luego partió sin decir palabra alguna, aunque vi la despedida en sus ojos antes de que desembarcara.

Permanecí de pie en la proa del barco, para no entorpecer el camino de los marinos que cargaban vino en la bodega, y esperé. La niebla yacía espesa sobre el agua; deslicé las manos sobre el roble suave del barandal mientras empezaba a prepararme para ver al rey.

En alguna parte, bajo las sombras de una calle lateral, Jourdain estaba de pie observando mi barco abandonar el muelle mientras el sol quemaba la niebla.

No miré atrás.

20

De pie ante un rey

Territorio de Lord Burke, ciudad real de Lyonesse, Maevana. Octubre de 1566

Las leyendas afirman que la niebla nació de la magia maevana, de las reinas Kavanagh. Que era una capa protectora para Maevana, y que solo los hombres más tontos y los más valientes navegaban a través de ella. Aquellas leyendas aún eran ciertas; la magia dormía, pero en cuanto la neblina valeniana desapareció, la bruma maevana cayó sobre nosotros como una manada de lobos blancos, gruñendo mientras navegábamos hacia el puerto real de Lyonesse.

Pasé la mayor parte del viaje breve observando aquel vacío blanco exasperante, sintiendo cómo se acumulaba en mi cara y adornaba mi pelo. No dormí mucho en mi camarote esa noche mientras cruzábamos el canal; el movimiento del barco hacía que sintiera que estaba en los brazos de un extraño. Anhelaba ver tierra, sol y vientos limpios.

Finalmente, al amanecer, vi el primer atisbo de Maevana a través de un agujero en la niebla, como si las nubes de bruma supieran que era una hija del norte.

Habían construido la ciudad de Lyonesse sobre una colina empinada, el castillo yacía en la cima como un dragón dormido con escamas grises; los torreones parecían cuernos a lo largo de la impresionante columna de un reptil, adornados con los estandartes verdes y amarillos de Lannon.

Observé los estandartes —verdes como la envidia, amarillos como el rencor, ornamentados con un lince que rugía— y permití que mis ojos descendieran hasta las calles que corrían como arroyos alrededor de las casas de piedra con tejados de tejas negras, alrededor de grandes robles que brotaban por toda la ciudad, brillantes como rubíes y topacio en su esplendor otoñal.

Un viento fuerte nos golpeó y sentí que mis ojos se humedecían y mis mejillas se enrojecían mientras entrábamos al puerto.

Le pagué a uno de los marineros para que llevara mi baúl, y desembarqué con el sol sobre mis hombros y la venganza en mi corazón mientras aceptaban mis papeles de admisión. El primer lugar que visité fue el banco, para cambiar mis ducados por peniques. Y luego fui a la posada más cercana y le pagué a una criada para que me ayudara a vestirme con uno de mis atuendos valenianos más elegantes.

Elegí un vestido del color del aciano, un azul ardiente, un azul que representaba el conocimiento, con bordados plateados intrincados a lo largo del dobladillo y el torso. La falda era blanca y estaba bordada con piedras azules diminutas que resplandecían bajo la luz. Y debajo, llevaba puesta una enagua y un corsé que me comprimía y me definía abiertamente como una mujer valeniana.

Dibujé con un lápiz de ojos un lunar con forma de estrella en mi mejilla derecha, la marca de una noble valeniana, y cerré los ojos mientras la sirvienta desenredaba mi pelo y recogía cuidadosamente una parte con una cinta azul. Apenas habló conmigo y me pregunté en qué pensaba.

Le pagué más de lo necesario y luego empecé a ascender la colina, con mi equipaje, en un carruaje alquilado. Avanzamos debajo de los robles, a través de los mercados, pasando junto a hombres con barbas espesas y pelo trenzado, mujeres con armaduras y niños apenas vestidos con harapos, corriendo descalzos de un lado a otro.

Parecía que todos vestían un símbolo de su Casa, ya fuera los colores de las prendas o el emblema bordado en los jubones y las capas. Para anunciar a qué lord y lady servían, a qué Casa eran leales. Había muchos con los colores de Lannon o con su lince. Pero también había quienes vestían el naranja y el rojo de Burke, y el granate y plateado de Allenach.

Cerré los ojos de nuevo, inhalando el aroma a lodo de los caballos, el humo de las forjas, la fragancia del pan caliente. Escuché a los niños cantando, a una mujer riendo, un martillo golpeando un yunque. Mientras tanto, el carruaje temblaba debajo de mí, subiendo más y más alto por la colina hacia el lugar donde el castillo esperaba.

Abrí los ojos solo cuando el carruaje se detuvo, cuando el hombre abrió la puerta para mí.

—¿Señorita?

Permití que me ayudara a bajar, intentando adaptarme a la ambición de mi enagua. Y cuando alcé la vista, vi las cabezas decapitadas, los trozos de cuerpos clavados en la pared del castillo, pudriéndose y ennegreciéndose bajo el sol. Me paré en seco cuando vi la cabeza de una chica no mucho mayor que yo en la pica más cercana; sus ojos eran dos agujeros, tenía la boca abierta y su pelo castaño flotaba como una bandera en la brisa. Mi garganta cerró el paso de aire mientras trastabillaba hacia atrás y apoyaba el cuerpo contra el carruaje, intentando apartar la vista de la chica, intentando evitar que mi pánico hiciera un agujero en mi fachada.

—Son traidores, señorita —explicó mi acompañante al ver mi perplejidad—. Hombres y mujeres que han ofendido al rey Lannon.

Miré al hombre. Él me observaba con ojos duros, carentes de emoción. Aquello debía ser algo cotidiano para él.

Me volví y apoyé la frente contra el carruaje.

—¿Qué… qué hizo ella para… ofender al rey?

—¿La de su edad? Oí que rechazó la insinuación del rey hace dos noches.

Que los santos me ayudaran… No podía hacer esto. Era una tonta al pensar que podía pedir un indulto para MacQuinn. Mi padre pasionario había tenido razón; había intentado comunicármelo. Quizás entraría al salón real, pero lo más probable era que no saliera de allí sana y salva.

—¿Quiere que la lleve de nuevo a la posada?

Respiré con dificultad, sentí el sudor frío caer por mi espalda. Mis ojos vagaron hacia el cochero, y vi la burla en las líneas de su cara. *Pequeña valeniana seductora*, parecían decir sus ojos. *Regresa a tus cojines y tus fiestas. Este no es lugar para ti.*

Estaba equivocado. Aquel era mi lugar, en parte. Y si huía, más chicas terminarían con sus cabezas en las picas. Así que solo le dediqué un momento más a respirar y a calmar mi pulso. Luego, me aparté del carruaje y erguí la espalda bajo la sombra del muro.

—¿Esperará aquí por mí?

Él inclinó la cabeza, regresó con sus caballos y acarició sus crines con una mano agrietada por el frío.

Temblé mientras caminaba hacia la puerta principal, donde dos guardias con armaduras brillantes aguardaban, armados hasta los dientes.

—He venido a hacer un pedido ante el rey —anuncié en perfecto dairinés, mientras exhibía mis papeles de nuevo.

Los guardias solo observaron mi cintura apretada con firmeza, el resplandor azul de mi vestido, el porte y la gracia de Valenia que suavizaba mis aristas y erradicaba cualquier indicio de amenaza. El viento jugaba con mi pelo largo y lo hacía caer sobre mi hombro como un escudo castaño dorado.

—Está en la sala del trono —dijo uno de ellos, posando la mirada en mi escote—. La acompañaré.

Permití que me guiara a través de arcos decorados con cornamentas y enredaderas, a través de un patio despojado y por las escaleras que llevaban al salón real. Las puertas eran inmensas y estaban talladas con nudos intrincados, cruces y bestias míticas. Me hubiera gustado pararme a admirar aquellos grabados, a escuchar la historia silenciosa que contaban, pero los otros dos guardias me vieron acercarme y abrieron sin decir nada las puertas para mí; el hierro antiguo y la madera crujieron como bienvenida.

Entré en un lago de sombras, mi vestido susurraba con elegancia sobre las baldosas estampadas mientras mis ojos se habituaban a la luz.

Sentí el peso del polvo antiguo mientras avanzaba por el salón cavernoso. Oía voces, una suplicando, otra gritando, haciendo eco en la altura impactante del techo, el cual estaba sostenido por vigas de madera cruzadas. Me puse de puntillas para intentar ver por encima de las cabezas de los presentes. Apenas podía discernir la tarima donde el rey estaba sentado en el trono de cornamentas soldadas y hierro, pero lo más importante… era que allí estaba Lord Allenach. Vi un atisbo de su pelo oscuro, un destello de su jubón granate mientras estaba de pie junto al trono…

El alivio de no tener que retrasar el momento caló mis huesos. Pero antes de que pudiera entrar al salón, tuve que detenerme delante de un hombre de pelo blanco vestido con el verde de Lannon; abrió los ojos de par en par ante mi aparición inesperada.

—¿Podría decirme por qué ha venido, señorita de Valenia? —susurró él en un muy acentuado chantal medio, mi lengua materna; tenía una pluma en su mano llena de venas y una lista de nombres y asuntos garabateados en un papel.

—Sí —respondí en dairinés—. Tengo un pedido para el rey Lannon.

—¿Y cuál es ese pedido? —preguntó el chambelán, mojando la pluma en la tinta.

—Eso lo comunicaré yo, señor —respondí con el mayor respeto posible.

—Señorita, es protocolario que anunciemos su nombre y el asunto que la lleva a pedirle ayuda al rey.

—Lo entiendo. Mi nombre es Ama Amadine Jourdain de Valenia. Y el asunto de mi visita solo será pronunciado por mi lengua.

Él suspiró con pesadumbre pero cedió y escribió mi nombre en la lista. Luego anotó mi nombre en un trozo pequeño de papel, me lo entregó y me ordenó que se lo diera al heraldo cuando llegara mi turno.

El silencio me siguió mientras entraba a la parte trasera del salón y caminaba por el pasillo. Sentía los ojos de la audiencia fijos en mí, empapándome como la lluvia, y luego oí los susurros mientras se preguntaban por qué había venido. Esos murmullos flotaron hasta el trono sobre la tarima, donde el rey Lannon estaba sentado con los ojos entrecerrados de cansancio, completamente aburrido mientras el hombre delante de él se ponía de rodillas, rogando una prórroga para pagar sus impuestos.

Me detuve. Había dos hombres esperando apelar entre el rey y yo. En ese instante, Lannon me vio.

Agudizó la vista de inmediato, observándome. Sentía que la punta de un cuchillo recorría mi cuerpo, probando la firmeza de mi piel, las capas de mi vestido, la naturaleza de mi pedido venidero.

¿Por qué una valeniana había acudido a él?

No debía mirarlo. Debía bajar la vista, como siempre hacen los valenianos en presencia de la realeza. Pero él no era parte de la realeza para mí, así que le devolví la mirada.

No era lo que esperaba. Sí, había visto su perfil tallado en una moneda, que lo mostraba como un hombre apuesto, de apariencia mítica y divina. Y sin duda podría haber sido apuesto para un hombre con más de cincuenta años de edad si el desdén no hubiera marcado las líneas de su cara y limitado sus expresiones al desprecio y el ceño fruncido. Tenía una nariz elegante, y los ojos de un tono verde vívido. Su pelo era claro, un rubio derretido en el blanco de la edad, y reposaba sobre sus hombros angulares; algunas trenzas maevanas caían debajo de su corona de plata trenzada con diamantes resplandecientes.

Era la corona de Liadan; la reconocí por la ilustración de ella que una vez había contemplado, las ramas entrelazadas de plata y los brotes de diamantes, una corona que parecía como si las estrellas la hubieran rodeado. Y él la llevaba. Casi fruncí el ceño, furiosa al verlo.

Aparta la vista, ordenó mi corazón cuando Lannon empezó a moverse en su trono; de pronto, sus ojos evaluaban mi orgullo como amenaza.

Miré a la izquierda, directo a Allenach.

También me observaba.

El lord era elegante, robusto y pulcro; su jubón granate capturaba su ciervo heráldico y los laureles en su pecho amplio. Tenía el pelo castaño oscuro mitigado por algunos hilos grises; dos trenzas pequeñas enmarcaban su cara, y llevaba una diadema delgada de oro sobre la frente para denotar su nobleza. Tenía la mandíbula afeitada y sus ojos resplandecían como las brasas: una llamarada de luz azul que me hizo estremecer. ¿Él también me veía como una amenaza?

—Mi señor rey, encontraron este emblema entre las pertenencias del hombre.

Aparté la vista de Allenach para ver qué ocurría a los pies del trono. El hombre delante de mí estaba de rodillas, inclinando la cabeza hacia Lannon. Parecía tener unos sesenta años; estaba curtido, cansado y tembloroso. Junto al hombre había un guardia de pie vestido con el verde de Lannon, acusándolo de algo delante del rey. Dirigí mi atención hacia ellos, en especial cuando vi un pequeño cuadrado de tela azul colgando de los dedos del guardia.

—Tráemelo —ordenó Lannon.

El guardia subió a la tarima, hizo una reverencia y luego le entregó la tela azul al rey. Observé mientras Lannon miraba con desprecio y exhibía la tela en alto para que la corte la viera.

Había un caballo bordado con espléndido hilo plateado sobre la tela azul. De inmediato, palidecí y mi corazón empezó a latir desbocado, porque conocía aquel emblema. Era el escudo de Lord Morgane. Lord Morgane, quien estaba disfrazado como Theo d'Aramitz y se encontraba actualmente en Damhan para la cacería…

—¿Conoces el precio de llevar el emblema del traidor? —le preguntó con calma Lannon al hombre de rodillas.

—Mi señor rey, *por favor* —suplicó el hombre—. ¡Soy leal a usted, a Lord Burke!

—El precio es tu cabeza —prosiguió el rey, con voz aburrida—. ¿Gorman?

De las sombras, emergió un hombre inmenso que llevaba puesta una capucha y tenía un hacha en las manos. Otro hombre acercó un tronco. La perplejidad y el horror aplastaron mi cuerpo cuando comprendí que estaban a punto de decapitar a un hombre ante mis ojos.

El salón quedó dolorosamente en silencio, y lo único que oía era el recuerdo de las palabras de Jourdain. *Y yo lo presencié con miedo de hablar. Todos teníamos miedo de alzar la voz.*

Así que observé cómo obligaban al anciano a ponerse de rodillas, a apoyar la cabeza en el tronco. Estaba a un segundo de actuar, de permitir que toda mi fachada se hiciera trizas, cuando una voz rompió el silencio.

—Mi señor rey.

Nuestros ojos fueron a la izquierda del salón, donde un señor alto de pelo gris había dado un paso al frente. Llevaba una diadema dorada en la cabeza, y su jubón rojo brillante tenía la insignia de una lechuza.

—Di lo que te aqueja, Burke, deprisa —dijo el rey con impaciencia.

Burke hizo una reverencia y luego levantó las manos.

—Ese hombre es uno de mis mejores peones. Perderlo perjudicaría mi casa.

—Ese hombre también guardaba el símbolo del traidor —exclamó Lannon, alzando de nuevo la tela azul—. ¿Pretendes decirme cómo impartir mi justicia?

—No, mi rey. Pero una vez, ese hombre, tiempo atrás, sirvió al traidor antes de la rebelión. Desde la victoria de 1541, ha servido a mi Casa, y no ha pronunciado ni una sola vez el nombre caído en desgracia. Lo más probable es que aquel emblema haya sobrevivido por un accidente.

El rey rio.

—Le recuerdo amablemente que no hay accidentes cuando se trata de traidores, Lord Burke. Si aparece algún otro emblema traicionero en su Casa, usted tendrá que pagar con sangre.

—No ocurrirá de nuevo, mi señor rey —prometió Burke.

Lannon apoyó su mentón sobre el puño, y entrecerró los ojos como si estuviera aburrido de nuevo.

—Muy bien. El hombre recibirá treinta latigazos en el patio.

Burke hizo una reverencia como muestra de gratitud mientras llevaban a su peón lejos del tronco. El hombre lloró, agradecido de que lo azotaran en vez de decapitarlo, y observé cómo pasaban junto a mí en dirección al patio. La cara de Lord Burke estaba pálida mientras los seguía y rozó mi hombro.

Presté atención a su expresión, a su nombre. Dado que él estaba destinado a convertirse en un aliado.

—¿Señorita? —susurró el heraldo hacia mí, esperando que entregara el papel con mi nombre.

Se lo di; tenía la boca seca y mi pulso se disparó. Santos, no podía hacerlo. *No podía hacerlo…* Era una locura mencionar el nombre de MacQuinn justo después del de Morgane. Y sin embargo… allí estaba. Ya no había vuelta atrás.

—Le presento a la Ama Amadine Jourdain, de Valenia, a su señoría real, el rey Gilroy Lannon de Maevana.

Di un paso al frente, mis rodillas se convirtieron en agua, y realicé una reverencia elegante y fluida. Por primera vez, agradecí tener el corsé rígido alrededor de mi cintura; me mantuvo erguida y transformó a la chica insegura en una mujer muy confiada. Pensé en Sibylle y en su máscara de astucia; permití que aquella máscara cubriera mi cara, mi cuerpo, mientras esperaba que él hablara, mi pelo fluía sobre mis hombros, ondeando en la brisa del océano. Oculté la preocupación en lo profundo de mi ser, permití que la seguridad sostuviera mi expresión y mi postura, tal como lo haría Sibylle.

Aquel encuentro no saldría mal, como lo había hecho el solsticio de verano meses atrás. Aquel encuentro era de mi autoría; no permitiría que el rey me lo robara.

—Amadine Jourdain —dijo Lannon con una sonrisita peligrosa. Pareció decir mi nombre solo para saborearlo mientras quemaba el emblema de Morgane sobre una vela cercana. Observé la tela azul y plateada arder y convertirse en cenizas mientras él la dejaba caer al suelo de piedra junto al trono—. Dime, ¿qué opinas de Maevana?

—Su tierra es hermosa, mi señor rey —respondí. Quizás era la única verdad que le diría.

—Ha pasado mucho tiempo desde que una mujer valeniana ha venido a hacerme un pedido —prosiguió, deslizando un dedo sobre sus labios—. Dime por qué has venido.

Había esbozado estas palabras hacía días, y las había grabado en la calidez de mi pecho. Las había seleccionado con cuidado, las había saboreado y practicado. Y luego, las había memorizado y pronunciado delante de un espejo para ver cómo influenciarían mi expresión.

Sin embargo, mi memoria falló cuando más la necesitaba, el miedo era una araña trepando por mi falda voluptuosa y solo podía ver a la chica en la pica, solo oía el golpe lejano del látigo desde el patio.

Uní mis manos temblorosas y dije:

—He venido a apelar a su generosidad para pedirle un permiso de entrada a Maevana.

—¿Para quién? —preguntó Lannon; aquella sonrisa insolente aún curvaba las comisuras de su boca.

—Para mi padre.

—¿Y quién es tu padre?

Respiré hondo, mi corazón latía desbocado por mis venas. Levanté la vista hacia el rey a través de mis pestañas, y hablé fuerte para que cada oído en el salón escuchara:

—Lo conozco como Aldéric Jourdain, pero usted lo conocerá como el lord de la Casa MacQuinn.

Esperaba que hubiera silencio cuando pronunciara el nombre deshonrado, pero no esperaba que fuera tan largo o tan profundo. Tampoco esperaba que el rey se pusiera de pie despacio, con la elegancia de un depredador, y que sus ojos se tornaran prácticamente negros mientras me fulminaba con la mirada.

Me pregunté si estaba a punto de perder la cabeza allí, a los pies del trono de cornamenta y hierro que una vez había pertenecido a Liadan. Y no habría un Lord Burke que lo impidiera.

—El nombre MacQuinn no ha sido pronunciado aquí en veinticinco años, Amadine Jourdain —dijo Lannon, las palabras se retorcían como enredaderas de espinas a través del salón—. De hecho, he cortado muchas lenguas que se atrevieron a decirlo.

—Mi señor rey, permítame explicarlo.

—Tienes tres minutos —dijo Lannon, y movió el mentón hacia uno de los escribas sentado un poco más lejos de la tarima. El escriba abrió los ojos de par en par al comprender que él debía calcular el tiempo que me quedaba para conservar mi lengua.

Pero mantuve la calma, tranquila. Sentí el pulso de la tierra, hundida profundamente debajo de todas esas piedras y baldosas, debajo del miedo y la tiranía, el latido de la tierra que había existido una vez. La Maevana que Liadan Kavanagh había creado hacía tanto tiempo. «Un día, surgirá una reina», me había dicho Cartier una vez.

Aquel día se aproximaba en el horizonte. Aquel día me dio valor cuando más lo necesitaba.

—Lord MacQuinn ha pasado veinticinco años exiliado —empecé a decir—. Una vez se atrevió a desafiarlo. Una vez se atrevió a quitarle el trono de su posesión. Pero usted fue más fuerte, mi señor rey. Lo derrotó. Y a él le ha llevado un cuarto de siglo dejar su orgullo de lado y exponer sus huesos, ablandarse lo suficiente para reconocer su error, su traición. Me ha enviado a pedirle que lo perdone, que su exilio y su pérdida han sido un gran precio que ha pagado. Me ha enviado a pedirle que le permita regresar a la tierra de sus raíces, a servirle de nuevo, a demostrar que si bien usted es feroz, también es misericordioso y bueno.

Lannon permaneció tan quieto y callado que podría haber sido una estatua. Pero los diamantes de su corona resplandecieron con un brillo malicioso. Despacio, observé que su jubón de cuero susurraba junto a su respiración mientras bajaba de la tarima; sus botas apenas hacían ruido sobre las baldosas. Se aproximaba hacia mí, al acecho, y yo mantuve mi postura, expectante.

Solo cuando estuvo a una mano de distancia, cerniéndose sobre mí, preguntó:

—¿Y por qué te ha enviado *a ti,* Amadine? ¿Para tentarme?

—Soy su hija adoptiva por pasión —respondí, mirando sin poder contenerme los vasos sanguíneos rotos alrededor de su nariz—. Me ha enviado para demostrarle que él confía en usted. Me ha enviado porque soy parte de su familia, y he venido sola, sin acompañantes, para demostrar aún más su buena fe en su rey.

—Así que eres una pasionaria, ¿verdad? —Recorrió mi cuerpo con la mirada—. ¿De qué tipo?

—Soy Ama del conocimiento, mi señor rey.

Un músculo tensó su mandíbula. No tenía idea de qué pensamientos zumbaban en su mente, pero no parecía satisfecho. El conocimiento era, ciertamente, peligroso. Pero por fin se volvió y regresó a su trono, arrastrando por el suelo su largo atuendo real color ámbar, ondulante como oro líquido mientras subía las escaleras de la tarima.

—Dime, Amadine Jourdain —dijo él y tomó asiento en su gran trono—, ¿qué haría tu padre adoptivo al regresar a la tierra donde nació?

—Le serviría de cualquier modo que usted requiriera.

—¡Ja! Eso es bastante interesante. Si no recuerdo mal, Davin MacQuinn era un hombre muy orgulloso. ¿Lo recuerda, Lord Allenach?

Allenach no había hecho movimiento alguno, ni siquiera un centímetro. Pero sus ojos aún estaban sobre mí, cautelosos. Y allí recordé lo que Liam había dicho, la dinámica entre el rey y su consejero. Que era más importante que obtuviera la bendición de Allenach, dado que él influenciaba al rey más que nadie.

—Sí, mi señor rey. —Allenach habló, su voz de barítono grave avanzó por el salón como la oscuridad—. Davin MacQuinn una vez fue un hombre muy orgulloso. Pero su hija afirma lo contrario; dice que veinticinco años por fin lo han curado.

—¿No le resulta extraño que él enviara a su hija adoptiva a pedir su expiación? —indagó Lannon, el anillo de amatista en su índice capturaba la luz que penetraba por las ventanas altas.

—No, en absoluto —respondió Allenach después de un momento; aquellos ojos aún me observaban, intentando medir mi profundidad. ¿Era una amenaza o no lo era?—. Como Amadine ha dicho, él ha enviado a su recurso más preciado, para ejemplificar la honestidad de su pedido.

—¿Y qué hay de los otros, Amadine? —preguntó Lannon bruscamente—. ¿Los otros dos lores, los dos cobardes que escaparon de mis redes al igual que tu padre? Acabo de quemar uno de sus emblemas. ¿*Dónde* están los otros?

—No sé nada respecto a otros, mi señor rey —respondí.

—Por tu bien, espero que digas la verdad —dijo el rey, inclinándose hacia delante—. Porque si descubro que mientes, te arrepentirás de haber pisado mi salón.

No me había preparado para recibir tantas amenazas. Mi voz había desaparecido, se había convertido en polvo en mi garganta, así que le hice otra reverencia para reconocer su afirmación fría.

—Entonces, ¿cree que debemos permitirle regresar a casa? —Lannon cruzó las piernas, mirando a su consejero.

Allenach dio un paso adelante, y luego otro, hasta que llegó al borde de la tarima.

—Sí, mi rey. Permítale regresar para que escuchemos lo que el traidor tiene para decir. Y mientras esperamos su llegada, llevaré a su hija a mi propiedad.

—Preferiría que su hija permanezca aquí —objetó Lannon—, donde puedo vigilarla.

Apreté la mandíbula; en vano, intenté parecer agradable. Intenté aparentar que no me importaba quién me hospedara. Pero casi caigo de rodillas, profundamente aliviada, cuando Allenach dijo:

—Amadine Jourdain es valeniana, mi señor rey. Se sentirá más a gusto conmigo, con la cacería que tiene lugar en Damhan. Juro que la vigilaré de modo constante.

Lannon alzó su ceja prácticamente invisible, mientras tamborileaba los dedos sobre el apoyabrazos de su trono. Pero luego, declaró:

—Que así sea. MacQuinn puede cruzar la frontera sin daños, y vendrá en persona a apelar ante mí. Amadine, por ahora irás con Lord Allenach.

Presioné mi suerte una última vez.

—Mi señor rey, ¿puedo escribirle una carta a mi padre? ¿Para que sepa que tiene permitido cruzar el canal? —Utilizaría dos frases en esa carta, una que alertaría en secreto a Jourdain para ponerlo al tanto de cuánto le había perturbado mi pedido a Lannon, y otra que le aseguraría que había llegado a Damhan. Y en aquel momento precario, no me atrevía a enviar una carta al otro lado del canal sin el permiso del rey.

—Pues, por supuesto que puedes. —Lannon se burló de mí mientras le indicaba al escriba que acercara el escritorio, el papel y la tinta hacia mí en medio del salón—. De hecho, hagámoslo ahora, juntos. —El rey esperó hasta que yo mojé la pluma en la tinta y luego me detuvo, justo antes de que empezara a escribir—. Te diré exactamente qué escribir. ¿De acuerdo?

No podía negarme.

—Sí, mi señor rey.

—Escribe esto: «A mi queridísimo y cobarde padre...» —empezó Lannon con voz alegre. Y cuando vacilé, y la tinta goteó sobre el pergamino como sangre negra, el rey ordenó—: Escribe, Amadine.

Obedecí mientras la bilis subía a mi garganta. Mi mano temblaba... toda su corte podía verme temblar como una hoja. Y no ayudó que Lord Allenach se pusiera de pie a mi lado para asegurarse de que escribía lo que el rey dictaba.

—«A mi queridísimo y cobarde padre» —prosiguió Lannon—, «su señoría misericordiosa, el rey de Maevana, ha accedido a permitir que tus huesos traicioneros crucen el canal. He organizado todo con valentía en tu lugar, después de ver lo magnánimo que es el rey y cuánto me has engañado con historias de tus males pasados. Creo que tú y yo tendremos que conversar después de que el rey hable contigo, claro. Tu hija obediente, Amadine».

La firmé con lágrimas en los ojos mientras la corte reía sin parar al ver cuán astuto y mordaz era su rey. Pero tragué las lágrimas; aquel no era lugar para parecer débil o asustada. Y no me atreví a imaginar a Jourdain leyendo la carta, no me atreví a imaginar su cara retorcida cuando leyera aquellas palabras, cuando se diera cuenta de que el rey se había burlado de mí y me había obligado a escribir delante de una audiencia.

Dirigí la carta al puerto de vinos de Isotta, donde Jourdain custodiaba las entregas. Y luego, retrocedí, sintiendo que colapsaría, hasta que una mano fuerte agarró mi brazo y mantuvo mi cuerpo erguido.

—Enviaremos la carta en la mañana —dijo Allenach, mirando mi cara pálida.

Tenía los ojos arrugados en los bordes, como si le gustara sonreír y reír. Olía a clavos de olor, a pino ardiente.

—Gracias —susurré, incapaz de reprimir otro escalofrío.

Él lo percibió y empezó a acompañarme amablemente fuera del salón.

—Sin duda eres valiente para venir aquí por un hombre como MacQuinn. —Me observó, como si yo fuera un enigma complicado que él necesitaba resolver—. ¿Por qué lo has hecho?

—¿Por qué? —Mi voz era ronca—. Porque es mi padre. Y anhela regresar a su hogar.

Salimos al patio, al sol; el brillo y el viento fresco casi me hicieron caer de rodillas otra vez; el alivio ablandaba mis articulaciones. Hasta que vi que aún azotaban al anciano, atado entre dos postes a pocos metros de distancia. Tenía la espalda en carne viva, y su sangre salpicaba los adoquines. Y allí estaba Lord Burke, presenciando el castigo, frío y callado como una estatua.

Me obligué a apartar la mirada, a pesar de que el sonido del látigo me asustaba. *Aún no,* me dije. *No reacciones hasta que estés sola…*

—Necesito darle las gracias —le dije a Allenach—. Por ofrecerme un lugar en su casa.

—Aunque el castillo real es hermoso —respondió él—, creo que Damhan te resultará más agradable que permanecer aquí.

—¿Por qué lo dice? —Como si realmente fuera necesario preguntar.

Me ofreció de nuevo su mano. La acepté y sus dedos sostuvieron con educación los míos como si él entendiera las sensibilidades valenianas, que un roce debía ser delicado y elegante. Empezó a guiarme lejos, cubriendo mi vista de la flagelación.

—Porque tengo cuarenta valenianos hospedados en mi castillo, para la cacería del ciervo. Te sentirás como en casa entre ellos.

—He oído hablar del ciervo —dije mientras continuábamos caminando en sincronización perfecta; era consciente de la espada que colgaba a su lado, al igual que él era consciente de tener el cuidado de no tocar mi falda—. ¿Supongo que sus bosques están plagados de ellos?

Él rio, divertido.

—¿Por qué crees que invito a los valenianos cada otoño?

—Ya veo.

—¿Y has venido sola, sin acompañantes?

—Sí, milord. Pero tengo un carruaje esperándome fuera de las puertas… —Lo llevé hasta allí, donde el cochero palideció al ver a Lord Allenach conmigo.

—Milord. —Hizo una reverencia de inmediato. Noté que él vestía una capa verde, lo cual significaba que debía ser leal a Lannon.

—Quiero que lleve a Amadine a Damhan —le dijo Allenach mientras me ayudaba a subir al carruaje—. Conoce el camino, ¿verdad?

Tomé asiento en el banco mientras el lord y el cochero hablaban. Así que parecía a gusto cuando Allenach inclinó la cabeza dentro del vehículo.

—El viaje hasta Damhan dura varias horas —dijo él—. Cabalgaré detrás de ti y te recibiré en el patio.

Le di las gracias. Cuando por fin cerró la puerta y sentí que el carruaje avanzaba, hundí más el cuerpo en los cojines, temblando, mientras el resto de mi valentía se hacía polvo lentamente.

PARTE 3

ALLENACH

21

La dama con la rosa plateada

Territorio de Lord Allenach, castillo Damhan

Llegué a Damhan cuando la noche manchaba el cielo. El patio vibraba de vida; sirvientes uniformados iban de un lado al otro con lámparas, transportando comida desde el depósito y agua desde el pozo, cargando pilas de leña para preparar lo necesario para el banquete de aquella noche. El cochero abrió la puerta para mí, pero Allenach fue quien me ayudó a bajar.

—Me temo que ya es demasiado tarde para que te enseñe el castillo —dijo él, y me detuve a inhalar el aire: hojas quemadas, madera ardiendo y el humo de las cocinas.

—¿Quizás pueda enseñármelo mañana? —sugerí. Un perro de tamaño monstruoso corrió hacia nosotros y olisqueó mi falda. Me paralicé, el perro parecía un lobo feroz de pelaje áspero—. ¿Es… es un lobo?

Allenach silbó, y el perro lobo se apartó de mí de inmediato y miró a su amo con ojos castaños y líquidos. Él le frunció el ceño.

—Qué extraño. Nessie odia a los extraños. Y no, ella es un lobero, una raza que caza a los lobos.

—Ah. —Aún me sentía un poco temblorosa, a pesar de que Nessie me miró con la lengua afuera, como si yo fuera su mejor amiga—. Parece… amistosa.

—En general no lo es. Pero es verdad que pareces gustarle bastante.

Observé cómo Nessie partía y se unía a su manada constituida por otros tres loberos, que seguían a un sirviente que llevaba una pata de carne.

Solo entonces me volví para mirar el castillo.

Lo reconocí.

Tristán creía que era semejante a una nube tormentosa que había contraído matrimonio con la tierra. Y descubrí que concordaba con él, dado que el castillo estaba construido con piedras oscuras y se elevaba como nubes tormentosas. Parecía que era primitivo y antiguo: la mayoría de las ventanas eran tajos angostos, construidas durante un tiempo feroz de guerra constante, la época previa a la reina Liadan. Y sin embargo, aún era cálido, como un gigante amable de brazos abiertos.

—Tal vez mañana pueda enseñártelo —dijo Allenach, hablando en chantal medio a pesar de que su acento invadía las palabras. Y luego, como si quisiera parecer más valeniano que maevano, me ofreció de nuevo la mano y me llevó a su hogar.

Estaba diciendo algo sobre la cena en el salón cuando noté que los candeleros empezaron a parpadear con chispas cálidas, como si las llamas brotaran a través de cientos de años. Mi corazón se tranquilizó cuando me di cuenta de que era la luz antigua luchando con la luz presente, que Tristán estaba a punto de llevarme a su época. Debía haber visto algo, olido algo en el castillo que disparara el recuerdo, y por medio segundo, casi me entregué a él para permitir que su recuerdo se apoderara de mí. Debía ser sobre la gema —una visión que sin duda necesitaba tener—, pero cuando imaginé que perdía el conocimiento o entraba en trance en presencia de Allenach… No podía permitirlo.

Sin darme cuenta, presioné más fuerte la mano de Allenach, y clavé la mirada en el suelo de piedra, en las formas que la luz dibujaba en mi vestido. Haría lo que fuera necesario para evadir la conexión, para mantener a mi ancestro a raya. Era como intentar reprimir un estornudo o un bostezo. Observé que los muros se movían, ansiosos por derretirse en el tiempo; vi que las sombras intentaban alcanzarme. Y sin embargo, no sucumbiría ante ellas. Sentía que había caído de un árbol y había quedado atascada en una rama (débil, pero testaruda), justo antes de tocar el suelo.

Tristán cedió; su mano desapareció y mi pulso latió con alivio.

—Esa es la puerta del salón —dijo Allenach, señalando unas puertas dobles y altas coronadas con su escudo de armas—. Allí servirán el desayuno y la cena para todos mis invitados. Y ahí está la escalera. Te enseñaré tu habitación.

Caminé junto a Allenach y subimos la escalera larga hasta el segundo piso; había una alfombra granate extendida como una lengua acariciando cada peldaño. Pasamos junto a varios hombres valenianos que me miraron con interés, pero no dijeron nada mientras continuaban su camino hacia el salón. Y luego, empecé a notar los grabados sobre las puertas, que la entrada de cada habitación de huéspedes estaba dedicada a algo, ya fuera a una fase de la luna, o a una flor específica o a una bestia salvaje.

Él vio mi interés y caminó más despacio para que pudiera leer el emblema de la entrada más cercana.

—Ah, sí. Cuando mi ancestro construyó este castillo, su esposa hizo bendecir cada habitación —explicó Allenach—. Por ejemplo, esta habitación de huéspedes homenajea al zorro y la liebre. —Señaló la talla barroca de un zorro y una liebre corriendo en círculos, persiguiéndose mutuamente.

—¿Qué significa? —pregunté, fascinada al ver cómo el hocico afilado del zorro casi alcanzaba el rabo esponjoso de la liebre, y cómo la liebre casi mordía la cola abundante del zorro.

—Rememora una leyenda maevana muy antigua —dijo Allenach—. Una que advierte sobre los peligros de cruzar una puerta demasiadas veces.

Nunca había oído aquel saber popular.

Él debió haber percibido mi curiosidad, porque explicó:

—Para protegerse contra los engaños de las puertas, para asegurarse de que un hombre supiera dónde lo llevaría cada vez que pasaba de una habitación a la otra, se volvió prudente marcar o bendecir cada habitación. Esta habitación, por ejemplo, le otorga resistencia al maevano que nunca pierde de vista a su enemigo.

Lo miré a los ojos.

—Es fascinante.

—Eso dice la mayoría de los valenianos cuando se hospedan aquí. Ven, creo que esta habitación será más apropiada para ti. —Me guio hasta una puerta arqueada, con entramado de hierro, bendecida con un unicornio tallado que llevaba una cadena de flores alrededor del cuello.

Allenach cogió la vela del candelero más cercano y abrió la puerta. Esperé mientras encendía las velas de la habitación a oscuras; una advertencia rozó mis pensamientos. Me rehusaba a estar sola con él en una habitación, y deslicé la mano hacia mi falda, palpando el puñal oculto.

—¿Amadine?

Dejé caer la mano y pasé indecisa debajo de la bendición del unicornio; me detuvo a una distancia segura de él, observando cómo la habitación cobraba vida con la luz.

La cama estaba cubierta con bordados de seda, y tenía una cortina del mismo material. Había un armario antiguo contra una de las paredes, tallado con hojas y ramas de sauce, y una pequeña mesa redonda con un cuenco de plata. Solo dos ventanas enmarcaban una chimenea de piedra, ambas eran tajos de cristal inspirados por la guerra. Pero quizás lo que más admiré fue el tapiz inmenso que colgaba en la pared más alta. Me acerqué para inspeccionarlo: la infinita cantidad de hilos se unía para dibujar un unicornio quieto en dos patas en medio de un grupo de flores coloridas.

—Creí que eso llamaría tu atención —dijo Allenach.

—Entonces, ¿qué bendición otorga esta habitación? —pregunté, mirándolo con cautela mientras uno de sus sirvientes traía mi baúl y lo apoyaba despacio al pie de la cama.

—Seguro sabes qué representa el unicornio —respondió el lord; la vela centelleó fiel en su mano.

—No tenemos mitos de unicornios en Valenia —le informé con pesar.

—El unicornio es el símbolo de la pureza, de la curación. De la magia.

Aquella última palabra fue como un gancho en mi piel, su voz tiraba de mí para ver cómo respondería. Miré de nuevo el tapiz, solo para apartar la mirada de la suya, y recordé que si bien aquel lord parecía amistoso y hospitalario, no estaba dejando a un lado sus sospechas. Él no olvidaba que yo era la hija de MacQuinn.

—Es precioso —susurré—. Gracias por elegirlo para mí.

—Enviaré a una de las sirvientas para que te ayude a cambiarte. Luego, baja a cenar con nosotros en el salón. —Él partió y cerró la puerta prácticamente sin hacer ruido.

Me apresuré a deshacer mi baúl y busqué el humilde vestido de criada, el delantal y la cofia que vestiría dentro de dos noches, cuando me escabullera del castillo para hallar la gema. En el bolsillo profundo del delantal estaba mi pala; reuní todo y lo oculté bajo la cama, un lugar donde la criada no pensaría mirar. Estaba ordenando tranquila el resto de mis prendas, colgándolas en el armario, cuando la sirvienta llegó. Me ayudó a quitarme el vestido azul con la falda blanca, ató de nuevo mi corsé a pesar de que anhelaba quitármelo después de haberlo llevado puesto el día entero. Luego, me vistió de nuevo con un vestido plateado que dejaba mis hombros descubiertos y resplandecía sobre el corsé. El vestido fluía como el agua cuando hacía un movimiento, la tela me seguía como luz de luna líquida. Nunca había usado algo tan exquisito, y cerré los ojos mientras la chica recogía mi pelo sobre el cuello y dejaba unos mechones delgados sueltos alrededor de mi cara.

Cuando partió, hurgué en lo profundo de mi baúl y encontré la rosa plateada que debía llevar en mi cabello. La hice girar en mis dedos, observando cómo la luz de las velas encendía los rubíes diminutos, preguntándome si sería fácil para mí encontrar a d'Aramitz. Un hombre que nunca había visto, a quien supuestamente debía reconocer por un emblema. *Bueno, él estaba allí, en alguna parte,* pensé y me detuve frente al disco de cobre colgante que oficiaba de espejo. Observé mi reflejo tenue mientras colocaba la rosa plateada detrás de mi oreja, y luego borré mi lunar estrellado y lo dibujé de nuevo en la cresta de mi pómulo.

Ah, d'Aramitz sabría que era yo, aunque no tuviera la rosa. Llamaría mucho la atención en una sala llena de hombres, incluso aunque predominaran los valenianos.

Empecé a caminar hacia la puerta, pero me detuve; mis ojos se posaron de nuevo en el tapiz del unicornio. Había ganado dos batallas victoriosas ese día. Había obtenido el permiso para Jourdain y había llegado a Damhan. Permití que mi corazón lo asimilara, que el valor ardiera de nuevo. Esa noche debía ser sencilla, quizás la parte más limpia de mi misión. Ni siquiera debía hablar con el tercer lord, solo tenía que hacer contacto visual.

Abandoné mi habitación, encontré la escalera y seguí el ruido de las risas y los aromas sabrosos de un festín prometedor hasta el salón.

Me impresionó, tal vez más que el salón real. Dado que el salón de Damhan tenía dieciocho metros de largo, el techo alto hecho de vigas de madera expuesta que se arqueaban complejamente estaba oscurecido por el humo habitual. Contemplé las baldosas del suelo, que me llevaron al fuego que estaba en medio de la sala, sobre una pira. La luz iluminaba el escudo de armas que protegía las cuatro paredes: ciervos saltando a través de lunas crecientes, bosques y ríos.

Aquella era la Casa de la que descendía.

Bendiciones astutas y ciervos saltarines.

Y saboreé aquel salón maevano, sus encantos y su vida, sabiendo que tiempo atrás Tristán había estado sentado en aquel mismo salón. Me sentí cerca de él, como si aquel hombre del que yo había descendido fuera a materializarse en cualquier instante, a rozar mi hombro.

Sin embargo, no fue Tristán quien pasó a mi lado, sino sirvientes apresurados llevando bandejas de comida, jarras de cristal con vino y jarras con cerveza hacia las mesas largas sostenidas por caballetes.

D'Aramitz, recordé. Él era mi misión esa noche.

La mayoría de los nobles valenianos caminaban por el centro del salón mientras preparaban las mesas, con copas de plata llenas de cerveza mientras conversaban sobre los eventos del día. También había siete nobles fieles a Allenach socializando con los valenianos, pero los identifiqué fácilmente por sus jubones de cuero con la estampa del ciervo.

Empecé a moverme en silencio entre los grupos de hombres, mis ojos recorrían con modestia sus pechos mientras buscaba el emblema del árbol. Algunos hombres, naturalmente, intentaron darme conversación, pero solo sonreí y seguí mi camino.

Sentía que había caminado sin rumbo durante un buen rato cuando por fin vi un grupo de hombres que aún no había observado con detenimiento. Los dos primeros sin duda no eran d'Aramitz. Me detuve agotada y frustrada, hasta que empecé a imaginar cómo sería él en mi mente. Si era uno de los lores, sería mayor, probablemente tendría una edad similar a la de Jourdain. Así que quizás tendría algunas arrugas y algunas canas.

Acababa de dibujar el boceto de un lord muy feo en mi mente cuando mis ojos se sintieron repentinamente atraídos hacia un hombre que estaba de espaldas a mí. Llevaba el pelo rubio recogido con una cinta y algo en su altura y contextura parecía extrañamente reconfortante. Llevaba puesto un jubón rojo oscuro y una camisa de lino de mangas largas; sus pantalones eran simples y negros, pero cuanto más miraba su espalda, más notaba que era imposible que rodeara el grupo desapercibidamente para ver su emblema.

Él debió haber percibido mi mirada, porque por fin se volvió y me miró. De inmediato, clavé la vista en el emblema estampado en el pecho de su jubón. Era el árbol que Jourdain me había mostrado. Él era d'Aramitz. Pero estaba muy quieto, tan paralizado que era antinatural.

Despacio, moví la mirada de su emblema hacia su cara… que no era fea o vieja en absoluto, sino que era joven y apuesta. Sus ojos eran azules como el aciano. Y su boca rara vez sonreía.

Me había deshecho y me había vuelto a componer mientras lo miraba, mientras me devolvía la mirada.

Porque él no era solo d'Aramitz, el tercer lord caído. Él no era solo un hombre desconocido con quien supuestamente debía hacer contacto visual y luego alejarme de él.

Él era Cartier.

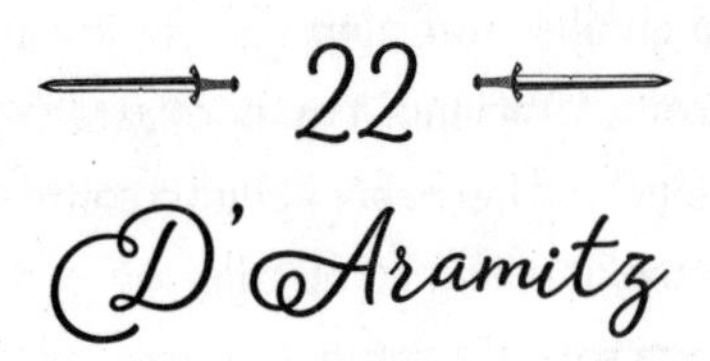

22 D'Aramitz

Por un instante, lo único que pude hacer fue permanecer de pie y respirar; presioné las manos contra la seda de mi atuendo, contra las varillas de mi corsé. Era imposible, pensé, el pensamiento invadió mi mente como la lluvia a un río. Cartier era un pasionario. Cartier era valeniano.

Y sin embargo, todo ese tiempo, había sido algo más.

Cartier era Theo d'Aramitz… Aodhan Morgane… un lord maevano caído.

Los sonidos del salón empezaron a desaparecer como la escarcha bajo el sol; la luz del fuego centellaba dorada y oscura, como si estuviera riendo, burlándose de Cartier y de mí. Porque también lo vi en su mirada cuanto más me observaba. Él estaba atónito, preocupado de que yo fuera la dama de la rosa plateada, Amadine Jourdain, quien recuperaría la Gema del Anochecer, a quien debía vigilar y asistir si tenía problemas.

Sus ojos me observaron deprisa, y detuvo la mirada en la rosa en mi pelo como si fuera una espina, algo similar al dolor atravesó su expresión. Y luego, posó sus ojos en los míos otra vez, la distancia entre ambos era delgada y afilada, como el aire antes de una pendiente inclinada.

Ah, cómo, *¿cómo* había ocurrido eso? ¿Cómo era posible que no hubiéramos sabido sobre el otro?

La perplejidad del asunto estaba a punto de arruinar nuestra fachada.

Me volví primero y me topé directo con un hombre que agarró mi brazo antes de que volcara su cáliz de cerveza sobre su jubón.

—Cuidado, mademoiselle —dijo él y obligué a mis labios a dibujar una sonrisa tímida.

—Disculpe, monsieur —respondí y luego me aparté a toda velocidad antes de que pudiera retenerme.

Buscaba un lugar donde correr, para ocultarme hasta que me recuperara —quería sombras, calma y soledad—, cuando oí a Cartier siguiéndome. Sabía que era él; reconocí la embriagadora sensación de la distancia acortándose entre nosotros.

Me detuve ante una de las mesas vacías, fingiendo observar el escudo de armas en la pared, cuando sentí su pierna rozando mi falda.

—¿Y quién es usted, mademoiselle?

Su voz era suave, agonizante.

No debía mirarlo, no debía hablar con él. Si Allenach miraba en nuestra dirección, lo sabría. Sabría que había algo entre Cartier y yo.

Y sin embargo, no pude resistirme. Me volví para mirarlo, mi cuerpo despertó al ver lo cerca que estaba de mí.

—Amadine Jourdain —respondí educada, lejana, desinteresada. Pero mis ojos brillaban, mi corazón ardía, y él lo sabía. Lo sabía porque veía lo mismo en él, como si fuéramos espejos reflejándose entre sí—. ¿Y usted es…?

—Theo d'Aramitz. —Me hizo una reverencia; observé mientras su pelo rubio resplandecía bajo la luz, mientras movía su cuerpo con elegancia. Debajo de aquella pulcritud y pasión, él era acero y viento frío; era el estandarte azul y el caballo de la Casa Morgane.

Una Casa rebelde. Una Casa caída.

Su padre debía haber sido el lord que se unió a MacQuinn y Kavanagh, porque Cartier había sido solo un niño veinticinco años atrás. E incluso mientras empezaba a unir los hilos, supe que aún había más que necesitaba saber. Él y yo necesitábamos hallar un modo de hablar a solas antes de que la misión se pudriera bajo nuestros pies.

—¿Cuál es su habitación? —susurré y disfruté el modo en que su cara se sonrojó por mi pregunta descarada.

—El armiño volador —respondió en voz tan baja que casi no lo escuché.

—Iré a verlo, esta noche —dije, y luego me volví como si hubiera perdido el interés.

Me uní a la multitud justo a tiempo porque Allenach entró al salón y sus ojos me encontraron de inmediato. Caminó hacia mí y yo esperé, rogando que el color en mi cara hubiera desaparecido.

—Me gustaría que tomes asiento en mi mesa, en el lugar de honor —dijo Allenach, ofreciéndome su mano.

La acepté y permití que me llevara a la tarima, donde una mesa larga estaba cargada de cálices, platos, botellas y bandejas de comida humeante. Pero no fue el banquete lo que llamó mi atención, sino dos jóvenes que estaban sentados allí, esperándonos.

—Amadine, permíteme presentarte a mi hijo mayor, Rian, y a mi hijo menor, Sean —dijo Allenach—. Rian y Sean, ella es Amadine Jourdain.

Sean saludó inclinando la cabeza con educación; su cabello avellana era corto, y tenía la cara cubierta de pecas y bronceada.

Suponía que era apenas mayor que yo. Pero Rian, el primogénito, apenas me miró con ojos pétreos y las cejas espesas en alto; tenía el pelo castaño oscuro suelto y largo hasta el cuello y golpeaba sus dedos sobre la mesa con impaciencia. Hice una nota mental de evitarlo en el futuro.

Les hice una reverencia a ambos, a pesar de que parecía incómodo e innecesario en aquel salón. Rian tomó asiento a la derecha de Allenach —lo que significaba que era el heredero— y Sean, a su izquierda. Yo me senté junto a Sean, el lugar que probablemente era el más seguro en todo el salón para mí en aquel momento. Estaba protegida de la mirada desconfiada de Rian y de las preguntas de Allenach, y estaba en el extremo opuesto del salón, lejos de Cartier.

Pero mientras ocupaba mi asiento de honor asignado, no pude evitar que mis ojos recorrieran las mesas delante de nosotros en busca de mi Amo, a pesar de mi buen juicio. Él estaba sentado a la izquierda del salón, a tres mesas de distancia; sin embargo, ambos teníamos una vista perfecta del otro. Sentí como si un abismo se hubiera abierto, rompiendo las mesas, el peltre, la plata, y las baldosas entre nosotros. Cartier tenía sus ojos posados en mí; los míos estaban clavados en él. Y él alzó su cáliz de modo casi imperceptible y brindó por mí. Brindó porque lo había engañado, porque me había reunido con él, por los planes que nos unían no como pasionarios, sino como rebeldes.

—Mi padre dice que eres una pasionaria del conocimiento —dijo Sean, intentando entablar una conversación educada.

Lo miré y le dediqué una leve sonrisa. Él me observaba como si fuera una flor con espinas, el esplendor de mi vestido evidentemente lo incomodaba un poco.

—Sí, lo soy —respondí y me obligué a aceptar la bandeja con pechugas de codorniz que Sean me entregó. Empecé a llenar mi plato, mi estómago dio vueltas al ver todo porque había estado todo el día aplastado por mi corsé. Pero debía parecer relajada y agradecida. Comí y conversé con Sean, adaptándome lentamente a la cadencia del salón.

Estaba preguntándole a Sean sobre la cacería y sobre el ciervo cuando sentí la mirada de Cartier sobre mí. Había estado mirándome un rato, y yo me había resistido con terquedad, sabiendo que Allenach también me observaba por el rabillo del ojo.

—¿Alguien ya ha visto el ciervo? —le pregunté a Sean, cortando mis patatas y mirando por fin a Cartier debajo de mis pestañas.

Cartier inclinó la cabeza, sus ojos se posaron en algo. Estaba a punto de seguir su orden silenciosa de mirar lo que fuera que lo inquietaba cuando la calidez de las cuerdas invadió el salón. Un violín.

Reconocería aquella música en cualquier parte.

Sorprendida, miré a la derecha, donde un grupo de músicos, pasionarios de la música, se habían reunido con sus instrumentos; su canción empezaba a apoderarse del salón. Merei estaba entre ellos, con su violín obediente apoyado sobre su hombro, mientras sus dedos bailaban sobre las cuerdas a medida que empezaba a armonizar con los demás. Pero sus ojos estaban clavados en mí, oscuros y lúcidos, como si acabara de despertar de un sueño. Sonrió y mi corazón casi escapó de mi pecho.

Estaba tan abrumada que solté mi cáliz con cerveza. El líquido dorado cayó por la mesa sobre mi vestido y sobre el regazo de Sean. El hijo menor se puso de pie de un salto, pero yo a duras penas podía moverme. Merei estaba en el salón. Merei tocaba el violín. *En Maevana.*

—Lo siento tanto —jadeé, intentando recobrar el aliento mientras empezaba a secar la cerveza derramada.

—No hay problema; de todas formas, eran pantalones viejos —dijo Sean con una sonrisa torcida.

—¿La música siempre te afecta de ese modo, Amadine? —Rian habló arrastrando las palabras desde su lugar, inclinándose hacia delante para ver mientras ayudaba a Sean a limpiar el desastre.

—No, pero es una sorpresa agradable oírla en un salón maevano —respondí mientras Sean regresaba a su lugar; parecía que había orinado sus pantalones.

—Me gusta que mis invitados valenianos se sientan como en casa —explicó Allenach—. Los años anteriores he invitado grupos de músicos para la temporada de caza. —Bebió un sorbo de cerveza y le indicó a un sirviente que llenara mi cáliz de nuevo, a pesar de que ya había terminado de comer, de beber y de intentar parecer normal—. Como todo pasionario, deberían hacerte sentir como en casa.

Reí, incapaz de contenerme. El calor había empezado a crecer en mi pecho desde que había estado cara a cara con Cartier. Y ahora escapaba al ritmo de la música de Merei.

Sabía que ella viajaría por el reino con su mecenas. Pero nunca había imaginado que cruzaría el canal y tocaría en un salón maevano.

Merei, Merei, Merei, cantó mi corazón al ritmo del pulso. Y su música fluía sobre mí, exploraba cada rincón y hueco del gran salón, y de pronto, comprendí cuán peligroso era para ella estar allí. Se suponía que no me conocía; se suponía que yo no la conocía. Y sin embargo, ¿cómo podía dormir bajo aquel techo sabiendo que ella y Cartier estaban allí, tan cerca de mí?

Cartier ya debía haber experimentado aquello, la primera noche en Damhan, cuando Merei había aparecido inesperadamente junto al grupo de Patrice Linville para tocar durante la velada. Cartier debía haberle dicho que fingiera no conocerlo, así que lo único que podía hacer era rogar que actuara del mismo modo conmigo.

Pensé en cientos de maneras de acercarme a ella con un pretexto, de hallar un modo de hablar con ella a solas, de explicarle por qué estaba allí. Pero lo único que pude hacer fue sentarme y escucharla; el salón hizo silencio para apreciar su música, mi corazón latía con anhelo y temor. ¿Debía moverme o permanecer quieta?

Quería mirarla; quería correr hacia ella. Pero me puse de pie, miré a Lord Allenach y pregunté, sonriendo:

—¿Me acompaña a mi habitación, milord? Temo que estoy exhausta por el largo viaje.

De inmediato, Allenach se puso de pie, la diadema dorada en su frente resplandeció bajo la luz del fuego. Mientras me llevaba fuera del salón, mis ojos pasaron por las mesas a la izquierda, una por una.

Cartier había desaparecido.

23

Atravesar un tapiz

No esperaba ver un guardia apostado en mi puerta. Pero mientras Allenach me escoltaba de regreso a la habitación del unicornio, comprendí que me vigilaban *y* me custodiaban. Mi cara no reveló nada, pero mi corazón tropezó con las costillas cuando noté que sería imposible para mí escabullirme hasta la habitación de Cartier y salir del castillo para obtener la gema.

—Es para tu protección, Amadine —dijo Allenach cuando llegamos a la puerta, donde el guardia estaba de pie, quieto como una estatua—. Con tantos hombres en el castillo y sin un acompañante, no quisiera que recibieras daño alguno.

—Qué considerado, milord. Dormiré tranquila esta noche —mentí y le dediqué una sonrisa dulce.

Él devolvió el gesto, aunque su sonrisa no llegó a sus ojos cuando abrió la puerta para mí.

—Enviaré a la criada a ayudarte.

Asentí y entré a la habitación, la luz de la vela me recibió. Todo se derrumbaba, pensé mientras tomaba asiento en el borde de mi cama. ¿Por ese motivo las misiones secretas siempre fracasaban? ¿Porque era imposible prepararse para cada pequeño imprevisto en el camino?

Había planeado escabullirme la noche siguiente, para tener tiempo de encontrar la puerta de los sirvientes que Liam me había descrito, las puertas que utilizaría para entrar y salir de Damhan. Y si no podía hallar un modo de salir de aquella habitación... Tendría que adaptar mis planes. Recuperaría la gema durante el día. Y sería arriesgado con los hombres cazando en el bosque.

Necesitaba hallar un motivo para unirme a la cacería o para estar cerca del bosque mañana. Ambas cosas parecían imposibles en aquel momento, cuando estaba cansada, abrumada y custodiada.

La criada finalmente llegó para ayudarme a quitarme la ropa y encender el fuego en la chimenea. Agradecí cuando partió, cuando por fin me quedé sola, vistiendo nada más que mi camisón, con el pelo suelto y enredado. Y luego, caí agotada sobre la cama y observé el tapiz del unicornio; me dolía la cabeza.

Pensé en Tristán. Él había vivido aquí una vez. Quizás había estado en aquella habitación.

La idea hizo que me incorporara. Empecé a analizar cada recuerdo que había heredado de él, hurgando en ellos hasta que estuvieron blandos de tanto manipularlos. Él había compartido un pensamiento conmigo sobre Damhan, el día que discutió con su hermano. Había pensado en los recovecos y los escondites, en los pasadizos secretos y las puertas ocultas de aquel castillo.

Abandoné la cama y empecé a observar la habitación. De inmediato, el tapiz capturó mi atención. Con cuidado, lo corrí a un lado e inspeccioné el muro de piedra detrás de él. Mis dedos empezaron a recorrer las líneas de argamasa que unían los ladrillos, buscando, buscando...

Tardé un tiempo. Mis pies estaban fríos sobre el suelo pétreo cuando noté que una línea de argamasa quedó atrapada debajo de mis uñas. Tiré de ella, sentí que la pared se movía y una puerta antigua y angosta se abría hacia un pasillo interno oscuro que olía a humedad y moho.

Una red secreta. Una ramificación intrincada de las venas y las arterias del castillo. Un modo de moverse sin ser visto.

Me apresuré a agarrar mi calzado y un candelabro. Luego, me atreví a entrar al pasillo, y permití que las sombras me engulleran; mis velas a duras penas iluminaban la oscuridad. No atasqué mi puerta, pero la cerré lo máximo que me atreví. Y luego, pensé en las puertas, en que eran portales y en que cada habitación necesitaba una bendición. Si las puertas principales tenían significados, entonces, sin duda, una puerta secreta también, ¿verdad?

Alcé mi candelabro, observando el arco áspero de aquella puerta. Y allí... estaba tallado el unicornio, un bosquejo tosco, pero estaba marcado.

De ese modo podría encontrar la habitación de Cartier, pensé, y antes de que mi coraje desapareciera, antes de que mi sentido común ahogara mi impulso, empecé a caminar por el pasillo. Me pregunté si también podría hallar un modo de salir del castillo a través de esas rutas, y luego temblé al imaginar que inevitablemente me perdía en aquel laberinto oscuro y retorcido.

Avancé con cautela, como si fuera una niña que aprendía a caminar. Me detuve cada vez que oía un sonido... ecos de la cocina, puertas golpeándose debajo de mí, el viento aullando como una bestia del otro lado del muro, estallidos de risa. Pero empecé a encontrar las otras puertas y leí sus bendiciones. Aquella parte del castillo era el ala de invitados y mientras el pasillo interno empezaba a doblar, presté atención a cada giro que hacía, rogando que la habitación de Cartier tuviera una puerta interna.

Perdí la noción del tiempo. Estaba a punto de rendirme; mis pies eran de hielo, el aire frío calaba mi camisón delgado, cuando encontré su puerta. Bajo circunstancias diferentes, hubiera reído porque la habitación de Cartier estaba bendecida por un armiño volador. Pero mi corazón, mi estómago y mi mente eran un nudo, y temblaba porque estaba a punto de verlo. ¿Estaría furioso conmigo?

Levanté mis dedos y abrí el pestillo. La puerta secreta se abrió hacia el pasillo, probablemente para no marcar el suelo de la habitación. Un tapiz pesado me dio la bienvenida; protegía el pasadizo al igual que el mío.

Oí las botas de Cartier sobre el suelo, a pesar de que no caminaba hacia mí. Iba de un lado a otro y me pregunté cómo saludarlo sin asustarlo.

—Amo.

Mi voz se derritió a través del tapiz, pero él me oyó. Y debía haber sentido la ráfaga. Casi arrancó el tapiz del muro cuando sus ojos cayeron sobre mí en la entrada de la puerta secreta. Por segunda vez esa noche, lo había dejado sin habla. Entré en su habitación, pasé junto a él y gruñí ante la calidez y la luz rosada del fuego.

Me detuve en medio de su habitación, esperando que se acercara a mí. Él tomó el candelabro de mis manos y lo apoyó bruscamente en una mesa; deslizó los dedos a través de su pelo suelto. Continuó dándome la espalda, mirando a todas partes menos a mí, hasta que por fin se volvió. Intercambiamos miradas.

—Amadine Jourdain —dijo con una sonrisa triste—. ¿Cómo escapaste sin que lo supiera?

—Amo Cartier, lo siento —dije deprisa, las palabras tropezaban entre sí. Me pareció que él había oído el dolor en mi voz, el dolor de haber tenido que abandonar Magnalia en secreto—. Quería decírselo.

—Y ahora comprendo por qué no lo hiciste. —Suspiró y notó que yo temblaba, que vestía solo mi camisón—. Ven, siéntate junto al fuego. Tú y yo necesitamos conversar un poco. —Acercó dos sillas a la chimenea y yo me hundí en una y estiré los pies hacia delante para calentarlos. Sentí que me miraba, a través de aquel espacio tierno y confuso entre los dos. Era verdad que yo había partido de Magnalia sin dejar rastros, pero él también había estado guardando secretos.

»Entonces —dijo Cartier, mirando el fuego—, Jourdain es tu mecenas.

—Sí. Y usted es Aodhan Morgane —susurré aquel nombre prohibido como si fuera miel en mi lengua, como si los muros pudieran oírnos. Pero el sonido de ese nombre electrificó el aire entre nosotros, dado que Cartier me miraba con los ojos abiertos de par en par y brillantes como el verano, y sonrió levemente.

—Así es. Y también soy Theo d'Aramitz.

—Al igual que Cartier Évariste —añadí. Tres nombres distintos, tres caras distintas. Todos pertenecientes al mismo hombre.

—Ni siquiera sé por dónde empezar, Brienna —afirmó.

—Empiece por el principio, Amo.

Pareció detenerse en aquella última palabra, «Amo», como si fuera un recordatorio de lo que aún debía ser nuestra relación. Pero luego encontró su voz, y su historia despertó como las brasas.

—Mi padre desafió a Lannon veinticinco años atrás, una historia que sin duda ya conoces muy bien. Yo era tan joven que no recuerdo nada, pero asesinaron a mi madre y a mi hermana mayor, y mi padre huyó conmigo antes de que yo tuviera el mismo destino. Fue al sur, a Delaroche, se convirtió en escriba, y me crio como un valeniano. Cuando empecé a rogarle que me permitiera convertirme en pasionario, me contó quién era en realidad. No era Theo d'Aramitz, como había creído. No era valeniano. Era Aodhan y él era un lord maevano desgraciado que tenía que llevar a cabo una venganza.

Hizo una pausa. Lo veía recordando a su padre. La cara de Cartier se tornó más rígida, como si aún sintiera el dolor de aquella pérdida.

—Se reunía con Jourdain y Laurent una vez al año. Empezaron a planificar, pero todo lo que se les ocurría era débil. Todo el tiempo yo pensaba que era ridículo. Todos teníamos vidas buenas y decentes en Valenia. Estábamos a salvo. ¿Por qué los lores continuaban intentando regresar? Entonces, mi padre murió, devorado por su angustia. Me convertí en pasionario del conocimiento y adopté un nuevo nombre. No quería que me encontraran. No quería que me involucraran en un plan inútil en busca de venganza. Me convertí en Cartier Évariste, y elegí ir a Magnalia porque la Viuda nos había ayudado cuando habíamos cruzado la frontera. No esperaba que ella me reconociera; apenas era un niño cuando nos había dado refugio, pero de todos modos... me sentía atraído por aquel lugar.

—¿Le dijo quién era? —pregunté. Sin duda ella hubiera querido saber su identidad real...

—Quise hacerlo —respondió—. Quise decirle que era el pequeño Aodhan Morgane, el hijo de un lord caído, y que estaba vivo gracias a su bondad. Pero... nunca reuní el coraje necesario. Continué siendo Cartier, como yo quería, a pesar de que empecé a cambiar. Empecé a pensar más y más en Jourdain, en Laurent, en Luc y en Yseult. En por qué deseaban regresar. Empecé a pensar en mi madre, mi hermana, cuya sangre aún brotaba del suelo, en los fieles a la Casa Morgane, quienes han sido perseguidos y separados mientras su lord se ocultaba solo. Comprendí que permanecer en Valenia, fingiendo que las atrocidades de Lannon no sucedían, era cobarde.

»Estuve a punto de abandonar Magnalia antes de la finalización de mi contrato de siete años. Estuve a punto de partir, a duras penas era capaz de soportar mis secretos, mi pasado. Hasta que me pediste que te enseñara.

Respiré hondo y despacio. Tenía la mirada clavada en su cara, pero él aún miraba el fuego, y su pecho subía y bajaba suavemente.

—Me pediste que te enseñara conocimiento en tres años —recordó, y su sonrisa regresó. Por fin me miró a los ojos y mi corazón empezó a desarmarse—. Tú fuiste el desafío que necesitaba, Brienna. Me quedé por ti, y juré que después de que te convirtieras en una pasionaria, me reuniría con Jourdain y con Laurent en sus esfuerzos por regresar al norte. Lo que pediste aquella noche era imposible, pero estaba decidido a verte alcanzar lo que querías, a verte convertida en una pasionaria. Me mantuviste tan distraído que a duras penas pensaba en otra cosa.

Miré mis manos. Había tanto que quería decirle a él, y sin embargo, ninguna palabra parecía digna.

—Amo Cartier —suspiré por fin, mirándolo.

Él estaba a punto de continuar hablando, sus labios formaron una palabra que nunca oiría. Hubo un golpe suave y amortiguado en la puerta, y Cartier se puso de pie inmediatamente y me indicó con una seña que lo siguiera.

—Debes irte —susurró mientras caminaba detrás de él por la habitación—. Es uno de los hombres de Jourdain y por tu protección… no quiero que sepa que estás aquí. —Me entregó el candelabro y movió el tapiz.

No había olvidado que d'Aramitz también tenía una misión allí: reunir en secreto al resto de los fieles a Jourdain. Abrí la puerta secreta e ingresé al pasillo interno; me volví para mirarlo. Aún había tanto que no habíamos resuelto. Y él debió haber visto las preguntas pospuestas y los deseos en mis ojos, dado que murmuró:

—¿Vendrás a verme mañana en la noche?

—Sí —susurré.

—Ten cuidado, Brienna. —Y luego bajó el tapiz y yo cerré la puerta secreta.

Me detuve solo lo suficiente para asegurarme de que no podía oír nada a través de la pared mientras él se reunía con el noble, y luego empecé a regresar a mi habitación. No había pensado ni una vez que podrían haber oído nuestra conversación a escondidas. Pero debería haberlo hecho. Él también debería haberlo hecho. Porque un movimiento descuidado y Cartier y yo moriríamos.

Y aún debía recuperar la Gema del Anochecer.

24

La cacería

A la mañana siguiente, comí de prisa el desayuno en el salón y luego seguí la hilera de valenianos hacia el patio mientras esperaban sus caballos. La bruma recién empezaba a disiparse, y permanecí de pie a un lado mientras observaba cómo las extensas tierras de Damhan despertaban con el sol y el rocío resplandeciente.

Allí estaba la taberna, los aposentos de los sirvientes, los establos, el terreno de lucha donde Tristán y Oran habían entrenado. Y justo al límite del pastizal, estaba el bosque de Mairenna, envuelto en pinos verde oscuro y álamos amarillos, coronado con la niebla. No había cambiado mucho durante los últimos ciento sesenta años. Era un recordatorio amable de que aquella tierra, aquel pueblo, estaban hechos de fuerza y tradición, que el cambio ocurría despacio y gradualmente.

Mi plan era acercarme al bosque con la excusa de que me mostraran el lugar, y esperaba que rechazaran mi propuesta porque todos los hombres irían de caza. Pero necesitaba mostrar mi curiosidad por la tierra para que no pareciera extraño verme caminando sola por allí.

Sentí el peso de la pala en el bolsillo de mi vestido; sentí el peso de la rebelión en mi corazón.

Temblé contra el frío incierto y me dije que si mis planes fracasaban, regresaría a explorar los pasadizos secretos esa noche, a pesar de no tener idea de cómo recorrerlos y de que era un riesgo mayor ya que podía abrir la puerta equivocada en vez de la correcta…

Imaginaba los horrores de perderme dentro de aquellos pasillos oscuros cuando oí la entonación de una voz querida detrás de mí.

—He oído que eres una pasionaria del conocimiento.

Me volví y vi a Merei; reprimí con todas mis fuerzas la necesidad de abrazarla. Creo que teníamos la misma expresión en la cara, dado que sus hoyuelos dibujaban valles pequeños en sus mejillas mientras intentaba contenerse.

—Lo soy. ¿Tú eres una Ama de la música?

—Sí. Merei Labelle. —Hizo una breve reverencia.

—Amadine Jourdain —respondí, igual de cordial. Sentía los ojos de Allenach en mí desde el otro extremo del patio. Bien, pensé. Que me viera presentándome.

—Bien, Amadine, parece que los hombres nos superan ampliamente en número. ¿Quizás podemos pasar el día tú y yo juntas? —sugirió Merei; sus ojos brillaban con preguntas.

Contuve el aliento, mi mente repasó a toda velocidad las inminentes posibilidades. No había planeado que Merei estuviera involucrada —lo último que quería era poner en riesgo su seguridad—, pero de pronto comprendí lo útil que sería su ayuda.

—Sí, me encantaría. Pero había planeado pasear por la propiedad hoy —dije mientras deambulaba en la marea de hombres hacia Allenach. Por el rabillo del ojo, vi a Cartier de pie en un círculo amplio de valenianos. Mi corazón se aceleró cuando le pregunté a Merei—: ¿Te gustaría acompañarme?

—¡Por supuesto! —accedió Merei mientras nos deteníamos delante de Allenach.

—Milord —lo saludé, haciendo una reverencia apropiada—. Esperaba que hoy pudiera mostrarme sus tierras.

—Me temo que debo cabalgar con los hombres y liderar la cacería —respondió.

—¿Uno de sus hijos estaría dispuesto a acompañarme? —pregunté, rogando que me asignara al amable y cortés Sean, y no a Rian, a quien había percibido desconfiado hacia mí anoche.

Como si sintiera el llamado de mi esperanza, Sean apareció en el patio con ojos aún somnolientos y el pelo corto revuelto. Vestía los colores de su padre, una camisa granate debajo de un jubón de cuero, y pantalones negros dentro de unas botas altas hasta la rodilla. Un carcaj con flechas colgaba de su hombro al igual que un arco largo de tejo. Cuando percibió mi mirada, me miró y le sonreí. Así de fácil, se acercó a nosotros.

—Buenos días —saludó—. No pensaba que eras una cazadora, Amadine.

—No lo soy —respondí—. Pero esperaba pasear por la propiedad hoy, ver más de las tierras de tu padre.

Allenach permaneció muy callado, observando la interacción entre su hijo menor y yo. No sabía qué pensaba, pero mi estómago se anudó cuando noté que el lord casi no me quitaba la vista de encima. Anhelaba poseer un escudo, una chispa de magia, un modo de ocultarme de él y de sus observaciones constantes.

—Pero tu padre no puede acompañarme —dije—. Así que supongo que tendré que esperar a mañana.

Sean movió los pies en su lugar.

—Yo podría llevarte —dijo, mirando a su padre—. ¿No es así, padre?

Y Rian apareció. Avanzaba como una serpiente por el césped, como si pudiera oler mis intenciones secretas desde el otro lado del patio.

—¿Qué ocurre? —preguntó el hermano mayor, con la vista clavada en mí, dura, oscura y desconfiada.

—Sean llevará a Amadine a dar un paseo por la propiedad —explicó Allenach y una vez más, no pude descifrar si estaba molesto o aburrido. Articulaba las palabras con cuidado.

—¿Qué? —objetó Rian—. No, Sean no, permíteme llevarla.

Mis palmas empezaron a sudar, pero mantuve mi postura, rogando, esperando…

—Se supone que debes liderar la cacería con padre —replicó Sean.

—Y se supone que tú debes acompañar al grupo detrás de todos.

—Suficiente —dijo el lord, una palabra calma, pero severa. Sus hijos obedecieron de inmediato—. Rian, vendrás conmigo. Sean, acompañarás a Amadine.

A duras penas podía creer que el lord de la Casa Allenach estuviera cayendo directamente en mis manos, concediendo mis deseos.

Sean asintió, evidentemente satisfecho, pero Rian frunció el ceño; su cara se oscureció mientras por fin me quitaba la vista de encima. Pero oí lo que le dijo a Allenach y sus palabras me golpearon como guijarros cuando susurró:

—Estás tratando a la mocosa de MacQuinn como una princesa.

No oí la respuesta de Allenach, pero mi garganta se cerró.

—Vamos, mademoiselles —dijo Sean, ofreciéndonos un brazo a cada una. Agarré el izquierdo y Merei, el derecho—. ¿Y tú eres?

—Merei Labelle —dijo ella—. Acabo de conocer a Amadine hace unos minutos.

—Dadme unos minutos para ir en busca de dos caballos para vosotras —dijo Sean—. Esperad aquí. Ya regreso.

Nos hicimos a un lado y observamos a Sean correr por el sendero hacia los establos en la palma del valle. Aproveché aquel instante en el que el patio vibraba con actividades y movimiento mientras los hombres montaban sus caballos y partían, para llevar a Merei hacia un punto silencioso bajo la luz matutina.

—Simula que estoy diciéndote algo agradable —le susurré. Su cara estaba expuesta hacia los hombres, mientras que yo estaba de espaldas para que alguien como Rian no pudiera leer mis labios.

—De acuerdo —dijo Merei, sonriendo como si acabara de conocerme—. Dime que está pasando.

—Shh. Solo escúchame —susurré—. En algún momento de la cabalgata, te haré una señal con la mano. Cuando veas que apoyo la mano sobre mi cuello, necesito que finjas que tu caballo se ha asustado. Cabalga lo más lejos del bosque que puedas. Debes distraer a Sean el máximo tiempo posible.

Merei aún sonreía, inclinando la cabeza como si acabara de decirle algo maravilloso. Pero abrió los ojos de par en par, clavados en los míos.

—No puedo dar detalles —susurré—. Es mejor que no lo sepas.

Ella quería decir mi nombre. Vi sus labios deseando pronunciar «Bri». Pero, en cambio, rio al recordar mis instrucciones. Y fue bueno que lo hiciera, porque sentí otra vez la mirada desconfiada de Rian mientras cabalgaba fuera del patio.

—Ten cuidado con el hermano de pelo oscuro. Te observa de un modo que me enfurece —susurró Merei, apenas moviendo los labios para que no pudieran leerlos mientras los últimos hombres partían.

—No permitas que te enfurezca. —Entrelacé mi brazo con el suyo; el patio parecía amplio y solitario ahora que estaba vacío. Regresamos a las puertas y observamos los grupos de hombres cabalgando a través de los prados frondosos, hacia el bosque—. Te prometo que cuando esto termine, te contaré todo.

Merei me miró deprisa, justo cuando Sean aparecía desde los establos con tres caballos detrás de él.

—Más te vale —dijo, divertida—. Dado que ya sabes quién está también aquí.

No pude evitar sonreír ante la referencia a Cartier.

—Ah, sí. Eso ha sido una sorpresa.

La curiosidad infestó sus ojos, desesperada por salir como lágrimas, pero no me atreví a decir nada más sobre él. Lo único que dije fue:

—Sígueme el juego.

Ella asintió y recibimos a Sean con sonrisas entusiastas. Él le entregó a Merei una yegua alazán y yo tomé un caballo ruano castrado. Y luego, montamos y seguimos a Sean mientras guiaba el camino en su semental negro.

—Ahora, ¿qué debería mostraros primero? —preguntó, girando sobre la montura para vernos cabalgando lado a lado.

Sin duda había elegido caballos mansos para nosotras. Esos animales eran extremadamente apacibles y avanzaban a una velocidad desinteresada. La yegua de Merei parecía somnolienta, y mi caballo estaba decidido a saborear cada brizna de césped que veía.

—¿Quizás podemos empezar por la taberna? —sugerí.

—Excelente elección —respondió Sean, y en cuanto giró de nuevo en la montura, le lancé a Merei una mirada significativa. Tendría que azotar la yegua para «espantarla».

Cabalgamos una distancia breve bajando por la colina y dejamos a los caballos fuera de la taberna. Era evidente que Sean estaba encantado de guiar el paseo; nos contó en detalle la historia del edificio de piedra y madera, la cual oí a medias. Me preocupaba más asegurarme de que Merei hallara una fusta adecuada, así que cuando vi que había escondido con discreción una rama delgada en el bolsillo de su falda, mi corazón por fin regresó a su lugar.

Ahora. Necesitaba irme ahora, mientras aún estuviera cerca de la parte del bosque en la que Tristán había huido, mientras los hombres aún estuvieran en lo profundo del bosque para la cacería, antes de que empezaran a regresar al castillo.

Montamos los caballos y Sean empezó a guiarnos a lo largo del límite de árboles, conversando sobre el molino, hacia donde nos llevaría a continuación. Estábamos prácticamente en el sector del bosque donde necesitaba entrar. Observé a Merei y coloqué mi mano derecha sobre la parte izquierda de mi cuello. Ella asintió y extrajo la rama. Golpeó con fuerza las ancas de la yegua y, santos benditos, el animal empezó a correr como había esperado.

Nos habían enseñado a cabalgar en Magnalia. Sin embargo, Merei casi cayó del asiento cuando la yegua retrocedió y luego se lanzó en un galope furioso. Grité, lo cual sorprendió a Sean e hizo que persiguiera velozmente a Merei a través del pastizal amplio.

Mi caballo viejo y fiel observó y apenas relinchó. Lo insté a entrar al bosque, a lo cual se opuso hasta que lo golpeé más fuerte con los talones. Trotamos entre los árboles, las ramas nos arañaban, y mis ojos asimilaban todo con avidez. Más deprisa, más deprisa, le ordené al caballo, y pasó a un galope continuo.

Las ramas golpeaban mi cara, tiraban de mi pelo, me besaban con savia. Pero continué serpenteando entre ellas, con el corazón desbocado a medida que nos acercábamos al lugar. Permití que el recuerdo del Tristán de diez años me guiara, y sentí la presencia del roble. Sus raíces gruñeron debajo del suelo, reconociéndome, llamándome como si estuviera atada a ellas.

El caballo saltó el pequeño arroyo y luego llegamos al claro.

Los años habían cambiado el bosque, habían ampliado el espacio alrededor del roble. El árbol se erguía solo, desafiante, sus ramas largas crujían en la brisa suave. Pero aquello también implicaba que estaría completamente expuesta mientras excavaba.

Desmonté con piernas temblorosas y corrí hacia el árbol. Sabía que era el indicado, sin embargo no pude evitar deslizar mis manos sobre el tronco inmenso y rugoso. Y allí, prácticamente borradas por los años y las estaciones, estaban las iniciales talladas: T. A.

Caí de rodillas y busqué la pala en mis bolsillos. Empecé a cavar a un ritmo urgente, sintiendo mis músculos arder entre los omóplatos. La tierra era blanda; rodeó mi falda como pastel de chocolate y manchó mis dedos mientras continuaba buscando el relicario y la gema.

De pronto, mis oídos se destaparon y apareció el sonido de un trueno a pesar de que había sido una mañana perfectamente despejada. Sentí el comienzo de la conexión, y cavé más deprisa, con más ahínco, y mordí mi labio hasta que sangró, el dolor y el sabor metálico en mi lengua me mantuvieron anclada a mi tiempo y espacio.

Una vez más, tuve que recurrir a toda mi concentración para resistirme, para evitar sucumbir a él. Era como nadar contra una corriente fuerte; me sentía cansada, exhausta, cuando por fin tranquilicé las ansias de Tristán hablándole.

«Lo que has hecho, desharé», le susurré a mi antepasado, quien había empezado con la caída de Maevana.

Sentí su sorpresa, como si estuviera de pie detrás de mí. Y luego, desapareció y cedió ante mi insistencia.

Mi pala había llegado a un hueco en la tierra.

Y en lo profundo del agujero yacía el relicario de madera.

Había esperado que estuviera podrido, pero estaba entero y en buen estado; los años de entierro no lo habían afectado, como si hubiera utilizado un encantamiento sobre sí mismo para sobrevivir. Con cuidado y respeto, extendí la mano, agarré la cadena y llevé el relicario hasta mi palma. Mis dedos temblaban mientras lo abría.

La gema era igual a la que recordaba, aunque el recuerdo no me había pertenecido. Era suave, resplandeciente, como una piedra lunar. Hasta que percibió mi presencia, y una luz azul fluyó en ella, como el sol brillando a través de la lluvia. El asombro invadió mi cuerpo como la miel, espesa y dulce. Quería permanecer sentada observando la magia bailar en la gema. Y lo habría hecho, habría quedado descaradamente cautiva de su belleza silenciosa. Pero los colores desaparecieron y la gema quedó blanca perlada otra vez, tenue y triste.

Yo no era una Kavanagh. No había rastros de magia en mi sangre, y la gema se había dormido después de percibirlo. *La gema quería a Yseult*, pensé, y pensar en ella hizo que recordara la urgencia, el peligro con el que estaba coqueteando.

Cerré el relicario en el preciso instante en que oí voces y los cascos de los caballos trotando a través del bosque. Temblaba mientras guardaba el relicario de madera al frente de mi vestido, dentro de la jaula de mi corsé. Luego, solté la pala dentro del agujero, lo rellené velozmente, aplasté la tierra con firmeza y desparramé hojas, bellotas y ramas sobre ella. Al igual que había hecho Tristán ciento treinta y seis años atrás.

Oí el golpe de una rama y pasos sobre el césped detrás de mí.

Agitada, intenté pensar en una respuesta que explicara por qué estaba de rodillas allí, bajo un árbol, con los dedos llenos de tierra. Esperé que una mano tocara mi hombro y me hiciera girar para exigir una explicación para mis acciones. Pero, en cambio, sentí un hocico húmedo empujando mi codo. Me senté en el suelo; sentí el alivio caliente y punzante debajo de mi piel cuando Nessie, la perra, me golpeó de nuevo con su hocico, como si quisiera jugar.

—¡Amadine!

Ahora era Sean, muy cerca.

Con el poco tiempo que me quedaba, rasgué el dobladillo de mi vestido, limpié la suciedad de mis manos en mi falda y coloqué una rama en mi pelo. Nessie me observaba con ojos solemnes, como si percibiera mi aflicción. Luego, caminé con dificultad hacia el caballo, que masticaba el césped que crecía allí. El relicario presionaba mi estómago, incómodo, pero se mantendría en su lugar.

—¡Sean! —exclamé, y llevé al caballo hacia el bosque de nuevo, con Nessie detrás de mí.

—¿Amadine?

Continuamos llamándonos mutuamente hasta que nos reunimos en el bosque. Palideció al verme y desmontó de inmediato.

—¿Qué ha sucedido? ¿Estás bien?

—Mi caballo se asustó después del de Merei —dije; fingí que mi voz temblaba—. Corrió hacia el bosque.

—Dioses celestiales, ¿te has roto algo? —Miraba mi labio, del cual me había olvidado. Un hilo de sangre había manchado mi mentón.

—No, solo me he golpeado un poco. ¿Cómo está Merei?

—Está bien.

Miré sobre su hombro y la vi acercándose con la yegua hacia nosotros. Su mirada asimiló mi aspecto, la suciedad, el vestido rasgado y la sangre. Por fin, su miedo apareció y cercó la distancia entre nosotras como una sombra.

Bri, Bri, ¿qué estás haciendo?

—Juro que elegí los caballos más mansos para el paseo —dijo Sean, moviendo la cabeza de lado a lado—. No puedo creer que ambos se hayan asustado. Os pido disculpas.

—No es culpa tuya —dije, y coloqué la mano sobre su brazo—. De todos modos, ¿te importaría llevarme de regreso al castillo?

—Por supuesto —dijo Sean y me ofreció su rodilla para ayudarme a montar.

Cabalgamos de regreso al patio, donde el grupo de músicos de Merei estaba a punto de ir a dar un paseo. Me invitaron con entusiasmo a acompañarlos, pero rechacé la oferta. Solo podía pensar en dos cosas: necesitaba cambiar mi vestido y limpiar la suciedad de mis uñas antes del regreso de Allenach. Y necesitaba privacidad para llorar de alivio por haber encontrado la Gema del Anochecer.

Hice ambas cosas, y luego desaparecí hasta la cena para darle a mi corazón y a mi mente el tiempo necesario para tranquilizarse y alinearse de nuevo a lo que vendría. Después de la cena, cuando regresé a mi habitación y caminé de un lado a otro, intenté darle a Cartier el tiempo suficiente de salir del salón antes de reunirme con él en su habitación, pero alguien llamó a mi puerta.

Con cautela, respondí y vi a mi criada de pie en la entrada, con un sobre.

—Una de las pasionarias de música la ha invitado a reunirse con ella en la biblioteca esta noche —dijo la chica, y me entregó responsablemente la carta.

La acepté, consciente de que el guardia a mi lado observaba.

—Gracias.

La criada partió antes de que pudiera cerrar la puerta. Sabía que Merei quería hablar sobre lo que había sucedido esta mañana, que ese era un intento para que yo le explicara.

Abrí despacio el sobre; extraje un pergamino cuadrado.

Mi corazón se alegró cuando reconocí su caligrafía:

¿Te reúnes conmigo?

Vacilé; no había nada que deseara más que ir con ella. Pero antes de que pudiera tomar una decisión, observé que la caligrafía elegante de Merei empezaba a desplazarse por el papel. Contuve el aliento mientras las letras serpenteaban como una víbora negra hasta detenerse en una caligrafía sesgada en dairinés.

Reúnete conmigo.

El recuerdo de Tristán me atrapó inesperadamente. Era demasiado tarde para evitar sucumbir esa vez. Suspiré y observé que su mano arrugaba el mensaje mientras caminaba hacia el fuego ardiente en su chimenea y lanzaba el papel sobre las llamas.

Había esperado dos días para que ella por fin le enviara aquel mensaje.

Tristán había invitado a la princesa Norah Kavanagh a Damhan con la excusa de la hospitalidad leal. Ella había accedido a quedarse en el castillo y ambos sabían que era solo para planear cómo robarle la Gema del Anochecer a la madre de la princesa, la reina, antes de que se desatara la guerra al oeste de Maevana.

Tristán se escabulló de la habitación. El pasillo estaba silencioso, oscuro. Solo unos pocos candelabros continuaban ardiendo, proyectando luces monstruosas en los muros mientras él empezaba a andar.

Se había preguntado cómo se corrompería la magia de la reina en la batalla. Había leído solo una historia al respecto, una historia que Liadan se había asegurado de transmitir, dado que describía lo que la magia bélica había hecho. Tormentas incontrolables, criaturas sobrenaturales que aparecían de las sombras, espadas que robaban la visión cuando atravesaban la piel, flechas que se multiplicaban y regresaban a sus arqueros…

Se estremeció, esperando que Norah estuviera lista para hacer lo que él sugería, para obtener la Gema del Anochecer antes del inicio de la guerra.

Tristán subió la escalera hasta el tercer piso y atravesó en silencio un pasillo angosto que llevaba a la puerta que daba acceso al parapeto norte.

Salió al camino del parapeto, aceptando la noche fría.

La luz de la luna bañaba sus tierras. Todo lucía pequeño, un manto de verdes, ocres oscuros y azules acero entretejidos con la luz celestial. La luna brillaba dorada, llena y generosa, las estrellas estaban distribuidas a su alrededor como azúcar vertida sobre un terciopelo negro.

Por el rabillo del ojo, vio el movimiento de una sombra, y supo que era ella.

—¿No deberíamos hallar un lugar mejor donde reunirnos? —preguntó él.

—¿Y por qué me reuniría contigo? —La voz de un hombre.

El corazón de Tristán dio un vuelco; giró para mirar detenidamente la sombra movediza. Era la cara de Norah, su pelo oscuro fluía suelto sobre sus hombros. Y su boca se movía… decía algo y él no podía oírla.

—Responde —ordenó Norah, pero la voz que brotó de sus labios era masculina y sospechosa. Y en ese instante, la cara de la princesa se partió por la mitad y Rian Allenach apareció detrás de ella.

25

La advertencia

—¿Qué estás haciendo aquí? —gruñó Rian.

Por un instante, lo único que pude hacer fue mirarlo mientras mis oídos se destapan y un estremecimiento recorría mi piel a la vez que el horror echaba raíces en mi corazón. Tristán se había desintegrado por completo y me había dejado atrás para reparar aquel desastre.

—Lo... lo siento —jadeé, y tiré del chal que cubría mis hombros para envolverlos mejor—. Estaba explorando y...

—¿Con quién explorabas?

Tragué con dificultad, la sospecha en su mirada oscura atravesaba mi cuerpo.

—Una de las músicas. Creímos que sería agradable ver la vista desde la cima del castillo.

—¿No tenéis castillos en Valenia? —Miré a Rian, intentando no moverme cuando dio un paso más hacia mí—. ¿Por qué no esperamos juntos hasta que tu amiga llegue? —susurró, inclinado la cabeza a un lado mientras sus ojos deambulaban sobre mí.

Quería dar media vuelta y huir. Casi lo hice, mi pie derecho empezó a deslizarse sobre el suelo de piedra cuando Rian movió el cuerpo para cubrir a propósito el camino hacia la puerta.

—Esto nos dará una buena oportunidad de conocernos —prosiguió, cruzando los brazos—. Porque desde que llegaste, mi padre ha estado malhumorado.

—¿Qu... qué? —Mi pulso latía sin parar, como un tambor en mis oídos.

—Me has oído, Amadine Jourdain.

Retrocedí para colocar espacio entre nosotros. El muro del parapeto golpeó mi espalda y la argamasa tiró de mi vestido.

—¿Por qué has venido aquí? —preguntó Rian.

Antes de que las palabras colapsaran en mi garganta dije:

—Vine por MacQuinn.

Él sonrió; éramos prácticamente de la misma altura y, sin embargo, me sentí pequeña bajo su sombra. Era evidente que mi miedo era embriagador para él.

—Te propongo un juego. —Sacó una daga enfundada de su cinturón.

—No quiero jugar —repliqué con voz áspera e intenté escapar.

Él extendió un brazo y apoyó la mano sobre la pared para obligarme a permanecer de pie delante de él.

—No te haré daño… a menos que mientas. De hecho, jugaremos como iguales. Si yo miento, tú usarás el arma. Pero si tú mientes…

Lo miré. Pensé en lo que Jourdain me había dicho antes de que partiera de Valenia. Y me dije que debía ser valiente, que Rian alimentaba mis miedos y mi impotencia.

—De acuerdo, pero mi amiga llegará en cualquier momento…

—Cada uno puede hacer tres preguntas —habló por encima de mí, moviendo la punta de la daga—. Yo empiezo. —Colocó la punta del cuchillo contra mi garganta. No me atreví a moverme, a respirar, dado que el acero flotaba sobre mi pulso—. Si eres una pasionaria del conocimiento, ¿dónde está tu capa?

Tragué con dificultad, el miedo yacía en mi garganta como un hueso roto.

—Mi capa se quemó en un incendio que hubo en la casa hace un mes. Mi Ama actualmente la está reproduciendo.

Esperé, rogando que me creyera. Sin duda él disfrutaba hacerme preocupar y sufrir, pero después de un rato bajó la daga y me la dio. No quería colocar el filo sobre su garganta; no quería rebajarme a su nivel de crueldad. Y sin embargo, pensé en lo que quizás le había ocurrido a mi madre. Tomé la daga y le apunté a la entrepierna.

Rian miró hacia abajo y sonrió.

—Eres un poco salvaje, ¿verdad?

—¿Por qué te sientes amenazado por una mujer? —La pregunta fluyó como fuego de mi boca; la ira impregnaba mis palabras.

Agudizó la mirada en la mía; su sonrisa cambió a una expresión siniestra.

—No me siento amenazado por una *mujer*. Desconfío de una que ha venido a apelar en nombre de un traidor cobarde.

No me dio tiempo de asimilar su respuesta, de probar si mentía. Quitó la daga de mis manos y la presionó contra el cuerpo de mi vestido, justo debajo de mi seno derecho. Estaba a pocos centímetros de la Gema del Anochecer, que empezó a zumbar dentro de mi corsé, como si estuviera despertando de furia.

—La música de pelo oscuro —gruñó Rian—. ¿Cómo se llama? Merei, creo. La conoces. La conocías antes de venir aquí. ¿Cómo?

El sudor empezó a caer por mi espalda mientras mi mente daba vueltas intentando tejer una mentira plausible. Mi vacilación avivó su satisfacción. Empezó a presionar más la daga; sentí que rasgaba la capa externa de mi ropa y que mi corsé se doblaba…

—Hay camaradería entre los pasionarios, como una hermandad —respondí con voz ronca—. Es algo que no espero que comprendas, pero hay lazos entre aquellos que visten la capa, incluso aunque sean extraños.

Él hizo una pausa, sus ojos fríos recorrieron las líneas de mi cara. Pensé que él creía mi respuesta. Estaba a punto de extender mi mano hacia la daga cuando él la clavó en mí.

Mi cuerpo se tornó rígido, tieso con la repentina llamarada de dolor en mi costado. Y luego, le siguió el terror cuando comprendí que me había apuñalado, que la daga estaba dentro de mi carne.

—No, Amadine —susurró Rian con amargura—. Es mentira. —Extrajo la daga de mi cuerpo tan deprisa que trastabillé y caí de rodillas—. Has perdido.

Cerré los dedos sobre el suelo de piedra, intentando hallar algo que me sostuviera, que me diera el coraje para enfrentarlo. Temblaba violentamente cuando él se puso de rodillas delante de mí, cuando me quitó el pelo de la cara con sus dedos. La sensación de su piel tocando la mía hizo que quisiera vomitar.

—Permíteme darte un consejo, muchachita valeniana —dijo él; limpió mi sangre de la hoja antes de guardarla de nuevo en su funda—. Si has venido aquí por alguien como MacQuinn, si planeas hacer una estupidez… será mejor que sepas bien quiénes son tus aliados. Porque el rey Lannon es un sabueso para detectar la falsedad. ¿Y esa herida en tu costado? Es solo un anticipo de lo que él te hará si mientes. Así que puedes agradecerme por la advertencia.

Rian se puso de pie. Sentí un susurro de aire frío, oí el aullido del viento mientras él caminaba para abandonar el parapeto. Aún estaba apoyada sobre mis manos y rodillas cuando él giró y dijo:

—Si mi padre se entera de esta lección, te prometo que tu amiguita la música pagará por ello. Buenas noches, Amadine.

Cerró la puerta.

Sola, empecé a tragar aire, intentando extinguir mi angustia antes de que la perplejidad se apoderara de mí, antes de perder la compostura. Despacio, me senté sobre los talones con los ojos apretados. No quería mirar; no quería ver lo que él me había hecho. Quería derretirme y desaparecer; quería regresar a casa, pero ni siquiera sabía cuál era mi hogar.

La gema estaba cada vez más tibia contra mi estómago, tan cálida que creí que podría quemarme a través del relicario de madera, como si estuviera furiosa por lo que me habían hecho. Abrí los ojos y miré mi costado.

La sangre caía sobre el vestido azul pálido, oscura como la tinta bajo la luna. Me había apuñalado justo debajo del seno, dentro de la caja torácica. Entumecida, intenté inspeccionar la herida —¿cuán profundo había sido el corte?—, pero las capas de mi vestido... No podía acceder a ella, solo sentía el dolor empezando a menguar gradualmente mientras la sorpresa me abrumaba.

Tomé mi chal y lo amarré sobre mi torso para detener la pérdida de sangre.

Regresé deprisa adentro, crucé el pasillo y bajé dos pisos por la escalera. Sentía la sangre fluir, abandonar mi cuerpo. Sentía el pánico acechando mi mente mientras mantenía la compostura el tiempo suficiente para pasar delante de mi guardia y entrar a mi habitación.

Cerré la puerta con llave. Me quité el chal.

Mi sangre era roja brillante bajo la luz del fuego.

A tropezones, me acerqué al tapiz y agarré un candelabro de camino. Entré en la oscuridad. El pasadizo interno me hacía sentir como si estuviera deambulando dentro de las entrañas infinitas de una bestia. Fui de puerta en puerta, empezaba a sentir mareos; las sombras susurraban y mordían mi vestido mientras buscaba el símbolo de la habitación de Cartier.

A duras penas podía mantenerme erguida, mi corazón latía estrepitoso en mis oídos y mis pies tropezaban entre sí. Pero al igual que la noche anterior, la puerta de Cartier apareció delante de mí antes de que me rindiera, antes de que colapsara en el suelo.

El armiño alado resplandeció con su bendición bajo la luz de mi vela mientras abría la puerta interna y empujaba el tapiz.

Él estaba sentado en el escritorio, escribiendo. Mi entrada inesperada lo asustó; se sobresaltó, su pluma saltó sobre el pergamino mientras me detenía en el centro de su habitación.

—¿Brienna?

El sonido de mi nombre, el sonido de su voz fueron mi perdición. Quité la mano de mi herida, mi sangre caía desde los dedos sobre la alfombra.

—Cartier —susurré antes de caer al suelo.

26

Heridas y costuras

Nunca lo había visto moverse tan deprisa; prácticamente dio una vuelta el escritorio para sostenerme antes de que tocara el suelo. El candelabro cayó de mis manos y retumbó en el suelo, las llamas se extinguieron una a una, pero Cartier me sostuvo con los ojos clavados en mí. Observé la elegancia y el porte valeniano desaparecer de su semblante mientras observaba mi sangre y la herida. La furia oscureció su mirada, una furia que aparecía en batallas, en noches de acero y sin luna.

Entrelazando sus dedos en mi pelo con cuidado preguntó:

—¿Quién ha hecho esto?

Vi al maevano en él aparecer, vi cómo se apoderaba de él al verme sangrando entre sus brazos. Estaba listo para destruir a quien me había herido. Lo había visto antes, en Jourdain y en Luc. Pero luego recordé que yo era mitad maevana. Y permití que aquella mitad respondiera.

—No es profundo —susurré, observando el frente de su camisa, dominando el timón del problema—. Necesito que me desvistas. No quería llamar a la sirvienta.

Nos miramos. Observé cómo mis palabras se expandían en su mente —estaba a punto de quitarme la ropa— y relajó los dedos en mi pelo.

—Dime qué hacer —dijo por fin, su mirada inspeccionó el misterio complicado que los hombres llaman el vestido de una mujer.

—Hay lazos… en la parte trasera del atuendo —jadeé, mi respiración era breve y superficial—. Suéltalos. Primero hay que quitar la túnica…

Me hizo girar entre sus brazos; sus dedos hallaron los lazos amarrados y los desató deprisa. Sentí que la túnica empezaba a soltarse, que él la quitaba.

—¿Qué sigue? —preguntó, con un brazo rodeando mi cintura para darme apoyo.

—El vestido —susurré.

Lo deslizó fuera de mi cuerpo y empecé a sentirme liviana. Luego, desató la enagua que cayó hasta mis tobillos en un aro amplio.

—El corsé —susurré.

Sus dedos lucharon contra las ataduras, hasta que por fin el corsé me abandonó y pude relajarme y respirar. Había olvidado que tenía la Gema del Anochecer hasta que oí caer el relicario de madera entre las capas de tela a mis pies.

—La gema, Cartier…

Tensó el brazo alrededor de mi cintura; habló en la maraña de mi pelo.

—¿La has encontrado?

Oí el deseo y el miedo en su voz… como si la idea de estar tan cerca de la gema fuera aterradora y maravillosa a la vez. Me recliné sobre él, dependiendo de su fuerza, y sonreí cuando noté que él experimentaba dos sentimientos opuestos al mismo tiempo.

Y luego, la realidad pareció serpentear entre nosotros; él me abrazaba y yo no llevaba puesto nada más que mi ropa interior, y la gema mágica estaba en alguna parte a nuestros pies, oculta entre mis prendas. No sabía qué era más extraordinario. Y a juzgar por la presión de sus manos sobre mi cintura... Cartier tampoco.

—Sí. La escondí en mi corsé.

De inmediato, él se puso de rodillas, alcanzó el relicario y lo colocó sobre su escritorio. Me sorprendió el desinterés que tenía hacia la gema, que la tratara como cualquier otra joya. Hasta que su mirada regresó a la mía, a mi herida, y vi lo pálido que estaba, muy agobiado.

Solo tenía puesta mi camisola, que llegaba a mis rodillas, y los calcetines de lana, que habían caído hasta mis gemelos. Y mi sangre se expandía brillante y furiosa sobre el lino blanco, que no podía levantar para inspeccionar a menos que quisiera quedar completamente desnuda delante de Cartier.

Él debía haber leído mi mente. Fue hasta su armario y me entregó un par de sus pantalones.

—Sé que son demasiado grandes para ti —dijo, ofreciéndome la prenda—. Pero póntelos. Necesito revisar la herida.

No protesté. Él me llevó hasta su cama y me dio la espalda después de dejar el pantalón en mis manos. Tomé asiento en el colchón, quité el puñal de mi muslo y empecé a pasar las piernas por el pantalón; hice una mueca cuando el dolor resonó en mi abdomen.

—Listo —dije—. Puedes volverte.

Apareció a mi lado en un instante; me indicó que recostara el cuerpo sobre sus sábanas y que apoyara la cabeza en la almohada. Luego, despacio, levantó mi camisola para exponer mi abdomen y sus dedos palparon con cuidado mi herida.

—No es profunda —dijo él y observé que la tensión abandonaba su cara—. Pero es necesario coserla.

—Creo que el corsé ha salvado mi vida —susurré y luego recliné la cabeza y reí.

A él no le resultó gracioso. No hasta que le pedí que buscara mi corsé y lo alzara. Ambos vimos que el material grueso, roto y ensangrentado, se había llevado la peor parte de la puñalada y me había protegido de una herida más profunda.

Él dejó mi corsé en el suelo otra vez y dijo:

—Estaba a punto de compadecerme porque la sociedad obliga a las mujeres a vestir una jaula como esa. Pero ya no lo haré.

Sonreí mientras él caminaba hacia su escritorio y hurgaba en su bolso de cuero. Entrecerré los ojos, vi como traía una bolsita con hierbas y las esparcía dentro de una copa de agua.

—Bebe esto. Ayudará con el dolor —dijo, ayudándome a incorporarme para que pudiera beber.

Escupí después del primer sorbo.

—Sabe a mugre, Cartier.

—Bebe.

Lo fulminé con la mirada. Él me devolvió el gesto hasta que se aseguró de que había tragado tres sorbos más. Luego, retiró la copa y me recosté de nuevo para que él pudiera limpiar la herida.

—Dime —comentó, de rodillas a mi lado mientras enhebraba su aguja—, ¿quién te ha hecho esto, Brienna?

—¿Acaso tiene importancia?

La furia de Cartier ardió, su mirada era como el centro azul de una llamarada. Aquel lord maevano había regresado; lo vi en su mandíbula, en los músculos tensos de su postura, en la venganza que se cernía sobre él como sombras. En mi imaginación, lo vi de pie en el salón del trono recuperado con una diadema dorada sobre la cabeza, caminando bajo la luz matutina y, a través de las ventanas, sus prados verdes florecían brillantes con flores…

—La tiene —dijo, rompiendo el contacto visual—. ¿Quién te ha apuñalado? ¿Y por qué lo ha hecho?

—Si te lo digo, debes jurar que no te cobrarás venganza —respondí.

—Brienna…

—Empeorarás la situación —siseé, impaciente.

Limpió la sangre en mi piel y empezó a coser la herida. Mi cuerpo se puso rígido al sentir el pinchazo de la aguja, el tirón de mi carne mientras cerraba el tajo.

—Juro que no haré nada —prometió—. Hasta que la misión termine.

Resoplé. De pronto, era difícil imaginarlo sosteniendo una espada, devolviéndole el favor a Rian. Hasta que recordé aquel día en la biblioteca, cuando Cartier y yo subimos a las sillas con libros sobre la cabeza. Había sangrado debajo de su camisa.

Quizás fue la conmoción, o el aire norteño, o el hecho de que él y yo estuviéramos juntos de nuevo. Pero alcé la mano y deslicé el dedo por su manga hasta la parte superior de su brazo, donde había sangrado antes. Él se paralizó como si lo hubiera hechizado, detuvo la mano en medio de la costura, y comprendí que era la primera vez que lo había tocado. Fue extremadamente delicado; fue fugaz, una estrella atravesando la noche. Solo cuando mi mano regresó al edredón, él terminó de coserme y cortó el hilo.

—Dime tus secretos —susurré.

—¿Cuál de todos?

—¿Por qué sangraste aquel día?

Se puso de pie y llevó la aguja y el hilo hasta su escritorio. Luego, limpió la sangre de sus dedos y llevó una silla junto a la cama. Tomó asiento, unió las manos y me miró. Me pregunté qué cruzaba por su mente al verme recostada en su cama, con el pelo extendido sobre su almohada, vestida con sus pantalones y sus puntos.

—Me corté el brazo —respondió—. Durante una pelea.

—¿Pelea? —repetí—. Dime más.

Él rio.

—Bueno, hace mucho tiempo, hice un pacto con mi padre. Él me permitiría estudiar para convertirme en pasionario solo si también tomaba lecciones de esgrima. Mantuve esa promesa, incluso después de su muerte.

—Entonces debes ser muy hábil con las armas.

—Soy muy hábil —concordó—. Pero aun así, a veces recibo cortes.

Ambos guardamos silencio y oímos el chisporroteo del fuego mientras ardía en la chimenea. Sentía la herida entumecida bajo los puntos cuidadosos; ya prácticamente no sentía dolor, y mi cabeza empezaba a estar aireada, como si hubiera respirado una nube.

—Entonces… ¿cómo es posible que no supieras que yo era Amadine? —pregunté por fin; era la pregunta principal que continuaba dando vueltas en mis pensamientos—. Y ¿por qué estuviste ausente en la primera reunión de organización?

—Falté a la primera reunión por *ti*, Brienna —dijo—. Acababa de enterarme de tu desaparición. Me obligué a esperar todo el verano, a mantenerme lejos; pensaba que no querías verme después de que mis cartas dejaron de obtener respuesta. Pero por fin reuní el coraje de ir a Magnalia, creyendo que tenía tiempo antes de que necesitara ir a Beaumont para la reunión. La Viuda me informó que no estabas, que habías partido con un mecenas, que estabas a salvo. No quiso decirme más, y pasé la semana siguiente buscando en Théophile; creía que estabas allí porque es la ciudad más cercana a Magnalia. Obviamente, me retrasé.

Lo miré, mi corazón se retorcía en mi pecho.

—Cartier...

—Lo sé. Pero no podía descansar sin al menos haber intentado encontrarte. Originalmente, me preocupó que tu abuelo hubiera ido a buscarte, así que acudí a él. Pero él no tenía idea de tu paradero, y eso solo incrementó mis miedos. Hubo tantas noches en las que creí que lo peor te había ocurrido y que la Viuda solo intentaba protegerme de aquella angustia. Sin embargo, ella continuó insistiendo que contactarías conmigo cuando estuvieras lista.

—Y finalmente abandonaste la búsqueda y viajaste a Beaumont para la segunda reunión —susurré.

—Sí. Y Jourdain tomó asiento frente a mí en la mesa y mencionó que había adoptado una hija, una mujer llamada Amadine, quien se había convertido en pasionaria en la Casa Augustine, quien había heredado los recuerdos que necesitábamos para hallar la gema. Estaba tan exhausto y furioso que lo acepté como verdad, y no sospeché ni una sola vez que él estaba usando tu alias.

—Pero, aún no lo entiendo —dije en voz baja—. ¿Por qué Jourdain no te dijo quién era yo y de dónde venía?

Cartier suspiró y se hundió más en la silla.

—Lo único que se me ocurre es que Jourdain no confiaba plenamente en mí. Y no lo culpo. Lo había evitado durante los últimos siete años. Él no tenía idea de que había adoptado el nombre de Cartier Évariste y que enseñaba en Magnalia. Y cuando me ausenté a la primera reunión... Creo que le preocupó que fuera a abandonar la misión. Así que cuando me comunicaron los planes, le ofrecí ser quien se infiltraría en Damhan con la excusa de la cacería. Supuestamente Luc sería el elegido, pero yo me ofrecí en su lugar, para demostrar mi compromiso.

Pensé en lo que acababa de decirme; por fin uní las piezas. Lentamente, me incorporé, apoyé el cuerpo en las almohadas y bajé mi camisola para cubrir mi estómago y mi herida.

—Ahora —dijo Cartier—, cuéntame tu versión de la historia.

Le conté todo. Le conté sobre cada una de mis conexiones con Tristán, le conté sobre la decisión de la Viuda de contactar a Jourdain, de la llegada a Beaumont y del intento desesperado de forzar otra conexión. De mi descubrimiento de la identidad de Jourdain, de la reunión de organización, de mi fiebre y mi viaje a través del canal. De cómo recuperé la gema.

No dijo ni una palabra, no apartó la mirada de mí ni una sola vez. Podría haber estado tallado en mármol, hasta que de pronto se inclinó hacia delante, frunciendo el ceño, mientras sus dedos rozaban su mandíbula.

—Intentaste decírmelo —susurró—. Intentaste hablarme de tu primera conexión. El último día de clases. *El Libro de las Horas*.

Asentí.

—Brienna... lo siento. Lamento no haberte escuchado.

—No hay nada que lamentar —dije—. No te di detalles.

Él permaneció en silencio, mirando el suelo.

—Además —susurré, haciendo que su vista regresara a mí—, ya no tiene importancia. Tú y yo ahora estamos aquí.

—Y has encontrado la Gema del Anochecer.

La comisura de mi boca dibujó una sonrisa.

—¿Quieres verla?

Un resplandor alegre regresó a su mirada mientras se ponía de pie para buscar la gema. Luego, regresó y tomó asiento junto a mí en la cama y su pulgar abrió el relicario. La gema brillaba dorada, con destellos azules y pétalos plateados que se marchitaban a rojo. Ambos la observamos, maravillados, hasta que Cartier cerró el relicario con un movimiento elegante y pasó la cadena despacio alrededor de mi cabeza. El relicario descansó sobre mi corazón, la gema zumbaba con alegría a través de la madera y calentaba mi pecho.

—Jourdain debería llegar a Lyonesse mañana temprano —dijo Cartier en voz baja, su hombro casi rozaba el mío contra el cabezal de la cama. De inmediato, la atmósfera de la habitación cambió como si el invierno hubiera penetrado las paredes y nos hubiera cubierto de hielo—. Tengo el presentimiento de que Allenach querrá mantenerte aquí. Si lo hace, deberás cabalgar conmigo hasta el Bosque de la Bruma, en tres noches.

—Sí, lo sé —susurré, mientras mis dedos tocaban el relicario—. Cartier… ¿cuál es la historia del Bosque de la Bruma?

—Fue donde los tres lores rebeldes reunieron sus fuerzas hace veinticinco años —explicó—. Salieron del bosque para atravesar el campo y llegar a las puertas traseras del castillo. Pero nunca llegaron allí. Aquel campo es donde ocurrió la masacre.

—¿Crees que es tonto que planeemos atacar desde el mismo lugar? —pregunté—. ¿Que quizás sea poco prudente reunirnos allí antes de atacar el castillo? —Sabía que la que hablaba era la valeniana supersticiosa en mí, pero no podía apartar la preocupación que me generaba el plan de atacar desde un bosque maldito.

—No. Porque el Bosque de la Bruma es más que el suelo donde fallamos la primera vez y sangramos. Solía ser el bosque mágico donde tenían lugar las coronaciones de las reinas Kavanagh.

—¿Las coronaban en el bosque? —pregunté, intrigada.

—Sí. Al atardecer, cuando la luz y la oscuridad son iguales. Había faroles colgados de las ramas, flores mágicas, pájaros y criaturas. Y todo Maevana se reunía en aquel bosque que parecía infinito, y observaba cómo coronaban a la reina primero con piedra, después con plata y por último con capa. —Hizo silencio—. Por supuesto, eso fue hace mucho tiempo.

—Pero quizás no sea tan lejano como creemos —le recordé.

Él sonrió.

—Conservemos la esperanza.

—Entonces, nos reuniremos en el Bosque de la Bruma, dentro de tres noches…

—Nos reuniremos en un terreno antiguo, un lugar de magia, reinas y sacrificio —concluyó él—. Otros que deseen unirse a nuestra rebelión sabrán intrínsecamente que nos encontraremos allí. Cuando pronunciaste el nombre de MacQuinn en la audiencia real, empezaste a despertar no solo su Casa, sino también la mía y lo poco que queda de los Kavanagh. Incitaste a personas fuera de nuestras Casas. No sé cuántos aparecerán para unirse a la lucha, pero el Bosque de la Bruma sin duda los atraerá, en especial cuando lleves la gema allí.

Quería preguntar más, quería que me contara más sobre aquellos días antiguos y mágicos. Pero estaba exhausta, al igual que él; los dos sentíamos el peso de los días venideros. Me moví sobre la cama hasta que los pantalones empezaron a deslizarse por debajo de mi cintura.

—Déjame devolverte los pantalones y luego me acompañas hasta mi habitación —dije y Cartier se levantó para darme la espalda. Me quité los pantalones, amarré el puñal de nuevo en mi muslo y con cuidado pisé el suelo mientras mi camisola caía hasta mis rodillas de nuevo. Las hierbas que él me había dado debían haberse propagado por mi sangre, porque el dolor solo era una comezón leve en mi costado.

Reunimos las partes de mi atuendo. Luego, Cartier tomó el candelabro y yo lo guie a través de los pasadizos internos, mostrándole el camino hasta la habitación del unicornio. Solo cuando abrí la puerta oculta de mi habitación, él habló:

—¿Cómo descubriste estas puertas y senderos secretos?

Giré para mirarlo bajo la luz de las velas, con un pie en mi habitación y el otro en el pasadizo secreto, mis prendas estaban arrugadas contra mi pecho.

—Hay muchas puertas secretas a nuestro alrededor, a plena vista. Solo que no nos tomamos el tiempo de encontrarlas y abrirlas.

Él sonrió ante mis palabras; de pronto, parecía demacrado y cansado, como si necesitara dormir.

—Ahora sabes dónde encontrarme si necesitas hacerlo —susurré—. Buenas noches, Theo.

—Buenas noches, Amadine.

Cerré la puerta interna, y alisé las arrugas del tapiz. Me cambié la ropa interior por el camisón; oculté las prendas ensangrentadas en el fondo de mi baúl, y me arrastré hasta la cama, con la Gema del Anochecer todavía alrededor de mi cuello. Observé mientras el fuego de la chimenea empezaba a extinguirse, llama a llama, y pensé en Jourdain.

Mañana.

Mañana él regresaría a casa.

Cerré los ojos y recé, rogué que Lannon aún tuviera un hueso misericordioso en su cuerpo.

Pero todos mis sueños fueron consumidos por una única imagen que no pude disipar: Jourdain de rodillas al pie del trono, con un hacha cortándole el cuello.

27

Lo que no puede ser

Allenach estuvo ausente la mañana siguiente.

Lo sentí cuando entré al salón, la ausencia del lord era como un agujero enorme en el suelo. Y allí estaban Rian y Sean, sentados en sus lugares habituales en la mesa sobre la tarima, comiendo su avena con trozos de pan, demasiado hambrientos para usar cucharas, mientras la silla elegante de Allenach se encontraba vacía entre los dos.

Rian me vio primero, sus ojos de inmediato se detuvieron en mi torso, como si esperara que la sangre traspasara la tela.

—Ah, buenos días, Amadine. ¿Has pasado una buena noche?

Tomé asiento junto a Sean, sonriendo alegremente al sirviente que me alcanzó un cuenco con avena y ciruelas cortadas.

—El mejor descanso que he tenido hace tiempo, Rian —respondí—. Gracias por preguntar.

Sean no dijo nada, pero estaba tieso como una tabla mientras la tensión entre su hermano mayor y yo aumentaba.

—Has notado que mi padre está ausente —prosiguió Rian, mirándome a través de la mesa.

—Sí. Lo veo.

—Ha ido a Lyonesse, para traer a MacQuinn ante el rey.

Estaba llevando una cucharada de avena a mi boca. Y mi estómago se contrajo con tanta violencia que creí que vomitaría. Pero de algún modo, tragué la avena, sentí que descendía por mi garganta hacia mi estómago revuelto.

Rian sonreía, observando cómo me esforzaba en comer.

—¿Sabes lo que le gusta hacer al rey con los traidores, Amadine? Primero les corta las manos. Luego, los pies. Después, les arranca los ojos y la lengua. Y por último, les corta la cabeza.

—Suficiente, Rian —siseó Sean.

—Amadine necesita prepararse —replicó Rian—. Odiaría que pensara que esta historia tiene final feliz.

Miré el salón, mis ojos se dirigieron directamente hacia Cartier. Él estaba sentado en su lugar habitual con un cuenco de avena delante y valenianos conversando a su alrededor como pájaros. Pero estaba solemne y quieto, con los ojos en mí. Y luego, posó la vista en Rian y lo supo. Observé cómo el sigilo maevano y la elegancia valeniana se unían, cómo la mirada de Cartier marcaba a Rian como hombre muerto.

—¿Me has oído, Amadine? ¿O uno de los valenianos ha captado tu interés?

Apoyé la cuchara y miré de nuevo a Rian.

—¿Qué has dicho?

—He dicho que quizás podría acompañarte a terminar el paseo que tantas ganas tenías de hacer ayer —respondió Rian, colocando la última porción de pan y avena en su boca.

—No, gracias.

—Qué pena —dijo entre migajas y se puso de pie—. Me hubiera encantado mostrarte el lugar.

Sean y yo observamos a Rian salir del salón. Solo entonces respiré y permití que mi cuerpo se hundiera más en la silla.

—De verdad espero que perdonen a tu padre —susurró Sean; se puso de pie deprisa y salió, como si estuviera avergonzado por haber hecho semejante confesión.

Me obligué a tragar un poco más de avena y luego aparté mi cuenco. Mis ojos encontraron a Merei, sentada en una mesa con los demás músicos de su grupo; sus capas color púrpura parecían joyas bajo la luz suave. Todos reían, disfrutando la mañana, sin nada oscuro en su horizonte. Quería ir con ella, con mi amiga del corazón, y quería contarle todo.

Ella sintió mi mirada y me observó.

Se reuniría conmigo si le hacía una seña. Vendría de inmediato; sin duda se preguntaba por qué no me había reunido con ella la noche anterior.

Pero había prometido que no pondría en riesgo su seguridad, no después de haberla puesto ya en peligro con mi estrategia arriesgada para recuperar la gema. Y estaba tan agobiada en aquel momento que sin duda le contaría todo lo que no debía compartir.

Me puse de pie y salí del salón, dejando a Cartier entre los valenianos y a Merei con su grupo. Regresé a mi habitación, tan abrumada de miedo y preocupación que me recosté boca abajo sobre la cama. En aquel preciso instante, Jourdain estaba frente a Lannon en la sala del trono. Y yo había creado aquel plan. Yo lo había organizado, usando a Jourdain como distracción. Pero ¿y si había planeado mal? ¿Y si Lannon torturaba a mi padre adoptivo? ¿Y si lo mutilaba y lo clavaba en una pica sobre el muro? ¿Y qué ocurriría con Luc? ¿Lannon también lo castigaría?

Sería culpa mía. Y apenas podía soportarlo.

Mi corazón latió bajo y apesadumbrado mientras las horas continuaban ardiendo, mientras la mañana le daba lugar a la tarde y la tarde mutaba en la noche. Prácticamente no me moví;

estaba débil por el pavor y la sed, y entonces, alguien llamó a mi puerta.

Me puse de pie y caminé hacia ella, mi mano temblaba cuando la abrí.

Era Allenach, esperando en la entrada.

Me dije que debía erguir la espalda, soportar lo que fuera que él diría, que sin importar lo que hubiera sucedido, la misión debía continuar. Aún atacaríamos el castillo, con o sin Jourdain.

—¿Puedo pasar? —preguntó el lord.

Me aparté del camino para que él pudiera entrar y cerré la puerta. Él caminó hacia la chimenea, y se detuvo solo para volverse y observarme acortar lentamente la distancia que nos separaba.

—Pareces enferma —dijo, mientras me observaba.

—Habla. —Ni siquiera intenté sonar educada o refinada.

—Toma asiento, Amadine.

No, no, no. Mi corazón gritaba, pero obedecí, preparándome para lo peor.

—No te mentiré —empezó a decir, mirándome—. Tu padre casi pierde la cabeza.

Mis manos aferraban los apoyabrazos de la silla; tenía los nudillos blancos.

—Entonces, ¿está vivo?

Allenach asintió.

—El rey quería decapitarlo. Tomó el hacha para hacerlo él mismo. En la sala del trono.

—¿Y por qué no lo hizo?

—Porque yo lo detuve —respondió el lord—. Sí, MacQuinn merece morir por lo que hizo. Pero fui capaz de ganar un poco más de tiempo para él, de convencer al rey para que le dé un juicio justo. Los lores de Maevana lo juzgarán en dos semanas.

Cubrí mi boca, pero las lágrimas empezaron a caer de mis ojos. Lo último que deseaba era llorar, parecer débil, pero eso solo hizo que Allenach cayera de rodillas delante de mí, una vista que hizo que las sombras y la luz se cernieran sobre nosotros.

—Han llevado a tu padre y a tu hermano a una casa a dieciséis kilómetros de aquí —susurró—. Están en mi territorio, en una de las casas de mis terratenientes. Están custodiados y tienen órdenes de no salir, pero dormirán a salvo cada noche hasta el juicio.

Un sonido de alivio brotó de mí y limpié mis mejillas, las lágrimas en mis pestañas proyectaban prismas en la cara de Allenach cuando lo miré.

—¿Quieres quedarte aquí o ir con ellos? —preguntó.

Apenas podía creer que estaba siendo tan amable, que estaba dándome una opción. Una campana de advertencia sonó en lo profundo de mi mente, pero el alivio era tan fuerte que ahogó mis sospechas. Todo lo que había planeado había ocurrido. Todo avanzaba como queríamos.

—Lléveme con ellos, milord —susurré.

Allenach me miró; luego se puso de pie y dijo:

—Partiremos en cuanto guardes tus pertenencias.

Se marchó y yo me apresuré a colocar todas mis posesiones dentro del baúl. Pero antes de salir de la habitación, antes de abandonar la bendición del unicornio, coloqué una mano sobre mi corsé, sobre los puntos que escocían en mi costado, sobre la gema que se había convertido en mi compañera más fiel.

Todo estaba ocurriendo de verdad. Todos estábamos allí. Había encontrado la gema. Y estábamos preparados.

Allenach hizo que un carruaje esperara por mí en el patio. Atravesé las sombras azules de la noche junto a él mientras me acompañaba hacia el exterior. Creí que se despediría allí, en los adoquines de Damhan. Pero me sorprendió cuando un lacayo trajo su caballo, arreado y listo.

—Cabalgaré detrás de ti —dijo el lord.

Asentí, ocultando mi asombro mientras él cerraba la puerta del carruaje. Cuando Cartier se diera cuenta de que estaba ausente durante la cena esa noche, sabría que me habían llevado con Jourdain. No lo vería de nuevo hasta que nos reuniéramos en el Bosque de la Bruma, y rogaba por que él se mantuviera a salvo.

Aquellos dieciséis kilómetros parecieron ciento sesenta. La luna había salido sobre la línea de los árboles cuando el carruaje se detuvo. Ignoré mis modales y salí del vehículo; tropecé con una mata de hierba mientras observaba mi entorno bajo la luz de la luna.

Era la casa de un propietario rural, una construcción larga que parecía una hogaza de pan: muros blancos, tejado de paja que parecía corteza quemada. El humo salía de dos chimeneas, subiendo hacia las estrellas, y la luz de las velas respiraba sobre las ventanas desde adentro.

No había nada más a la redonda excepto el valle, un granero sombrío a lo lejos, unas ovejas blancas que parecían puntos mientras pastaban. Y doce hombres de Allenach, custodiando la casa, posicionados junto a cada ventana y puerta.

El caballo de Allenach se detuvo detrás de mí justo cuando la puerta de entrada se abrió de par en par. Vi a Jourdain, recortado contra la luz mientras permanecía de pie en la puerta. Quería llamarlo, pero las palabras se atascaron en mi garganta cuando empecé a caminar, a correr hacia él; me dolían los tobillos a medida que mis pies aplastaban el césped.

—¡Amadine! —Él me reconoció, pasó entre los guardias para alcanzarme y caí en sus brazos llorando, a pesar de mi promesa de no volver a hacerlo—. Shh, todo está bien ahora —susurró él, el acento apareció otra vez en su voz, ahora que estaba en casa—. Estoy a salvo y bien. Luc también.

Presioné la cara contra su camisa, como si tuviera cinco años, e inhalé la sal del océano, el almidón del lino, y su mano acarició con dulzura mi pelo. A pesar de que estábamos bajo arresto domiciliario, de que él casi había perdido la cabeza esa mañana y de que a mí me habían apuñalado la noche anterior, nunca me había sentido tan segura.

—Vamos, entremos —dijo Jourdain, llevándome hacia la casa.

Solo entonces recordé a Lord Allenach, a quien nunca le había agradecido por salvar la vida de mi padre adoptivo.

Giré en los brazos de Jourdain, mis ojos buscaron al hombre a caballo. Pero no había nada más que la luna y el viento bailando sobre el césped, y huellas de los cascos donde él había estado antes.

Lloré de nuevo cuando vi a Luc esperándome en el salón. Me aplastó contra su pecho y meció mi cuerpo de un lado a otro, como si estuviéramos bailando, hasta que reí y por fin lloré las últimas lágrimas.

Jourdain cerró la puerta y corrió hacia nosotros; los tres formamos un círculo de pie, con los brazos entrelazados y las frentes juntas mientras sonreíamos y celebrábamos en silencio aquella victoria.

—Tengo algo que deciros —dije, y Luc rápidamente cubrió su boca con un dedo, indicando que debía guardar silencio.

—Apuesto que disfrutaste Damhan —dijo mi hermano en voz alta, caminando hacia la mesa que estaba lejos de las ventanas, fuera de vista. Sobre ella, había un papel, una pluma y tinta.

Me indicó con un movimiento que escribiera y luego señaló su oreja y los muros.

Entonces los guardias estaban escuchando. Asentí y conversé sobre el esplendor del castillo mientras empezaba a escribir.

Tengo la gema.

Jourdain y Luc lo leyeron a la vez, y clavaron sus ojos en los míos con una alegría que hizo que la gema zumbara de nuevo.

¿Dónde?, escribió Luc deprisa.

Di unos golpecitos sobre mi corsé y Jourdain asintió; me pareció ver lágrimas resplandecientes en sus ojos. Se volvió antes de que pudiera responder, para servirme un vaso de agua.

Mantenla allí, añadió Luc a su oración. *Está a salvo contigo.*

Acepté el agua que Jourdain me entregó y asentí. Luc agarró el papel y lo lanzó a las llamas para quemarlo; nos sentamos junto a la chimenea y conversamos de cosas más seguras e intrascendentes que aburrirían a los guardias que oían a través de los muros.

Al día siguiente, aprendí deprisa que estar en una casa estrictamente custodiada era sofocante. Todo lo que decíamos podía ser oído. Si quería salir, los ojos de los guardias me seguirían. El desafío más grande sería que los tres enfrentáramos a los doce custodios cuando llegara la hora de cabalgar hacia el Bosque de la Bruma, en dos noches.

Así que aquella tarde, Luc escribió un plan y me lo entregó para que lo leyera. Él y Jourdain habían llegado a Maevana sin ninguna arma, pero yo aún tenía mi puñal amarrado al muslo. Era la única arma que teníamos y después de leer el plan de escape, coloqué el puñal en manos de Jourdain.

—¿Tuviste que usarlo? —susurró, escondiéndolo en su jubón.

—No, padre —dije. Aún tenía que contarle sobre el incidente en el que me apuñalaron. Empecé a buscar papel para poder escribirlo y que él lo leyera…

Alguien llamó a la puerta. Luc saltó para atender y regresó al salón con una cesta de comida.

—Lord Allenach ha sido un anfitrión muy generoso —dijo mi hermano, hurgando entre las hogazas de pan de avena que aún estaban tibias del horno, las porciones de queso y manteca, un frasco de pescado salado y una pila de manzanas.

—¿Qué es eso? —preguntó Jourdain, al notar un trozo de pergamino plegado entre el pan.

Luc lo sacó mientras mordía una de las manzanas.

—Está dirigido a ti, padre. —Se lo entregó a Jourdain y vi la cera roja que sellaba el pergamino, estampada con un ciervo saltarín.

Distraída de mi escritura sobre la puñalada, fui junto a Luc y exploré la cesta de comida. Pero cuando estaba sacando el pan, oí que Jourdain dio un respingo, y sentí que la habitación se oscurecía. Luc y yo nos giramos al mismo tiempo para mirarlo, y vimos que arrugaba el papel entre sus manos como si fueran garras.

—¿Padre? Padre, ¿qué ocurre? —preguntó en voz baja Luc.

Pero Jourdain no miró a su hijo. Creo que ni siquiera escuchó a Luc mientras posaba los ojos en mí. Mi corazón cayó al suelo mientras se rompía por un motivo que ni siquiera conocía.

Mi padre adoptivo me miraba con tanta furia que retrocedí y me topé con Luc.

—¿Cuándo me lo ibas a decir, Amadine? —dijo Jourdain con su voz fría y afilada que había oído antes, cuando había matado a los ladrones.

—¡No sé de qué estás hablando! —repliqué con voz ronca, presionando el cuerpo contra Luc.

Jourdain agarró la mesa y le dio vuelta, e hizo caer las velas, la cesta, el papel y la tinta. Retrocedí y Luc gritó, sorprendido.

—¡Padre, recobra la compostura! —siseé—. ¡Recuerda dónde estamos!

Lentamente, Jourdain cayó de rodillas con el pergamino aún entre sus dedos y la cara pálida como la luna mientras miraba la nada.

Luc se apresuró a quitarle el papel. Mi hermano se quedó muy quieto y luego me miró a los ojos; sin decir nada, me entregó la carta.

No sabía qué esperar, qué podía haber enfurecido tan deprisa a Jourdain. Pero mientras mis ojos recorrían los valles y los arcos de las palabras, el mundo a mi alrededor se partió en dos.

Davin MacQuinn,

Creí que sería lo mejor decirte que extendí tu vida solo por un motivo, y que no está en absoluto relacionado con lo bien que suplicaste la mañ ana de ayer. Tienes algo que me pertenece, algo valioso, algo que quiero que regrese a mi cuidado.

La joven que llamas Amadine, a quien te atreves a llamar tu hija, me pertenece. Ella es mi hija legítima, y exijo que renuncies a cualquier vínculo que tengas con ella y le permitas regresar conmigo a Damhan. El carruaje esperará por ella.

Lord Brendan Allenach

—Es mentira —gruñí, arrugando el papel entre las manos como Jourdain había hecho—. Padre, te está *mintiendo*. —Caminé entre las manzanas y el pan y me puse de rodillas delante de Jourdain. Él parecía roto y tenía los ojos vidriosos. Tomé su cara entre mis manos y lo obligué a mirarme—. Aquel hombre, ese Lord Allenach, *no* es mi padre.

—¿Por qué me lo has ocultado? —preguntó Jourdain, ignorando mis afirmaciones vehementes.

—¡No he ocultado nada! —exclamé. La furia floreció en mi corazón y lo llenó de espinas—. Nunca he visto a mi padre de sangre. No conozco su nombre. Soy ilegítima, indeseada. Este lord está jugando contigo. ¡No le pertenezco!

Jourdain por fin centró la mirada en mi cara.

—¿Estás segura, Amadine?

Vacilé, y el silencio me atravesó, porque me hizo ver que no estaba en absoluto segura.

Pensé en la noche en la que le había pedido a la Viuda que ocultara de Jourdain el nombre completo de mi padre... Ella no había querido hacerlo, pero lo había hecho porque yo insistí. Y así Jourdain había creído, al igual que yo, que mi padre era tan solo un sirviente de aquel lord. Nunca habíamos valorado la idea de que fuera el lord.

—¿Le has dicho que eres de su Casa? —preguntó Jourdain, con la voz vacía.

—No, no, no le he dicho nada —tartamudeé y en ese instante lo comprendí. ¿Cómo rayos sabría Allenach que yo le pertenecía?

Era imposible...

Jourdain asintió, leyendo el hilo doloroso de mis pensamientos.

—Es tu padre. ¿De qué otro modo lo sabría?

—No, no —susurré, con la garganta cerrada—. No puede ser él.

Pero incluso mientras lo negaba, los hilos de mi vida empezaron a tomar forma. ¿Por qué mi abuelo había insistido tanto en ocultarme? ¿En mantener el nombre de mi padre oculto? Porque mi padre era un lord de Maevana poderoso y peligroso.

Pero quizás, más que nada... ¿cómo sabía Allenach quién era yo?

Miré a Jourdain. Jourdain me miró.

—¿Sabes por qué odio a Brendan Allenach? —susurró él—. Porque Brendan Allenach fue el lord que nos traicionó hace veinticinco años. Brendan Allenach fue quien clavó su espada en mi esposa. Él me la arrebató. Y ahora también te robará a ti.

Jourdain se puso de pie. Yo permanecí en el suelo, sentada sobre mis talones. Oí cómo él entraba a su habitación y que cerraba la puerta de un golpe.

Yo aún sostenía la carta. La hice trizas y la dejé caer a mi alrededor como nieve. Luego, me puse de pie.

Mis ojos se posaron en Luc. Él observaba el desastre en el suelo, pero alzó la vista hacia la mía cuando me acerqué.

—Probaré que es una mentira —dije, con el corazón desbocado—. Iré con d'Aramitz al Bosque de la Bruma.

—Amadine —susurró Luc, agarrando mi cara. Él quería decirme algo más, pero las palabras se hicieron polvo entre los dos. Besó mi frente con dulzura a modo de despedida.

A duras penas sentí el suelo debajo de mis pies mientras abandonaba la casa y salía bajo la lluvia de la tarde. Allí estaba el carruaje que Allenach había prometido, esperando para llevarme de regreso a Damhan. Caminé hacia él; mi pelo y mi vestido estaban empapados cuando tomé asiento en el banco acolchado del vehículo.

Mientras la lluvia azotaba el techo y el carruaje traqueteaba en el camino, empecé a pensar en qué debía decirle.

Lord Allenach creía que yo era su hija ilegítima.

Yo pensaba que no era verdad, pero la duda persistente era peor que la daga con la que Rian me había apuñalado. Lo más probable era que el lord estuviera burlándose de su viejo enemigo y usándome para ello. Así que entraría en su salón esa noche y le permitiría creer que me alegraba que él me reconociera. Y cuando pidiera pruebas, que él no podría darme, negaría su declaración.

Me llevó dieciséis kilómetros, pero cuando llegué al patio de Damhan, estaba lista para enfrentarlo.

Salí a la lluvia, los relámpagos centelleaban sobre mi cabeza y dividían el cielo nocturno en dos. Como yo, pensé, mientras caminaba por el pasillo del castillo. Soy Brienna, dos en una.

Seguí la música, las notas de Merei, hasta la luz y la calidez del salón. Los valenianos estaban reunidos en sus mesas para la cena. El fuego ardía, los ciervos emblemáticos resplandecían en los grabados de las paredes. Caminé por el pasillo del gran salón, arrastrando mi vestido sobre las baldosas brillantes, dejando un rastro de lluvia a mi paso.

Oí que los hombres hacían silencio, que la risa se extinguía mientras los valenianos notaban mi entrada. Oí que la música lamentablemente terminaba, las cuerdas de Merei hicieron un ruido metálico cuando movió el arco con brusquedad. Sentí la mirada de Cartier como el sol, pero no respondí. Sentía que todos me observaban, pero mis ojos eran solo para el lord sentado en la tarima.

Allenach notó mi presencia en cuanto entré. Había estado esperándome; observó cómo me acercaba mientras apoyaba su cáliz y el rubí en su dedo índice resplandecía.

Caminé hasta los escalones de la tarima, y allí me detuve, de pie directamente frente a él. Extendí las palmas, sentí la lluvia goteando de mi pelo.

—Hola, padre —le dije, mi voz se alzó como un pájaro a la rama más alta.

Brendan Allenach sonrió.

—Bienvenida a casa, hija.

28

Un corazón dividido

—¿Rian? Entrégale a mi hija su asiento legítimo.

Observé a Rian sacudirse, atónito por el pedido de su padre. Vi cómo la cara de Rian se crispaba de furia, furia hacia mí, porque su mayor miedo acababa de cobrar vida, en cuerpo y sangre.

La hija perdida había regresado para reclamar su herencia.

Permití que se pusiera de pie, solo para ver si lo haría. Y luego, levanté la mano y dije:

—Rian puede conservar su lugar, por ahora. Me gustaría hablar en privado contigo, padre.

Los ojos de Allenach, de un tono azul pálido, como hielo engañoso sobre un lago, resplandecieron de curiosidad. Pero él debía haber esperado que yo hiciera aquel pedido porque se puso de pie sin reparos y extendió la mano derecha hacia mí.

Subí a la tarima, rodeé la mesa y entrelacé mis dedos con los suyos. Me acompañó fuera del salón, subimos la escalera y recorrimos un pasillo en el que aún no me había aventurado. Me llevó a su ala privada, una conexión inmensa de habitaciones que estaban amuebladas generosamente.

La primera era algo que yo llamaría un salón, un lugar donde sentarse con invitados y amigos cercanos. Había una chimenea grande, encendida con un fuego abrasador, y había varias sillas cubiertas con piel de oveja. En un muro, había un tapiz inmenso de un ciervo blanco que saltaba con flechas clavadas en su pecho, y tantas cabezas de animales colgadas que sentía que todas me observaban mientras la luz del fuego acariciaba sus ojos vidriosos.

—Siéntate, hija, y dime qué bebida puedo darte —dijo Allenach y soltó mis dedos para poder caminar hasta un mueble que resplandecía con botellas de vino, jarras de cerámica llenas de cerveza y una familia de copas de oro.

Tomé asiento en la silla más cercana al fuego, temblando en mi vestido mojado.

—No tengo sed.

Sentí su mirada. Mantuve los ojos clavados en el fuego danzante, escuchando cómo servía una bebida para él. Despacio, caminó hacia donde yo estaba y tomó asiento directamente frente a mí.

Solo entonces, cuando ambos estuvimos quietos, lo miré a los ojos.

—Mírate —susurró él—. Eres hermosa. Igual que tu madre.

Aquellas palabras me enfurecieron.

—¿Así supiste que era yo?

—Primero creí que eras tu madre, cuando te vi entrar al salón del trono. Que ella había regresado a atormentarme —respondió—. Hasta que me miraste y supe que eras tú.

—Mmm.

—¿No me crees?

—No. Necesito pruebas, milord.

Cruzó las piernas y bebió un sorbo de vino, pero aquellos ojos azules astutos nunca se apartaron de los míos.

—Muy bien. Puedo darte todas las pruebas que desees.

—Por qué no empiezas contándome cómo conociste a mi madre.

—Tu madre visitó Damhan con tu abuelo para una de mis cacerías hace unos dieciocho años —relató Allenach, su voz era suave como la seda—. Tres años antes, había perdido a mi esposa. Aún lloraba su muerte y creía que nunca miraría a otra mujer. Hasta que llegó tu madre.

Necesité todas mis fuerzas para ocultar mi desprecio, para ahogar mi sarcasmo. Lo mantuve controlado, y me obligué a permanecer en silencio para que continuara hablando.

—Tu madre y tu abuelo se hospedaron aquí durante un mes. En ese tiempo, llegué a amarla. Cuando partió con tu abuelo de regreso a Valenia, no tenía idea de que estaba embarazada de ti. Pero ella y yo empezamos a intercambiar cartas, y cuando me habló sobre ti, le pedí que regresara a Damhan y que contrajera matrimonio conmigo. Tu abuelo no lo permitió porque pensaba que yo había arruinado a su hija.

Mi corazón empezaba a latir pesado en mi pecho. Todo lo que había contado *podía* ser verdad: había mencionado a mi abuelo. Pero aun así, guardé silencio y escuché.

—Tu madre me escribió el día que naciste —prosiguió Allenach—. La hija que había esperado, la hija que siempre había querido. Tres años después, las cartas de tu madre cesaron. Tu abuelo tuvo la cortesía suficiente de informarme que había muerto, y que tú no eras mía, que no me pertenecías. Esperé con paciencia hasta que tuvieras diez años. Y te escribí una carta. Suponía que tu abuelo la ocultaría, pero de todos modos la escribí, pidiéndote que vinieras a visitarme.

Cuando tenía diez... cuando tenía diez... cuando el abuelo había ido a toda prisa a Magnalia conmigo, para esconderme. Apenas podía respirar...

—Cuando aún no tenía noticias tuyas, decidí que debía hacerle una visita a tu abuelo —dijo Allenach—. No estabas allí. Y él no quería decirme dónde te había escondido. Pero soy un hombre paciente. Esperaría hasta que fueras mayor de edad, hasta que cumplieras dieciocho años, cuando podrías tomar tus propias decisiones. Así que imagina mi sorpresa cuando entraste al salón del trono. Creí que por fin habías venido a conocerme. Estaba a punto de avanzar y reconocerte cuando un nombre particular salió de tu boca. —Tensó la mano alrededor del cáliz. Ah, los celos y la envidia empezaban a tensar su cara como una máscara—. Dijiste que *MacQuinn* era tu padre. Creí que quizás me había equivocado, tal vez mis ojos me engañaban. Pero luego, dijiste que eras una pasionaria y todo cobró sentido; tu abuelo te había escondido a través de una pasión y MacQuinn te había adoptado. Y cuanto más permanecías allí de pie, más seguro estaba. Eras mía, y MacQuinn estaba usándote. Así que ofrecí hospedarte aquí, para poder aprender más de ti, para poder protegerte del rey. Y luego, la perra asustadiza confirmó mis sospechas.

—¿La perra?

—Nessie —dijo Allenach—. Siempre ha odiado a los extraños. Pero sin duda estaba atraída hacia ti y eso hizo que recordara... que cuando tu madre estuvo aquí tantos años atrás, uno de mis perros se negaba a apartarse de su lado. La madre de Nessie.

Tragué con dificultad, me dije que un perro no podría haberlo sabido...

—Entonces, ¿por qué permitiste que regresara con MacQuinn? —pregunté; las palabras eran demasiado ardientes para continuar en mi pecho—. Permitiste que me reuniera con él solo para apartarme.

Allenach intentó no sonreír, pero las comisuras de sus labios revelaron el placer retorcido que sentía ante la idea.

—Sí. Quizás fue cruel de mi parte, pero él intentaba herirme. Él intentaba ponerte en mi contra, y aún lo hace.

Qué equivocado estaba Allenach. Jourdain ni siquiera había sabido de quién era hija realmente.

Y luego, observé su mano derecha, la que sostenía el cáliz, y lo recordé. Aquella mano había asesinado a la esposa de Jourdain. Aquella mano los había traicionado, y había llevado a la muerte a sus esposas e hijas.

Me puse de pie, la furia y la angustia conformaban un matrimonio horroroso en mi sangre.

—Estás equivocado, milord. No soy tu hija.

Estaba a medio camino hacia la puerta, el aire abandonaba mi cuerpo como si unos dedos de hierro hubieran aferrado mi pecho. La Gema del Anochecer lo sintió y expandió una calidez reconfortante en el medio de mi torso que subió hasta mi corazón. *Sé valiente*, susurró, sin embargo, estaba prácticamente huyendo de él.

Extendí la mano hacia el picaporte de la puerta cuando la voz de Allenach atravesó la distancia entre nosotros.

—No he terminado, *Brienna*.

El sonido hizo que me detuviera en seco y clavó mis pies al suelo.

Oí cómo se ponía de pie y sus pasos iban a una habitación adyacente. Cuando regresó, escuché el sonido de varios papeles.

—Las cartas de tu madre. —Fue todo lo que dijo.

Las palabras me hicieron volverme. Me arrastraron por el suelo hacia él, donde había reunido una pila alta de cartas en mi silla. Me hicieron tomar aquel resto diminuto de ella, de la madre que siempre había echado de menos.

Empecé a leerlas, con el corazón desgarrado. Era ella. Era Rosalie Paquet. Mi madre. Entonces, ella lo había amado a pesar de que no tenía idea de lo que él había hecho.

En una de sus cartas había un mechón diminuto de cabello. Mi pelo. Era castaño claro.

He llamado a nuestra hija Brienna en honor a ti, Brendan.

Caí al suelo, la fuerza me abandonó. Mi propio nombre estaba inspirado en el de él; en aquel hombre retorcido y asesino. Alcé la vista hacia él; él estaba de pie cerca de mí, observando cómo asimilaba la verdad.

—¿Qué quieres de mí? —susurré.

Allenach cayó de rodillas en el suelo a mi lado, y agarró mi cara con sus manos. Con aquellas manos traicioneras.

—Tú eres mi única hija. Y te convertiré en la reina de esta tierra.

Quería reír; quería llorar. Quería eliminar ese día, quemarlo y olvidar que había existido. Pero sus manos me sostuvieron con firmeza, y tuve que enfrentar la afirmación desquiciada que hacía.

—¿Y cómo me convertirás en reina, milord?

Una luz oscura resplandeció en sus ojos. Por un instante, mi corazón se detuvo, pensando que él había descubierto que yo tenía la gema. Pero no éramos Kavanagh. La gema era inútil para nosotros.

—Hace mucho tiempo —susurró él—, nuestro ancestro se llevó algo. Se llevó algo que era vital para que Maevana continuara bajo el dominio de una reina. —Acarició mis mejillas con dulzura, mientras sonreía—. Nuestra Casa ha ocultado el Estatuto de la Reina durante generaciones. Está en este castillo, y resucitaré el Estatuto para ponerte en el trono, Brienna.

Cerré los ojos, temblando.

Todos esos años, la Casa Allenach había poseído la Gema del Anochecer *y* el Estatuto de la Reina. Mi Casa había destruido un linaje de reinas, había obligado a la magia a dormir, había permitido el surgimiento de un rey cruel como Lannon. El peso de lo que mis ancestros habían hecho me hundió; me hubiera derretido por completo en el suelo si Allenach no me hubiera mantenido erguida.

—Pero soy mitad valeniana —repliqué, abriendo los ojos para mirarlo—. Soy ilegítima.

—Te legitimaré —dijo—. Y no importa que solo seas maevana en parte. La sangre noble fluye en tus venas y como mi hija, tienes derecho a reclamar el trono.

En ese instante podría haberme negado, antes de que la tentación echara raíces en mí. Pero el Estatuto de la Reina... lo necesitábamos. Teníamos la gema, pero también necesitábamos la ley.

—Muéstrame el Estatuto —pedí.

Sus manos abandonaron mi cara lentamente, pero continuó mirándome.

—No. No hasta que jures lealtad hacia mí. No hasta que sepa que renuncias por completo a MacQuinn.

Ah, estaba jugando conmigo. Me manipulaba. Que él sintiera la necesidad de competir con Jourdain, que solo me quisiera para demostrar su propio poder, hizo que lo odiara aún más.

No me apresuraré, pensé.

Así que respiré hondo y dije:

—Permíteme que lo piense durante la noche, milord. Daré una respuesta en la mañana.

Él lo respetaría. Era maevano, y la palabra de un maevano era su garantía. Los valenianos tenían su elegancia, protocolos y cordialidad, pero los maevanos tenían su palabra. Palabras simples y vinculantes.

Allenach me ayudó a ponerme de pie. Ordenó que prepararan un baño caliente para mí en la habitación del unicornio y me dejó por esa noche. Sumergí el cuerpo en el agua hasta arrugar mi piel, mientras contemplaba el fuego y odiaba mi sangre. Luego, me puse de pie y me vestí con el camisón que él me había conseguido, dado que había dejado todas mis pertenencias con Jourdain.

Tomé asiento frente al fuego, la gema y el relicario seguían ocultos bajo la lana suave de mi camisón, y caí presa de mis propios pensamientos horribles.

Había llegado a Damhan esa noche creyendo que Allenach molestaba a Jourdain al afirmar que era su hija. Pero ahora, sabía que no era así... Era sangre de su sangre, un ciervo saltando a través de los laureles, la única hija de un hombre cruel.

Y él quería convertirme en reina.

Cerré los ojos y empecé a deslizar los dedos a través de la red enredada en la que se había convertido mi vida.

Para resucitar el Estatuto, tendría que jurarle lealtad a Allenach.

Si le juraba lealtad a Allenach, tendría que seguirlo y permitir que me pusiera en el trono, o traicionarlo y llevar el Estatuto conmigo hasta el Bosque de la Bruma.

Si me negaba a jurarle lealtad a Allenach, no recuperaría el Estatuto. De todos modos, iría al Bosque de la Bruma con la gema, como había planeado. Eso si Allenach no me encerraba en el calabozo de Damhan.

—¿Brienna?

Miré a la derecha y vi a Cartier de pie en mi habitación. Ni siquiera lo había oído entrar a través de la puerta secreta; estaba muy perdida en mis propias reflexiones oscuras. Él se acercó a mi silla, se puso de rodillas delante de mí y colocó sus manos sobre mis rodillas como si supiera que estaba a la deriva, como si supiera que su tacto me traería de vuelta.

Observé cómo la luz del fuego besaba los hilos rubios de su pelo, y permití que mis dedos lo peinaran; el cerró los ojos como respuesta a mi caricia.

—Él es mi padre —susurré.

Cartier me miró. Había tanta tristeza en sus ojos, como si sintiera cada ampolla de dolor en mi interior.

—¿Sabías que era él? —insistí.

—No. Sabía que tu padre era maevano. Nunca me dijeron su nombre.

Permití que mis dedos cayeran de su pelo y recliné la cabeza hacia atrás en la silla, mientras miraba el techo.

—Él tiene el Estatuto. Y quiere hacerme reina.

Cartier tensó los dedos sobre mis rodillas. Posé de nuevo la mirada en él; sus ojos no decían nada a pesar de que yo hablaba de una traición. No había horror ni avaricia en sus ojos. Solo un fiel matiz azul.

—Cartier… ¿qué debo hacer?

Se puso de pie y acercó una silla a la mía para sentarse frente a mí, así que no tenía otro lugar donde mirar que no fuera a él. Observé al fuego iluminar una mitad de su cara, mientras la otra mitad estaba en penumbras.

—Hace cuatro meses —dijo él—, creí que sabía cuál era el mejor camino para ti. Había llegado a amarte, tan profundamente, que quería asegurarme de que eligieras la rama que te mantendría cerca de mí. Quería que fueras con Babineaux para que enseñaras como lo había hecho yo. Y cuando el verano terminó, cuando descubrí que desapareciste sin dejar rastro... comprendí que no podía retenerte, que no podía decidir por ti. Solo cuando te dejé ir te encontré de nuevo, del modo más maravilloso.

Hizo silencio, pero sus ojos nunca abandonaron los míos.

—No puedo decirte qué decidir, qué es lo mejor —declaró—. Eso le corresponde a tu corazón, Brienna. Pero diré esto: sin importar qué camino escojas, te seguiré, incluso hacia la oscuridad.

Se puso de pie, sus dedos acariciaron suavemente mi pelo, la línea de mi mandíbula y la punta de mi mentón. Un roce de promesas, un roce de consagración.

Te seguiré.

—Sabes dónde encontrarme de ser necesario —susurró y luego se marchó antes de que siquiera pudiera respirar.

Libré una guerra esa noche, porque mi corazón estaba dividido. ¿A qué padre debía traicionar? ¿Al que estaba vinculada por pasión o al que estaba vinculada por sangre? ¿Ahora Jourdain me odiaba al saber de quién era hija en verdad? Hubo momentos en los que creí que mi padre adoptivo había llegado a preocuparse por mí, había llegado a quererme. Pero quizás nunca me vería del mismo modo ahora que sabía la verdad.

Era la hija del hombre que lo había destruido.

Luché esa noche… di vueltas, dudando, agonizando. Pero cuando el amanecer emitió su luz lavanda a través de las ventanas, cuando la mañana entró en mi habitación, por fin había elegido mi camino.

29

Las palabras despiertan de su sueño

Me reuní con Allenach en las puertas del salón, antes del desayuno. Había estado esperándome, con guantes de cuero en sus manos, y una capa con cuello de piel anudada en su cuello. Yo tenía puesto el vestido maevano que él me había dado —un vestido de lana roja que me quedaba cómodamente ceñido al cuerpo, un vestido para explorar y cabalgar, con mangas blancas holgadas— y una capa cálida y unas botas de cuero tan nuevas que aún crujían.

Levanté las cejas al verlo. ¿Realmente deseaba que le dijera mi respuesta fuera del salón?

—Quiero llevarte a un lugar —dijo él antes de que yo pudiera hablar—. Podemos desayunar después.

Asentí y permití que me guiara hasta el patio, preocupada mientras me preguntaba por qué él quería apartarme de la seguridad del castillo. Había dos caballos listos, esperándonos. Allenach montó su corcel avellana mientras yo hacía lo mismo con la yegua moteada, y luego lo seguí subiendo una montaña que se encontraba al este de sus tierras. La niebla lentamente desaparecía, minuto a minuto, mientras continuábamos cabalgando más alto; el aire era dulce y fresco.

El frío había calado mis huesos cuando él se detuvo. Mi yegua lentamente hizo lo mismo junto a su caballo, y observé que la niebla retrocedía, empujada por el viento, y nos dejaba a los dos en una gran cumbre. Si la vista desde el parapeto del castillo me había resultado maravillosa, aquel paisaje hizo que cambiara de opinión.

Las tierras de Allenach se extendían delante nuestro, lomas, arroyos y bosques, verde, azul y ocre, áreas dóciles mezcladas con prados salvajes. Mis ojos observaron aquella tierra cautivadora. Aquel terreno estaba en mi sangre y lo sentía, sentía que tiraba de mi corazón.

Tuve que cerrar los ojos.

—Este es tu hogar, Brienna —dijo él, con voz ronca, como si él tampoco hubiera dormido durante la noche—. Puedo darte cualquier cosa que desees.

Tierras. Familia. Una corona.

Abrí de nuevo los ojos. Veía Damhan abajo, una mancha de piedras oscuras, el humo salía de sus chimeneas.

—¿Qué hay de tus hijos? —pregunté, por fin apartando la vista de la belleza para mirarlo.

—Mis hijos tendrán su parte de la herencia. —El caballo se movió debajo de él, pisoteando la tierra. Allenach me miró, el viento jugaba con su pelo oscuro suelto—. He esperado por ti un largo tiempo, Brienna.

Miré de nuevo la tierra amplia, como si mi respuesta yaciera oculta en sus arroyos y sombras. Había tomado una decisión, había marcado mi curso. Había visitado a Cartier al amanecer para comunicarle mi elección, para elaborar un último plan con él.

Aun así, me asombró que la duda todavía creara un cráter en mi corazón.

Pero posé los ojos en él, en el lord que era mi padre, y dije:

—Te elijo a ti, padre. Elijo la Casa Allenach. Ponme en el trono.

Allenach sonrió, una sonrisa lenta y cálida que lo hacía parecer diez años menor. Estaba entusiasmado, sus ojos me alababan como si yo no tuviera defectos, como si fuera su reina en vez de su hija perdida.

—Me alegra, Brienna. Regresemos al castillo. Quiero mostrarte el Estatuto. —Estaba volviendo su caballo cuando lo detuve con mi voz.

—Padre, ¿quizás podemos ver el Estatuto esta noche, después de la cena?

Él hizo una pausa, mirándome por encima del hombro.

—¿Esta noche?

—Sí —respondí, obligando a mi boca a dibujar una sonrisa—. Los valenianos están presentes, ¿recuerdas? Puedo esperar hasta la noche.

Él pensó mis palabras. Rogué que mordiera el anzuelo.

—Muy bien —dijo por fin y luego inclinó la cabeza invitándome a seguirlo de regreso.

Tenía el corazón roto y estaba dolorida cuando llegamos al patio. Desmonté con la mayor gracia que me permitieron las piernas tiesas, tomé la mano de Allenach y permití que me llevara hasta el salón.

El desayuno aún tenía lugar cuando entramos, la calidez fue como un bálsamo que cosquilleó mis manos heladas. Noté que Rian no estaba allí, su silla estaba vacía. Y Allenach me llevó hasta ella y me dio el asiento que estaba a su derecha.

—Buenos días, hermana —saludó Sean; de pronto sus ojos me observaban con cautela, como si no pudiera creer que aquello sucedía.

—Buenos días, hermano —respondí mientras nuestro padre ocupaba la silla entre nosotros.

Me obligué a tragar tres cucharadas de avena antes de encontrar a Cartier entre la multitud menguante. Él miraba en dirección a mí con ojos caídos, como si estuviera aburrido, pero esperaba con atención.

Discretamente, acaricié mi cuello.

Él imitó el gesto, el aire resplandecía entre nosotros, como si una cuerda hecha de magia nos uniera.

No había vuelta atrás.

Esperé hasta que la cena prácticamente hubiera terminado; el salón vibraba con historias, cerveza y música. Me había obligado a comer hasta que mi estómago se cerró en un nudo firme. Solo entonces miré a la izquierda hacia Allenach, quien estaba sentado a mi lado, y dije:

—¿Podrías mostrármelo ahora, padre?

Él aún tenía comida en el plato y un cáliz rebosante de cerveza. Pero si había algo que estaba aprendiendo era que un padre deseaba darle gustos a su hija. Allenach se puso de pie de inmediato y yo agarré su mano; miré por encima del hombro antes de desaparecer del salón.

Cartier nos observó marchar. Él esperaría diez minutos después de nuestra partida y luego también abandonaría la sala.

Conté para mis adentros mis propios pasos mientras Allenach me guiaba hasta su habitación privada, el orden de los números me reconfortó extrañamente mientras mis botas pisaban la alfombra.

Esa era la parte del plan que había sido completamente impredecible: la ubicación real del Estatuto. Allenach había dicho que estaba oculto en el castillo, así que Cartier y yo nos habíamos arriesgado. Yo había asumido que probablemente estaba en el ala del lord, en la misma habitación que una vez había pertenecido a Tristán Allenach.

Tenía razón.

Seguí a Allenach a través de su salón y de su comedor privado hasta su habitación. Había una gran cama cubierta de edredones y pieles, y una chimenea de piedra inmensa con cenizas frías. Tres ventanas con vitrales decoraban una pared, la luz de las velas iluminaban los cristales de colores oscuros.

—Dime, padre —dije, esperando pacientemente mientras se dirigía a una habitación contigua—. ¿Cómo supiste del Estatuto?

Él regresó con un objeto largo y delgado de hierro con la punta curva. Por un instante, mi corazón golpeó mis huesos, pensando que estaba a punto de utilizarlo como arma. Pero sonrió y dijo:

—Es un secreto que ha sido transmitido de padre a hijo heredero desde que ocultaron el Estatuto aquí.

—Entonces, ¿Rian está al tanto?

—Así es. Sean no.

Observé mientras él empezaba a usar el atizador para levantar una de las piedras de la chimenea. Era un bloque largo, manchado por los años con el hollín y la leña, y mientras lo alzaba, pensé en Tristán. Prácticamente podía ver a mi ancestro haciendo los mismos movimientos, lo mismo que Allenach, solo que Tristán había trabajado para ocultarlo en vez de para extraerlo.

—Brienna.

Me acerqué cuando él dijo mi nombre, el sonido de su voz rompió los grilletes invisibles en mis tobillos. Sostenía en alto el bloque de piedra, esperando que fuera a ver lo que yacía debajo, esperando a que me acercara a reclamarlo.

En silencio, me dirigí hacia Allenach y miré el agujero en el suelo.

Cartier una vez lo había descrito. Había dicho que Liadan había utilizado su magia para tallar las palabras en la piedra. Verlo me dejó sin aliento e hizo que la Gema del Anochecer ardiera insoportablemente caliente en su relicario, que aún estaba oculto en el corsé de mi vestido.

El despertar de la gema me obligó a caer de rodillas, y con manos temblorosas agarré la lápida de piedra.

Las palabras de Liadan resplandecían, como si hubiera polvo de estrellas en las muescas. La lápida era engañosamente liviana, un rectángulo de piedra blanca del tamaño de un libro grande. Quité la suciedad y el polvo y las palabras reaccionaron ante mi roce y se encendieron. Sabía que estaba estimulando la magia; el Estatuto respondía a la cercanía de la gema. Y el sudor empezó a manchar mi nuca cuando me di cuenta de que Allenach vio la luz celestial que provenía del Estatuto, como si hubieran nutrido las venas de la lápida.

Me puse de pie y me alejé unos pasos, de espaldas a él, mientras acunaba la lápida como un niño entre mis brazos, y le ordenaba en silencio al Estatuto que tragara aquel resplandor brillante porque estaba a punto de delatarme.

Y como si el Estatuto hubiera oído, la luz en su interior murió como las brasas, y la Gema del Anochecer también se enfrió. Solo podía imaginar cómo habría sido aquella experiencia si hubiera tenido solo una gota de sangre Kavanagh.

—Léelo en voz alta, hija —dijo Allenach mientras colocaba la piedra de la chimenea en su lugar.

Aclaré mi garganta y obligué a mi voz a mantenerse firme.

Las palabras de Liadan fluyeron de mi lengua, etéreas como una nube, dulces como la miel, afiladas como una espada:

«Yo, Liadan Kavanagh, la primera reina de Maevana,
declaro que este trono y esta corona serán heredados por
las hijas de esta tierra. Sin importar si son Kavanagh, o
si son leales a otra de las trece Casas, ningún rey
ocupará este trono a menos que la reina y el pueblo así
lo decidan. Cada hija noble puede disputar la corona
que dejo atrás, ya que a través de nuestras hijas vivimos,
florecemos y sobrevivimos.
Tallado el primer día de junio de 1268».

La habitación quedó en silencio mientras mi voz caía en las sombras y flotaba en el aire como joyas entre Allenach y yo. Una vez había creído que solo una hija Kavanagh tenía derecho al trono. Ahora, comprendía que Liadan había puesto la corona a disposición de cualquier hija noble de las catorce Casas.

Allenach tenía razón; podía reclamar el trono legítimamente.

Y entonces, dio un paso adelante y agarró de nuevo mi cara con las manos; la lujuria por el poder y el trono resplandecía en sus ojos mientras me miraba, mientras veía la sombra de mi madre en mi interior.

—Así se alza la Casa Allenach —susurró.

—Así es, padre.

Besó mi frente, sellando los planes que él tenía para mi destino. Permití que me guiara al exterior del salón y tomé asiento en la silla delante de la chimenea encendida mientras él llenaba un cáliz con vino para mí, para celebrar. Mantuve el Estatuto sobre mi regazo, permití que descansara a lo largo de mis muslos, mientras mis dedos acariciaban las palabras talladas.

Allí fue cuando por fin alguien llamó con desesperación a la puerta.

Allenach frunció el ceño y apoyó la botella de vino con una expresión furiosa en la cara.

—¿Qué ocurre? —exclamó, claramente molesto.

—Milord, ¡los campos se incendian! —respondió una voz, amortiguada a través de la puerta de madera.

Observé cómo la expresión perturbada de Allenach se transformaba en sorpresa mientras corría hacia la entrada y abría la puerta de par en par. Uno de sus hombres estaba allí, con la cara manchada de humo y sudor.

—¿Qué quieres decir con que se incendian los campos? —repitió el lord.

—Todo el campo de cebada está en llamas —Jadeó el hombre—. No podemos contener el fuego.

—Reúne a todos los hombres —ordenó Allenach—. Iré de inmediato.

Me puse de pie a toda prisa, y apoyé el Estatuto en la silla. Allenach avanzó deprisa hacia el otro extremo de la habitación, hacia una puerta que estaba junto al salón, camuflada en la pared, por lo que no la había visto antes. Lo seguí, retorciendo las manos.

—Padre, ¿qué puedo hacer? —pregunté mientras notaba que había entrado a su propia armería. Las espadas, los escudos, las masas, las lanzas, los arcos, los carcajes llenos de flechas y las hachas resplandecían en su sitio en la pared cuando la luz los tocaba.

Allenach amarró una espada larga enfundada en su cintura y luego regresó al salón, olvidando mi presencia hasta que me vio allí de pie.

—Quiero que permanezcas aquí —dijo—. No salgas de la habitación.

—Pero padre, yo...

—No salgas de la habitación, Brienna —repitió, con voz severa—. Regresaré en cuanto sea seguro.

Lo observé partir y escuché cómo cerraba la puerta. Eso era exactamente lo que esperaba. Hasta que oí que movía una llave y la puerta me encerraba en el ala de Allenach.

No. Mi corazón latió desbocado mientras corría a probar la puerta, la única salida. El picaporte de hierro era firme, unido a la puerta que me mantenía cautiva en el ala de mi padre. De todos modos tiré y luché contra ella. Apenas se movió.

Tenía que salir. Y solo tenía los minutos contados para hacerlo.

El pánico invadió mi mente hasta que recordé los pasos que había planeado. Me aparté de las puertas malditas y corrí hasta la habitación de Allenach, directo hacia su armario. Hurgué entre sus prendas organizadas por color y aromatizadas con clavos de olor y pino, y encontré un bolso de cuero con una hebilla y cordones. Corrí de nuevo hasta el salón, guardé el Estatuto dentro del bolso y deslicé las tiras sobre mis hombros antes de ajustar la hebilla en mi espalda.

Luego, fui a su armería. Elegí una espada delgada con una empuñadura extraordinaria: tenía un orbe de ámbar en el pomo, y dentro del ámbar había una viuda negra, congelada en el tiempo. Mordida de Viuda. Aquella espada me quedaba bien, pensé y la amarré a mi cintura. También me hice con el hacha más cercana; regresé a la puerta cerrada y clavé el filo en la madera cerca de las manijas de hierro. En cuestión de segundos supe que era inútil. Perdía fuerzas y la puerta apenas se astillaba con mis golpes.

Tendría que usar la ventana.

Regresé a la habitación de Allenach y caminé hasta las ventanas con vidrieras. A través de los colores, veía el fuego ardiente en un campo lejano, el cristal lo teñía de un verde espectral. Alcé el hacha, respiré hondo y golpeé.

La ventana estalló a mi alrededor y el cristal cayó sobre mis hombros y el suelo como dientes de colores que mordían. La noche fría entró acarreando el humo que Cartier había generado y los llamados de Allenach a sus hombres y vasallos mientras se apresuraban a extinguir el incendio. Me apresuré a quitar los fragmentos de cristal del marco de la ventana y luego incliné el cuerpo hacia delante para ver lo lejos que estaba del suelo.

Era el segundo piso del castillo y sin embargo sentía que era una caída que rompería mis piernas.

Tenía que regresar a la armería en busca de cuerdas. Me gustaba fingir que sabía lo que hacía mientras anudaba el extremo de una cuerda a la cama de Allenach, que por suerte estaba clavada al suelo. Me gustaba fingir que mantenía la calma mientras me detenía en el alféizar; el mundo debajo de mí era un remolino de oscuridad, de decisiones agridulces, de promesas rotas, de hijas traicioneras.

No podía vacilar. Solo tenía segundos.

Y así empecé a descender por la pared del castillo, mientras la cuerda quemaba mis manos; la Gema del Anochecer zumbaba dentro de mi vestido, el Estatuto de la Reina protegía mi espalda, y mi pelo caía suelto y salvaje en el viento humeante. El nudo mal hecho se desató de la cama de Allenach, porque de pronto caí, atravesando la oscuridad. Golpeé el suelo con un gruñido de dolor en mis tobillos, pero había aterrizado de pie.

Empecé a correr.

Mientras el fuego rugía a través del campo, ocultando mi escape e indicándole a la gente de Jourdain que *alzaran armas y lucharan*, corrí a toda velocidad entre las sombras hacia la taberna; ya casi llegaba mientras el césped golpeaba mi vestido cuando oí el paso ágil de un caballo.

Creí que era Cartier. Me detuve para girar hacia el sonido, con el corazón en la garganta, solo para ver a Rian cabalgando furioso hacia mí, su cara encendida de ira bajo la luz de las estrellas. Y en su mano tenía un lucero, un garrote de madera grueso cubierto de púas.

A duras penas tuve tiempo de recobrar el aliento, y ni hablar de esquivar su golpe letal. El único escudo que tenía estaba en mi espalda, la lápida de piedra mágica, así que le di la espalda a Rian y sentí el golpe de su garrote contra el Estatuto.

El impacto repercutió en mis huesos mientras caía de cara al césped, creyendo que él acababa de destruir la lápida. Entumecida, llevé la mano hacia mi espalda, y palpé un trozo de piedra sólida dentro del bolso. Aún estaba entera y acababa de salvarme la vida. Me puse de pie con dificultad, saboreando la sangre en mi lengua.

El golpe del lucero contra el Estatuto había partido en dos su arma, del modo en que un rayo destruye un árbol. Y el impacto lo había hecho caer de la montura; pensé que incluso después de todo ese tiempo, las palabras de Liadan aún protegían a sus hijas maevanas.

Intentaba decidir si debía correr, aún me faltaba el aliento por la caída, o si debía enfrentarlo. Mi medio hermano yacía en el césped alto y empezaba a ponerse de pie. Me vio, notó mi vacilación y tomó un fragmento de su arma rota.

Solo tenía segundos para agarrar la espada enfundada en mi cintura, pero sentía que el aire resplandecía con una advertencia, porque él estaba a punto de darme un golpe letal antes de que pudiera defenderme.

Se cernió sobre mí, cubriendo la luna y alzó la mitad de su arma destruida.

Pero su golpe nunca llegó. Observé con los ojos abiertos de par en par cómo una bestia saltarina lo tumbaba repentinamente, un perro que parecía un lobo. Tropecé hacia atrás, atónita, mientras Nessie le arañaba el brazo. Él emitió un grito ahogado antes de que ella atacara su garganta. La perra fue rápida; observé a Rian paralizarse, con los ojos abiertos hacia la noche y su sangre manchando el césped. Y luego, Nessie se acercó a golpearme con el hocico, gimoteando entre los pliegues de mi falda.

—Tranquila, chica —susurré, temblando. Mis dedos acariciaron su cabeza, agradeciéndole que me salvara la vida.

Él era mi medio hermano, y sin embargo, no sentí remordimiento porque el sabueso de su padre lo hubiera asesinado.

Le di la espalda a Rian y corrí el resto del camino hacia la taberna con Nessie trotando a mi lado.

Cartier me esperaba en la puerta trasera del edificio, las sombras pesadas del alero casi lo ocultaron de mi vista. Pero dio un paso adelante cuando me vio venir; había dos caballos ensillados y listos, la luna se derramaba como leche a nuestro alrededor.

Me dirigí directo a él, sus brazos me rodearon y sus manos tocaron mi espalda para palpar el Estatuto que llevaba. Hubiera besado la sonrisa que adornaba su boca cuando me miró, pero la noche exigía que nos apresuráramos. Y luego vi que no estábamos solos.

Entre las sombras, Merei apareció con un caballo, la luz de las estrellas iluminaba su cara cuando me sonrió.

—¿Mer? —susurré, abandonando los brazos de Cartier para ir hacia ella—. ¿Qué estás haciendo?

—¿Qué parece que hago? —bromeó—. Voy a ir contigo.

Miré a Cartier, luego a Merei, y en ese instante comprendí que ella había estado involucrada desde el inicio, que ella era parte de nuestros planes.

—¿Cómo...?

—Cuando me ofrecí a ser quien iría a Damhan —explicó Cartier en voz baja—, contacté a Merei. Le pregunté si podía convencer a Patrice de venir al norte, de tocar en el salón de Damhan. Honestamente, no creí que fuera capaz de persuadir a su mecenas... así que no le dije nada a Jourdain, en caso de que mi idea nunca sucediera.

—Pero ¿por qué? —insistí.

—Porque sabía que Amadine Jourdain necesitaría ayuda en su misión —respondió Cartier con una sonrisa—. Pero no teníamos idea de que serías tú, Brienna.

Y cuánta razón había tenido. Sin Merei, nunca habría podido recuperar la gema.

Agarré las manos de los dos.

—¿Al Bosque de la Bruma?

—Al Bosque de la Bruma —susurraron al unísono.

Teníamos un camino de seis horas por delante, a través de la noche más profunda. Pero antes de llegar al Bosque de la Bruma, había un lugar que necesitábamos visitar.

—¿De quién es el perro? —preguntó Cartier, notando por fin al animal grande y peludo que esperaba detrás de mí.

—Es mía —respondí mientras montaba mi caballo—. Y viene con nosotros.

Cinco horas después, encontré el refugio en la esquina sombría de una calle, debajo de uno de los robles que florecían en Lyonesse. Cartier y Merei me siguieron, sus botas apenas hacían ruido sobre los adoquines mientras avanzábamos de sombra en sombra, de calle en calle, hasta llegar a la puerta del litógrafo.

Habíamos dejado nuestros caballos ocultos fuera de la ciudad, custodiados por Nessie, que había mantenido nuestro ritmo, por lo que pudimos llegar a pie en silencio para evitar que nos descubriera la patrulla nocturna de Lannon, que imponía un toque de queda estricto. Aun así, todavía sentía escalofríos en mi espalda cuando levanté los nudillos para llamar despacio a la puerta.

Los tres esperamos; el aliento escapaba de nuestros labios como columnas de humo en la noche fría.

Por la posición de la luna y el frío profundo del aire, supuse que serían alrededor de las tres de la madrugada. Una vez más, me atreví a golpear los nudillos contra la puerta del litógrafo, rogando que oyera y respondiera.

—Brienna —susurró Cartier. Sabía lo que quería decir; teníamos que apresurarnos. Teníamos que llegar al Bosque de la Bruma antes del amanecer.

Suspiré, a punto de volverme, cuando destrabaron la puerta y la abrieron, apenas un poco. Con los ojos abiertos de par en par llenos de esperanza, miré al hombre que había atendido; la luz solitaria de una vela iluminaba su ceño fruncido.

—¿Evan Berne? —susurré.

Las arrugas en su frente se profundizaron.

—¿Sí? ¿Quién eres?

—Soy la hija de Davin MacQuinn. ¿Nos permitirá pasar?

Ahora fue su turno de abrir los ojos de par en par; me evaluaba con los ojos, al igual que a Cartier y a Merei. Pero abrió la puerta cautelosamente y nos permitió ingresar a su hogar.

Su esposa estaba de pie unos pasos más atrás, aferrada al chal de lana que cubría sus hombros, con terror evidente. A su lado estaban sus dos hijos, uno evidentemente intentaba ocultar un puñal detrás de la espalda.

—Lamento venir a estas horas —me disculpé deprisa—. Pero Liam O'Brian señaló su casa como refugio para nuestra misión y necesito pedirles algo.

Evan Berne se detuvo delante de mí, su mirada aún era perpleja y asustada.

—¿Has dicho que eras… la hija de *MacQuinn*?

—Sí. Mi padre ha regresado a Maevana. Al amanecer, las Casas caídas se alzarán y recuperarán el trono.

—¿Cómo? —preguntó uno de los hijos.

Lo miré antes de permitir que mis ojos regresaran a Evan mientras quitaba el bolso de mi espalda.

—¿Eres litógrafo?

Evan asintió brevemente, la vela temblaba en su mano mientras me observaba extraer el Estatuto de la Reina del bolso.

A duras penas respiró mientras se acercaba para permitir que su luz alumbrara las palabras talladas. Su esposa dio un grito ahogado; sus hijos avanzaron con la mirada fascinada. Se reunieron a mi alrededor y leyeron las palabras que Liadan había tallado hacía tanto tiempo. Con cada instante que pasaba, sentía que la esperanza, la maravilla y el valor se entretejían en sus corazones.

—¿Dónde lo has encontrado? —susurró la esposa de Evan con los ojos llenos de lágrimas cuando me miró.

—Es una larga historia —respondí con una sonrisa fugaz. Un día, pensé, la escribiría y contaría cómo ocurrió todo esto—. ¿Puede imprimir este Estatuto en papel? Quiero que esté en cada puerta de esta ciudad, en cada esquina, al amanecer.

Evan permaneció muy quieto, pero miró mis ojos. De nuevo, observé años de miedo, años de opresión y distanciamiento desaparecer en él. Él era uno de los nobles más queridos por Jourdain, un hombre que había observado a su señor caer hacía décadas, pensando que nunca se alzaría de nuevo.

—Sí —susurró él, pero había hierro en su voz. De inmediato, empezó a dar órdenes; le dijo a sus hijos que colgaran sábanas sobre las ventanas cerradas para que ninguna luz pudiera escapar y a su esposa que preparara la prensa.

Cartier, Merei y yo lo seguimos hasta el taller, donde la prensa yacía como una bestia durmiente. Coloqué el Estatuto sobre una mesa larga y observé mientras Evan y su esposa empezaban a acomodar los moldes de las letras, copiando cada palabra de Liadan. El aire estaba cargado de aroma a papel y tinta mientras él mojaba las palabras metálicas en ella, y las apoyaba sobre un pergamino cuadrado.

Empezó a bombear la prensa y observé cómo el Estatuto de la Reina se estampaba en papel, una y otra vez, tan deprisa como Evan podía moverse. En poco tiempo, hubo una pila gloriosa de copias, y uno de los hijos la tomó con manos respetuosas.

—Los pondremos en todas partes —me susurró—. Pero dime… ¿dónde será la rebelión?

Por el rabillo del ojo, vi que su madre alzaba la vista desde su lugar junto al rodillo de tinta, con la boca tensa en una línea delgada. Sabía lo que pensaba, que le preocupaba que sus hijos lucharan.

Cartier respondió antes de que yo pudiera hacerlo; se detuvo cerca, detrás de mí.

—Cabalgaremos desde el Bosque de la Bruma al amanecer. —Apoyó una mano sobre mi hombro y sentí la urgencia en su roce: necesitábamos marcharnos. Ahora.

Evan se acercó y me entregó con cuidado el Estatuto. La lápida regresó a mi bolso, amarrado a mis hombros. Nos guio a la puerta principal, pero antes de nuestra partida, agarró mis manos.

—Dile a tu padre que Evan Berne lo apoya. Sea oscuridad o luz, lo apoyaré.

Sonreí y presioné las manos del litógrafo.

—Gracias.

Él abrió la puerta levemente.

Me escabullí por las calles, con Cartier y Merei a mi lado; nuestros corazones latían desbocados mientras corríamos de nuevo de sombra en sombra, evitando soldados que deambulaban con sus armaduras oscuras y sus capas verdes. Rogué que los hijos de Berne fueran cuidadosos, que la noche los protegiera mientras ellos también corrían por las calles con los brazos llenos de copias del Estatuto.

Me sentía agotada y demacrada cuando llegamos a nuestros caballos. El amanecer estaba cerca; sentía su vista en el aire, en el crujido de la escarcha sobre el suelo mientras mi caballo seguía al de Cartier por un sendero que nos llevaría a salvo alrededor de los muros de Lyonesse hacia el corazón profundo del Bosque de la Bruma, con Nessie detrás de nosotros.

El bosque esperaba, bañado en luz de luna, protegido por una capa espesa de niebla. Cartier aminoró la marcha de su caballo mientras nos acercábamos, los corceles avanzaban por la nube sobrenatural como si fuera agua espumosa. Cabalgamos en lo profundo de los árboles antes de por fin ver la luz de las antorchas, antes de que nos recibieran hombres que nunca había visto.

—Es Lord Morgane —susurró una voz y tuve la sospecha incipiente de que acababan de dejar de apuntarnos con flechas por la espalda—. Bienvenido, milord.

Desmonté al mismo tiempo que Cartier; me dolía la espalda y mis piernas estaban tensas como las cuerdas de un arpa. Un hombre tomó mi caballo mientras Merei y yo empezábamos a adentrarnos más en el bosque, con Nessie a mi lado. Avanzamos entre tiendas y grupos de personas, personas que se habían unido a nosotros para la rebelión, completos extraños que vestían armaduras y los colores de las Casas caídas.

Azul para Morgane. Rojo para Kavanagh. Lavanda para MacQuinn.

Sin embargo, a duras penas podía asimilar todo mientras continuaba buscando a la reina y a mi padre adoptivo, serpenteando entre los árboles como una aguja en la tela, entre pilas de espadas, escudos y carcajes llenos de flechas.

Jourdain había tenido razón: estábamos preparados para la guerra. Si Lannon no se rendía, si Lannon no abdicaba el trono ante Yseult, atacaríamos con espadas y escudos.

Estábamos allí y lucharíamos hasta que el último de nosotros cayera. Y si bien me habían dicho eso, descubrí que no estaba preparada para pensar en la guerra.

Todo parecía un sueño, pensé, el agotamiento anudaba mis músculos y nublaba mi visión. Pero entonces, oí su voz, y ella eliminó cada bostezo y cada deseo de dormir.

—Aún no está aquí —dijo Jourdain—. Cabalgaría con Morgane desde Damhan.

Su voz me atrajo, me acercó a él mientras vagaba entre la bruma.

—¿Vendrá? —preguntó Yseult. Pero oía las palabras que no dijo, clavadas en el valle de su voz. *¿Todavía nos elegirá o se unirá a Allenach?*

Por fin los vi de pie en un claro. Jourdain, Luc, Yseult y Héctor Laurent. Sus armaduras resplandecían como las escamas de los peces bajo la luz de las antorchas mientras permanecían de pie en un círculo, preocupados. Tenían las cabezas inclinadas, las espadas enfundadas en la cintura y las sombras parecían alimentarse de sus dudas, la oscuridad se alzaba más alto mientras decidían qué hacer.

—Le hemos dicho a los nuestros que la Gema del Anochecer estaría aquí —dijo Héctor en voz baja—. Todos creen que cuando desafiemos a Lannon, la gema estará en nuestra posesión. ¿Continuamos con esa creencia aunque ella no venga?

—Padre —dijo Yseult y tocó el brazo del hombre—. Sí, la gema es vida para nosotros. La gema es lo que nos convierte en Kavanagh. Pero no es lo que nos hace maevanos. —Hizo una pausa y observó a los hombres uno por uno y los obligó a levantar la vista para mirar a su reina—. No cabalgaré con la gema puesta cuando llegue el amanecer.

—Isolde... —advirtió su padre; su descontento era evidente.

—Si Lannon no abdica pacíficamente —replicó ella—, lucharemos, empezaremos la guerra y recuperaremos el trono con acero y escudos. No despertaré la magia solo para permitir que se corrompa en batalla. La magia ha estado dormida durante más de cien años. Necesito aprender a utilizarla en la paz.

—Pero todas las personas que se han unido a nosotros —dijo Héctor en voz baja—, lo han hecho por la gema.

—No —replicó Luc—. Lo han hecho por Isolde. Porque hemos regresado.

Contuve el aliento, esperando ver qué diría Jourdain, qué pensaba.

Pero él nunca habló.

Así que di un paso al frente, salí de la bruma y dije:

—Aquí estoy.

30

Los tres estandartes

Los cuatro giraron para mirarme, el alivio relajó sus cuerpos dentro de las armaduras. Yseult fue quien se acercó a mí primero, extendiendo las manos para entrelazarlas con las mías como bienvenida, con una sonrisa amplia en la cara.

—Amadine —saludó, apartándome antes de que siquiera pudiera hacer contacto visual con Jourdain—. Ven, tengo algo para ti.

Luc fue el próximo en avanzar; notó la capa pasionaria de Merei y empezó a conversar con ella mientras Yseult me llevaba a través de los árboles; las antorchas chisporroteaban clavadas en los troncos. La reina me llevó a una tienda y abrió la tela que oficiaba de puerta para entrar. Nessie se recostó dentro, la perra estaba exhausta por el largo viaje, y yo seguí a Yseult, inhalando el aroma a pino, humo y acero pulido.

En un rincón de la tienda había un catre cubierto de pieles y edredones. En la otra esquina había una armadura. Allí fue hacia donde la reina me llevó y agarró una pechera que parecía hecha con escamas de dragón.

—Es para ti —dijo Yseult—. Y también tengo una camisa y pantalones.

Quité el bolso de mis hombros diciendo:

—Y yo tengo algo para usted, mi señora. —Mis manos temblaron cuando le mostré el Estatuto de la Reina, la piedra blanca absorbió la luz de las velas como si las palabras estuvieran sedientas.

Yseult se paralizó cuando la vio. Apoyó mi pechera en el suelo y aceptó la lápida, y vi que ella también temblaba.

—Amadine… —susurró, sus ojos recorrieron la declaración tallada, la declaración que liberaría este país—. ¿Dónde? ¿Dónde la encontraste?

Empecé a quitarme las botas, a desatar la espada de Allenach de mi cintura, a abandonar mi vestido.

—Me temo que desciendo de una Casa de traidores. Los Allenach no solo enterraron la gema; también se llevaron el Estatuto.

El frío causó escalofríos sobre mi piel mientras me vestía con los pantalones y la camisa de lino. El relicario de madera tintineó sobre mi pecho, y sentí la mirada de Yseult sobre él; la gema vibró.

Estaba a punto de quitármela del cuello, de entregarle la Gema del Anochecer, cuando ella retrocedió.

—No —susurró Yseult, sosteniendo la lápida contra el pecho—. Quiero que tú lleves la gema, Amadine. No me la entregues aún.

Observé las sombras y la luz bailando sobre su cara; tenía el pelo rojo suelto sobre los hombros.

—Si tomo la gema ahora —dijo ella—, entonces la magia regresará en el fulgor de la batalla. Ambas sabemos que es peligroso.

Sí, lo sabía. Aquel había sido el motivo por el que habían enterrado la gema en primer lugar.

—Llévala por mí solo un día más —susurró Yseult.

—Sí, señora —prometí.

Ambas guardamos silencio mientras Yseult apoyaba el Estatuto sobre su catre y alzaba de nuevo mi pechera. La amarró, ceñida, sobre mí y luego vistió mis antebrazos con brazales de cuero, cubiertos de púas pequeñas que me hicieron pensar en dientes de dragón. Sabía que ella había elegido aquella armadura para mí, que me vestía para la batalla. Creó un río de trenzas alrededor de mi cara para recogerlas hacia atrás, para que mis ojos quedaran despejados para la lucha. Pero el resto de mi pelo caía sobre mis hombros, salvaje, castaño y libre.

Una hija de Maevana.

Sentía al amanecer acercándose, intentando asomarse en la tienda; sentía la incertidumbre en la reina, en mí, mientras ambas nos preguntábamos qué depararía la luz. ¿Tendríamos que luchar? ¿Perderíamos? ¿Lannon se rendiría?

Pero las preguntas desaparecieron, una por una, cuando Yseult acercó un cuenco lleno de un líquido azul. Mi corazón rebosaba de emoción cuando la vi sumergir los dedos dentro del añil.

Así es como nos preparamos para la guerra, pensé mientras una calma sombría surgía entre la reina y yo. *Así es como enfrentamos lo desconocido: no con nuestras espadas, nuestros escudos y nuestra armadura. Ni siquiera con el añil que pintamos sobre nuestra piel. Estamos preparadas por nuestra hermandad, porque nuestro vínculo es más profundo que la sangre. Nos alzamos por las reinas de nuestro pasado, y por las reinas del futuro.*

—Hoy lucharás a mi lado, Amadine —susurró ella y empezó a bendecir mi frente con una línea recta de puntos azules—. Hoy surgirás conmigo. —Dibujó una línea en mis mejillas… firme, decidida, celestial—. Hoy nunca habría existido sin ti, mi hermana, mi amiga. —Y colocó el cuenco en mis manos, pidiéndome en silencio que la marcara como ella me había marcado a mí.

Sumergí los dedos en el añil y los deslicé desde su frente a través de su cara. La misma pintura de guerra que Liadan había llevado una vez. Tal como Oriana me había pintado aquel día en su estudio de arte, mucho antes de que yo supiera quién era.

El amanecer se filtró entre la bruma cuando por fin salimos de la tienda, armadas y listas para la batalla. Seguí a Yseult a través del bosque, donde los árboles empezaban a escasear; la multitud de hombres y mujeres inclinó la cabeza mientras ella avanzaba.

Justo antes de que el bosque diera lugar al campo, había tres caballos ensillados esperando a sus jinetes. Luego, vi los tres estandartes.

Un estandarte rojo para Kavanagh, con el emblema del dragón negro.

Un estandarte azul para Morgane, con el emblema del caballo plateado.

Un estandarte púrpura para MacQuinn, con el emblema del halcón dorado.

Yseult fue directo hacia el caballo que esperaba en el medio; al montar, su armadura resplandeció y un hombre le entregó el estandarte rojo.

Llegó la hora, pensé. Las Casas caídas estaban a punto de renacer de las cenizas, valientes e inflexibles, listas para sangrar de nuevo.

Me volví, abrumada, hasta que vi a Cartier dando zancadas hacia mí. Su armadura resplandecía como una estrella caída mientras caminaba, tenía una espada larga enfundada en la cintura, el pelo rubio domado con trenzas y el lado derecho de su cara consumido por el azul añil. No parecía en absoluto el Amo del conocimiento que había conocido durante años; era un lord, resurgiendo de las cenizas.

Nunca había parecido tan feroz y salvaje, y nunca lo había deseado más.

Él agarró mi cara entre sus manos, y creí que mi corazón sin duda se había derretido en el césped cuando susurró:

—Cuando esta batalla termine y coloquemos a la reina en el trono… recuérdame que te entregue la capa.

Sonreí, la risa colgaba entre mis pulmones. Apoyé las manos sobre sus brazos mientras él reclinaba su frente sobre la mía; el instante previo a la batalla era tranquilo, pacífico y doloroso. Un pájaro cantó sobre nosotros entre las ramas. La bruma fluía como la marea alrededor de nuestros tobillos. Y respiramos como uno, aferrando cada posibilidad en lo profundo de nuestros corazones.

Besó mis mejillas, una despedida casta que prometía más cuando cayera la noche, cuando las estrellas se alinearan.

Permanecí de pie entre sus seguidores y observé mientras él caminaba hacia el caballo a la izquierda, montaba con la elegancia valeniana y sostenía su estandarte azul. Merei salió de la multitud para colocarse a mi lado y erguía su espalda como si hubiera usado cotas de malla toda la vida, con un carcaj lleno de flechas sobre el hombro.

El tercer caballo aún esperaba, meciendo su cola negra. Era el corcel de MacQuinn, y me pregunté quién cabalgaría con la reina y Cartier, quién cabalgaría para desafiar a Lannon con aquel púrpura prohibido, con el emblema del halcón, ondeando sobre su hombro.

En cuanto pensé al respecto, vi a Luc cargando el estandarte de MacQuinn, con el pelo oscuro enredado y líneas de añil en las mejillas mientras buscaba algo. Mientras buscaba *a alguien.*

Sus ojos se posaron en mí y allí permanecieron. Lentamente, mientras mis rodillas crujían, caminé hacia él.

—Amadine. Quiero que tú lleves nuestro estandarte, en honor a mi madre —dijo él.

—Luc, no, no puedo —susurré con voz ronca como respuesta—. Tú deberías hacerlo.

—Mi madre hubiera querido que fueras tú —insistió—. Por favor, Amadine.

Vacilé, sintiendo la calidez de infinitas miradas sobre nosotros. Sabía que la de Jourdain estaba entre ellas, de pie en medio de la multitud observando a Luc hacer su pedido, y mi pecho se puso tenso. Tal vez Jourdain no quería que yo llevara su estandarte; quizás no quería que jurara lealtad a su Casa.

—Tu padre... quizás él no...

—Nuestro padre así lo quiere —susurró Luc—. Por favor.

Luc podría estar mintiendo solo para lograr que aceptara, pero no podía permitir que la mañana continuara escapando de nosotros. Avancé y agarré la vara delgada, sentí cómo me apoderaba del peso leve del estandarte púrpura.

Caminé hacia el caballo como el tercer y último jinete y monté con un temblor en las piernas. La montura era fría debajo de mi cuerpo mientras colocaba los pies en los estribos y agarraba las riendas con la mano izquierda a la vez que sostenía la vara con la derecha. El estandarte de terciopelo acarició mi espalda, el halcón dorado bordado se posó em mi hombro.

Miré a Yseult, a Cartier, quienes me observaban desde sus lugares, mientras la luz matutina resplandecía sobre sus caras. El viento nos rodeó, tiró de mis trenzas y acarició nuestros estandartes. Y la paz que me invadió fue como una capa cálida que me protegía contra el miedo que aullaba a lo lejos.

Asentí hacia la reina y el lord, mi mirada afirmaba que estaba lista, que cabalgaría, que caería a su lado.

Yseult avanzó desde el bosque, el fuego. *Kavanagh, el brillante.*

Luego Cartier, el agua. *Morgane, el ágil.*

Y por último, salí yo, las alas. *MacQuinn, el perseverante.*

Cabalgamos cerca, la reina como la punta de una flecha, Cartier y yo la flanqueábamos, nuestros caballos galopaban en sincronía perfecta. La bruma continuó apartándose mientras nos apoderábamos del campo poco a poco, el césped resplandecía por la escarcha, la tierra latía con la canción de nuestra redención.

Aquel era el mismo campo que había presenciado la masacre, la derrota veinticinco años atrás. Y sin embargo, lo tomamos como si nos perteneciera, como si siempre hubiera sido nuestro, incluso cuando el castillo real se alzaba a lo lejos con los estandartes verdes y amarillos de Lannon, incluso cuando vimos que el rey nos esperaba con una horda de soldados a su espalda, como un muro impenetrable de acero y armaduras negras.

Él sabría que iríamos a buscarlo. Él lo sabría porque habría despertado antes del amanecer con la noticia de que el Estatuto de la Reina había caído sobre Lyonesse como la nieve. Lo sabría porque Lord Allenach —suponía— había corrido al salón del trono después de descubrir que yo había huido de sus tierras junto a los fieles a Jourdain.

No habría dudas en la mente estrecha de Lannon, no cuando viera los tres estandartes prohibidos flotando en nuestros hombros.

Íbamos a declarar la guerra.

Yseult hizo que su caballo fuera a medio galope… que trotara. Cartier y yo la imitamos; nuestros corceles avanzaron más y más lento mientras la distancia entre Lannon y nosotros desaparecía. Mi corazón latía desbocado cuando nuestros caballos se detuvieron con elegancia, a una piedra de distancia de donde el rey estaba sobre su semental, flanqueado por el capitán de su guardia y por Lord Allenach.

Ah, sus ojos cayeron sobre mí como veneno, como una espada en mi corazón. Sostuve la mirada de mi padre, con el estandarte de MacQuinn ondeando sobre mi hombro, y observé cómo el odio se apoderaba de su cara apuesta.

Tuve que apartar la mirada antes de que la angustia me atravesara.

—Gilroy Lannon —dijo Yseult, su voz era filosa y grave en el aire—. Es un usurpador en ese trono. Hemos venido a quitarlo de sus manos ilegítimas. Puede abdicar ahora, pacíficamente, en este campo. O lo tomaremos por la fuerza, con sangre y acero.

Lannon rio, un sonido retorcido.

—Ah, pequeña Isolde Kavanagh. ¿Cómo escapaste de mi espada hace veinticinco años? Sabes que atravesé con ella el corazón de tu hermana, en este mismo campo. Y fácilmente puedo hacer lo mismo con el tuyo. Arrodíllate ante mí, rechaza esta estupidez, y te aceptaré de nuevo junto a tu Casa desgraciada bajo mi servicio.

Yseult ni siquiera se estremeció como él esperaba que hiciera. Ella no permitió exponer sus emociones, a pesar de que yo las percibí, como una tormenta que acechaba sobre su cabeza.

—No me arrodillaré ante un rey —afirmó—. No me arrodillaré ante la tiranía y la crueldad. Usted, señor, es una desgracia para este país. Es una mancha oscura, una que estoy a punto de eliminar. Le daré una última oportunidad de rendirse antes de cortarlo por la mitad.

Él rio, el sonido flotó en el aire como un cuervo, oscuro y ruidoso. Sentí que Allenach me miraba; no había apartado los ojos de mí, ni siquiera para mirar a Yseult.

—Entonces, me temo que hemos llegado a un punto muerto, pequeña Isolde —dijo Lannon; la corona en su cabeza reflejaba la luz del sol—. Contaré hasta quince para darte tiempo de atravesar el campo y prepararte para la batalla. Uno... dos... tres...

Yseult hizo girar su caballo. Cartier y yo permanecimos a su lado, como defensa y apoyo, mientras nuestros caballos empezaban a galopar en la dirección en la que habíamos venido. Podía ver la línea de los nuestros mientras cabalgaban sobre el césped, con los escudos en posición, listos para encontrarse con nosotros en el medio y empezar la batalla que habíamos supuesto que se desataría.

Debería haber llevado la cuenta. Debería haber controlado los quince segundos. Pero el tiempo en aquel instante se hizo superficial y delgado, frágil. Estábamos a punto de reunirnos con nuestro grupo cuando oí el zumbido, como si el viento intentara alcanzarnos.

Nunca giré, ni siquiera cuando las flechas empezaron a hundirse en el suelo delante de nosotros. Hubo un grito de parte de los nuestros: sonaba como Jourdain. Gritaba órdenes, y observé mientras el muro de escudos se abría en el centro, listo para engullirnos a los tres mientras atravesábamos el campo.

Ni siquiera me di cuenta de que me había dado, no hasta que vi la sangre caer por mi brazo, roja, efusiva. La miré como si mirara el brazo de un extraño, vi la punta de la flecha saliendo de mi bíceps, y el dolor caló en lo profundo de mis huesos, hasta mis dientes, y me dejó sin aliento.

Puedes hacerlo, me dije, aun cuando las estrellas empezaron a nublar mi visión periférica, aun cuando observaba a Yseult y Cartier avanzando delante de mí.

Puedes hacerlo.

Pero mi cuerpo se derretía como mantequilla en una plancha caliente. Y no solo era el dolor intenso de la flecha. Comprendí demasiado tarde lo que ocurría... la presión se cernió sobre mí, destapó mis oídos y raspó mis pulmones.

No, no, no...

Mis manos se entumecieron. El estandarte de MacQuinn cayó de mis dedos mientras el cielo sobre mí se oscurecía con una tormenta, justo cuando mi cuerpo empezaba a caer de la montura.

Caí al suelo como Tristán Allenach.

31

Choque de acero

Tristán se levantó del suelo, la flecha clavada en su muslo izquierdo. Mientras la lluvia caía y formaba charcos sangrientos en la tierra a su alrededor, él rompió la flecha y quitó la punta de modo limpio de su pierna, apretando los dientes para contener su grito. El cielo estaba negro, las nubes se arremolinaban como el ojo de una tormenta terrible, delineada por una luz verde espeluznante.

Había abandonado la formación de sus guerreros, había incumplido las órdenes de esperar a un kilómetro y medio de la batalla. Gracias a eso, le habían disparado; y ahora estaba vulnerable, expuesto, solo.

Pero tenía que llegar a la reina, antes de que ella hiciera trizas la tierra.

Su caballo partió galopando, con las orejas hacia atrás por el miedo mientras un estallido estremecía el cielo y caía a la tierra. Le zumbaban los oídos mientras subía cojeando la colina, intentando hallar a Norah; el carcaj de flechas en su espalda crujía; su arco estaba roto por la caída. Gritó el nombre de la chica mientras avanzaba entre cadáveres de los Hild, que tenían las extremidades rotas de forma antinatural, carcomidas hasta el hueso por una de las criaturas mágicas que la reina había creado, con la cara partida por la mitad y la piel despellejada.

Llegó a la cima de la colina, y miró hacia abajo la tierra que se extendía frente a él y que una vez había sido hermosa y verde. Ahora estaba quemada, las cenizas flotaban como fuegos fatuos. Y allí estaba Norah, su largo pelo negro flotaba como un estandarte de medianoche mientras corría, con una espada y un escudo y el azul añil ardiendo en su cara.

—¡Norah! —gritó él, su pierna herida le impedía correr tras ella.

De algún modo, ella lo escuchó a pesar del trueno y la lluvia. La princesa se volvió en medio de las cenizas y los cadáveres y vio a Tristán. Él avanzó con dificultad para alcanzarla, y antes de que pudiera detenerse, la agarró de los brazos y la sacudió.

—Debes conseguir la gema, Norah. Ahora. Antes de que la magia de tu madre nos consuma a todos.

Ella abrió los ojos de par en par. Tenía miedo; él sentía que ella temblaba. Y luego, ella miró la próxima colina, donde veían la silueta de su madre, la reina, de pie mientras su magia libraba una batalla que giraba y giraba, sin límite ni final.

Norah empezó a moverse en dirección a la colina con Tristán como una sombra. Una lluvia de flechas empezó a caer sobre ellos, disparos de arcos Hild desesperados en el valle, y Tristán esperó el impacto. Pero las flechas se partieron en dos y giraron, regresando a toda prisa hacia sus arqueros. Los gritos surcaron el aire, seguidos de otra explosión estrepitosa que hizo que Tristán cayera de rodillas.

Pero Norah caminaba, subía la colina. El viento la rodeó mientras se preparaba para enfrentar a su madre solo con una espada y un escudo. Tristán se arrastró hasta una roca, la abrazó y esperó, observándola llegar a la cima de la colina.

Él no oía las voces, pero veía sus caras.

La reina siempre había sido hermosa y elegante. En la guerra, conservaba aterradoramente aquellas cualidades. Le sonrió a Norah, incluso cuando Norah abrió los brazos y le gritó.

Tristán había leído que la magia durante la guerra perdía el control fácilmente, que nublaba la mente de quien la blandía, que se alimentaba del deseo de sangre y del odio que hallaba cuando dos gobernantes se enfrentaban para matar y conquistar. Liadan había escrito documentos al respecto, sobre cómo la magia nunca debía utilizarse para hacer daño, para matar, para aniquilar. Y Tristán lo presenciaba de primera mano.

Vio a la reina golpear la cara de su hija; algo que ella nunca hubiera hecho si la magia bélica no hubiera corrompido su mente. El golpe hizo trastabillar a Norah, hizo que soltara su espada. Tristán sintió que su sangre hervía mientras la reina tomaba un puñal y se acercaba a Norah. Él respondió sin pensar; sacó una flecha, la colocó en un arco y apuntó a la reina. Y disparó; observó la flecha girar elegantemente a través de la tormenta, la lluvia y el viento y aterrizar en el ojo derecho de la reina.

El puñal cayó de su mano mientras ella caía al suelo, la sangre manchaba su cara y su vestido. Norah se arrastró hasta ella, llorando, abrazando a su madre mientras él corría hacia la colina.

Él acababa de matar a la reina.

Las rodillas de Tristán se hicieron agua cuando Norah lo fulminó con la mirada; la magia se reunió a su alrededor como chispas de fuego, la sangre de su madre manchaba sus manos. Y en el cuello de la reina, la Gema del Anochecer se había tornado púrpura y negra, repleta de furia.

—Te haré pedazos —gritó Norah; se puso de pie y corrió hacia él con las manos en alto para invocar su magia.

Tristán sostuvo las muñecas de la chica y los dos cayeron al suelo, rodando sobre sí por la colina, sobre los huesos, las rocas y los ríos de sangre. Ella era fuerte; casi lo dominó, su magia estaba deseosa de destruirlo, pero Tristán quedó sobre ella cuando por fin pararon. Él extrajo su puñal y lo presionó contra el cuello pálido de la muchacha, mientras aplastaba los dedos de la chica con la otra mano para someterla.

—Termina esta batalla, Norah —dijo con voz ronca, diciéndose que no vacilaría en matarla si ella lo amenazaba de nuevo—. Detén la tormenta. Domina la magia que la reina ha liberado.

Norah jadeaba debajo de él, con la cara retorcida de dolor, de agonía. Pero recobró el sentido lentamente. Era como observar la lluvia llenando una cisterna, y Tristán tembló de alivio cuando ella por fin asintió, mientras las lágrimas caían de sus ojos.

Él soltó las manos de la chica y observó con cautela cómo ella susurraba las palabras antiguas mientras alzaba los dedos hacia el cielo. Gradualmente, la magia se apaciguó y se debilitó, rompiéndose como platos sobre el suelo, dejando atrás sus residuos como el polvo y las telarañas en una casa abandonada.

Las nubes tormentosas empezaron a disiparse y dejaron expuestos fragmentos celestes de cielo; el viento cesó pero los cadáveres permanecieron allí. La destrucción, la muerte y las consecuencias permanecieron allí.

Despacio, él se quitó de encima de ella, y la ayudó a ponerse de pie. La daga en su mano estaba pegajosa de sudor y sangre.

Mátala, *susurró una voz.* Ella te traicionará. Es como su madre...

—Quieres matarme —susurró ella, leyendo su mente.

Él agarró la muñeca de la chica, y los ojos de Norah lo miraron con audacia. Él sentía la magia de la chica acariciando sus propios huesos... Como la primera escarcha del otoño, como un fuego que lo consumía despacio, como la textura seductora de la seda...

La agarró con más fuerza y la miró, hasta que sus respiraciones se entremezclaron.

—Quiero que desaparezcas. Quiero que te esfumes, que niegues tu derecho al trono. Si regresas, te mataré.

Él la empujó, a pesar de que el movimiento rompió lo poco que quedaba de su corazón. Él había llegado a admirarla, a respetarla, a amarla.

Ella habría sido una reina exquisita.

Él esperaba que ella luchara, que invocara la magia, que lo hiciera polvo.

Pero Norah Kavanagh no hizo ninguna de esas cosas.

Se volvió y caminó. Y dio cinco pasos antes de detenerse para mirarlo por última vez; su pelo oscuro manchado de sangre era la mejor corona que había usado.

—Escucha con atención, Tristán Allenach, lord de los astutos: has convertido mi Casa en cenizas. Has robado la vida de una reina. Y robarás la Gema del Anochecer. Pero ten presente que un día, una hija se alzará de tu linaje, una hija que será dos en uno, pasión y piedra. Y ella destruirá tu Casa desde el interior y deshará todos tus crímenes. Pero ¿sabes quizás que es lo más maravilloso de todo? Ella robará tus recuerdos para lograrlo.

Ella le dio la espalda y caminó hasta que la bruma la rodeó.

Él quería olvidar sus palabras. Ella intentaba molestarlo, hacerlo dudar de sí mismo…

Brienna.

En alguna parte, una voz que le recordó a las estrellas de verano habló dentro de su mente. Un eco resonó a través de la tierra mientras Tristán empezaba a subir la colina de nuevo.

Brienna.

Cayó de rodillas junto a la reina, la sangre empezaba a enfriarse y a oscurecerse, y su flecha sobresalía del ojo de la mujer.

Brienna.

La Gema del Anochecer le pertenecía.

Cuando Tristán extendió la mano hacia la gema, abrí los ojos y abandoné su batalla por la mía.

La tierra era dura y fría debajo de mí, el cielo estaba perfectamente azul, libre de nubes, mientras miraba a Cartier con los ojos entrecerrados; el sol parecía una corona detrás de él. Inspiré hondo, sentí el dolor punzante en mi brazo izquierdo y recordé. Los estandartes, las flechas, la caída.

—Estoy bien —dije con voz ronca, mi mano revoloteó sobre mi pecho y encontró la suya—. Ayúdame a levantarme.

Oía el choque de acero, los gritos y los alaridos que anunciaban la sangre y la muerte. Las fuerzas de Allenach y Lannon habían penetrado nuestro muro de escudos y Cartier me había llevado lo más alejado posible de la línea, intentando despertarme. Miré mi brazo; la flecha no estaba; había un trozo de lino amarrado sobre mi herida. La sangre aún manchaba la tela cuando él me ayudó a ponerme de pie.

—Estoy bien —repetí y luego desenfundé mi propia espada, la viuda en el ámbar—. Ve, Cartier.

Los suyos avanzaban, luchando sin él. Y era evidente que nos superaban en número. Lo empujé suavemente en el pecho, manchando su pechera con mi sangre.

—*Ve*.

Él retrocedió con los ojos clavados en mí. Y luego, ambos nos volvimos al mismo tiempo, alzando los escudos de madera y blandiendo nuestras armas. Mientras él avanzaba hacia los guerreros de azul, yo avanzaba hacia los guerreros de lavanda, la Casa que era mía, a la cual quería pertenecer.

Tropecé con un cuerpo, uno de los nuestros, un joven cuyos ojos eran vidriosos mientras miraba el cielo, con la garganta destrozada. Y luego, tropecé con otro, uno de ellos, que tenía una capa verde en el cuello. Empecé a caminar sobre la muerte, preguntándome si ella también me haría caer. En cuanto sentí el roce de las alas de la muerte, percibí una mirada fría sobre mí.

Miré al frente, hacia la pelea, y vi a Allenach a pocos metros de distancia.

La sangre manchaba su cara, su pelo oscuro flotaba en la brisa debajo de su diadema dorada. Con calma, empezó a caminar hacia delante, la batalla parecía apartarse de ambos, abriendo un pasillo similar a un abismo entre el lord y yo.

Venía por mí.

Parte de mí suplicó que corriera, que me ocultara de él. Porque veía el resplandor oscuro de sus ojos, las ansias de sangre que lo invadían.

Mi padre venía a matarme.

Retrocedí, tropecé y recuperé el equilibrio antes de decirme a mí misma que debía mantenerme firme, inalterable. Cuando la distancia entre nosotros desapareció, mi espada era lo único que evitaba que él me alcanzara; sabía que solo uno de los dos saldría con vida de aquel encuentro.

—Ah, mi hija la traidora —dijo él, posó los ojos en la espada que yo tenía en la mano—. Que también es una ladrona. Mordida de Viuda te sienta bien, Brienna.

Me mordí la lengua, la batalla rugía a nuestro alrededor, pero no nos tocaba.

—Dime, Brienna, ¿cruzaste el canal para traicionarme?

—Crucé el canal para colocar a una reina en el trono —dije, agradecida de que mi voz fuera firme—. No tenía idea de quién eras cuando te vi por primera vez. Nunca me dijeron el nombre de mi padre.

Allenach me dedicó una sonrisita maliciosa. Parecía que en ese instante evaluaba mi alma, consideraba lo valiosa que era para él. Sus ojos pasaron de mis botas manchadas con sangre al añil en mi cara, a las trenzas en mi pelo, a la herida en mi brazo, a la espada en mi mano derecha.

—Eres valiente, te lo concedo —dijo el lord—. Si yo te hubiera criado, me amarías. Me servirías. Lucharías *conmigo*, no contra mí.

Y qué diferente sería mi vida si Allenach me hubiera criado. Me vi de pie junto a su hombro, una guerrera fría, tomando vidas y el trono sin arrepentimiento alguno. No habría existido Magnalia, Merei, Cartier. Solo mi padre y yo, afilándonos mutuamente como armas despiadadas.

—Te daré una última oportunidad, Brienna —dijo él—. Ven conmigo y te perdonaré. MacQuinn ha nublado tu juicio; te ha robado de mí. Únete a mí, y nos haremos con lo que por derecho te pertenece. —Se atrevió a extender su mano izquierda con la palma hacia arriba, del modo que un valeniano ofrecería una alianza y su corazón.

Observé las líneas en su palma, las líneas de las que había surgido mi propia vida. Y recordé el recuerdo de Tristán, el que acababa de experimentar. *Pero ten presente que un día, una hija se alzará de tu linaje, una hija que será dos en uno, pasión y piedra.* Norah Kavanagh me había visto venir en las facciones de la cara de Tristán, había predicho mi vida y mi objetivo.

Mi ascendencia era sangre egoísta y ambiciosa.

Y yo era la venganza de Norah Kavanagh. Obtendría mi redención.

—No —dije; una palabra simple, pero deliciosa.

La expresión placentera de Allenach se hizo añicos. Su odio regresó, ardiente, brillante, su cara parecía una piedra que se había agrietado y se había convertido en polvo. Antes de que siquiera pudiera respirar, él gruñó, la bestia en su interior se liberó de sus ataduras, y lanzó su espada hacia mí.

Lo único que pude hacer fue bloquear su golpe, para protegerme y evitar que su ira me cortara en dos. Trastabillé de nuevo, mi agotamiento era mi perdición lenta, el impacto del choque del acero hizo temblar mis huesos, mis brazos y obligó a mis dientes a hacer una mueca.

Caí en una danza peligrosa con él, sobre la sangre y la muerte; el entrenamiento de Yseult surgió en mi interior, y me mantuvo con vida mientras disipaba, bloqueaba y me apartaba del filo de su espada.

Necesitaba atravesarlo con mi acero. Necesitaba herir uno de sus puntos vitales. Y sin embargo... no podía hacerlo. Nunca había robado una vida. Nunca había matado. Y quería llorar, al saber que había llegado aquel momento, aquel instante en el que tendría que matar al hombre que me había engendrado, o permitir que él extinguiera mi vida.

Aquel pensamiento me atormentaba cuando una flecha siseó a través del aire de modo tan inesperado que le llevó un minuto a Allenach darse cuenta de que le habían disparado en el muslo, en el mismo lugar que a Tristán; la flecha tembló mientras él retrocedía. El lord miró la herida, perplejo. Y luego, ambos levantamos la mirada, siguiendo el camino que la flecha había atravesado y vimos a una chica de pelo oscuro y dedos elegantes a pocos metros de distancia bajando su arco mientras fulminaba a Allenach con la mirada desafiante.

—Corre, Brienna —ordenó Merei, colocando otra flecha en su arco, con calma y elegancia, como si estuviera a punto de tocar una canción con su violín.

Me paralicé cuando nuestras miradas se cruzaron. Me ordenaba que huyera mientras ella permanecía allí. Se ofrecía a matarlo, para que yo no tuviera que hacerlo.

Pero mi padre ahora avanzaba hacia ella con la espada en alto resplandeciendo bajo el sol. Y ella solo tenía su arco y las flechas.

—¡No! —grité, persiguiendo a Allenach, intentando alcanzarlo antes de que él pudiera llegar a ella.

Merei retrocedió; su brazo tembló cuando le disparó de nuevo a Allenach, un ataque valiente en dirección a la cara del hombre. Él se agazapó, esquivó por poco el disparo letal y levantó la espada. Me mordí el labio intentando interceptarlo. Pero apareció el resplandor repentino de una armadura, una mancha rojo oscuro y plateada, cuando alguien se interpuso entre Allenach y Merei.

Sean.

Su cara estaba paralizada en una mueca cuando su espada chocó contra la de Allenach, cuando movió su arma para empujar al lord lejos de Merei. No sabía si debía confiar completamente en él: mi medio hermano llevaba los colores y el emblema de Allenach. Pero Sean continuó haciendo retroceder a nuestro padre, hasta que Allenach quedó atrapado entre los dos, entre su hijo y su hija.

—Suficiente, padre —dijo Sean con voz ronca—. La batalla está perdida. Ríndete antes de que caigan más vidas.

Allenach rio con amargura.

—Entonces mi hijo también es un traidor. —Nos miró a ambos—. ¿Eliges a tu hermana ilegítima en vez *de a mí*, Sean?

—Elijo a la reina, padre —dijo Sean con voz firme—. Ríndete. Ahora. —Extendió la punta de su espada hasta apoyarla en el cuello de Allenach.

Me resultaba difícil respirar, y mantenerme de pie con mis piernas entumecidas. No podía imaginar a alguien amable y educado como Sean matando a su padre.

El lord rio, sin miedo en aquel sonido; solo desprecio y furia. Con un movimiento audaz, desarmó a mi hermano. En un respiro, clavó su espada en el torso de Sean, a través de las costuras débiles de su armadura.

Un grito desgarró mi garganta, pero lo único que oía era el rugido de mi propio pulso mientras observaba a Sean caer y colapsar en el césped. Mis ojos estaban clavados en su sangre, sangre que empezaba a manchar las manos de Merei mientras ella intentaba ayudarlo con desesperación.

Y entonces, Allenach apuntó su espada ensangrentada hacia mí.

Me desarmó hábilmente, el dolor era una punzada vibrante en mi brazo. Observé cómo Mordida de Viuda volaba por los aires y caía lejos de mí. Y luego, sentí los nudillos de mi padre mientras golpeaba mi cara con el dorso de la mano; mi mejilla ardió con su odio. Me golpeó de nuevo, una y otra vez, y mi mirada se nubló mientras sentía que la sangre caía de mi nariz y de mi boca.

Intenté interponer mi escudo entre los dos, pero él lo arrancó de mi brazo herido y, por fin, me rendí en el césped, contra la presión sólida de la tierra contra mi columna.

Allenach estaba de pie sobre mí, su sombra cubría mi cara ardiente. Oía a Merei gritar mi nombre una y otra vez, intentando despertarme. Pero sonaba lejana, y solo pude observar mientras él alzaba la espada, preparándose para atravesar mi cuello. Respiré hondo y con calma, confiada en la creencia de que Yseult lo lograría. Ella reclamaría el trono. Y eso era lo único que importaba…

Justo antes de que la espada de Allenach absorbiera mi vida, una sombra nos cubrió a ambos, rápida y ágil. Observé, incrédula, cómo Allenach retrocedía y su gracia se esfumaba al tropezar, mientras Jourdain aparecía de pie sobre mí.

—Davin MacQuinn —siseó Allenach, y escupió sangre—. Apártate.

—Ella es mi hija —replicó Jourdain—. No la tocarás de nuevo.

—Es *mía* —gruñó Allenach—. Es mía y le quitaré la vida que le di.

Jourdain lo desafió al reír, como si Allenach hubiera dicho una gran estupidez.

—Para empezar, nunca fue tuya, Brendan.

Allenach atacó a Jourdain, sus espadas se encontraron en la guardia alta. Sentía que me arrancaban el corazón del pecho mientras observaba a los dos hombres pelear, sus espadas saboreaban el sol, la sangre, mientras mordisqueaban y cortaban los brazos y las piernas de ambos.

—¿Bri? ¡Bri, ayúdame!

Empecé a arrastrarme hacia donde yacía Sean, donde Merei estaba de rodillas a su lado, intentando contener la sangre del muchacho. Por fin llegué a su lado, y uní mis manos a las de ella mientras tratábamos de parar la hemorragia.

No tenía la fuerza para mirarlo a los ojos, pero cuando susurró mi nombre —*Brienna*— no tuve otra opción. Lo miré; mi esperanza se hizo trizas cuando vi la crudeza en su cara.

—¿Por qué los hermanos son tan tontos? —exclamé, deseando golpearlo y abrazarlo a la vez por su valentía.

Él sonrió; quería llorar porque él moriría cuando apenas empezaba a conocerlo. Merei me rodeó con su brazo como si sintiera lo mismo.

—¿Oyes eso? —susurró Sean.

Creí que su alma estaba a punto de rendirse, que oía la canción de los santos. Y les hubiera suplicado que le permitieran quedarse conmigo, cuando noté que yo también oía algo.

Un grito proveniente del sur, un alarido del pueblo de Lyonesse, alzando espadas, hachas y horquetas, cualquier arma que pudieran hallar. Sabía que habían encontrado el Estatuto en sus puertas, en las esquinas de sus calles. Habían venido a unirse a nuestra lucha. Y desde el este surgió otro grito, una canción de victoria y luz, otro estandarte, naranja y rojo. Lord Burke había traído a sus guerreros, había venido a darnos su apoyo y su asistencia.

Estaba a punto de decirle a Sean lo que veía mientras observaba el cambio en la marea de la batalla; estaba a punto de abrir la boca cuando un sonido doloroso brotó detrás de mí; un balbuceo de sorpresa. Sabía que era uno de ellos; o Jourdain o Allenach. Y a duras penas podía soportar girar, mirar quién había caído.

Pero lo hice.

Allenach me miraba con los ojos abiertos de par en par mientras la sangre brotaba de su cuello como lluvia mientras caía de rodillas. Fui lo último que vio en vida mientras yacía boca abajo en el césped a mis pies, mientras respiraba por última vez.

Permanecí sentada en el suelo junto a Sean y Merei, sosteniendo su mano, con la mirada paralizada al ver cuán calma era la muerte, mientras el viento continuaba soplando el pelo oscuro de Allenach. Y luego, la calidez apareció a mi lado, unos brazos me rodearon y unos dedos limpiaron la sangre en mi cara.

—Brienna —dijo Jourdain, su voz se quebró mientras lloraba a mi lado—. Brienna, acabo de matar a tu padre.

Lo abracé mientras él hacía lo mismo, nuestros corazones agonizaban. Porque la venganza no tiene el sabor que uno imagina, incluso después de veinticinco años.

—No —dije, mientras los hombres de Lannon empezaban a rendirse y a retroceder al tiempo que nos dejaban en un campo de sangre y victoria. Coloqué la palma sobre la mejilla de Jourdain, sobre sus lágrimas—. Tú eres mi padre.

PARTE 4

MACQUINN

32

El surgimiento de la reina

Los estandartes rojos flotaban mientras Yseult caminaba por la extensión de campo restante y nosotros la seguíamos hasta las puertas del castillo que estaban abiertas como una boca bostezando. Lannon había huido hacia el salón del trono y se había encerrado detrás de las puertas. Sin embargo, llegamos como un río poderoso, creciendo en número con cada paso, apoderándonos del patio del castillo. Cuando las puertas del salón se mantuvieron firmes, dos hombres avanzaron con hachas y empezaron a cortarlas. Parte por parte, golpeamos, cortamos y astillamos la madera hasta que las puertas cedieron.

La primera vez que había entrado en aquel salón cavernoso, lo había hecho como una chica valeniana con un vestido elegante. Sola.

Ahora entraba como una mujer maevana, cubierta de sangre y añil, con Merei a mi izquierda, Luc a mi derecha y Jourdain y Cartier detrás de mí.

Lannon estaba sentado en el trono, con los ojos abiertos de par en par, su miedo apestaba en el aire mientras agarraba fuerte los apoyabrazos de cornamenta con las manos. Solo tenía unos pocos hombres a su alrededor, de pie, observando mientras nosotros nos acercábamos más y más…

Yseult por fin llegó frente a la tarina. El salón quedó en silencio cuando ella abrió los brazos, victoriosa; la luz resplandeció en su armadura inspirada en los dragones.

—Gilroy Lannon. —Su voz hizo eco contra las vigas—. Maevana te ha juzgado y te ha declarado deficiente. Ven y arrodíllate ante nosotros.

Él no se movió. Tenía la cara pálida, y las puntas de su pelo temblaban mientras intentaba tragar su miedo. Hubiera permanecido sentado allí obstinadamente, pero entonces los hombres que lo rodeaban se pusieron de rodillas ante ella, y dejaron a Lannon expuesto y solo.

Lentamente, como si sus huesos fueran a romperse, él se puso de pie y bajó de la tarima. Se arrodilló ante ella, ante todos nosotros.

—¿Padre? —susurró Yseult, mirando en dirección a Héctor, que estaba de pie cerca de su codo—. Quítale la corona.

Héctor Laurent avanzó y quitó la corona de la cabeza de Lannon.

Hubo un momento de silencio mientras ella consideraba cómo castigarlo. Y entonces, Yseult golpeó a Lannon en la cara, rápida como un relámpago. Vi la cabeza del antiguo rey girar violentamente hacia un lado, observé que su mejilla empezaba a hincharse mientras posaba despacio sus ojos en los de ella.

—Eso es por mi hermana —dijo Yseult. Y luego, lo azotó otra vez en la otra mejilla; él sangró—. Eso es por mi madre.

Lo golpeó de nuevo.

—Eso es por Lady Morgane. —La madre de Cartier.

Otra vez.

—Eso es por Ashling Morgane. —La hermana de Cartier.

Una vez más, azotó el hueso, el golpe pendiente hace veinticinco años.

—Y eso es por Lady MacQuinn. —La esposa de Jourdain, la madre de Luc.

Por las mujeres que habían caído, que habían pagado con sangre.

—Ahora, acuéstate boca abajo ante nosotros —ordenó ella y Lannon obedeció. Se deslizó hacia delante y apoyó la cara sobre las baldosas—. Quedarás amarrado y encerrado en la mazmorra, y el pueblo de Maevana decidirá tu destino en un juicio, dentro de catorce días. No esperes piedad, cobarde.

Los hombres de Yseult amarraron las muñecas de Lannon en su espalda. Lo arrastraron lejos y un grito de júbilo resonó en el salón como un trueno, haciendo eco en mi pecho, donde mi corazón continuaba latiendo asombrado.

En ese instante, Yseult giró y me encontró en la multitud, entre mi padre y mi hermano. La reina tenía los ojos llenos de lágrimas, su pelo ondulaba como el fuego cuando di un paso al frente.

El salón hizo silencio, como la primera nevada, mientras extraía el relicario de madera que estaba debajo de mi armadura. Respetuosamente, abrí el relicario y dejé caer la madera entre nuestros pies.

La Gema del Anochecer colgaba con elegancia de su cadena mientras la sostenía entre los dedos. Brillaba con colores, rojo oscuro, azul y lavanda, al igual que un guijarro movía la superficie quieta de un lago. Le sonreí a Yseult, mi amiga y mi reina, y levanté la gema más alto con cuidado.

—Mi señora —dije—. Le entrego la Gema del Anochecer.

Ella se puso de rodillas ante mí, y cerró los ojos mientras yo colocaba la gema en su cuello, mientras la joya reposaba sobre su corazón.

Había imaginado un largo tiempo cómo despertaría la magia. ¿Lo haría despacio, silenciosamente, como el invierno se convertía en primavera? ¿O regresaría con violencia, como una tormenta o una inundación?

La gema resplandeció hasta parecer oro líquido mientras yacía en su pecho, disfrutando la gloria que ella le otorgaba. Esperé, apenas respirando, mientras Isolde Kavanagh se ponía de pie y abría los ojos. Intercambiamos miradas; ella me sonrió y en ese instante el viento ingresó al salón, transportando el aroma de los bosques y los prados frondosos, de las colinas, los valles y los ríos que fluían entre las sombras y la luz.

Sentí cierta calidez brotar de mi brazo, como si la miel cayera sobre mi piel, como si el sol hubiera besado mi herida. Sentí que ella me curaba, que reparaba mis venas rotas, que sellaba el corte de la flecha con hilos mágicos.

Y así, la magia regresó suavemente, con la naturalidad y la calidez bendita del sol, curativa y reparadora.

Observé mientras ella caminaba entre su pueblo, tomaba sus manos, aprendía sus nombres. Isolde Kavanagh estaba rodeada de hombres y mujeres que la seguían como si ella fuera una copa de agua eterna que calmaba su sed; reían y lloraban mientras ella los bendecía, mientras nos unía a todos como si fuéramos uno.

Todas las miradas estaban clavadas en ella, excepto una.

Sentí su magnetismo, permití que mis ojos fueran hacia el lugar donde el lord de la Casa Morgane estaba de pie, mitad en las sombras, mitad en la luz.

El mundo hizo silencio entre Cartier y yo mientras él me miraba y yo lo miraba a él.

Solo cuando sonrió noté que las lágrimas rodaban por su cara.

Horas después de la caída de Lannon, regresé al campo de batalla con redomas con agua y empecé a buscar sobrevivientes heridos. Algunos curanderos ya habían armado tiendas para trabajar bajo la sombra; oía sus voces agotadas mientras trabajaban en coser heridas y reparar huesos rotos. Sabía que Isolde estaba entre ellos, manipulando la magia entre las manos mientras curaba con su tacto, porque lo sentí otra vez: su magia creó una brisa suave y perfumada sobre la sangre y la violencia que cubría el campo.

No sabía si debía preguntar por su nombre, o continuar buscando por mi cuenta, rogando con desesperación que hubiera sobrevivido. Después de un rato, me acerqué a una de las curanderas, que tenía el vestido manchado de sangre, y pregunté.

—¿Sean Allenach?

La curandera señaló una tienda distante.

—Los traidores están allí.

Un nudo apareció en mi garganta al oírlo. *Traidores*. Pero tragué y caminé con cuidado hacia aquella tienda, sin saber qué encontraría.

Había hombres y mujeres sobre el césped, hombro a hombro. Algunos parecían haber muerto antes de que un curandero pudiera atenderlos. Otros gemían, rotos y débiles. Todos vestían el verde de Lannon o el granate de Allenach.

Encontré a Sean en la periferia. Con cuidado, me puse de rodillas a su lado, creyendo que estaba muerto, hasta que vi su pecho subir y bajar. Le habían quitado su armadura y vi la gravedad de la herida en un costado de su cuerpo.

—¿Sean? —susurré, y agarré su mano.

Él abrió los ojos despacio. Le levanté el mentón para verter un hilo de agua dentro de su boca. Estaba demasiado débil para hablar, así que solo permanecí sentada a su lado con los dedos entrelazados con los de él, para que no tuviera que morir solo.

No sé cuánto tiempo permanecí sentada allí con él antes de que ella viniera. Pero la brisa ingresó a la tienda y movió el pelo apelmazado de mi nuca, y al girar vi a Isolde que estaba cerca de nosotros, con la mirada fija en mi hermano y en mí.

Caminó hacia nosotros y se puso de rodillas a mi lado para inspeccionar a Sean.

—¿Señora? —le susurró respetuosamente una de las curanderas a la reina—. Señora, son traidores.

Sabía lo que ella insinuaba. Son traidores, y merecen morir en su lecho, sin la magia curativa de la reina. Y yo ansiaba decirle a Isolde que Sean no era un traidor, que Sean había elegido luchar por ella.

—Lo sé —respondió Isolde y luego agarró con dulzura la mano de Sean de entre mis dedos.

Mi hermano abrió los ojos de par en par y los clavó en la reina. Observé que el aire resplandeció alrededor de nuestras siluetas mientras Isolde tocaba la herida de Sean. La luz del sol se quebró como si ella fuera un prisma, y Sean quedó sin aliento mientras la reina lo cosía lenta y dolorosamente con hilos invisibles.

Sentía un hormigueo en los pies cuando ella terminó y le ofreció una copa con agua.

—Estarás débil algunos días —dijo ella—. Descansa, Sean Allenach. Cuando estés más fuerte, podemos hablar sobre el futuro de tu Casa.

—Sí, Señora —respondió con voz ronca.

Isolde se incorporó y colocó una mano tranquilizadora sobre mi hombro. Y luego, caminó hacia los otros y curó a los traidores uno por uno; no veía sus defectos, sino sus posibilidades.

Y si bien yo no podía curar, podía servir de otras maneras. Empecé a repartir cuencos de sopa, trozos de pan, a escuchar las historias que empezaban a surgir a mi alrededor, historias de valentía y de miedo, historias de desesperación y redención, historias de pérdidas y de reencuentros.

Alimenté, enterré y escuché hasta que estuve tan exhausta que apenas podía pensar y la noche había cubierto con su manto el cielo, espolvoreado con una multitud de estrellas.

Me detuve en el campo y contemplé la oscuridad, el césped aún estaba aplastado y manchado de sangre, y miré las constelaciones. Semanas atrás, me hubiera preguntado sin rodeos cuál se suponía que era la mía. Pero ahora, lo único que me preguntaba era a dónde debía ir, dónde debía permanecer. Había hecho prácticamente todo lo que me había propuesto. Y ahora… ahora no sabía a dónde pertenecía.

Oí los pasos suaves de un hombre caminando a través de la oscuridad hacia mí. Giré y reconocí a Jourdain de inmediato, la luz de las estrellas capturó el color plateado de su pelo. Él debía haber leído mi mente, o mi expresión con facilidad.

Me llevó a su lado para que pudiéramos contemplar las estrellas juntos. Y luego, en voz tan baja que casi no lo oí, dijo:

—Vamos a casa, Brienna.

33

Campos de flores

Territorio de Lord MacQuinn, castillo Fionn

Tres días después, descansaba bajo la sombra moteada de un roble solitario, el polvo del viaje aún se aferraba a mis pantalones y mi camisa mientras Nessie jadeaba a mi lado. Habían cosechado recientemente los campos a mi alrededor, el aire olía a tierra azucarada, el césped resplandecía con las canciones que los hombres habían entonado mientras movían sus hoces.

El castillo de Jourdain —*de MacQuinn*— se encontraba en el corazón del prado, las sombras de las montañas solo tocaban el tejado temprano en la mañana y al final de la tarde. Estaba construido con piedras blancas y era una fortaleza modesta, no esplendorosa e inmensa como otras, como Damhan. Pero los muros estaban llenos de fuego e historias, de amistad y lealtad.

De perseverancia.

Y el lord legítimo por fin había regresado a casa.

Había visto a sus súbditos saludarlo mientras lo rodeaban en el patio cubierto de flores salvajes, hierbas y cintas. Y me había sorprendido anhelar Valenia en aquel instante. Tal vez había sido por las cintas, por los colores de las pasiones enredados sobre los adoquines. O quizás había sido el vino que nos trajeron, que yo sabía que provenía de una botella que había cruzado el canal.

Había elegido caminar por el terreno y encontré aquel árbol no mucho después de que hicieran las presentaciones y me conocieran como la hija de MacQuinn. Era feliz contemplando el sol surcar el cielo, entretejiendo briznas largas de césped mientras pensaba en todo lo que había ocurrido, con un perro fiel a mi lado.

—Creo que deberías elegir la habitación este —afirmó Luc. Levanté la vista y vi que caminaba hacia mí—. Es espaciosa y tiene libros. Y una vista preciosa del amanecer.

Sonreí mientras tomaba asiento a mi lado, ignorando el gruñido protector de Nessie. Era difícil pensar en qué habitación debía elegir cuando aún había tanto por delante… La coronación de Isolde, el juicio de Lannon, intentar reparar un mundo que había continuado girando bajo la tiranía. Me pregunté cómo serían los días venideros, cómo se sentirían mientras intentaba adaptarme a mi nueva vida.

—Aunque tengo la sensación de que no permanecerás mucho tiempo en este castillo —dijo Luc, quitando un escarabajo de su manga.

Le lancé una mirada curiosa. Él estaba preparado para ella, y alzó una ceja con confianza arrogante y fraternal.

—¿Y qué quieres decir con eso? —respondí.

—Sabes a qué me refiero, hermana. ¿Debería hacerle pasar un mal rato?

—No tengo idea de qué estás hablando. —Arranqué otra brizna de césped y la retorcí, sintiendo la mirada de Luc sobre mí.

—No me sorprende —dijo él—. Las antiguas leyendas dicen que casi todos los lores maevanos se enamoran perdidamente.

—¿Mmm?

Luc suspiró y arrancó un trébol.

—Supongo que tendré que desafiarlo a un duelo. Sí, es la mejor manera de lidiar con esto.

Empujé su brazo y dije:

—Creo que has cantado victoria antes de tiempo, querido hermano.

Pero la sonrisa que me dirigió decía lo contrario.

—Oí que Aodhan Morgane es un espadachín experto. Probablemente debería practicar.

—De acuerdo, *suficiente*. —Reí y lo empujé de nuevo.

No había visto a Cartier desde hacía tres días en el salón y ya parecía un año. Pero ahora él era un lord. Tenía sus siervos, sus tierras que restaurar. Me dije que no lo vería hasta el juicio de Lannon, el cual tendría lugar a fines de la semana próxima. Y aun así, estaríamos consumidos por la tarea.

Antes de que Luc pudiera bromear más, un grupo de niños corrió por el campo, buscándolo.

—¡Lord Lucas! —exclamó entusiasmada una de las niñas cuando lo vio bajo la sombra del roble—. ¡Encontramos un laúd! Está en el salón.

—¡Ah, excelente! —Mi hermano se puso de pie y limpió los restos de trébol de sus prendas—. ¿Nos acompañas a oír música, Brienna?

La música me recordaba a Merei, lo cual hizo que sintiera que mi pecho era demasiado pequeño para mi corazón. Sin embargo, sonreí y dije:

—Adelántate, hermano. Iré pronto.

Él vaciló; creí que estaba a punto de pedírmelo de nuevo cuando la niña agarró la manga de Luc con valentía y tiró de él, riendo.

—El último en llegar al patio tiene que comer un huevo podrido —dijo Luc como desafío, y los niños chillaron de alegría mientras atravesaban el campo y él los perseguía hasta el patio.

Esperé hasta que vi que él era sin duda el último en llegar al patio; me hubiera encantado ver a Luc comer un huevo podrido, pero mi corazón aún estaba inquieto. Me puse de pie y empecé a caminar hacia un grupo de árboles que crecía junto al río, Nessie trotaba a mi lado mientras seguimos el hilo plateado de agua y llegamos a una orilla cubierta de musgo.

Tomé asiento bajo el sol y hundí los dedos en la corriente, intentando identificar por qué sentía un manto de tristeza, cuando oí pasos suaves a mis espaldas.

—Aquí contraje matrimonio con mi mujer.

Miré por encima del hombro y vi a Jourdain reclinado contra un árbol, mirándome en silencio.

—¿Sin ninguna fiesta elegante? —pregunté y él avanzó y tomó asiento junto a mí sobre el musgo con un gruñido leve, como si le dolieran las articulaciones.

—Sin ninguna fiesta elegante —dijo él, y apoyó el codo sobre su rodilla—. Contraje matrimonio con Sive en secreto con una unión de manos, a la orilla de este río, bajo la luz de la luna. Yo no le gustaba particularmente a su padre y ella era su única hija. Por esa razón nos casamos en secreto. —Sonrió al recordar, mirando a lo lejos como si su Sive estuviera de pie del otro lado del río.

—¿Cómo era? Tu mujer —pregunté en voz baja.

Jourdain miró el agua y luego a mí.

—Era elegante. Apasionada. Justa. Fiel. Me recuerdas a ella.

Un nudo apareció en mi garganta mientras miraba el musgo. Todo ese tiempo, me preocupó que él me mirara y viera a Allenach. Y sin embargo, él me contemplaba como si realmente fuera su hija, como si hubiera heredado los atributos y el carácter de su esposa.

—Ella te habría adorado, Brienna —susurró él.

El viento rozó las ramas sobre nuestras cabezas; las hojas doradas cayeron sueltas y libres; el río las atrapó después y las llevó con la corriente. Limpié algunas lágrimas de mis ojos, pensando que él no lo notaría, pero no hay mucho que un padre pase por alto.

—También echo de menos Valenia —dijo Jourdain, tosiendo—. No creí que lo haría. Pero descubrí que anhelo aquellos viñedos, la amabilidad, un jubón de seda perfecto hecho a medida. Incluso echo de menos los bocados de anguila.

Reí y algunas lágrimas más cayeron de mis ojos. Los bocados de anguila *eran* asquerosos.

—Sé que aún tienes familia allí —prosiguió él, serio de nuevo—. Sé que quizás elegirás regresar a Valenia. Pero quiero que tengas siempre presente que tienes un hogar aquí, con Luc y conmigo.

Lo miré a los ojos mientras sus palabras caían como lluvia suave sobre mí. Tenía un hogar, una familia, y amigos a *ambos* lados del canal. Pensé en mi valiente Merei, quien había partido de Maevana para regresar a Valenia a pesar de mis súplicas para que se quedara. Aún tenía obligaciones, un contrato de cuatro años que cumplir con Patrice Linville. Pero cuando esos cuatro años terminaran…

Había compartido mi idea con ella, con la esperanza de que en algún momento la trajera de regreso. Era un objetivo que había empezado a florecer en lo profundo de mi mente, uno que prácticamente temía expresar en voz alta. Pero Merei había sonreído cuando se lo conté; incluso había dicho que tal vez regresaría por aquel objetivo.

—Ahora —dijo Jourdain, poniéndose de pie y ofreciendo una mano para ayudarme a hacer lo mismo—, hay un caballo ensillado y listo para ti.

—¿Para qué? —pregunté y permití que mi guiara fuera de la arboleda.

—La fortaleza de Lord Morgane está a solo una cabalgata breve de distancia —explicó Jourdain y juré que vi un resplandor travieso en sus ojos—. ¿Por qué no vas ahora y lo invitas al festín de celebración que habrá esta noche en nuestro salón?

Tuve que reprimir la risa de nuevo, pero él vio la arruga inevitable en mi nariz. Me sorprendió que él también lo supiera, que viera aquel magnetismo irresistible ente Cartier y yo. Como si fuera obvio para el mundo cuando estaba cerca de mi antiguo Amo, como si el deseo ardiera como llamas entre nuestros cuerpos. Pero quizás no debería sorprenderme; había sido obvio incluso antes del solsticio, antes de que me diera cuenta por completo.

Jourdain me llevó hacia donde el caballo esperaba, a la sombra del establo. Subí a la montura, sentí el viento dorado como el heno suspirar en mi pelo mientras miraba a mi padre.

—Toma el camino oeste —dijo él, y le dio unas palmaditas a la yegua en las ancas—. Sigue las flores coroganas. Te guiarán hasta Morgane.

Estaba a punto de hacer avanzar a mi caballo, con el corazón repiqueteando como un tambor, cuando Jourdain agarró las riendas y me obligó a mirarlo.

—Y regresa antes de que oscurezca —advirtió—. O me preocuparé.

—No te preocupes, padre —respondí, pero sonreí, y él me lanzó una mirada afilada que decía que más me valía no huir y hacer una unión de manos sin que él lo supiera.

Nessie tomó asiento, obediente, a su lado, como si supiera que necesitaba hacer sola aquel viaje.

La yegua y yo corrimos por el campo, persiguiendo el sol hacia el oeste, siguiendo la promesa de las flores salvajes azules.

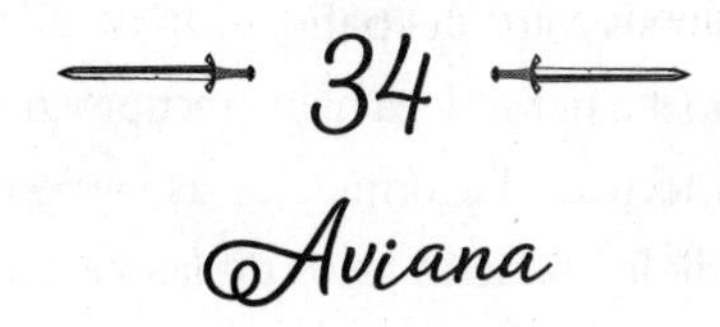

34

Aviana

Territorio de Lord Morgane, castillo Brígh

El castillo Brígh se erguía sobre una arboleda de robles, una propiedad hermosa en ruinas, construida al pie de las Montañas Killough. Mi yegua redujo la velocidad mientras me acercaba a los árboles y comprendía que el regreso de Cartier no había sido en nada parecido al de Jourdain y Luc.

Todo estaba en silencio, destruido. Durante veinticinco años, la fortaleza Morgane había quedado sola para derrumbarse, abandonada, devuelta a la tierra.

Desmonté y dejé la yegua amarrada a la sombra de un roble junto al caballo castrado de Cartier. Y luego, empecé a caminar hacia el patio mientras mis dedos rozaban el césped alto, donde las coroganas florecían fieles en su gloria de pétalos amantes del frío. Seguí el sendero angosto que Cartier había trazado en el pastizal, y me detuve para arrancar varias flores con cuidado de evitar las espinas en sus tallos.

Recordé que a él le gustaba mi cabello suelto, que una vez me había coronado con flores silvestres. Así que deshice las trenzas, dejé caer mi pelo salvaje y libre y coloqué algunas flores coroganas en él.

Miré mis pantalones, mis botas, las marcas sueltas en mi camisa de lino, el pendiente plateado que resplandecía sobre mi corazón. Eso era yo, y lo único que tenía para darle.

Subí los escalones rotos del patio.

Había silencio. La naturaleza había recuperado gradualmente gran parte de la terraza; las enredaderas serpenteaban por los muros, a través de los paneles rotos de las ventanas. Una variedad de hierbas subían amenazantes a través de las grietas en las piedras, y me hicieron estornudar cuando pasé junto a ellas. Pero veía el sendero que Cartier había tomado. Había cortado el pastizal y avanzado a través del verde enmarañado hacia las puertas principales, que colgaban tristemente de las bisagras de hierro.

Las sombras en el interior refrescaron mi cara, que sin duda estaría bronceada por la noche, y atravesé con cuidado el vestíbulo, prestándole atención a las enredaderas y las plantas que se habían apoderado de partes del suelo. De algún modo, el desastre me parecía hermoso. Los muebles aún se conservaban, cubiertos de polvo y dominados por telarañas. Me detuve junto a una silla del vestíbulo y, mientras mis dedos tocaban el diseño polvoriento, imaginé que Cartier una vez se había sentado allí durante la niñez.

—Me preguntaba cuándo te vería de nuevo.

Su voz me asustó. Di un salto y llevé una mano a mi corazón mientras me volvía para verlo de pie a mitad de camino en una escalera imponente, observándome mientras esbozaba una sonrisa.

—¡Sabes que no tienes que asustarme de ese modo! —protesté.

Él continuó el descenso por la escalera a través de rayos de sol que iluminaban las ventanas arqueadas.

—Bienvenida —saludó él—. ¿Te gustaría que te enseñe el lugar?

—Sí, Lord Morgane.

Sin decir nada, extendió la mano hacia mí y entrelacé los dedos con los suyos.

—Permíteme mostrarte el segundo piso —sugirió Cartier y me guio por la escalera mientras indicaba qué piedras debía evitar.

—¿Recuerdas cuando vivías aquí? —pregunté, mi voz invadió el pasillo mientras permitía que él me llevara a través de telarañas y polvo, a través de los lugares donde una vez había vivido.

—A veces, creo que sí —respondió e hizo una pausa—. Pero honestamente, no. Solo era un niño cuando mi padre y yo huimos. Mira, esta es mi habitación favorita.

Entramos a una sala amplia, abierta y llena de luz. Solté su mano y recorrí la habitación, observando los estantes de mármol construidos en los muros que aún contenían una colección de libros impresionante, el espejo roto que colgaba sobre la chimenea de piedra rosada, los muebles que estaban exactamente en el mismo lugar donde los habían dejado hacía más de dos décadas. Fui directa a la pared que tenía ventanales divididos con parteluz, donde había restos de cristales rotos que parecían dientes quebrados, y contemplé la vista de los pastizales.

—¿Dónde están tus súbditos, Cartier? —pregunté, incapaz de contener mi curiosidad.

—Llegarán mañana. Quería ver el castillo a solas.

Y lo comprendía. Valoraba los momentos solemnes e íntimos en los que podía reflexionar y pensar. Pero quizás más que eso, me di cuenta de que él había querido ver la habitación de sus padres, la de su hermana, sin público.

Antes de que la melancolía pudiera apoderarse de nosotros, dije:

—Creo que podría contemplar esta vista cada día y ser feliz.

—Has pasado por alto la mejor parte de la habitación —indicó Cartier; fruncí el ceño y giré.

—¿Cuál? ¿Los libros?

—No, el suelo.

Bajé la vista. A través de las marcas que nuestras botas habían hecho en la suciedad, vi el diseño maravilloso de las baldosas. Me puse de rodillas junto a él, y ambos usamos las manos para quitar los años de polvo. Los colores aún vibraban, cada baldosa era intrincada y única; la belleza pasaba de un cuadrado al otro.

—Mi padre me contó que él había tenido muchas discusiones con mi madre por culpa de este suelo —explicó Cartier, sentándose sobre los talones.

—¿Por qué?

—Bueno, él los había colocado porque a ella le encantaba el arte. Y ella siempre le había dicho que el suelo era algo que nadie valoraba lo suficiente. Pero el conflicto era que ella quería poder contemplarlo, y él quería alfombras. El suelo de piedra y baldosas es terriblemente frío durante el otoño y el invierno en Maevana.

—Sí, imagino que sí —dije.

—Así que discutían por el suelo. Por si debían cubrirlo con alfombras o sufrir con los pies fríos durante la mitad del año.

—¿Supongo que tu madre ganó?

—Supones lo correcto. —Cartier sonrió. Limpió el polvo de sus manos y se puso de pie—. Entonces, mi pequeña pasionaria. Asumo que has venido a mi encantador hogar porque aún poseo algo que te pertenece, ¿verdad?

Me puse de pie; sentí que mis músculos dolían, tensos por la cabalgata. Caminé hacia los estantes, y de pronto necesité algo sólido donde apoyarme. Mi pulso estaba acelerado, ansioso, hambriento mientras me reclinaba contra la pared y me volvía para verlo a través de la luz del sol y las partículas de polvo.

—Sí, Amo Cartier —dije, sabiendo que sería la última vez que lo llamaría así.

Lo observé atravesar la habitación hacia un escritorio donde estaba apoyado su bolso. Extendí los dedos detrás de mí sobre el mármol frío de los estantes mientras esperaba. Cuando vi el color azul en sus manos, cerré los ojos y escuché a mi corazón bailando, firme y despacio.

—Abre los ojos, Brienna.

Cuando lo hice, desplegó en sus manos la capa que ondeó hacia el suelo como la marea del océano.

—Aviana —susurré, mientras movía los dedos para tocar la capa pesada que me pertenecía. Él había escogido Aviana para mí, la constelación que acompañaba a la suya. Eran estrellas que, al igual que su Verena, hablaban de valentía en la oscuridad, de triunfo. De perseverancia.

—Sí —dijo él—. Y ambos sabemos que Verena no tendría esperanzas de brillar sin Aviana.

Di un paso al frente mientras él colocaba la capa sobre mis hombros y amarraba las cuerdas en mi cuello. Luego, sus manos acariciaron mi pelo con suavidad, lo levantaron y lo dejaron caer sobre mi espalda; las flores coroganas emanaban un perfume dulce entre nosotros.

Un Amo y su pasionaria. Una pasionaria y su Amo.

Lo miré a los ojos y susurré:

—Esto es todo lo que soy, todo lo que puedo ofrecerte…

Soy alguien roto, desleal, fragmentado…

Pero las palabras desaparecieron cuando él me tocó, cuando sus dedos rozaron mi mejilla, mi cuello, y se detuvieron cuando llegó a los hilos de la capa, al nudo que él había hecho.

Por primera vez, aquel Amo del conocimiento, aquel lord de los ágiles, no dijo nada. Pero me respondió. Besó la comisura izquierda de mi boca, la chica que había sido una vez y a quien él había amado, aquella de elegancia y pasión valeniana. Y luego, besó la comisura derecha de mi boca, la mujer en la que me había convertido, que había resurgido de las cenizas y el acero, del valor y el fuego.

—Te aceptaré y te amaré entera, Brienna MacQuinn, con tus sombras y tu luz, porque me has desafiado, me has cautivado. Y no deseo a ninguna otra, más que a ti —susurró él mientras enredaba los dedos en mi pelo, en mis flores silvestres, y me acercaba a él.

Me besó en las sombras silenciosas de su casa, en la hora más dulce de la tarde. Deslizó los dedos por mi espalda, tocando cada estrella que me había otorgado. Y permití que la maravilla nos rodeara mientras saboreaba cada una de sus promesas, mientras despertaba el fuego que él había templado hacía tanto tiempo para esperarme.

El tiempo se tornó luminoso, como si la luna hubiera contraído matrimonio con el sol, los minutos tiraron de mi corazón después de un rato para advertirme que era muy tarde, que ya prácticamente era de noche. Y recordé que debía estar en un lugar, que tenía un padre y un hermano que estarían observando la puerta aguardando mi regreso. Solo entonces, detuve nuestro beso, aunque las manos de Cartier sostuvieron mi espalda, manteniéndome cerca.

Coloqué un dedo sobre sus labios y dije:

—Mi padre te ha invitado a cenar en nuestro salón. Será mejor que salgamos ahora, o pensará lo peor.

Cartier se atrevió a robar un beso más y luego me soltó y agarró su capa y su bolso. Salimos hacia el atardecer juntos, y caminamos entre la hierba de regreso; los pájaros cantaban en honor a su regreso, los grillos entonaban una última melodía antes de que la escarcha los silenciara oficialmente.

Monté mi caballo y esperé mientras Cartier ensillaba el suyo, y alcé la vista hacia la primera estrella que apareció en el atardecer menguante. Y allí fue cuando dije:

—Construiré una Casa de conocimiento aquí.

Eso era lo que le había dicho a Merei antes de que partiera de Maevana, con la esperanza de traerla de regreso, con la esperanza de que uniera su pasión con la mía.

Sentí la mirada de Cartier sobre mí y me volví desde la montura para mirarlo.

—Quiero que solo los mejores ariales le enseñen a mis ardenes —continué—. ¿Sabes dónde puedo hallar alguno?

El viento despeinó su pelo mientras él sonreía, con un resplandor de medianoche en sus ojos al aceptar el desafío.

—Conozco uno.

—Dile que se postule de inmediato.

—No te preocupes. Lo hará.

Sonreí y le ordené a mi caballo que avanzara; dejé a Cartier atrás para que me alcanzara en el camino.

Me pregunté si realmente podría hacerlo, si podría construir la primera Casa de conocimiento en Maevana, si podría inspirar las pasiones en una tierra de guerreros. Cuando sentía que era intimidante, cuando sentía que estaba empujando una piedra inmóvil, imaginaba un grupo de chicas maevanas con los ojos brillantes convirtiéndose en pasionarias del conocimiento, chicas que llevaban espadas en la cintura debajo de sus capas azules. Imaginaba elegir sus constelaciones del cielo, y comprendí que Cartier había tenido razón en el solsticio; yo era una historiadora y una profesora, y estaba a punto de crear mi propio camino.

Crearé esa Casa. Le susurré mi promesa al viento antes de oír al caballo de Cartier galopando detrás de mí, acortando la distancia entre los dos.

Reduje la velocidad solo un poco, para permitir que me alcanzara.

Sobre nosotros, las estrellas ardían, lentas y firmes. Su luz me guiaba a mi hogar.

Lista de personajes

CASA MAGNALIA

La Viuda de Magnalia

Ariales de Magnalia

Solene Severin, Ama del arte
Evelina Baudin, Ama de la música
Xavier Allard, Amo del teatro
Therese Berger, Ama de la astucia
Cartier Évariste, Amo del conocimiento

Ardenes de Magnalia:

Oriana DuBois, arden del arte
Merei Labelle, arden de la música
Abree Cavey, arden del teatro
Sibylle Fontaine, arden de la astucia
Ciri Montagne, arden del conocimiento
Brienna Colbert, arden del conocimiento

Otros personajes que visitan Magnalia:

Francis, courier

Rolf Paquet, el abuelo de Brienna
Monique Lavoie, mecenas
Nicolas Babineaux, mecenas
Brice Mathieu, mecenas

Otros involucrados con Jourdain

Héctor Laurent (Braden Kavanagh)
Yseult Laurent (Isolde Kavanagh)
Theo d'Aramitz (Aodhan Morgane)

CASA JOURDAIN

Aldéric Jourdain
Luc Jourdain
Amadine Jourdain
Jean David, lacayo y cochero
Agnes Cote, ama de llaves
Pierre Faure, chef
Liam O'Brian, súbdito

CASA ALLENACH

Brendan Allenach, lord
Rian Allenach, primogénito
Sean Allenach, segundo hijo

Otros mencionados:

Gilroy Lannon, rey de Maevana
Liadan Kavanagh, la primera reina de Maevana
Tristán Allenach
Norah Kavanagh, tercera princesa de Maevana
Evan Berne, litógrafo

LAS CATORCE CASAS DE MAEVANA

Allenach, el astuto
Kavanagh, el brillante*
Burke, el anciano
Lannon, el feroz
Carran, el valiente
MacBran, el misericordioso
Dermott, el amado
MacCarey, el justo
Dunn, el sabio
MacFinley, el pensador
Fitzsimmons, el gentil
MacQuinn, el perseverante*
Halloran, el honesto
Morgane, el ágil*

*. Denota una Casa caída.

FAMILIA ALLENACH

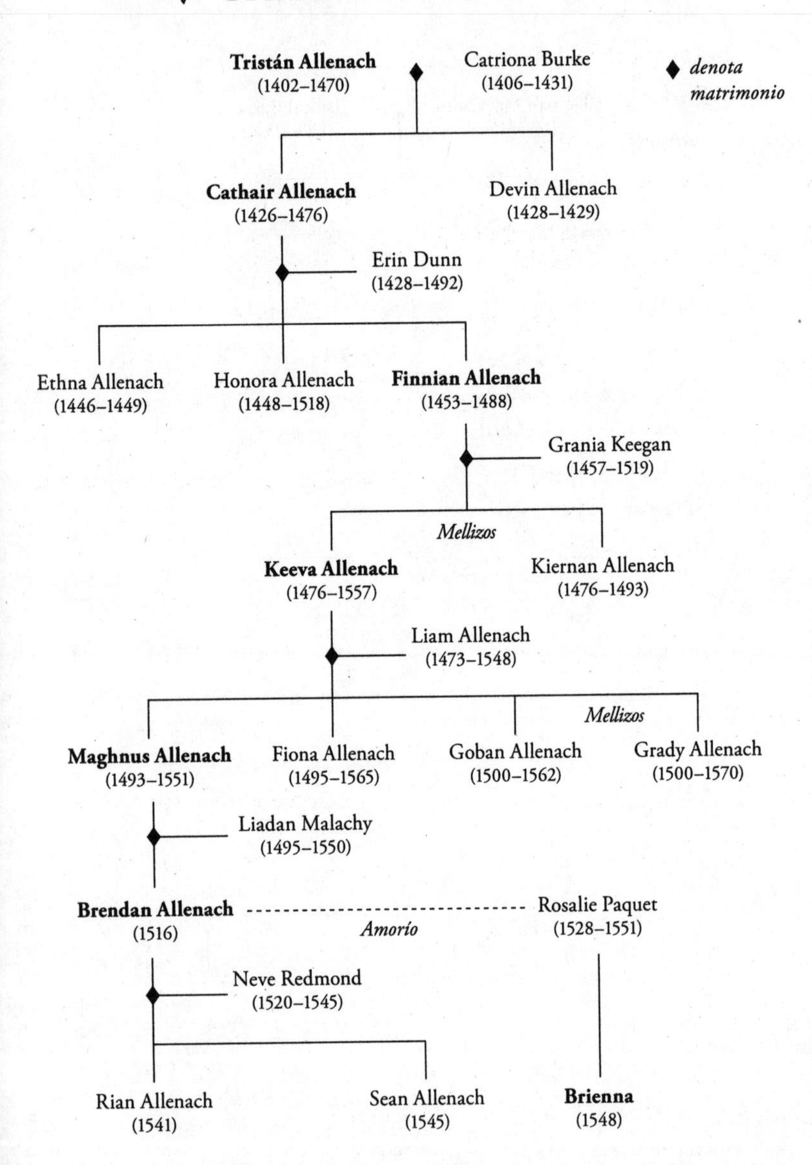

FAMILIA MACQUINN

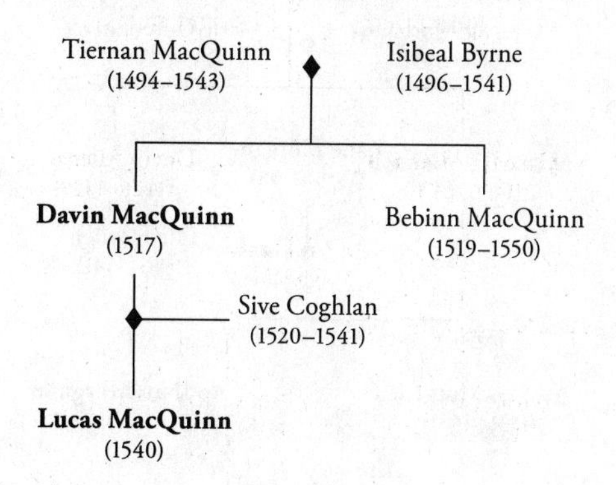

FAMILIA MORGANE

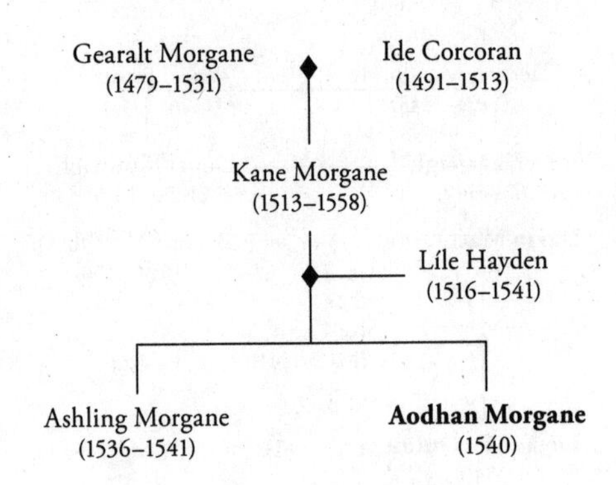

FAMILIA KAVANAGH

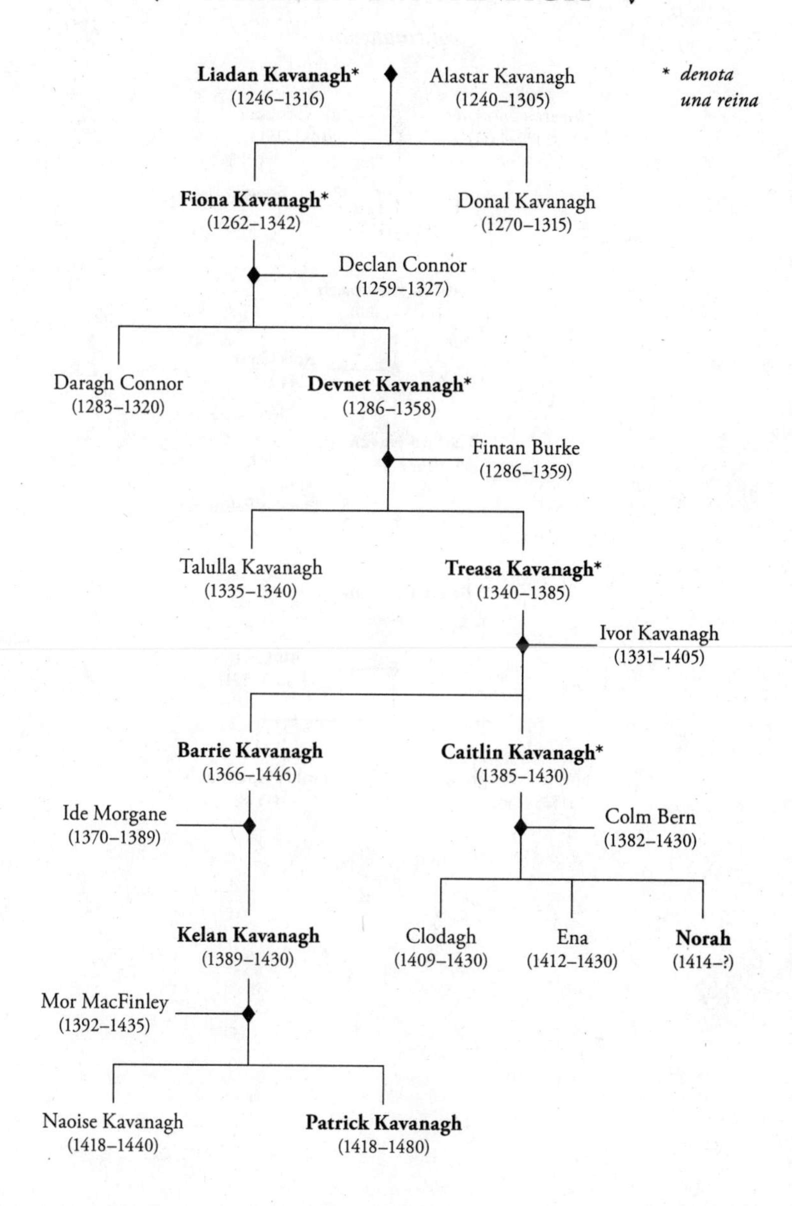

FAMILIA KAVANAGH

(continuación)

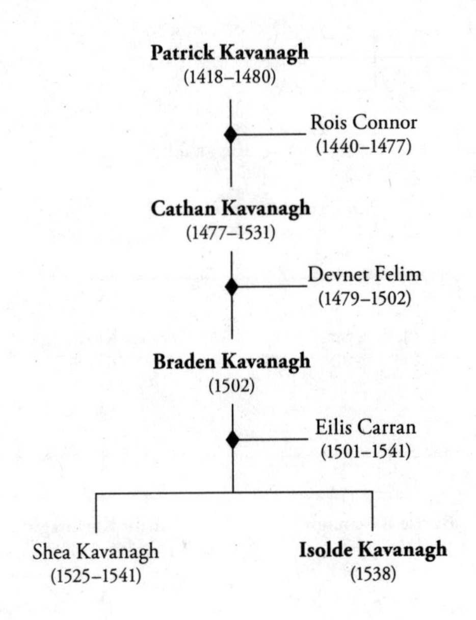

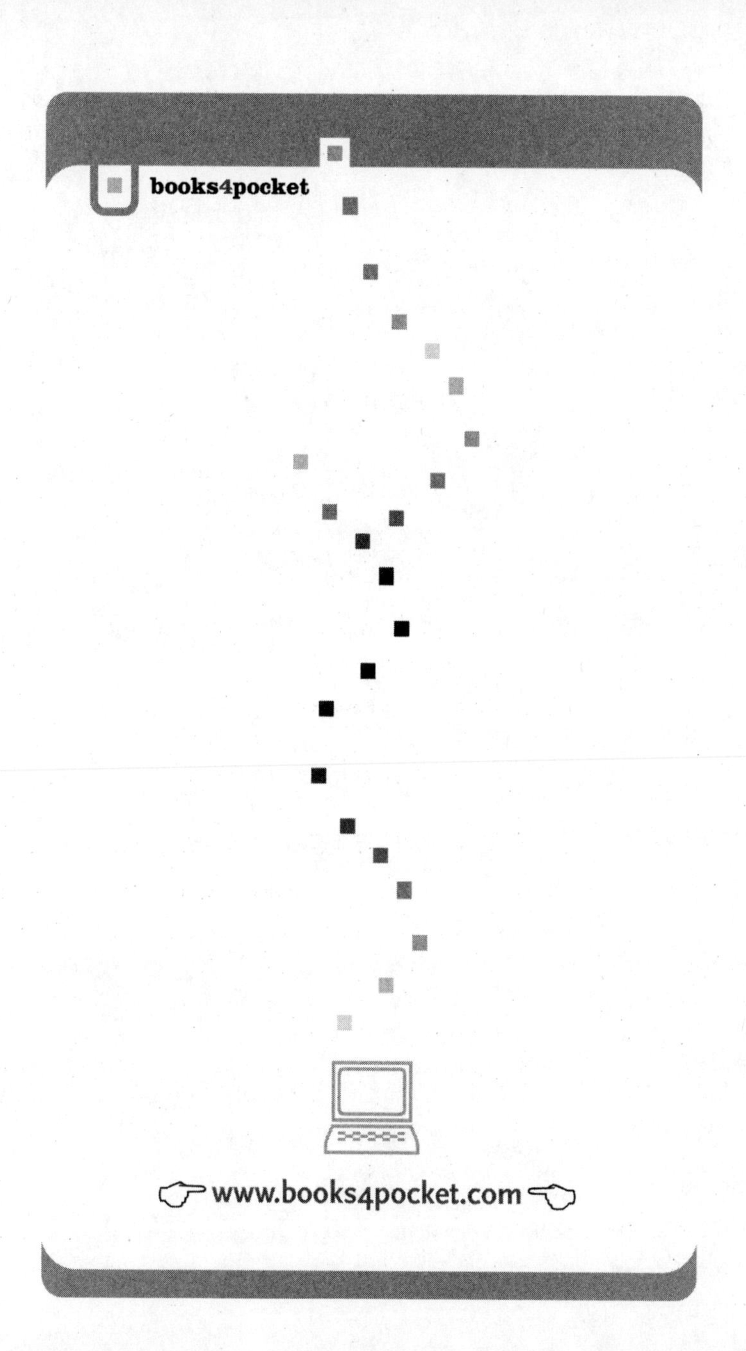
books4pocket
www.books4pocket.com